dtv

Manjunath Kumar ist vierzehn. Er weiß, dass er ein guter Cricketspieler ist, vielleicht sogar so gut wie sein älterer Bruder Radha. Er weiß, warum er seinen dominanten und sportbesessenen Vater fürchtet, seinen brillanten Bruder bewundert und von amerikanischen Fernsehserien fasziniert ist. Aber es gibt noch vieles, das er nicht weiß. Als er Radhas großen Rivalen Javad kennenlernt, einen privilegierten Jungen voller Selbstvertrauen, fängt Manju an, vieles infrage zu stellen – und muss Entscheidungen treffen, die seine Welt verändern

Aravind Adiga, geboren 1974 in Madras, wuchs zeitweise in Sydney, Australien, auf, studierte Englische Literatur an der Columbia University und am Magdalen College in Oxford. Er arbeitete als Korrespondent für die Zeitschrift Time und für die Financial Times. Sein Debütroman ‹Der Weiße Tiger› erhielt 2008 den Man Booker Prize. Er lebt in Mumbai, Indien.

Aravind Adiga

Golden Boy

Roman

Aus dem Englischen
von Claudia Wenner

dtv

Von Aravind Adiga ist bei dtv außerdem lieferbar:
Der weiße Tiger (13939)
Zwischen den Attentaten (14033)
Letzter Mann im Turm (14249)

Ausführliche Informationen über
unsere Autoren und Bücher
www.dtv.de

MIX
Papier aus verantwortungsvollen Quellen
FSC® C019821

2019 dtv Verlagsgesellschaft mbH & Co. KG, München

Die Originalausgabe erschien 2016 unter dem Titel
›Selection Day‹ bei Picador in London.

Umschlaggestaltung: Katharina Netolitzky
Satz: C.H.Beck.Media.Solutions, Nördlingen
Druck und Bindung: Druckerei C.H.Beck, Nördlingen
Gedruckt auf säurefreiem, chlorfrei gebleichtem Papier
Printed in Germany · ISBN 978-3-423-14687-6

Meiner Mutter, Usha Mohan Rau

Mein Erbe ist mir geworden
wie ein Löwe im Walde
und brüllt wider mich.

Jeremiah 12:8

Anmerkungen des Autors

Ein Lakh sind hunderttausend Rupien – zu Beginn des Jahres 2016 circa € 1380.

Ein Karor sind zehn Millionen Rupien, circa € 138 000.

Im Jahr 2014–15 betrug das durchschnittliche Pro-Kopf-Einkommen in Indien 74 920 Rupien, circa € 935.

Wer in Bombay/Mumbai lebt – die Stadt wurde 1995 in Mumbai umbenannt – sagt Bombay, wenn er die Stadt von einst meint, und Mumbai, wo der offizielle Name erwartet wird. Beide Namen werden aber auch willkürlich verwendet, ohne Hintergedanken oder tiefere Bedeutung – wie im vorliegenden Roman *Golden Boy*.

Auch ich habe ein Geheimnis.

Kiesel und Stiftkappen; goldene Schokoladenpapierchen; ramponierte Münzen und lederne Cricketschlägergriffe; gesprungene grüne Knöpfe und rostige Fünf-Zentimeter-Nadeln: Ich verstehe sie alle.

Ihr Stiftkappen seid eigentlich Zitronen. Kiesel sind süßer. Nadelrost ist essigartig. Zimmerfußböden sind buttrig. Gutes Papier ist milchig, und billiges wird bitter. Orangenschalen sind schmackhafter als Orangen. Nur eine Sache auf Erden ist geschmacklos.

Plastik!

Er war vier Jahre alt. Jeden Abend um halb sechs ging sein Vater mit Radha Krishna zum Crickettraining, und dann war er allein in dem Zimmer, in dem sie zu dritt wohnten; er war in der *Kattale*.

Kattale heißt auf Kannada «Finsternis»: eine Finsternis, die tiefer ist, als sich auf Englisch sagen lässt.

In der *Kattale* drückte er seine Nase fest gegen den Spiegel und hauchte ihn an. Seine Zunge wuchs, und er fing an, alle Dinge zu verstehen, manche zum ersten Mal, andere von Neuem.

Du, Spiegel, schmeckst wie Salz. Die Bindis, die sich die Frauen auf die Stirn kleben, schmecken wie Kissan-Mehrfruchtmarmelade. Wolle ist verbrannte Stärke. Baumwolle ist kühler als Wolle und bewahrt Düfte länger.

Dann waren die Menschen an der Reihe. Wenn er sich Radha Krishnas weißes Cricket-T-Shirt an die Nase hielt, roch es, noch bevor er daran geleckt hatte, nach einer der sieben Schweißarten. Nach der, die ein Junge absondert, wenn er Angst hat. Dann weiß er, dass Radha mit ihrem Vater Cricket geübt hat.

Dies war seine geheime Welt. Seine Zunge war ein weißes Segel, und wenn sie groß genug geworden war, konnte er bis ans Ende der Welt fahren. Wie Sindbad erforschte er seine geheime Welt, wenn er allein in der *Kattale* war. Bis eines Abends, als er sieben oder acht Jahre alt war, das Licht anging und sein Vater ihn beim Ablecken des Spiegels erwischte. Ein Schlag landete auf dem Rücken des Jungen, und es folgten weitere Schläge, bis sein Magen alles von sich gab, was er probiert hatte, und er wieder wurde wie Radha Krishna und alle anderen.

Keine Geheimnisse mehr.

Weil abends normalerweise niemand mehr im Schulkorridor ist, gehe ich nach dem Training mit der Crickettasche über der Schulter dorthin und wasche mir Gesicht und Hände mit antiseptischer Seife. An diesem Abend aber sah ich einen Jungen allein im Korridor stehen: Seine Nase war wie ein Schnabel, und er betrachtete sich in einem runden Spiegelchen, das er in der linken Hand hielt. Plötzlich fiel mir etwas ein, woran ich jahrelang nicht mehr gedacht hatte. Ich musste an den Abend denken, als ich noch klein war, aus Versehen die Tür zur Damentoilette geöffnet hatte und meine Mutter erblickte, die ihren Kajalstrich im Spiegel musterte. Ich fing an zu schwitzen und bekam immer mehr Herzklopfen. In dem Moment blickte er von seinem Spiegel auf und bemerkte mich.

Sechs Jahre später hatte Manjunath soeben die Tür zu einer anderen versteckten Welt geöffnet.

ERSTER TEIL

DREI JAHRE VOR DEM AUSWAHLTAG

Achte Klasse

«Ich habe Neuigkeiten, Tommy Sir.»

«Ich auch, Pramod. Wissen Sie, als ich einundzwanzig war und Sie noch nicht mal auf der Welt waren, begann ich ein geschichtliches Werk über den Feldzug der Marathen in der dritten Schlacht von Panipat zu schreiben. Es hatte sogar einen Titel: ‹1761: Die Seele bricht aus der Umzingelung aus›. Weil ich das Gefühl hatte, dass es keine wahrheitsgetreue Schilderung dieser Schlacht gab. In allen Geschichtsbüchern steht, wir Marathen hätten am 14. Januar 1761 in Panipat gegen die Afghanen verloren. Das ist falsch. Ich meine, es mag stimmen, dass wir verloren haben, aber das ist nicht die wahre Geschichte.»

«Tommy Sir, es gibt auch noch einen jüngeren Bruder. Er spielt ebenfalls Cricket. Das wollte ich Ihnen sagen.»

«Pramod. Cricket hängt mir zum *Halse* raus. Reden Sie meinetwegen über Schlachten, Zwiebeln oder Narendra Modi mit mir, irgendetwas *anderes*. Begreifen Sie das denn nicht?»

«Tommy Sir, Sie hätten sehen sollen, wie der kleine Bruder heute im Oval Maidan den Ball geschlagen hat. Allen Ernstes. Er ist fast so gut wie sein großer Bruder.»

Mumbai, bei Dunkelheit. Die Verhandlungen nehmen kein Ende.

«Und Sie wissen ja, wie gut der ältere Bruder ist, Tommy Sir. Sie haben gesagt, Radha Krishna Kumar sei der beste Schlagmann, den Sie in den letzten fünfzig Jahren erlebt haben.»

«Fünfzig? Pramod: In den letzten fünfzig Jahren hat es keinen besten Schlagmann der letzten fünfzig Jahre gegeben. Ich habe allerhöchstens *fünfzehn* Jahre gesagt. Stehen Sie nicht bloß herum, helfen Sie mir beim Abfallsammeln. Ein bisschen Bücken tut Ihnen gut, Pramod. Sie werden allmählich dick.»

Hinter Glas und Stahl, hinter Banken und Bürohäusern und dem monströsen blauen Gebäude, in dem die Diamantenbörse untergebracht ist, versteckt sich ein Flecken echten Grüns: der Mumbai Cricket Association (MCA) Verein im Herzen des Bandra-Kurla-Finanzzentrums. Flutlicht leuchtet das Spielfeld aus, auf dem zwei Männer Abfälle auflesen.

«Sagen Sie mir, Pramod, da Sie ja unbedingt über Cricket reden wollen: Wie groß ist die Wahrscheinlichkeit, dass zwei Brüder aus derselben Familie beide berühmte Cricketspieler werden? Das ist von der Natur nicht vorgesehen.»

«Sie trauen Sportlerbrüdern nicht, Tommy Sir. Wieso?»

«Ich *misstraue* ihnen, Pramod. Bitte heben Sie das Stück Plastik da auf.»

«Ein Meister sowohl im englischen Cricket als auch in der englischen Sprache, Tommy Sir. Sie sollten für die *Times of Great Britain* schreiben.»

«Of London.»

«Verzeihung, Tommy Sir.»

Pramod Sawant bückte sich mit eingezogenem Bauch und hob eine Plastikverpackung auf, die er an der abgerissenen Ecke anfasste.

«Der jüngere Bruder heißt Manjunath Kumar. Ich sage Ihnen, er ist momentan der größte Geheimtipp im Mumbai-Cricket. Er ist der einzig Wahre.»

Sawant, pummelig, mit Schnauzbart und Anfang vierzig, war

für das Bombay-Cricket ein durchaus bedeutender Mann – er war der Cheftrainer der Ali-Weinberg-International-School, die im letzten Jahr den zweiten Platz im Harris-Shield-Turnier belegt hatte. Cheftrainer Sawant war mit anderen Worten ein dickes Rohr des Filtersystems, das starke Handgelenke, schnelle Reflexe und gelenkige Glieder aus allen Teilen der Stadt einsaugt, sie jahrelang durch Schulmannschaften, Vereinsmeisterschaften und Freundschaftsspiele schleust und sie dann eines Morgens plötzlich auf ein offenes Feld schüttet, wo zwei oder auch drei neue Spieler für die Mumbai-Ranji-Trophy-Mannschaft ausgewählt werden.

Doch wenn er heute Abend nicht Tommy Sirs Interesse zu wecken vermag, ist er ein Nichts.

«Keiner weiß, wie der einzig Wahre aussieht, Pramod. Ich habe noch keinen gesehen. Woran wollen *Sie* ihn denn erkennen?»

«Dieser Manju ist ein Superhit, das sage ich Ihnen. Er hat so eine Art, die Bälle auf die Leg Side abprallen zu lassen, und heimst damit einen Lauf nach dem anderen ein. Ein bisschen Sandeep Patil, ein bisschen Sachin, ein bisschen Sobers, vor allem jedoch ist er *khadoos*. Ich meine, wenn Sie ihn jetzt fördern, dann machen Sie aus der sowieso schon brillanten Idee der Cricketförderung etwas noch nie Dagewesenes.»

Der grauhaarige Tommy Sir, größer und weiser als Coach Sawant, heftete die Augen auf den Rasen.

«Nach neununddreißig Jahren Dienst am Bombay-Cricket lässt man mich hier wie einen Dienstboten sauber machen. Pramod. Nach neununddreißig Jahren.»

«Sie *müssen* nicht sauber machen, Tommy Sir, das wissen Sie doch. Das kann der Peon morgen früh machen. Also, ich weiß, dass Manju, der kleine Bruder, ein echtes Talent ist. Was denn sonst? Eine Fälschung? Dieser Junge ist der einzig Wahre, das verspreche ich Ihnen.»

Nach einer Runde Abfallsammeln hatte Tommy Sir eine weitere Runde begonnen.

«Pramod, der Gedanke, dass der Junge ...», er bückte sich, untersuchte einen Stein und ließ ihn wieder fallen, «... entweder authentisch oder eine Fälschung ist, ist ganz und gar westliche Logik.» Er ging weiter. «Wissen Sie, was die Jains sagen, Pramod? Dass es sieben verschiedene Arten der Wahrheit gibt. *Sieben.* Nummer eins: Der kleine Bruder ist tatsächlich der einzig Wahre. Nummer zwei: Er ist eine Fälschung. Nummer drei: Er ist der einzig Wahre und gleichzeitig eine Fälschung. Vier: Er existiert in einer Dimension jenseits von wahr und falsch, die für uns Menschen nicht zu begreifen ist. Fünf: Er ist tatsächlich der einzig Wahre und existiert trotzdem in einer Dimension, die unser dürftiges, menschliches Begriffsvermögen übersteigt. Sechs –»

«Ich bitte Sie, Tommy Sir. Ich weiß, was ich im Grunde meines Herzens gefühlt habe, als dieser Junge den Ball schlug. Ich weiß es einfach.»

«Mein lieber Pramod. Hockey ist Indiens Nationalsport, Schach passt am besten zu unserem Körperbau und Fußball ist die Zukunft.»

Zwei alte Torstäbe lagen vor ihnen auf dem Pfad. Tommy Sir hob einen auf, und Sawant tat so, als würde er den anderen aufheben.

«Fußball ist schon seit fünfzig Jahren die Zukunft, Tommy Sir. Nichts wird Cricket je ersetzen.»

Schweigend beendeten die beiden Männer die Runde, und Tommy Sir begann eine dritte, wobei er den Torstab vor sich hertrug.

Schließlich sagte er: «Pramod, der berühmte George Bernard Shaw hat einmal gesagt, in Amerika sei seit Jahrzehnten kein Englisch mehr gesprochen worden. Und ich sage, dass wir Inder seit Jahrzehnten kein Cricket mehr gespielt haben. Mindestens seit 1978 nicht mehr. Gehen Sie jetzt nach Hause – ich bin sehr müde. Ich will dieses Wochenende bei Mahabaleshwar wandern gehen. Ich träume vom Gebirge, Pramod.»

Sawant, der nach Luft rang, sah nur ein einziges Stück «Abfall», das noch nicht aufgesammelt war: einen weißen Handschuh genau in der Mitte des Spielfelds. Mit geballten Fäusten jagte er Tommy Sir zu dem Handschuh und hob ihn als Erster auf.

«Etwas von Sandeep Patil trifft auf etwas von Ricky Ponting. Sie hätten den Jungen heute erleben sollen.»

«Sind Sie taub?» Auf Tommy Sirs hoher Stirn traten die Muskeln hervor. «1978 hat Sunny Gavaskar die Fähigkeit verloren, den Ball außerhalb der Off-Stump-Linie zu ignorieren, und seitdem spielen wir Baseball und nennen es Cricket. Gehen Sie nach Hause.»

Er schnappte Sawant den Handschuh weg. Dann ging er in eine Ecke des Spielfelds und ließ den Abfall, den er in den Händen hielt, dort fallen: Der Peon würde am nächsten Morgen alles in die Abstellkammer schaffen.

Sawant sah zu, wie Tommy Sir in eine Autorikscha stieg, die sofort losfuhr. Und wie in einem Stummfilm hielt die Autorikscha plötzlich an, und eine Hand schoss heraus und winkte ihn zu sich.

Die Autorikscha, in der jetzt beide Männer saßen, fuhr den weiten Weg vom Bandra-Kurla-Komplex über die Schnellstraße nach Kalanagar und hielt dort vor einem mit Schimmelflecken übersäten Wohnblock.

Tommy Sir überließ es Sawant, den Fahrer zu bezahlen, und stieg aus; er sah zum vierten Stock hinauf, um zu prüfen, ob seine Tochter Lata das Licht in der Küche angelassen hatte, obwohl er ihr seit zweiundzwanzig Jahren erklärte, dass sie damit gegen alle Prinzipien der Hauswirtschaftslehre verstieß, einem wunderbaren Fach, in dem einst alle jungen Frauen in diesem Land, die aufs College gingen, Unterricht erteilt bekommen hatten.

Tommy Sir zeigte auf den Himmel über seinem Wohnblock: Der Vollmond balancierte auf einem Wassertank.

«Pramod, weißt du, in einer Nacht wie dieser drehen die jungen Leute in Bandra einfach durch. An der Bandstand-Promenade klettern die Jugendlichen auf die Felsen, setzen sich weit draußen hin und fangen an, sich zu küssen. Sie vergessen das Meer um sich herum, und dann kommt langsam die Flut. Und steigt und steigt.» Der alte Mann hob die Finger ans Schlüsselbein. «Also hören die jungen Leute mit dem Küssen auf, weil sie merken, dass sie mitten im Meer sitzen, und schreien um ihr Leben.»

Er wartete.

«Pramod – wie heißt der Jüngere? Manju?»

«Ich wusste, dass Sie ja sagen, Tommy Sir. Sie glauben an die Zukunft dieses Landes. Ich sag dem Seher Bescheid. Ich meine, dem *anderen* Seher.»

«Pramod Sawant: Hören Sie mir zu. Erstens ist Ihr Seher wahrscheinlich nur ein Alkohol-Schwarzhändler. Zweitens mag ich zwar Radha Kumar, aber seinen Vater kann ich nicht leiden. Der Chutney-Radscha ist völlig verrückt. Und jetzt soll ich mich doppelt mit ihm befassen?»

«Das ist der einzige Minuspunkt, das gebe ich zu. Der Vater *ist* verrückt.»

Tommy Sir gab dem Mond über dem Wassertank die Schuld für das, was er als Nächstes sagte.

«Wie *viel* von Sandeep Patil hat er?»

***

Seit fast vierzig Jahren sah man auf den Maidans, Schulgeländen, Gymkhanas, Members-Only-Clubs und überall, wo sich Jungen in weißen Uniformen versammelten, einen grauhaarigen Mann mit kleinen Augen. Im Bombay-Gymkhana oder im Shivaji-Park oder im Oval-Maidan schaute Tommy Sir während der gesamten Cricket-Saison zu und schrie (die Arme in die Hüften gestemmt, die Stirn gerunzelt): «Toller Schlag!», «Klasse Wurf!», «Trottel!» Wenn er wütend war, schob er den Unterkiefer vor. Ein Junge mochte in der Sonne einhundert Läufe erzielen und zurück im Spielerzelt ein *Gut gemacht, Junge!* erwarten, doch stattdessen konnte er einen

Prankenschlag auf dem Hinterkopf spüren und den großen Tommy Sir sagen hören: ‹Warum nicht zweihundert Läufe?› Mit ein, zwei Sätzen hatte er schon manches Cricketspielerherz gebrochen: «Du bist nicht gut genug für diesen Sport, mein Sohn. Versuch's lieber mit Hockey.» Er war schonungslos. Tommy Sir sprach der Wahrheit zu wie manche dem Alkohol. Ein-, zweimal pro Saison nahm er einen Schlagmann nach einem langen, produktiven Durchgang mit zum Zuckerrohrsaftstand; dann standen die Jungen beieinander und sahen mit offenen Mündern zu: *Mogambo Khush Hua. Tommy Sir ist zufrieden.*

Natürlich hieß er gar nicht so. Aber weil Narayanrao Sadashivrao Kulkarni zu lang war, nannten seine Freunde ihn Tommy; und weil das zu kurz war, nannten seine Schützlinge ihn Tommy Sir. Wie ein Labrador, den Ihre Majestät die Königin von England in den Adelsstand erhoben hatte. Lächerlich.

Er hasste den Namen.

Natürlich blieb er an ihm kleben.

Am Abend vor seiner Hochzeit, im Juli 1974, erklärte er seiner zukünftigen Frau, die mit dem Nachtzug aus einem Dorf in der Nähe von Nashik gekommen war, sechs wichtige Dinge über sich selbst. Erstens: Hier ist meine Verdienstbescheinigung. Sieh sie dir an und begreife, dass ich kein Mann bin, der es im Leben zu Reichtum bringen kann. Zweitens: Ich glaube nicht an Gott. Drittens: Ich sehe mir keine Filme an, weder Hindi-Filme noch Hollywood-Filme noch Marathi-Filme. Viertens: Dasselbe gilt für Theatervorstellungen. Fünftens: An Sonntagen, an denen Ranji, Harris, Giles, Vijay Merchant, Kanga oder irgendeine andere Art Cricket in Bombay gespielt wird, werde ich das Haus nach dem Frühstück verlassen und erst zum Abendessen wiederkommen. Sechstens: Einmal im Jahr fahre ich übers Wochenende in die Nähe von Pune, in die Westghats, und zwar allein. Und sechstens, zweiter Teil, weil sieben Dinge das Erinnerungsvermögen einer Frau übersteigen: Vor meinem Tod will ich einen neuen Vivian Richards, Hanif Mohammed oder Don Bradman entdecken. Denk über diese sechs Dinge nach, und wenn du willst, heirate mich morgen. Bereue es aber hinterher nicht: Eine Scheidung kommt für mich nämlich nicht infrage.

Er war ein gebildeter Mann, ein Literaturkenner, jemand, auf den man hörte: Seine Kolumne über die Traditionen des Mumbai-Cricket wurde in sechzehn Zeitungen in ganz Indien veröffentlicht. Er war außerdem ein künstlerisch veranlagter und kultivierter Mann, ein autodidaktischer Maler: Vor ein paar Jahren hatte er in der Jehangir-Art-Gallery allseits bejubelt seine Aquarelle nach Schwarz-Weiß-Fotos klassischer Testmatches ausgestellt, und man munkelte, dass er jetzt insgeheim an einer Geschichte des Marathenheers im achtzehnten Jahrhundert arbeitete. Er war der vielleicht beste Talentsucher, den Indien je gehabt hatte. Dreizehn seiner Entdeckungen hatten es ins Ranji-Trophy-Team geschafft, darunter «Tempodämon» T. O. Shenoy, der den schnellsten Ball in der Geschichte der Stadt geworfen hatte; außerdem hatte er, als er in den 1990er-Jahren sechs Monate in Chennai war, zwei echte Rubine im südindischen Schlamm entdeckt, die daraufhin für das Cricketspiel in Tamil Nadu funkelten. Auf seinem Computer waren Referenzen von neun gegenwärtigen, sechs früheren und zwei noch manchmal spielenden Ranji-Trophy-Spielern; außerdem Anerkennungsschreiben von Cricketverbänden aus siebzehn Ländern.

Und all diese Leute aus Mumbai, Tamil Nadu oder von andernorts wissen, was der Cheftrainer Pramod Sawant weiß: dass irgendwo dort draußen der neue Sachin Tendulkar wartet, der neue Don Bradman, der eine Junge, den er seit neununddreißig Jahren sucht – und Tommy Sir will diesen Jungen unbedingt haben, dringender als ein Glas Wasser an einem heißen Tag.

***

Dort – gegenüber vom Victoria-Terminus. Er verschwand bereits.

Manjunath Kumar rannte die Stufen zu einem Tunnel hinunter, wobei der schwarze Griff eines Cricketschlägers wie ein gekürzter Kendo-Stock aus der Tasche ragte, die er über der linken Schulter trug. Noch drei Schritte bis zum Tunnel. *Die Wirklichkeit überholt die Fantasie: Man stelle ein Glas kochendes Wasser ins Gefrierfach und daneben ein Glas lauwarmes Wasser. Das Glas mit kochendem Wasser gefriert früher als das mit lauwarmem Wasser. Wie lässt sich dieses Paradoxon erklären?* Die hervortretenden Augen in seinem dunklen Gesicht deuteten auf Unabhängigkeit und Aufsässigkeit hin, doch sein kleines spitzes Kinn schien dafür geschaffen, dem Betrachter zu gefallen; auf seiner Wange hatte sich ein erster Pickel gebildet; und auf seiner roten Crickettasche stand auf der Seite mit auffälligen Stickstichen: «Eigentum von M. K., Sohn von Mr Mohan Kumar, Dahisar». Er hatte fünfzehn Rupien in der Hosentasche, genau der Betrag, um Erdnüsse und eine Flasche Trinkwasser nach dem Training zu kaufen, außerdem steckte dort eine gefaltete Zeitungsseite. *Die Wirklichkeit überholt die Fantasie: Man stelle ein Glas kochendes Wasser ins Gefrierfach…* Der übel riechende, kakophonische Tunnel war selbst an einem Sonntagmorgen voller Menschen, die in dem kruden Neonlicht Sportschuhe, bunte Hemden und Spielsachen für Kinder suchten. *Die Wirklichkeit überholt die…* Manju bahnte sich einen Weg durch die Menge. Aufziehbare Spielsachen versuchten, Salto über seine Schuhe zu springen. Um auf sich aufmerksam zu machen, schlugen zwei nebeneinanderstehende Männer grüne Tennisschläger gegen Stanniolpapier und erzeugten Funken. Elektronische Moskitovertilger. Für dich, mein Sohn, nur fünfzig Rupien. *Wie lässt sich dieses Paradoxon erklären…* Für dich, mein Sohn, nur vierzig Rupien. In der Ferne sah Manju die Treppe, die zum Victoria-Terminus führte. Die eine Hälfte lag im Dämmerlicht. Über dem Tunneleingang musste sich ein Halbmondfenster befinden, das mit einer hundertjährigen Bombay-Schmutzschicht überzogen war. Unter dreißig Rupien kann ich nicht gehen, mein Sohn, nicht mal für dich.

In der oberen Hälfte glitzerten die Stufen wie Weihnachtslametta.

Als er wieder aus dem Tunnel hinaustrat und gerade über die Straße zum Azad Maidan hinübergehen wollte, hielt er inne. Manju hatte ihn gesehen – den Jungen, den er jeden Sonntag sah, der jedoch jedes Mal eine andere Miene zur Schau trug.

Den Durchschnitts-Cricketspieler.

Heute war es der Junge, der auf den Fußweg blickte und seine Tasche hinter sich herschleifte. Er hatte eine grüne Kappe auf und trug weiße, verfleckte Kleider. Ungefähr vierzehn Jahre. Führte Selbstgespräche.

«... daneben. Knapp daneben. Aber der Schiedsrichter ... so was von blind. Und außerdem verrückt ...»

Manjunath stand grinsend auf der anderen Straßenseite.

Tag, du Durchschnittsspieler.

Dies waren die Trümmer des ersten Spiels auf dem Azad Maidan – der Bursche, der jetzt fünfzehn Zentimeter kleiner war als um 7 Uhr früh, der blinzelte und sich mit der Luft stritt, der den Schiedsrichter verwünschte und den Bowler und dessen Mannschaftskapitän und seinen eigenen Mannschaftskapitän und der jede Minute weiter schrumpfte, weil er tief im Innern wusste, dass er nicht dafür bestimmt war, ein bedeutender Cricketspieler zu werden.

Manju hievte seine Tasche von den Schultern und stellte sie auf den Asphalt. Dann machte er den Reißverschluss auf und zog seinen neuen Schläger hervor: Er umfasste den schwarzen Griff mit beiden Händen und hielt ihn fest.

Dann wartete er.

Der durchschnittliche Cricketspieler zog die grüne Kappe ab und hob den Kopf. Dann trafen sich die Blicke der beiden Jungen.

Manjunath Kumar zeigte ihm, wie man den Ball mit einem Treibschlag durch die Covers spielte. Er zeigte ihm, wie man den roten Cricketball angriff, verteidigte und beherrschte.

Woraufhin er wie W. G. Grace auf den Schläger gestützt dastand, die Zunge herausstreckte und mit den Augen rollte.

Auf der anderen Straßenseite fiel die grüne Kappe aufs Pflaster.

Zum Abschied winkte Prinz Manju dem Durchschnitts-Cricketspieler zu und verabschiedete sich – mit einer Drehung nach links und einer Drehung nach rechts – von allen durchschnittlichen Dingen.

Ich bin der zweitbeste Schlagmann der Welt.

***

«Bleib sofort stehen. Wir haben gestern Abend über dich gesprochen. Bleib stehen, hab ich gesagt.»

Die Silhouette des Municipal-Building und die stachelige Kuppel des Victoria-Terminus kämpften sich durch den Morgensmog, und dazwischen hingen massenweise Fernsehkabel. In einer Ecke brannte Abfall, von dem blauer Rauch aufstieg.

Zwischen den Gebäuden und dem brennenden Abfall stand ein dicker Mann und versuchte wie ein Torwart, Manjunath zu erwischen.

«Komm zurück, Junge. Komm sofort zurück.»

Grinsend gab Manjunath nach und ging an die Stelle zurück, wo Cheftrainer Sawant stand.

«Hast du gehört, was ich gesagt habe? Ich hab gesagt, wir haben gestern Abend über dich gesprochen. ‹Wir› bedeutet zwei Leute. Wer war wohl der Zweite, der über deine Zukunft gesprochen hat? Frag mich das.»

Manju zog stattdessen die Hand aus seiner Hosentasche und zeigte dem Coach etwas.

«Was ist das?», fragte Sawant, als ihm der Junge eine verstörend große Seite aus der Sonntagszeitung überreichte.

«Sir, bitte sagen Sie mir die Antwort.»

Sawant nahm das Paradoxon in beide Hände. Sein Hirn kämpfte

mit der Oberstufenphysik und seine Lippen mit dem Zeitungsenglisch.

Man stelle ein Glas kochendes Wasser ins Gefrierfach …

«Ich hab keine Ahnung, Manju. Nicht die geringste Ahnung. Nimm es wieder an dich. Manju», sagte der Trainer dann, «warum hast du das zum Cricket mitgebracht? Kann dir das zu Hause niemand erklären? Was ist mit deiner –»

«Meine Mutter ist auf einer langen Urlaubsreise, Sir.»

Während Manju sein kostbares Stück Zeitung in der Crickettasche verstaute, musterte Sawant ihn von Kopf bis Fuß, wie jemand, der sich fragte, ob er eine schlechte Entscheidung getroffen hatte.

«Der andere Mann, der über dich gesprochen hat, war Tommy Sir. Du weißt ja, was es bedeutet, wenn er sich für einen Jungen interessiert.»

Doch Manju war schon geflüchtet.

«Hey, Manjuboy! Komm hierher!»

Zwanzig andere junge Cricketspieler standen um eine rote Steinwalze, auf der zweimal «Tiger» geschrieben stand. Sie hatten auf ihn gewartet.

«Chutneyboy! Seht mal, da kommt der Chutneyboy angerannt.»

«Chutneyboy, der ein *Young Lion* sein will. Komm her!»

Es war ein Kriegsgericht: Einer der Jungen hielt eines von den neuen Telefonen hoch, die gleichzeitig winzige Fernseher waren, und Manju musste sich auf die Steinwalze stellen, während der Kreis um ihn herum enger wurde.

Als Manju sich über den weißen Kreis erhob, ging Sawant, damit er mehr sah, mit den Händen in den Hüften um die Steinwalze herum.

Die Jungen zwangen Manju, sich anzusehen, wie eine Reporterin einem großen Teenager ein Mikro hinhielt. Er war in jeder Hinsicht gut aussehend und hatte noch dazu kühle graue Wolkenaugen wie die eines Schneeleoparden.

«Chutney-Radscha! So nennen sie deinen Vater, Manju. Chutney-Radscha!»

«Du hast sie ja im Fernsehen gehört. Mein großer Bruder ist ein Young Lion.»

«Chutney-Radscha-SubJunior! Du kennst doch sowieso nur deine Naturwissenschaftsbücher. Was weißt du schon vom Ballschlagen?»

«Thomas, heute schlag ich dich dreimal hintereinander mit vier Läufen. Und dann schlag ich dich dreimal mit sechs Läufen. Was hast du über meinen Vater gesagt?»

«Dass er ein Chutney-Radscha ist.»

«Und was ist *dein* Vater?»

«Dein Bruder ist der Chutney-Radscha-Junior. Damit bist du –»

YOUNG LIONS

Helft uns bei der Suche nach der nächsten Generation legendärer Sportler!

Diese Bilder zeigen, dass Radha Krishna Kumar am Stadtrand von Mumbai in Verhältnissen aufgewachsen ist, die man kaum als ideal erachten kann. Sein Vater ist Chutney-Vertreter und sein Hauptgeschäft sind seine Söhne. Im Originalton:

«Wir haben ein Familiengeheimnis, das uns über alle anderen Cricketspielerfamilien der Stadt Mumbai hinaushebt. Mein Sohn Radha hat den geheimen Segen von Lord Subramanya, der Gottheit, der unsere Familie huldigt …»

(Geheimer Segen von Gott? So ein Scheiß, dein Vater ist wirklich verrückt.)

(Ashwin. Ich hab's gehört. Zwei Vierer!)

«Mr Mohan: Stimmt es tatsächlich, dass Ihr Sohn so gut geworfen hat, dass Sachin Tendulkar während eines Übungsspiels ausscheiden musste – oder ist das bloß ein Gerücht?»

«In unserer Sprache gibt es das Sprichwort: Wer eine Erdnuss stiehlt, ist ein Dieb, und wer einen Elefanten stiehlt, ist auch ein Dieb. Das bedeutet, dass wir weder im Großen noch im Kleinen lügen. Radha Krishna hat seinen vierten Ball direkt auf das Wicket geworfen, und Sachin Tendulkar musste ausscheiden.»

(Das stimmt! Es war wirklich so!)

(Halt den Mund, Chutney-Radscha-SubJunior! Und warum heißt dein Bruder Radha? Ist das nicht ein Mädchenname?)

Radha Kumar ist in seinem Viertel ein Superstar. Wir haben mit seinem Nachbarn Mr Ramnath gesprochen, der hier vor seinem Bügelstand zu sehen ist.

«Dahisar war einmal berühmt, bevor der Fluss so schmutzig geworden ist, wurden hier Filme gedreht. Als ich Radha zum ersten Mal sah, das war vor über zehn Jahren, sein Vater brachte ihn her, da hab ich zu meiner Frau gesagt, dieser Junge macht Dahisar wieder berühmt.»

YOUNG LIONS

MONTAG 18:30 UHR – WIEDERHOLUNG AM MITTWOCH

Folgen Sie uns auf Twitter

Es reicht! Manju fuchtelte wild mit den Armen und vertrieb seine Peiniger von der Steinwalze: Es war an der Zeit für richtiges Cricket.

«SubJunior! Mach dich zum Schlag bereit!»

«Oh, Champion aller Champions!»

Aus der Ferne, vom anderen Ende des Maidan, hörte man Trommelschläge. Mit Beinschützern und Helm versehen ging Manju zur Spielfeldlinie und ließ dabei seinen Schläger schwungvoll über dem Kopf kreisen.

Mittags schlug er immer noch den Ball. Manju Kumar hatte Wort gehalten und alle Bowler für das, was sie über seinen Vater gesagt hatten (und über seinen Bruder und dessen angeblichen

Mädchenvornamen), unterschiedlich bestraft: Thomas' Ball schlug er über Mid-Wicket hinaus, Ashwins Ball schlug er zweimal durch die Covers, und die Bälle der anderen schnitt er oder begegnete ihnen, indem er sie besonders gekonnt von einer Seite zur anderen schlug oder sie mit einer schnellen Drehung des Handgelenks wegschlug.

Pramod Sawant stand mit verschränkten Armen da und beobachtete Manju: Er ließ den Blick über das dunkelhäutige Gesicht mit den Glupschaugen, dem spitzen Kinn und dem einsamen Pickel gleiten, über Schultern und Oberarmmuskeln und konzentrierte sich dann auf das, was am Körper eines Schlagmanns wichtig war. In Australien schlägt man den Ball mit Fußarbeit, in Indien mit den Handgelenken. Wenn Manjunath Kumars Unterarme in Bewegung waren, lief seinem Trainer das Wasser im Mund zusammen. Dunkel und geradezu reizend waren diese Unterarme, ausgeprägter und kräftiger als seine Bizepse, wie diejenigen eines Fünfundzwanzigjährigen, die man einem 1,45 Meter großen Kinderkörper aufgepfropft hatte – Unterarme, die Cheftrainer Sawant beim sanften Schlagen und gelegentlichen Gegen-die-Spielfeldgrenze-Knüppeln des harten roten Balls mit Schaudern an den muskulösen Mann in schwarzen Shorts denken ließen, der vor drei Jahrzehnten mit einem Wanderzirkus in sein Dorf gekommen war.

***

Manjunath saß auf dem Boden einer 30 m^2-Backsteinbox, seinem Zuhause. Er war wieder in dem Einzimmerhäuschen mit dem grünen Trennvorhang, wo er seit neun Jahren wohnte – seit sein Vater mit ihm und seinem Bruder nach Mumbai gezogen war. Der Junge drückte die Handteller an die Wangen und ging die Zeitung noch einmal durch:

Eine Theorie stützt sich auf den See-Effekt, wie er in den kalten Ländern Nordamerikas auftritt …

Seine Cricketausrüstung lag verstreut um ihn herum, und sein Oberkörper war nackt.

In dem schmalen Lichtstrahl unter der Metalltür der Hütte sah Manju Schatten vorbeigehen. Sein Vater war draußen und beantwortete die Fragen der Nachbarn. Wann kommt Radha Krishna wieder? Glaubt er jetzt, mit seinen Nachbarn zu reden, sei unter seiner Würde?

Auf dem Tisch stand das Abendessen, das seine Tante (oder vielleicht auch Großtante) Sharadha gekocht hatte. Die Welt war in Ordnung, abgesehen von einem naturwissenschaftlichen Paradoxon.

... schnell bildet sich auf dem See eine Eisschicht, die das Wasser während des gesamten Winters unter dem Gefrierpunkt hält. Analog dazu bildet sich, wenn lauwarmes Wasser gefriert, eine dünne Eisschicht. In einem Glas mit kochendem Wasser stoppt dagegen der verdunstende Dampf das ...

Ein Poltern ließ ihn aufblicken: Über das Wellblechdach galoppierte eine Schädlingskavallerie. Ratten auf dem Weg in die Mahlmühle, die sich mitten im Slum befand. Manju machte den Fernseher an und stellte ihn laut.

Er griff hinter das Gerät und holte einen Instantnudelbecher mit dunkler Erde hervor, in dem zwei Pferdebohnen gekeimt waren, die er vor achtundvierzig Stunden gepflanzt hatte. Neues Leben, gezeugt von Meister Manjunath. Mit väterlichem Blick betrachtete er die zarten Keime, beträufelte sie mit dicken Wassertropfen aus einem Glas und stellte den Becher Leben wieder in sein Versteck hinter dem Fernseher.

Das letzte Bild der täglichen Fernsehserie tauchte kurz auf: die Leiche eines Amerikaners, die nackt auf einem grünen Seziertisch unter einem Kegel aus hartem weißem Licht lag. Dann wurde der Bildschirm schwarz, und der Nachspann erschien.

Manju blickte an sich herab: Da war es schon wieder – er hatte eine Erektion. Das passierte ihm in letzter Zeit dauernd, manchmal sogar, wenn sein Vater oder sein Bruder im Zimmer waren. So fest er konnte, drückte er sich bäuchlings auf den Boden.

Er fragte sich, welche Farbe sein Pimmel jetzt wohl haben mochte: Und dann spürte er, dass unter dem Gewicht seines Körpers Flüssigkeit austrat und sich eine eisige Lache um ihn herum bildete. Er befand sich jetzt auf dem gefrorenen See. Er war nicht allein. Die Leiche des Ausländers hatte man vom *CSI-Vegas*-Untersuchungstisch mitten auf den See gebeamt … Agent Manjunath Kumar-Grissom, der befördert worden ist und nun zur Eliteeinheit des *CSI-Vegas* gehört, kriecht, zentimeterweise und mit dem rechten Zehennagel über das Eis kratzend, immer näher an den nackten Leichnam heran, den er bergen muss; doch als er fast angelangt ist, bricht krachend und knackend die Eisdecke unter ihm ein.

Überall ringsum wird plötzlich gepfiffen und gejubelt – Ra-dha! Ra-dha! –, ein Young Lion ist in den Slum zurückgekehrt. Manju jedoch, der jetzt nach draußen gehen und die Nachbarn anlächeln muss, liegt immer noch auf dem Boden und versucht, seinen Ständer loszuwerden.

***

Ein Seidenreiher war vom Fluss herbeigeflogen und beäugte den Jungen, der über einem Brunnen lag und eine Wasserschildkröte beobachtete.

Es war ein offener Brunnen, wie man ihn in Vororten wie Dahisar noch findet, siebeneinhalb Zentimeter aus dem Boden ragend und mit einem rostigen Gitter darüber: Manju lag mit dem Gesicht darauf und beobachtete etwas unter der Wasseroberfläche.

Seine Beine formten ein V auf dem Eisengitter, das knarrte, als er sein Gewicht verlagerte. Er leuchtete mit seiner dünnen Stabtaschenlampe durch die Zwischenräume in das schwarze Wasser hinunter und ließ den Lichtstrahl über den Brunnen wandern. Na also! Neugierig kam das dunkle Geschöpf mit der Kuppel auf dem

Rücken platschend und heftig strampelnd aus dem schwarzen Wasser ins Licht.

Manju knipste seine dünne Taschenlampe aus und legte das Gesicht auf das kalte Gitter. Sein Herz pochte laut gegen seinen Brustkorb, der wiederum gegen den Metallgitterrost pochte. In ein paar Stunden würde er Chemieunterricht haben. Er wusste, dass ihm eine unangekündigte Klassenarbeit bevorstand.

Was wird zur Herstellung von Bleichmittel benutzt?

A. Wasserstoff

B. Salzsäure

C. Natriumphosphat

D. Chlor

Bitte, bitte, hilf mir. O Gott des Crickets und der Chemie.

Von tief unten aus dem Brunnen wehte ein kühler Luftzug herauf und kitzelte ihn an der Wange; in der Fantasie des Jungen wurde er zu einem Lüftchen aus den blauen Bergen. Er spürte sein Haar im Wind wehen, in der Bergluft der Westghats.

Jeden Sommer kehrte die Familie in ihr Dorf zurück. Sie fuhren mit dem Zug von Mumbai nach Mangalore, dann mit dem Bus über die Berge bis zum Heiligtum des Cricketgottes, ihrer Familiengottheit Kukke Subramanya; an Bäumen mit rotem Laub vorbei und an kleinen Bächen, denen das Herz stehen blieb, wenn ein Schuljunge hineinsprang, vorbei an Wasserfällen, die sich in noch mehr Wasserfälle hüllten, bis sie an einen Tempel gelangten, der tief im Inneren der Westghats lag, dort aus dem Bus stiegen und dann stundenlang in einer langen Reihe standen und vorbei an brennendem Kampfer, schrillen Tempelglocken und einer neunköpfigen, bemalten Schlange, dem Beschützer Vasuki, langsam vorwärtsrückten, bis sie schließlich an die silbernen Türrahmen kamen, hinter denen von Öllampen beleuchtet der tausendjährige Cricketgott Subramanya wartete.

«Erinnert Ihn daran, meine Söhne. Wir können Ihm nicht viel Geld bieten. Also erinnert Ihn daran, ihr Bengel.»

«Einer von uns beiden soll der beste Schlagmann der Welt werden und der andere der zweitbeste.»

Mohan Kumar erinnerte Gott auf seine eigene Art. Wie jedes Jahr rollte er mit nackter Brust über den harten Tempelgranitboden, rollte von einer Seite der Mauer zur anderen und wieder zurück, bis sein Rücken aufgerissen und der geheime Vertrag in seinem Blut erneuert war.

«Leckst du dich wieder?»

«Nein», sagte Manju, «ich schaue nur.»

«Steh auf.»

Manju rührte sich nicht.

Radha ließ sich neben ihm nieder, und jetzt lagen zwei Leiber auf dem alten Gitter über dem Brunnen.

«Lass uns reingehen. Er muss schon wach sein», sagte Radha.

Manju zeigte mit der Taschenlampe auf eine Stelle unter ihnen.

«Da ist die Wasserschildkröte wieder. Es ist die Mutter.»

«Vielleicht. Gehen wir nach Hause, Manju. Sonst schlägt er dich wieder, wenn er schlechte Laune hat.»

«Das ist die Mutter. Ich gehe erst, wenn du auch sagst, dass es die Mutter ist.»

«Das kann ich von hier aus schlecht sehen, Manju.»

«Ich zeig's dir, ich zeig's dir.»

Radha, der Young Lion, hatte ein kantiges Kinn und war groß und muskulös. Obwohl der Altersunterschied zwischen den beiden nur ein Jahr und einen Monat betrug, wurde er manchmal für Manjus Onkel gehalten. Angestrengt versuchte er, durch das Gitter die Stelle in Augenschein zu nehmen, auf die sein Bruder den Taschenlampenstrahl hielt.

«Siehst du, die Mutter. Stimmst du mir zu? Dann können wir gehen.»

«Warte, Manju. Leuchte mal da drüben hin. Ich glaube, da ist noch eine.»

Die Taschenlampe bewegte sich: Eine weitere Wasserschildkröte wurde gesichtet. Sie hob den Kopf zu ihren beiden menschlichen Beobachtern empor. Wie faszinierend, schien sie zu sagen, Schildkröten zu sehen, die dort oben in noch größerer Finsternis leben. Danach verlor sie das Interesse an den Jungen und sank zurück ins Wasser.

«Das ist die Mutter, stimmt's? Wenn du mir zustimmst, können wir gehen.»

Manjunath drückte sich eng an seinen Bruder; die Körperwärme schärfte seine Sinne.

Auf einmal sah man noch eine Wasserschildkröte: Mit weit aufgerissenem Maul und einem Panzer, dessen Rand golden glitzerte, drehte sie sich nach dem Licht.

«Manju, du irrst dich. Das hier ist die Mutter. Sie ist größer.»

«Ich hab es hinter dem Fernseher versteckt», flüsterte Manju.

«Was?»

«Mein Biologie-Experiment. Diesmal möchte ich die volle Punktzahl bekommen.»

Vor zwei Monaten war sein Modell-Düsenflugzeug, das er in vier Tagen Schwerstarbeit für den Physikunterricht gebaut und auf dem Esstisch hatte stehen lassen, unter mysteriösen Umständen verschwunden.

«Er findet es sowieso und wirft es weg, Manju. Komm, wir müssen gehen. Er muss jetzt wach sein.»

«Ich will die Schildkröte beobachten.»

«Manju, heute ist kein solcher Morgen.»

«Ich will die Schildkröte beobachten.»

«Manju, heute gibt es keine Untersuchung. Hab keine Angst.» Radha gab seinem Bruder einen Rippenstoß. «Wenn du jetzt nicht kommst, zeig ich ihm, wo du dein Experiment versteckt hast.»

Die Brüder sahen sich kurz an, dann sprangen beide Körper vom Gitterrost auf und rannten los.

Ihr Vater hatte ihre Liegen bereits zusammengeklappt und an die Wand gestellt, wo sie zwei gleichschenklige Dreiecke bildeten;

sein eigenes Klappbett stand auf der anderen Seite des Vorhangs. Direkt neben den Betten stand ein Almirah aus Metall, der sich mit einem Ausschlag rostiger Flecken und aschgrauer Narben über die jahrelange Misshandlung beklagte; an den drei Almirah-Seiten lehnten sieben Cricketschläger.

Die alte Sharadha, die irgendwie mit ihnen verwandt war und eine Tante oder Großtante war, putzte den Kerosinkocher und das schmutzige Geschirr vom Vorabend – eine polyglotte Beschwerdeführerin, die Kannada, Hindi und Englisch sprach, die einzige Frau, die seit einem Jahrzehnt oder länger bei ihnen verkehrte (keiner von den beiden Jungen kann sich erinnern, wann genau sie ging).

Vor dem Spiegel hinter dem grünen Vorhang färbte Mohan Kumar seinen Schnurrbart, eine Prozedur, die eine Dreiviertelstunde dauern konnte. Den Farbpinsel in der Hand drehte er sich um und betrachtete seine Söhne.

«Habt ihr schon wieder Mädchen angeguckt? Nackte Mädchen beim Morgenbad?»

«Nein, Appa. Wir haben uns Wasserschildkröten angesehen.»

«Jungens», sagte Mohan Kumar mit geschlossenen Augen und unterdrückte seinen Zorn. «Wenn ihr nackte Mädchen anseht, halb nackte Mädchen, die baden, dann sagt es mir. Ich bestrafe euch nicht. Aber lügt mich nicht an. Was habt ihr beiden euch angesehen?»

Mohan tauchte mit pechschwarzem Schnurrbart hinter dem Vorhang auf, rief seinen jüngeren Sohn zu sich, fasste ihn am Kinn und drehte sein Gesicht hin und her.

«Du hast ganz rote Backen, Manju. Das sind die Hormone. Du hast dir Mädchen angesehen, stimmt's?»

«Nein, Appa.»

Mohan Kumar hob die Hand, drehte den Handteller neunzig Grad nach links und zitterte wie jemand, der beim Salutieren einen Anfall bekommt. Manju duckte sich und machte sich bereit; der Schlag traf ihn rechts ins Gesicht.

Zehn Minuten später trugen die Jungen ihre Schuluniformen und hatten ihre Crickettaschen gepackt. Sie standen still, während Mohan die Hand in die Taschen steckte und nachprüfte, ob sie nichts vergessen hatten.

Dann schloss die Familie Kumar die Haustür hinter sich und ging zum Crickettraining.

Als sie an der Reifenreparaturbude vorbeikamen, einem «Puncher Shop», wie auf einem Schild zu lesen war, blieb Manju stehen und schrie: «Falsch! Völlig falsch!»

«Sei still», sagte Radha.

Doch als Manu seinen Vater ansah, war ihm klar, dass er noch mehr hören wollte: Er war nämlich stolz auf seinen Sohn, der klüger war als alle seine Altersgenossen im Slum.

«Wollen Sie Pan Card?», ratterte Manju mit lauter Stimme in Straßenverkäufermanier herunter. «Kürbis-, Karotten-, Bananen-Form-Obst und Gemüse-Salat-Dekorateure! Pandal-, Hochzeits-, Geburtstags-Experten! Alles auf Englisch ist falsch geschrieben, und mein Name ist Manjunath Kumar!»

Doch Manjunath Kumar, der zweitbeste Schlagmann der Welt, hatte etwas noch viel Wichtigeres vorzuweisen als korrekte englische Orthographie: Manju konnte nämlich Gedanken lesen. Es war ihm zugeflogen, er konnte es so, wie andere Kinder zum Beispiel mit den Ohren wackeln können, ohne sie zu berühren, oder die Zunge wie ein vertrocknetes Blatt einrollen oder den Daumen nach hinten durchbiegen. Wenn Manju still dasaß und sich konzentrierte, konnte er sagen, was die anderen von ihm wollten. Und er konnte Sätze zu Ende sprechen, die sie begonnen hatten.

Er wusste, dass er diese geheime Begabung, das Vermögen, Gedanken zu lesen, von seiner Mutter hatte. Ihre lange, elegante Nase; ihr hinreißendes Lächeln; ihre Art, ihm Seitenblicke zuzuwerfen – an all das erinnerte er sich noch. Und auch daran, wie seine Mutter auf einem Sofa saß, ihr wunderbares Lächeln auf ihre Gäste richtete und dauernd die Silbermünze mit der Prägung von

Lord Subramanya rieb, die von ihrer Ehehalskette hing, so als sei sie ein Amulett, mit dem sie Gedanken lesen konnte. Sie konnte immer sagen, was ihre Gäste hören wollten, und verwöhnte sie endlos mit Schmeicheleien, sodass diese sich später mit erfrischten, strahlenden Egos von ihr verabschiedeten, als kämen sie gerade aus einem Hamam. Und eines Tages las sie dann die Gedanken seines Vaters und verschwand. Das war ihre Rettung, denn sonst hätte Mohan Kumar sie umgebracht, da war Manju sich sicher. Deshalb hatte ihre Mutter Radha und ihn nie besucht, obwohl sie gehört haben musste, dass sie beide berühmt waren. Sie hatte so große Angst vor ihrem Mann, dass sie ihre Söhne vergaß.

Weil Manjunath die Gedanken seines Vaters gelesen hatte, wusste er, wie er ihn zufriedenstellen und ihm eine Freude bereiten konnte, und deshalb schrie er auf Englisch, während Radha (dem die geheime Begabung seines Bruders fehlte) protestierte:

«Hast du nicht gehört? Halt die Klappe, Manju.»

Das tat Manju auch: doch nur wegen des Knirschens und einer Wolke Mehlfeinstaub aus der Mahlmühle. Es handelte sich um ein tyrannisches Monster aus blauen Schläuchen und Trichtern, das berühmteste Objekt im Slum, das selbst Leute aus guten Gegenden jeden Morgen nach Shastrinagar zog. Das Knirschen und der erstickende, weiße Staub beruhigten den jüngsten Kumar vorübergehend, doch dann fing er wieder an:

«Internet-Gaming-Cyber-Mahesh-Café!»

«Manju, halt die Klappe, hab ich dir gesagt. Ich kann auch Englisch, aber *ich* gebe nicht damit an.»

Die Jungen waren hinter ihrem Vater an den Geschäften mit den heruntergelassenen Fensterläden durch ihren Slum gegangen und dann durch einen blau angemalten, von einer politischen Partei gespendeten Papptorbogen WILLKOMMEN BEI UNS ZUHAUSE, der übersät war mit den strahlenden, körperlosen Gesichtern lokaler, bundesstaatlicher und überregionaler Parteiführer, von denen mindestens zwei derzeit Gefängnisstrafen abbüßten – wodurch sich der Eindruck verstärkte, dass es sich um lauter Verbrecher aus dem Mittelalter handelte, deren grinsende Köpfe man über dem Stadttor aufgehängt hatte. Jemand, der den blauen Torbogen von weitem sah, konnte jedoch auch den Eindruck gewinnen, dass die Gesichter Dschinns waren, die sich dort versammelt hatten, um weiße Magie anzuwenden. Die Familie Kumar schien nämlich jetzt auf Wasser zu wandeln.

Der Slum war direkt am äußersten Stadtrand von Mumbai entstanden. Der Fluss Dahisar war die meiste Zeit des Jahres ein mit Steinen gefüllter Abwasserkanal, den nur die Seidenreiher oder das Flattern eines Paddyreihers erhellten, der zu seinem Nest aus Zweigen zurückkehrte. Eine Reihe Backsteine, die im Abstand von sechzig Zentimetern im Wasser platziert waren, bildete eine provisorische Brücke: Ihr Vater hatte sein Rad hochgehoben und trug es über dem Kopf, und die Jungen folgten ihm Schritt für Schritt über den Fluss in die übrige Stadt Mumbai.

Am Bahnhof – steigt ein, steigt ein! – schob Mohan die langsamen Cricketspieler mit ihren Taschen in den Schnellzug. Beeilt euch. Wenn ihr den Zug verpasst, könnt ihr hierbleiben. Dann ist nämlich Hauptverkehrszeit, und die Züge sind überfüllt. Ja, ich weiß, da ist ein freier Platz, aber du kannst dich jetzt nicht hinsetzen, Manju. Wir stehen alle drei. Ich will nicht, dass jemand im Zug schläft und dann beim Training gähnt.

Ein dünnes, großes Kind mit Zahnlücken ging im Erste-Klasse-Waggon umher und erbot sich oder drohte, Schuhe für fünf Rupien zu putzen. Mohan Kumars Schuhe wurden kostenlos geputzt. Während der Junge mit den Zahnlücken sie bearbeitete, blickte er zum Vater der Cricketspieler hoch.

«Young Lions? Young Lions. Young Lions? Young Lions. Young Lions?»

«Ich verkaufe einzigartige Chutneys», erklärte Mohan einem Passagier nach dem anderen. «Vierundzwanzig verschiedene Chutneys für jede Stunde des Tages. Mögen Sie Minze? Haben wir. Knoblauch? Wir haben Extra-Knoblauch. Und Chili, scharfen Chili, grünen Chili, süßen Chili, Mango, Rainbow-Chutney, 100 Prozent vegetarisch.»

Manju legte das Gesicht an das Hemd seines Bruders – an ihn gelehnt nickte er ein.

In Bandra stieg die Familie Kumar aus und ging die Fußgängerbrücke entlang, ein Gitternetz aus Vs, die auf dem Kopf standen und gelb und metallisch über das Sumpfland und die grünen, unbepflanzten Felder von Bandra zickten und zackten. Die Sonne brannte, die nasse Erde reflektierte, und die beiden Brüder wussten, dass sie rennen mussten. Die gelbe Brücke hinunter, bis zur Ampel an der Kalanagar-Kreuzung. Radha stürmte voran. Jii-aah! Manju wollte seinen Bruder anfassen – erwischt, ich hab dich … Manju sah rechts von sich (einen Meter hatte er seinem Bruder abgetreten) Felder mit Wasserlilien, und direkt daneben frisch gewalzte Feldwege, auf denen sich Männer auf Motorrädern vorwärtskämpften. Er holte Radha ein, und sie rannten an Sicherheitsbeamten vorbei, die mit ihren Lathis spielten, und an einer Traube muslimischer Jugendlicher, die ihre Füße von der Brücke baumeln ließen. Weil ihr Vater gerade nirgends zu sehen war, drehte sich Radha zu seinem Bruder um und sagte:

«Sofia.»

Sofort war an Rennen nicht mehr zu denken.

«Sprenkelhals-Sofia.»

Manju hatte die Arme in die Hüften gestemmt und schob die Unterlippe vor. Radha, der nur ein Jahr älter war, aber viel vernünftiger, lächelte.

«Alle haben die Young Lions im Fernsehen gesehen.» Er berührte seinen Bruder an der Schulter. «Du bist der Bruder eines Young Lion. Welches Mädchen in der Schule magst *du*?»

Weil ihr Vater sie eingeholt hatte, sagte Manju zu seinem Bruder, er solle die Klappe halten. Zu dritt gingen sie die Treppe hinunter und weiter zum Vorort Kalanagar.

Ein mit Tarnfarbe bemalter Panzerwagen fuhr an ihnen vorbei; sie hatten das *Matoshree*-Grundstück erreicht, wo der wichtigste Mann Mumbais residierte. Umgeben von Sandsäcken bewachte eine Maschinengewehr-Einheit das Haus von Bal Thackeray, dem Langzeitboss der Stadt. Sie gingen an den Gewehren und an Essensständen vorbei, die heißes Frühstück verkauften, und dann befanden sich die Kumars vor dem Cricket Club der Middle-Income-Group (MIG).

Mohan Kumar ließ seine Söhne am Tor warten und verhandelte mit dem Wachmann:

«Wir waren im Fernsehen. *Young Lions*. Wir sind hier, weil wir ...»

«Tommy Sir kommt erst um zehn.»

«Uns hat er neun Uhr gesagt. Wegen ihm sind wir lange unterwegs gewesen. Meine Jungen sollten das Crickettraining keinen einzigen Tag verpassen.»

«Hier können sie nicht trainieren», sagte der Wachmann. «Die Straße runter.»

Dort trafen sie auf eine Müllhalde, hinter der eine kleine, verwilderte Grünfläche lag.

Radha und sein Vater nahmen die verwilderte Grünfläche. Manju schnallte sich neben dem Müll die Beinschützer an, das eine Auge immer auf die großen Löcher im Boden gerichtet. Rattenlöcher. Er stellte den rechten Fuß auf eine niedrige Backsteinmauer, spannte den Wadenmuskel an und überprüfte sorgfältig, ob seine Schutzausrüstung gut befestigt war. Dann ging er in die Hocke und katapultierte sich über die Rattenlöcher. Meister Kumar, der Rattenbändiger, sprang auf und ab; die Nager unter Tage bebten. Während Manju seine Sprünge vollführte, drehte er sich halb um die eigene Achse, um sehen zu können, wie sein Vater Radha eine Standpauke hielt.

«Der Schläger berührt deine Zehen, Radha. So kriegst du keinen sauberen Treibschlag hin.»

Manju sah Radha am Gesicht an, dass er sich ärgerte.

Doch man musste dem Mann gehorchen, und Radha ging wieder in Schlagposition. In der Ferne ergriff Manju seinen Schläger und wartete. Radha Kumar griff an; Manjunath Kumar ahmte ihn nach.

Der Ball war von Radhas Schläger in eine weit entfernte Ecke des unbebauten Grundstücks geflogen, und Manju rannte los, bis sein Vater verkündete: «Wer schlägt, holt auch den Ball zurück. So lautet die Regel.»

Radha hob also seufzend den Schläger und rannte dem Ball nach.

Radha Krishna Kumar wollte seinen Teil des Vertrages, den sein Vater mit Gott geschlossen hatte, in Ehren halten. Vor zwei Jahren hatte Gott seinen Stellvertreter auf Erden Sachin Tendulkar geschickt, damit er Radha bei einem Übungsmatch auf dem MCA-Cricketspielfeld treffen konnte. Sachin stand am Wicket, und Radha bekam den Cricketball von Tommy Sir zugeworfen. Der Junge, der sich die Haare so lang hatte wachsen lassen wie Sachin und dessen Videos angesehen hatte, vor allem Perth 1992 und Sydney 2004, beide mindestens hundertzwanzig Mal, gab dem Ball einen Drall und warf ihn direkt an Sachins Vorwärtsabwehrschlag vorbei in dessen Torstäbe. «Gut gespielt, Sir», sagte Gottes Stellvertreter und überreichte ihm unter tosendem Beifall seine eigenen Schlaghandschuhe.

Mit seinen vierzehneinhalb Jahren war Radha klar, dass die Regeln seines Vaters, die ihm die Welt ringsum gerahmt hatten, Gefängnisgitterstäbe waren. In einem Dickicht aus wilden Gräsern und Dornen sah er den roten Cricketball. Er kniete sich auf den Boden und griff in die Dornen.

Warum darf sich ein Junge nicht rasieren, bevor er einundzwanzig ist?

Weil ein Rasiermesserschnitt die Hormone im Blut beschleunigt.

Und warum darf ein Junge sich erst ans Steuer eines Wagens setzen, wenn sein Vater es ihm erlaubt?

Weil mangelnde Disziplin alles zerstört, sogar einen geheimen Vertrag mit Gott.

Schweißgebadet und von den verrückten Anschauungen seines Vaters durchtränkt, hob Radha den Ball auf und warf ihn zu Mohan zurück, der bereits zurücklief, um ihn zu fangen. Radha bewunderte das Methodische, die Lehrbuchkorrektheit seines Vaters. Bevor er seinen Jungen Cricket beibrachte, hatte er die Technik des Crickets studiert. Doch als der Ball in seinen Händen landete, traf er hart auf und sprang ihm davon: Radha lächelte und war plötzlich ein Jahr älter.

«Ich hab doch gesagt, Sie sollen nicht herkommen! Er hasst Väter!»

Radha und Manju sahen Pramod Sawant, den Cheftrainer ihrer Schule, halb gehend, halb rennend auf sie zukommen und dabei mit den Fäusten in die Luft schlagen.

Mohan Kumar rief seine Jungen zu sich und legte ihnen die Arme um die Schultern, als würden sie für ein Gruppenfoto posieren.

«Es sind meine Kinder, ich habe sie erschaffen», schrie er zurück, «und weder Sie noch Ihr Tommy Sir werden sie mir wegnehmen.»

Coach Sawant schnalzte mit der Zunge.

«Sie Ihnen wegnehmen? Dieser Junge liebt Sie, Mohan. Manju bringt jeden um, der ein schlechtes Wort über seinen Vater sagt. Aber ihnen zuliebe sollten Sie nun gehen. Tommy Sir hat einen visionären Plan.»

Mohan Kumar zog seine beiden unruhigen Söhne dicht an sich.

«Warum soll ich gehen? Meine Söhne spielen viel besser, wenn ich ihnen zuschaue. Ich habe noch nie von einem Cricketscout gehört, der keine Väter mag.»

Doch Coach Sawant griff nach Mohan Kumars rechter Schulter und drückte sie.

«Tun Sie es für Ihre Söhne, Mohan ...»

Kurz darauf ließ Kumar Radha los. Es gehörte zu den Aufgaben eines jeden Schultrainers in Bombay, dem Vater sanft die Krallen zu öffnen und ihm die Jungen zu entreißen, die den Ruhm des Bombay-Crickets mehren würden. Sawant lächelte, deutete auf Manju und kniff die Augen schmeichlerisch zusammen.

«... für beide Söhne, Mohan. Und jetzt müssen Sie gehen.»

Weitere Regeln von Mohan Kumar für seine Söhne

Cricketregeln

Dasselbe wie Lebensregeln. Haltet den Kopf völlig still. Spielt mit geradem Schlagholz. Schlagt den Ball nicht voreilig hoch oder zur Seite. Hortet. Hortet Läufe über gehortete Läufe.

Ernährungsregeln

Kein chinesisches Essen, keine Nudeln, keine Kartoffeln, weder frittiert noch sonst wie, kein Junkfood. Kein Öl, kein Ghee, kein Zucker. Grünes, leuchtendes Gemüse, das reich an Antioxidantien ist. Wenn ich dich je erwische, Radha, dann gerb ich dir das Fell.

Goldene Sprichwörter

Lernt eure Sprichwörter, Jungen. Zum Beispiel: «Tausend Maden in einem Kuhfladen, doch wenn die Sonne untergeht, sind sie alle tot.» Deutung: Egal, was für Sorgen ihr habt, um sechs Uhr sind sie vergangen. Übrigens ist das kein echtes Sprichwort. Hier ist noch eines: «Auf dem Weg in die Stadt hat sich der Schimmel des Königs in einen Esel verwandelt.» Überlegt euch, was das bedeutet, meine Jungen. Wenn ihr beide im Cricket versagt, müssen wir alle drei vor dem Dahisar-Bahnhof sitzen und um Essen betteln. Doch wenn ihr das Leben verstehen wollt, das euch als Erwachsene bevorsteht, braucht ihr nur ein einziges Sprichwort: «Die großen Diebe laufen frei herum, die kleinen werden erwischt.»

Wie ihr mit Fremden über euren Vater sprechen sollt

In dieser Stadt gibt es eine Chutney-Mafia, deren Bosse Männer namens Shetty sind: Sie haben beschlossen, das Leben eures Vaters zu vernichten. Sprecht deshalb niemals und mit niemandem über seine Vergangenheit oder darüber, was mit eurer Mutter passiert ist.

***

Die Abenddämmerung war ihr die liebste Zeit des Tages.

Manju erinnerte sich, dass er nach Hause kam und Amma! Amma! schrie, dann aber sah, dass die Hütte leer war und seine Mutter draußen im Kreis herumging, in diesem seltsamen Licht. Sie dachte nach, machte Pläne. Vielleicht plante sie, ihn und seinen Bruder zu verlassen und fortzulaufen. Manju atmete langsamer. Überall ringsum war strahlendes Sonnenlicht, doch er saß neben seinem Bruder, und im Schatten und Schutz von Radha Krishnas massigem Körper hatte er Zeit, zu träumen. Er hatte die Lider halb geschlossen, und auf einmal sagte Radha: «Manju, das ist alles Blödsinn. Völliger Blödsinn.»

Manju riss die Augen auf, blickte um sich und nickte, ohne zu wissen, wovon sein Bruder redete.

«Dieser Mann wird uns nie Geld geben, Manju. Es ist reine Zeitverschwendung. Lass uns gehen, was meinst du, Naturwissenschaftler?»

Vierzig Minuten waren vergangen, seit Cheftrainer Pramod Sawant sie in den Club gebracht hatte, um sie dem «Visionär» vorzuführen – anscheinend der Mann mit dem roten T-Shirt, auf dem stand: «Manchester-United-Gold-Key-Challenge-Supporter».

Man hatte zwölf Jungen der Ali-Weinberg-Cricketmannschaft in den MIG-Club kommen lassen, die nun im Kreis auf dem Rasen saßen und zusahen, wie Tommy Sir und der Mann mit dem roten T-Shirt sie träge umkreisten. Damit hatten sie die letzte Dreiviertelstunde zugebracht.

Manju hatte sich zurückgelehnt, um die beiden Männer beim Vorbeigehen zu belauschen, und hörte stattdessen die Stimme seines Bruders sagen: «Du, Wissenschaftler. Weißt du, an was ich gerade denke? An ihren gesprenkelten Hals.»

Manju stieß ihn mit dem Ellenbogen weg; doch sein Bruder flüsterte weiter: «Sprenkelhals, Sprenkelhals».

Auf einmal stand Radha vor lauter Langeweile und Sehnsucht auf, fing an zu tanzen und sang *Sprenkelhals, Sprenkelhals*. Radha war der Anführer dieser Jungengruppe; eines Tages würde er ihr Mannschaftskapitän sein. Die anderen Cricketspieler stimmten mit ein: «Sprenkelhals, Sprenkelhals, sie hat einen Sprenkelhals.» Tommy Sir und der reiche Mann im roten T-Shirt nahmen keine Notiz von ihnen. Die Jungen wurden immer lauter, während Radha die Hände wie ein Kapellmeister vor den singenden, sich hin und her wiegenden Cricketspielern auf und ab schwenkte.

Nur einer im Kreis gehorchte Radha nicht, wie Manju beobachtete.

Anders als die anderen Cricketspieler, die Schuluniformkappen trugen, hatte dieser Bursche seine eigene Kappe, auf die seine Initialen «J. A.» mit Goldfaden gestickt waren. Er hatte kleine, wache Augen und eine schöne Hakennase, die aussah, als sei sie eigens für ihn angefertigt worden. Unter seinem weißen Cricket-T-Shirt trug er lange, schwarze Ärmel, die seinen Armen etwas Geschmeidiges, Pantherhaftes verliehen; er rieb sie sich abwechselnd, so als machte er sich bereit.

Sobald er lächelte, sah man sichelförmige, tiefe Grübchen auf seinen Wangen. Manju war sicher, dass er die Grübchen heute sehen würde, weil der reiche Moslemjunge Mister «J. A.» das letzte Mal, als er mit ihm zusammen gewesen war, nicht gelächelt hatte. Das war nach ihrem Match gegen Anjuman-i-Islam gewesen. Staubig und verschwitzt hatte die Mannschaft vor dem Zuckerrohrsaftstand Schlange gestanden, einer Belohnung von Coach Sawant, weil sie das Spiel gewonnen hatten. Manju hatte direkt hinter Javed gestanden. Das schweißglänzende Haar des Moslemjungen war im Nacken ausrasiert. Von hinten, am Übergang zur Schulter, vermittelte dieser Nacken den Eindruck verborgener Stärke. Die Schlange bewegte sich stockend, und die Zuckerrohrpresse klimperte beim Zerquetschen des Zuckerrohrs. Bevor Javed seinen Saft trank, hob er das eiskalte Glas mit einer übertriebenen Geste ins Sonnenlicht, die, wie Manju meinte, möglicherweise für ihn gedacht war; damals pulsierte die mächtige Kehle und schluckte den Saft in einem Zug hinunter, wie Manju beobachtet hatte. Jetzt trafen sich ihre Blicke von entgegengesetzten Punkten des weißen Kreises aus.

«Schluss mit dem Scheiß.»

Manju zuckte zusammen und merkte dann, dass nicht er das gesagt hatte. Javed Ansari, der Muslim mit der majestätischen Nase, war auf einmal aufgestanden, wodurch seine panthergleichen Glieder noch langgliedriger wirkten.

«Schluss mit dem Scheiß», sagte er noch einmal.

Radha Kumar hörte auf zu singen, trat einen Schritt zurück und setzte sich hin.

Der Typ mit der imponierenden Nase kicherte jetzt mit ganz tiefer Stimme.

A-ha, A-ha, A-ha.

Manju rückte dichter an seinen großen Bruder heran. Radha schien ebenfalls beeindruckt. Mit offenem Mund sah er, wie die schwarzen Panthergliedmaßen ihm und seinem Bruder immer näher kamen.

Ausgerechnet zwischen den Kumar-Brüdern bahnte sich «J. A.» einen Weg nach draußen: Er legte die Hand auf Radhas Schulter und hätte Manju fast ins Gesicht getreten, als er seine Riesenfüße nacheinander hochhob und den Kreis aus passiver Weiße verließ.

«Ansari!», rief Tommy Sir. «Komm zurück. Du bleibst sitzen und wartest mit den anderen.»

Doch der Junge hatte den Kreis verlassen und kam nicht zurück: Er ging weiter zu einem Wagen, dessen Tür ihm der Fahrer bereits aufhielt. Peng. Motor an, Wagen fort. *Er* brauchte keine finanzielle Förderung durch einen reichen Mann.

***

Vor dreißig Jahren kam ein Zauberer mit einem Elefanten in ein Dorf in den Westghats. Kein Elefant, der gewöhnliche Arbeiten verrichtete, wie Baumstämme mit dem Rüssel aufheben oder Bäume ausreißen. Nein. Er hatte, sagte der Zauberer, geheime Kräfte. Er ließ das Geschöpf auf dem Dorfplatz stehen und ging hundert Meter weit weg – weit genug, damit ihn der Elefant nicht mehr hören konnte. Die Leute scharten sich um den Zauberer, unter ihnen auch der junge Mohan Kumar. «Flüstere mir einen Befehl für den Elefant ins Ohr», sagte der Zauberer zu ihm, «irgendeinen Befehl.» Mohan Kumar tat wie geheißen und flüsterte: «Wälz dich wie ein junger Elefant am Boden.» Woraufhin der Zauberer den Elefanten wortlos ansah, der sich sofort hinkniete, sich auf dem Boden hin und her warf und überall Staub aufwirbelte. «Heb den Rüssel hoch und trompete drei Mal.» Auch diesmal zwang der Zauberer seinen Elefanten wortlos dazu, den Befehl auszuführen: Er trompetete. Drei Mal. Mohan sah mit offenem Mund zu. Dieses riesige muskulöse Tier war hilflos: Es gehorchte den Gedankenblitzen seines Meisters und ertrug die Zaubereien seiner Schwarzen Magie. Als Mohan, ein Junge mit Verstand, zurück an die Arbeit ging, betrachtete er die anderen Bauern ringsum, die sich mit ihm in den Weizenfeldern abplagten, und wusste plötzlich, dass sie allesamt dieselben unsichtbaren Ketten trugen wie dieser Elefant.

Diese Lebenswahrheit hatte er nie vergessen, auch nicht, als er sein Dorf verlassen hatte und mit dem Zug in die große Stadt gekommen war. Erst kürzlich hatte Ramnath, sein Nachbar im Slum, mitverfolgt, wie arme Moslems in Ägypten und Syrien zu Revolutionären wurden und ihre Regierungen und Staatsoberhäupter hinauswarfen, und ihm zugeflüstert: «Vielleicht passiert das ja auch bald in Indien?» Und Mohan Kumar hatte grinsend geantwortet: «Hier können wir unsere Ketten ja noch nicht mal *sehen*.»

Nachdem Mohan Kumar von Coach Sawant gezwungen worden war, seine beiden Söhne im MIG-Cricket-Club alleine zu lassen, fuhr er nach Dahisar zurück, setzte sich auf sein Fahrrad, an das er zwei Edelstahlbehälter mit Chutneys gebunden hatte, und bot sie erst Mysore Sweets an, dann dem Anand Bhavan, dem National-Hindu-Restaurant und schließlich Deepa, der Restaurant-Bar beim Dahisar-Bahnhof. Danach hob er das Fahrrad über den Kopf, ging auf der fast im Wasser versunkenen Brücke aus Backsteinen über den Dahisar-Fluss, setzte scheppernd das Fahrrad wieder ab und radelte durch den WILLKOMMEN BEI UNS ZUHAUSE-Papptorbogen (wobei er die Augen vor den Blicken der grinsenden Politiker abschirmte), an den kaputten Häusern und kleinen Läden vorbei, bis er nach Hause gelangte. Dort fand er den Anblick seines Nachbarn Ramnath, der mit dämlicher Emsigkeit weiße Hemden bügelte, so unerträglich, dass er zu einem Teeshop ging, um sich Erleichterung zu verschaffen.

Er hockte sich neben sein Rad und blies auf das heiße Getränk.

Er kochte vor Wut. Tommy Sir glaubt wohl, er kann mich aus der Zukunft meiner Söhne einfach herausstreichen. Ich weiß, was er dem visionären Investor über mich erzählt. Er schimpft mich Chutney-Vertreter. Schlitzohr. Bauer. Idiot.

Wenn Mohan Kumar wütend wurde, zog er keck die rechte Augenbraue hoch, wodurch sein kleines Gesicht mit dem Schnauzbart noch lustiger wirkte. Auf sein Glas Tee blickend, hielt er die Rede, die er gerne vor Tommy Sir gehalten hätte (wovon er seiner Söhne wegen hatte absehen müssen):

«Andere Eltern geben Zehntausende von Rupien für Cricket-Trainer aus, doch ich, ein mittelloser Arbeitsmigrant, der aus einem Dorf nach Mumbai gekommen ist, bin der Er-zeu-ger von Wun-der-kin-dern. Warum, Tommy Sir, sage ich diese Worte so langsam? Damit selbst jemand mit Ihren geistigen Fähigkeiten sie versteht. Und noch zwei Wörter sage ich langsam: Amoxycillin. Azithromycin. Wissen Sie, was das ist? Wissen Sie, was man damit macht? Ich schon. Ich habe mir Medizin und Pharmakologie selbst beigebracht. Mr Tommy, vorgeblich Sir: Wo waren *Sie*, als meine Söhne krank wurden? Wo waren *Sie*, als sie jemanden brauchten, der an ihrem Bett sitzt und jede halbe Stunde ihre Temperatur misst? Mr Tommy: Wenn mein Radha Ruhm und Ehre erlangt hat, dann bestelle ich die Reporter zum MIG-Cricket-Club. Genau dorthin, wo Sie mich gedemütigt haben. Und genau dort werde ich meine Pressekonferenz abhalten.»

Nicht einmal beim Tee hat man heutzutage seinen Frieden. Kaum hatte Mohan Kumar einen Schluck getrunken, musste der Mann ohne Beine in einer Ecke des Teeshops anfangen, auf seiner Flöte zu dudeln. Dieser beinlose Typ spielte jeden Morgen im Bahnhof und kam danach hierher. Mohan Kumar hielt sein Glas Tee hoch und sah den Flötisten an.

Bruder. Hab Mitleid mit mir. Denk mal, wie sehr ich im Leben gelitten habe. Bitte hör auf.

Die Mahlmühle fing an zu rumpeln und stieß beißenden Rauch aus – es wurden rote Chilis gemahlen, was einem, abgesehen von der üblichen Lärmbelästigung, auch noch brennende Augen bescherte.

Mohan Kumar sah immer noch dem beinlosen Flötenspieler zu, der immer noch spielte.

Bis der Vater der Champions sein Glas abstellte, zu ihm hinüberging und ihm die Flöte aus der Hand schlug. Danach ging er zurück zu seinem Teeglas und wollte es gerade hochheben, als sein Telefon klingelte.

Es war der Crickettrainer der Jungen, der ihm mitteilte: «Es ist Zahltag, Mohan. Gratuliere.»

***

«Aber wo ist Coach Sawant?»

Eine Dreiviertelstunde war vergangen, in der Mohan Kumar sich mit seinem strahlenkranzförmigen Schweißfleck am Rücken durch die Menschenmenge am Bandra-Bahnhof gedrängt hatte und zum zweiten Mal an diesem Tag am *Matoshree*-Grundstück vorbei nach Kalanagar gegangen war. Am Eingang des MIG-Clubs traf er auf einen großen, grauhaarigen Mann, den er von einer früheren Begegnung, die fast sechs Monate zurücklag, als den Mann wiedererkannte, der alle Sportlerväter hasste: Tommy Sir. An seiner Seite ein untersetzter Mann mittleren Alters in einem wunderbaren roten T-Shirt.

«Er ist mit den anderen Jungen in die Schule gegangen», sagte Tommy Sir, ohne Mohan Kumar zuzulächeln.

«Ich bin Anand Mehta.» Der nach Rasierwasser riechende Mann im roten T-Shirt streckte ihm die Hand hin. «Habe gerade gesehen, wie Ihr Junge den Ball schlägt. Sehr beeindruckend.»

Als Mohan Kumar die Hand des reichen Mannes roch, wurde er von Scham überwältigt und weinte fast.

«Verzeihen Sie», sagte er und vermied es, die parfümierte nackte Haut anzufassen. «Verzeihen Sie, dass ich so durchnässt bin. Bitte verzeihen Sie meine Verspätung.»

«Kein Problem, Kumpel», sagte der reiche Mann und schlug Mohan auf den verschwitzten Rücken. «Meine Frau Asha sagt immer, Leute, die schwitzen, sind ehrlich. Können Sie mein T-Shirt entziffern? *Manchester United Gold Key Supporter.* Ich habe eine Cricketakademie am Azad Maidan, hat Ihnen Tommy Sir das erzählt? Letztes Jahr hatte ich die Freude, sechsundsiebzig der glänzendsten jungen Cricketkörper unter fünfzehn Jahren, die dieses Land zu bieten hat, nach Bowral, New South Wales, zu begleiten, wo der einzige, ewige, unsterbliche Sir Donald Bradman lebt. Neben der Meisterklasse in Dons Heimatstadt durften die Jungen sich auch an üppigem, in braunes Pitabrot gefülltem australischen Lamm laben. Australien ist im Cricket das Realitätsprinzip, Tommy

Sir: Sonst kommen wir Inder noch auf die Idee, wir seien gut in diesem Spiel. Stimmt's, oder hab ich Recht? Kommen Sie rein, wir wollen etwas essen und ins Geschäft kommen.»

Sie setzten sich in die Cafeteria des MIG-Clubs, und der Kellner kam, um ihre Bestellung aufzunehmen.

«Für mich nichts», sagte Tommy Sir.

«Bestellen Sie was», erwiderte Anand Mehta. «Bestellen Sie Samosas.»

Wie viele aus seiner Gesellschaftsschicht in Mumbai erweckte Mehta den Eindruck zäher, geistloser Kraft. Eine kleine, quadratische Stirn, fest umrahmt von kurz geschnittenem Haar, entfaltete sich zu einem mächtigen schwarzen Schnurrbart über einem Steinbrecherkiefer; eine weiße Nackenspeckfalte an einem dicken Hals, der in einen breiten Brustkorb mündete, und ein noch breiterer Schmerbauch, dessen Ausmaße er noch betonte, indem er sein Hemd aus der Hose hängen ließ. Seine fleischigen Handteller kannten offensichtlich keine harte Arbeit und schwitzten dennoch beachtlich. Sein Englisch war international: Er bezog seine Formulierungen aus dem Amerikanischen, Britischen und aus indischen Dialekten und hatte sich die demokratische, australische Eigenart angeeignet, alle mit «Kumpel» anzureden. In der Mitte jedes Satzes hielt er inne, starrte mit offenem Mund an eine Ecke der Zimmerdecke, als würde er sich gerade erst darüber im Klaren «sein» oder «werden», was er zu sagen begonnen hatte; zudem hatte er die kindliche Angewohnheit, die Stimme zu erheben, wenn er etwas wiederholte.

«Dieser Mann», sagte Tommy Sir und deutete auf den Investor, «ist ein Visionär. Er will das weltweit erste Sponsoring-Programm für Cricket ins Leben rufen und hat unter allen Jungen in Mumbai ausgerechnet Ihre beiden Söhne als Kandidaten auserkoren. Sie sind ein Glückspilz, Mohan Kumar.»

«Nein, Sir», antwortete der Chutney-Vertreter. «*Nein*, Sir.»

«Nein?»

«Der da ist der Glückspilz.» Mohan holte Luft und wandte sich an den Investor: «Mr Anand Sir, ich durfte ja nicht dabei sein, als meine eigenen Söhne wie Marktware vor Ihnen ausgestellt wurden.» Er warf Tommy Sir einen bösen Blick zu. «Deshalb konnte ich Ihnen ihre Begabungen nicht in aller Vollständigkeit vorführen. Lassen Sie mich Ihnen erklären, und zwar von A bis Z, wie man die Champions der Zukunft aus ihnen macht. Also, Sir –»

Alle verstummten. Wie ein Gangster, der mitten im Gespräch eine Waffe zieht, legte Mohan Kumar ein weißes Baumwolltaschentuchbündel auf den Tisch, in dem sich etwas Schweres, Schwarzes befand, das er, nachdem er es ausgewickelt hatte, beäugte: ein riesengroßes Handy. «Ich wollte nur schnell nachsehen, ob jemand eine neue Lieferung Chutneys bestellt hat», sagte er und wickelte das Handy wieder in das Taschentuch. «Gegen Keime», erklärte er.

«Tolle Idee», sagte Anand Mehta grinsend. «Sieht etwas merkwürdig aus – aber was macht das schon? Der wunderbare europäische Philosoph Mister Nietzsche hat einmal gesagt, wer sich nicht um das schert, was andere über ihn denken, wird zum Superman. Meinen Glückwunsch, Sie haben keinerlei Hemmungen. Und jetzt entspannen Sie sich. Langweilen Sie mich nicht mit Einzelheiten. Hat Tommy Sir Ihnen meinen Vorschlag unterbreitet?»

Mit einer Kopfbewegung machte Mohan deutlich, dass man ihn weder über den Vorschlag noch über genaue Einzelheiten unterrichtet hatte. Er hatte ja nicht dabei sein dürfen, als seine Söhne wie Büffel auf einem Wochenmarkt ausgestellt worden waren.

«Ganz einfach. Ich gebe Ihnen pro Monat eine bestimmte Summe. Mit der können Sie alle Ausgaben für Ihre Söhne bestreiten. Im Gegenzug werde ich in Zukunft für sie mit Adidas oder Nike, oder wer sie sonst möchte, verhandeln, wenn sie in der Indian-Premier-League spielen. Dafür berechne ich einen bestimmten Anteil ihrer Werbevertragserlöse, einen fairen Prozentsatz, in Ordnung?»

«Nein, Sir», sagte Mohan und räusperte sich. «Nein. Das ist nicht in Ordnung.» Wie ein Maestro legte er Daumen und Zeigefinger aneinander. «Meine Söhne sind keine einfachen *Sportler*. Sie werden zum Bhimsen Joshi und zum Ravi Shankar des Crickets heranwachsen, Sir –»

Tommy Sir schlug mit der Hand auf den Tisch. «Wissen Sie, wo diese Jungen herkommen, Mr Anand? Aus Dahisar. Einem Slum. Das sind Hungry Lions – Hungrige Löwen.»

«Sir, lassen Sie mich ausreden.»

«Angry Lions – Wütende Löwen, so haben die Leute vom Fernsehen sie genannt», unterbrach ihn Anand Mehta. «Dieser Radha hat Augen ... genau wie die eines Filmstars. Und lange Haare wie Sachin. Pepsi und Coca-Cola werden diese Augen und Haare mögen. Eines Tages wird er beim Film landen, so viel steht fest.»

Weil Mohan Kumar mit dem Rad gekommen war, schwitzte er immer noch, was ihn bei den Verhandlungen benachteiligte.

«Sir, ich mache es kurz. Um weiter ausführen zu können, wie ich zwei Genies der Willenskraft erschaffen habe, Sir, muss erwähnt werden, dass die Ernährung das oberste Prinzip meines Systems ist: Ich habe sie gelehrt –»

Tommy Sir wandte sich an Mohan Kumar und gab ihm mit einer Bewegung seiner ausgestreckten Hand zu verstehen, dass es an der Zeit war, still zu sein.

Der Investor schlug die Bedingungen vor:

«Ich werde gebeten, auf höchst spekulative Art in einen jungen Menschen zu investieren, den wir X nennen wollen.» Anand Mehta lächelte dem Scout zu und malte dann ein Quadrat mit dem Finger. «Wer gibt mir die Garantie dafür, dass besagter X es eines Tages in die Indian-Premier-League schafft? Können Sie mir die geben?» Er malte ein kleineres Quadrat in das erste.

«Sir, ein Körper im Wachstum benötigt aus wissenschaftlicher Sicht drei Dinge, die man auch als Dreieck des –»

«Halten Sie den Mund!», sagte Tommy Sir zu dem Vater, «Und

zwar sofort!» Er wandte sich an den Investor: «Radha Kumar ist der beste Schlagmann, den ich in den letzten zehn oder vielleicht auch fünfzehn Jahren gesehen habe. Und er kommt aus dem richtigen Milieu. Ein Junge aus der Mittelschicht kommt für die Bombay-Mannschaft nicht mehr infrage. Sie haben diesen Javed Ansari heute selbst erlebt. Er hat Geld und kommt aus gutem Hause, hat also alles, was man braucht, aber er wird es nie in die Mannschaft schaffen. Er kommt in einem klimatisierten Wagen zum Training, mit Kindermädchen und Chauffeur. Hält es keine fünf Minuten in der Sonne aus. Dagegen ist dieser Junge hier, Radha –»

«Vielleicht haben Sie mir nicht zugehört, Mr Tommy.» Der Investor malte nochmals ein Zauberquadrat.

In dem Augenblick merkte Tommy Sir wieder einmal, dass er älter wurde: Vor zehn Jahren wäre er jetzt einfach aufgestanden und gegangen.

Um sich zu beruhigen, wenn er wegen Crickets unter unerträglichem Stress stand, hatte er vor vielen Jahren zu malen begonnen, und dachte auch jetzt an seine Aquarellkopie von Van Goghs *Sternennacht*, eine Reproduktion, die das Original in mancher Hinsicht übertraf und die er gerahmt und in seinem Wohnzimmer aufgehängt hatte, damit in Augenblicken wie diesen der von dem Bild ausgehende Reiz direkt oder als Erinnerung seinen Herzschlag regulieren und seinen Blutdruck senken würde.

«Wenn Sie Garantien wollen, müssen Sie Carrom spielen. Und wenn Sie die Jungen nicht wollen», Tommy Sir blickte dem Investor direkt in die Augen, «dann gehen wir eben zu Reliance oder Nike. Zu den Großen, und zwar direkt.»

«Entspannen Sie sich.» Anand Mehta lächelte den alten Scout an. «Ich biete Ihnen … viertausend Rupien pro Monat. Viertausend. Einverstanden?»

«Achttausend», erwiderte Mohan Kumar. «Für einen Jungen. Und fünfzehntausend für beide.»

«Für beide?» Der Investor lächelte ungläubig. «Für beide? Ich habe ja in meinem Leben viel für wohltätige Zwecke getan, Kumpel, aber ich bin nicht gekommen, um mein Geld zu verschenken.»

«Beide. Das ist *die* Gelegenheit.» Tommy Sir legte die Fingerspitzen aneinander. «Zwei Cricket spielende Brüder, das hat wirklich etwas Visionäres. Hören Sie, Sport allein reicht heutzutage nicht mehr. Die Leute wollen Sport und dazu eine Geschichte. Das weiß ich, weil ich auch Schriftsteller bin. Zwei Brüder aus dem Slum, die groß rauskommen und von denen der eine auch noch wie ein Filmstar aussieht: Das ist eine echte Geschichte.»

Anand Mehta rieb sich den Schnauzbart. «Vielleicht haben Sie Recht. Meine Frau frage ich immer: ‹Asha, was sind Inder denn?› Worauf ich ihr die Antwort gebe: ‹Inder, meine Liebe, sind ein im Grunde sentimentales Volk mit hohen Cholesterinwerten.› Jetzt, da das indische Kino den Hunger nach sozialrealistischen Melodramen nicht mehr stillt, wechselt das indische Publikum zu Cricket. Die Brüder X und Y aus dem Slum, die für Bombay spielen. Ich sehe das Potenzial. Einmal habe ich ein Lakh Rupien für eine Schule für Slumkinder in Cuffe-Parade gespendet – damals, als ich gerade aus New York zurückkam. Wissen Sie, was die *Mumbai Sun* getan hat? Sie schrieb, ich sei ein Held, und druckte mein Foto ab. Auf Seite vier. Aber Bruder Y ist zu jung. Er ist noch nicht mal im Stimmbruch.»

«Manju ist fast vierzehn», sagte Tommy Sir. «In dieser Stadt wirft man die Jungs schon mit sieben aus den Frauenabteilen im Zug und schickt sie in die Männerabteile. Sie müssen sich durchboxen und sich behaupten. Im Sport gibt es manchmal keinen Unterschied zwischen einem Jungen und einem Mann. Was ist Cricket überhaupt, Mr Mehta? Ein Glücksspiel. Nehmen Sie beide, einer davon gewinnt vielleicht.»

Anand Mehta blickte betrübt an die Zimmerdecke.

«Was *ist* Cricket überhaupt?» Das bedeutete, nein. Er nahm sie nicht beide. Er deutete erst auf den einen und dann auf den anderen Mann und fragte: «Einverstanden?»

Der Talentsucher legte seine großen Hände auf den Tisch und kam zur Sache. «In Mumbai gut zu spielen heißt noch gar nichts. Alles hängt davon ab, dass man auch wahrgenommen wird, während man gut spielt. Die Jungen müssen ein paar Wettbewerbe, Trophäen, Preise gewinnen. Einen Jungen in dieser Stadt so weit zu bekommen, dass er ausgewählt wird, ist eine Kunst. Eine Garantie kann ich Ihnen nicht geben, aber ... wenn ich einen Jungen unterstütze, dann richtig.»

Anand Mehta lächelte nicht.

«Für all die Arbeit, die ich in diese Jungen stecken werde, möchte ich kein Geld, Mr Mehta. Keine Rupie. Aber ich habe eine einfache Frage: Sagen Sie mir, was einen großen Schlagmann groß macht. Harte Arbeit? Opfer? Die Gebete der Mutter? All das ist notwendig, und doch nicht ausreichend. Selbst ich sehe nicht klar in diesem Nebel. Glauben Sie mir, wenn ich Ihnen sage, dass ich eine sehr lukrative Trainingsakademie für dicke, reiche Muttersöhnchen leiten könnte. Stattdessen stehe ich tagein, tagaus hier draußen auf dem Spielfeld in der Sonne und versuche, das größte aller Rätsel zu lösen und einen großartigen, einen wirklich großartigen Schlagmann zu finden. Der Nebel muss sich lichten, und nur aus diesem Grund –»

Anand Mehta wurde ungeduldig. «Für Ihren Zeitaufwand gebe ich Ihnen Tausend im Monat, Tommy Sir. Abgemacht?»

Der Scout sah weg.

«Dann Zweitausend. Letztes Angebot.»

«Und außerdem ein T-Shirt», sagte Tommy Sir.

«Ein T-Shirt?» Anand Mehta runzelte die Stirn.

«Ja. Das gleiche wie das, das Sie anhaben. Manchester-United-Gold. Für meine Tochter Lata.»

Sie schüttelten einander die Hand, kauften südindisches Paan, in dem viele Nelken und mit Zuckerguss überzogene Gewürze waren, und legten es sich auf die Zunge, um das Geschäft zu besiegeln. Noch bevor der Zucker sich aufgelöst hatte, war Tommy Sir verschwunden.

Da fasste Mohan Kumar den reichen Mann am Handgelenk und sagte: «Jetzt kann *ich* endlich den Mund aufmachen.»

***

Rache ist der Kapitalismus der Armen: die Art und Weise, wie sie die ursprüngliche Wunde bewahren, unmittelbare Genugtuung aufschieben, die erste Beleidigung mit neuen Beleidigungen mästen, Bosheit investieren und reinvestieren und auf den perfekten Augenblick warten, um zurückzuschlagen. Weil jeder beleidigende Kommentar, der Mohan Kumar je über sein Vorhaben, Champions zu schaffen, zu Ohren gekommen war, in seinem phänomenalen Gedächtnis gespeichert und dort noch gewachsen war, kannte er nur eine Methode, um seinen Söhnen zu sagen, dass er ihre Zukunft gesichert habe: «Ich habe einen großen Mann abgezockt, Jungens», sagte er, obwohl er Anand Mehta mittlerweile ganz sympathisch fand. Er klatschte in die Hände. «Einen Mann in einem roten, ausländischen T-Shirt. Ich hab ihn bearbeitet und dann gewaltig abgezockt. Seht euch das an.»

Seine Söhne stellten sich zu ihm; Mohan Kumar zeigte ihnen eine Papierserviette aus dem MIG-Club, die ganz und gar mit blauem Kugelschreiber beschrieben war. Ein Vertrag.

Bis die Berge vergehen und die Flüsse austrocknen wird dieser Vertrag von Mohandas Kumar aus Alur Taluka und von Anand Mehta aus Mumbai erfüllt werden. Ein Drittel aller zukünftigen Einnahmen meiner beiden Söhne Manjunath und Radha Krishna wird das rechtliche Eigentum von Shri Mehta sein, als Gegenleistung für seine engagierte Förderung. Wenn einer von beiden diesen Vertrag bricht, dann möge Gott unseren Mund mit Würmern füllen.

«Ist das nicht wunderschön, Jungens? Worte haben Zauberkraft, merkt euch dies: Worte haben Zauberkraft. In unser Dorf kommt immer ein Mann, der einen Elefanten mit einem Zauberspruch und einem geheimen Gedicht zum Tanzen bringt. Und ich habe heute einen reichen Gujarati zum Tanzen gebracht.

Zuerst hat er gesagt: ‹Nein, nein, Manju will ich nicht, der ist noch nicht im Stimmbruch›, aber ich habe ihm erklärt: Sie werden Manju nehmen, weil ich nämlich zwei Champions geschaffen habe! Er hat ja gesagt und gibt uns jeden Monat fünftausend Rupien! Aber ich war noch nicht fertig. Ich hab ihm gesagt, er soll sich setzen, und dann habe ich ihm einen Samosa spendiert und ihm von der Getreidemühle erzählt, und dass sie die Luft verpestet, bis er gesagt hat: ‹O wie schrecklich, ganz schrecklich›, und dann hab ich ihm von den Ratten erzählt und von den blöden Nachbarn, wie soll ich da Champions großziehen – und da hat er uns ein zinsloses Darlehen von 50 000 Rupien gegeben, damit wir aus diesem Loch rauskommen, Jungens, und an einen ‹hygienischeren Ort› ziehen können. Das waren seine Worte! Ich hab ihn richtig abgezockt.»

Manju und Radha betrachteten den Vertrag, der ihnen eine Zukunft garantierte, und der Ältere fragte: «Aber *wo* ziehen wir hin? Und wann?»

Mohan Kumar rieb sich die Hände und hielt Radha den einen, angewärmten Handteller hin: «Mach dich für die Untersuchung fertig. Manju, du bleibst draußen. Aber halt dich bereit.»

Radha zog sich das Hemd aus. Manju machte die Wellblechtür hinter sich zu und wartete draußen, die Arme an die Schenkel gepresst wie ein Soldat beim Exerzieren. Im Shastrinagar-Slum war es Abend geworden, und die Männer kamen von der Arbeit zurück; ihre vor Erschöpfung finsteren Gesichter fingen vor Vorfreude auf ihre Kinder an zu leuchten. Es gibt Zeiten, in denen nur noch ein Kranker weiß, wie warm und hell die übrige Welt ist. Manju sah seinem Nachbarn Ramnath zu, der seiner Tochter zeigte, wie man die frisch gebügelten Hemden aufstapelte und in Zeitungspapier verpackte, sodass sie am nächsten Morgen ausgeliefert werden konnten.

Manju spitzte die Ohren: In der Hütte erhob sein Vater die Stimme.

«Hast du vor, dich zu rasieren? Ich sehe es in deinen Augen, dass du ans Rasieren denkst.»

«Nein, Appa.»

«Ein Junge darf sich erst rasieren, wenn er …»

«Einundzwanzig ist.»

«Warum darf sich ein Junge erst rasieren, wenn er einundzwanzig ist?»

«Hormone.»

«Die nicht gut sind für …»

«Cricketspieler.»

Tok, tok, tok. Manju sah einen Specht neben ihrer Hütte an eine Kokosnusspalme klopfen und musste sofort an Mr «J. A.» und dessen Schnabelnase denken. Während der Specht mit dem Schnabel klopfte – *tok, tok, tok* –, zeigte er sein riesengroßes Profil, das wie die Maske eines Stammesangehörigen wirkte, und verschwand, um fünfzehn Zentimeter weiter oben am Kokospalmenstamm wieder aufzutauchen – *tok, tok, tok* –, woraufhin sein dunkles Gesicht von Neuem verschwand, nur um dreißig Zentimeter weiter oben wieder zu erscheinen: So, als stiege er via Masken hinauf. In der Schule hatte Javed kürzlich einen neuen ‹Look› für sich kreiert: Wie ein Schauspieler in einem amerikanischen Film trug er seine blaue, monogrammbestickte Kappe verkehrt herum. Manju beobachtete den Specht und dachte lächelnd an Javed, als er auf einmal hörte, wie Radha, der sicher gerade die Hose hochzog, versprach, sich fortan mit mehr Verstand um seinen Cricketspielerkörper zu kümmern.

Die Wellblechtür ging auf, und weil der eine Bruder herauskam, musste der andere hineingehen.

Radha, dem jetzt keine Gefahr mehr drohte, knöpfte sich das Hemd zu und betrachtete den dunklen Himmel; er pfiff vor sich hin, legte die Hände auf die Schenkel, spreizte die Beine und watschelte wie eine Ente. Damit sich die Innenseiten seiner Schenkel kräftigten. Mohan Kumar hatte den Körper seines Sohnes bis ins kleinste Detail untersucht und dann erklärt, am Quadrizeps könne Radhas Athletenkörper Probleme bekommen.

Die Brüder hatten die Rollen getauscht; Manju gab nun hinter der geschlossenen Wellblechtür Geräusche von sich, und Radha lauschte.

«Warum hast du dir nicht Hemd und Chaddi ausgezogen, während ich deinen Bruder inspiziert habe?»

«Entschuldige, Appa.»

«Halt still, Manju. Was machst du denn? Steh still. Glaubst du, du kannst mich beleidigen? Glaubst du, du kannst mich behandeln wie Tommy Sir oder Coach Sawant?»

«Verzeihung. Verzeihung. Verzeihung.»

Hinter der geschlossenen Wellblechtür kreischte ein Junge. Draußen vor der Tür watschelte Radha noch immer wie eine Ente – er hatte die Arme auf die Oberschenkel gelegt, wie sein Vater es ihn gelehrt hatte, und dachte bei jedem Schritt daran, dass seine schwachen Schenkelinnenseiten gekräftigt werden mussten, um diesen Makel an seinem ansonsten perfekten Körper zu beheben.

Im Haus hatte Mohan Kumar Zähne, Zunge, Stirn, Hals, Brust und Bauch fertig untersucht und wandte sich jetzt dem Bereich zu, in dem sein Zweitgeborener Aufsässigkeit an den Tag legte, weil er sich weigerte, sich richtig um seinen Sportler-Penis zu kümmern.

«Zieh die Vorhaut jedes Mal zurück, wenn du klein machst, und jedes Mal, wenn du dich wäschst – zieh sie ganz zurück, sonst wird sie schmutzig, und das führt zu Vereiterungen, und dann musst du operiert werden. Wofür dein Vater kein Geld hat.»

Manju stand da und krümmte sich: Sein Vater hatte ihm die Vorhaut wissenschaftlich zurückgeschoben und berührte ihn mit dem Finger. Manju spürte, wie sein Körper in zwei Teile gespalten wurde, und er sagte etwas.

«Was hast du gesagt?», fragte Mohan und starrte seinen Sohn an. «Hast du gerade gesagt ‹Schluss mit dem Scheiß›? Hast du das gesagt?»

Manju schüttelte den Kopf. Das hatte er sicher nicht gesagt. Sein Vater machte seinen Reißverschluss zu – die wöchentliche Untersuchung war abgeschlossen.

Während seine Söhne ihre abendlichen Stretch-Übungen machten, telefonierte Mohan Kumar, an die Mauer gelehnt, mit seinem Dorf in Alur, um herauszufinden, wie es um ein geerbtes Grundstück stand, um das es einen Rechtsstreit gab. Die Jungen sahen ihren Vater das Handy benutzen, als sei es ein zweiteiliges Walkie-Talkie: Wenn er sprach, hielt er es sich vor den Mund, und wenn er zuhörte, hielt er es sich wieder ans Ohr.

Als Manju im Bett lag und darauf wartete, dass sein Vater das Licht ausknipste, sah er zu, wie sein Bruder sich abtrocknete und sich ins Bett neben ihm legte. Er sah zu, wie sein Vater neben Radhas Schädel stand und in ihn hineinflüsterte: «Denk beim Einschlafen nur an eines. Was ist dieses Eine?»

«Dass ich der weltbeste Schlagmann werde.»

Manju wusste, was jetzt kam. Er machte sich steif; dann flüsterte jemand in seinen Schädel: «Jetzt du, Manju. Schnell, damit ich das Licht ausmachen kann.»

Als der Junge nichts sagte, veränderte sich die Stimme des Vaters, wurde hoch und weinerlich.

«... streitet mit seinem eigenen Vater. Seht ihn euch an. Streitet mit seinem eigenen ...»

Und dann kitzelte er Manju am Bauch, bis dieser nachgab und sagte «zweitbester Schlagmann» und «ich hab dich lieb».

Manju trat immer noch um sich, und seine großen, kraftvollen Augen glänzten, weil sein Vater ihn geschickt am Bauch kitzelte.

«Bist du mir böse?», fragte Mohan.

«Hör auf. Hör auf!»

«Du bist mir böse, Manju», sagte Mohan. «Ich kann dir ins Herz blicken und die Wahrheit sehen. Niemand außer dir, Manju, hat deinen armen, alten Vater je geliebt, und jetzt streitest selbst du mit ihm. Hörst du mir zu? Ja, ich weiß, dass du zuhörst. Das Einzige, was ich nie im Leben hatte, ist ein Freund. Ein Freund, Manju. Wo die anderen nur das Schlimmste in dir sehen, sieht ein Freund nur das Beste. So etwas hatte ich nie. Ich hatte immer nur dich, meinen Zweitgeborenen, zum Reden.»

Am Ende ging der Mann auf seine Seite des grünen Vorhangs, und die Welt war still und dunkel, doch unter ihren geschlossenen Lidern waren beide Jungen hellwach.

«Hat er diesmal deine Eier angefasst?»

«Ja.»

«Sonst nichts?»

«Nein. Mehr macht er nicht. Und bei dir?»

«Dasselbe. Untersucht nur Eier und Penis und entlässt mich dann. Aber ich hasse es.»

«Ich auch.»

«Manju», sagte Radha. «Bald sind wir reich. Das weißt du, oder?»

Er streckte die Hand aus und schüttelte seinen Bruder. Radha war von jeher der Haupttröster und Psychiater des weltzweitbesten, jedoch höchst intelligenten und ganz besonderen Cricketspielers.

«Manju, weißt du, was ich mit dem Geld als Erstes mache? Ich kauf dir einen Schläger. Und weißt du, wo ich den kaufe? Weißt du, wo?» Radha schüttelte seinen kleinen Bruder durch. «Natürlich weißt du, wo.»

Jeden Sonntag ging Radha mit seinem Bruder zum Dhobi Talao, dem Stadtbezirk, in dem es Sportartikel gab, lauter Läden, die mit nagelneuen Schlaghölzern und lippenstiftroten, in knisterndes Zellophan gewickelten Bällen in Match-Qualität vollgestopft waren. Die beiden Jungen machten einen Schaufensterbummel vom Metro-Kino bis in eine abgelegene Gasse, in der sich zwischen einem

Laden, der goldene Trophäen für sportliche Leistungen von Teenagern verkaufte, und einem anderen, der Hochprozentiges in «Vierteln» von 180 ml verkaufte, und unter einem Balkon mit einem roten Papierstern vom letzten Weihnachtsfest eine offene Tür befand, aus der es nach Schlaghölzern aus Kaschmir und aus England duftete: Alfredo-Athletic-Centre. Das Halogenlicht spiegelte sich in Mr Alfredos Glatze und in seinem schwarzen, gezwirbelten Schnurrbart, während er freundlich eine Glasvitrine öffnete und den Brüdern eine Reihe seiner besten, importierten Schläger zeigte; freundlich zuließ, dass sie die besten, importierten Schläger anstarrten und über die besten, importierten Schläger sprachen; und an manchen Tagen, wenn er besonders freundlich gestimmt war, sogar erlaubte, dass sie diese Schläger anfassten. Sobald Radha Krishna Kumar und der weltzweitbeste Schlagmann Anand Mehtas Geld bekämen, würden sie es in ein Taschentuch wickeln, zum Dhobi Talao rennen, und – und?

«SG Sonny Tonny», sagte Radha und kitzelte seinen Bruder. «Echtes englisches Schlagholz! Wombat-Select! World-Cup-Edition von Yuvraj Singh signiert! Wir wollen die besten Importe, Kahlkopf-Alfredo, und zwar sofort! Schläger her oder Ihren Schnurrbart!»

***

Mohan Kumar machte die Hüttentür zu, damit seine Söhne schlafen konnten, und blickte sich um, um sicherzustellen, dass er allein war. Dann schlitzte er im grellen Neonlicht einer Straßenlampe einen Briefumschlag auf, den er von der Bank abgeholt hatte. Die erste Rate des Sponsors: fünftausend Rupien in neuen Scheinen. Er rieb die frischen Banknoten zwischen den Fingern und teilte sie im Geiste in drei kleine Stapel. Einen für die Gegenwart der Jungen (Cricketausrüstung), einen für die Zukunft der Jungen (Sparbuch) und einen (er war jemand, der seine Verträge erfüllt, die geheimen wie die öffentlichen) für Gott und sein *Hundi* im Chheda-Nagar-Tempel. Das Geld im Auge behaltend, wählte er auf einem nichtvorhandenen Telefon, wartete, bis Lord Subramanya im Himmel den Hörer abhob, und sagte dann zum Gott des Crickets – wobei er erst das Englisch der indischen Elite nachahmte und es dann verspottete: «Viiiiielen, viiiielen Dank, viiiiielen, viiiiielen Dank, viiiiielen, viiiiiielen Dank …»

***

Tief im Wald stand ein alter Bogen aus rotem Laterit. Keiner wusste, wer ihn gebaut hatte; doch diese Gesteinsart gab es sonst nirgends in der Gegend, und manch einer erinnerte sich daran, dass eine Königsstatue ihn einst gekrönt hatte. Nach Sonnenuntergang mieden die Leute den Bogen, weil es hieß, Elefanten und Wildschweine schliefen darunter; doch ein Junge war kühn genug, nachts dorthin zu gehen: Er hörte die Ochsenfrösche laut quaken und sah Millionen von Sternen funkeln, vor denen sich der Bogen schwarz abhob. Er saß auf dem Waldboden, blickte zu den Sternen hinauf und fühlte sich weit entfernt von allen anderen Jungen auf Erden, strahlend, ein ungekrönter Adam.

Mohan Kumar war im ärmsten Dorf eines armen Taluk aufgewachsen: in Ratnagirialli in Alur, dem Vorgebirge der Westghats. Jeden Morgen um vier stand der Junge auf der Ladefläche eines offenen Lastwagens, der ihn zu einer Kaffeeplantage brachte. Dort trug er seinen Namen in ein umfangreiches grünes Verzeichnis ein. Dann räumte er Zweige weg, warf mit den Zeigefingern *Sunna* in weißen Kreisen um die Pflanzen und goss die Sträucher. Um die Arabicasträucher kümmerte er sich mehr als um die Robustasträucher. Um zehn Uhr bezahlte ihm der Plantagenleiter dreieinhalb Rupien, und dann stieg er wieder auf den offenen Lastwagen und ging für den restlichen Tag zur Schule. Er lernte Lesen und Schreiben. Das war neu in seiner Familie. Seine Mitgift stieg. Sex: auf dem Feld mit einer Prostituierten; Heirat: mit einem Mädchen seiner Kaste; Anstellung: bei dem Grundbesitzer, der auch seinen Vater beschäftigte; Pilgerreise: sobald seine Frau schwanger wurde, nach Kukke Subramanya in den Westghats. All dies war genau so, wie es seit Generationen in seiner Familie gewesen war.

Eines Morgens jedoch schrie der Nachbar laut: «Wer bezahlt das Fenster?»

Die Fensterscheibe, die Mohan Kumars Sohn beim letzten Cricketspiel eingeschlagen hatte?

Mohan betrachtete die zerbrochene Scheibe, und ihm fiel ein, was ein Junge in Bombay mit den Fenstern in *seinem* Viertel angerichtet hatte. Ein Junge namens Sachin Tendulkar.

Jetzt stand Mohan Kumar neben vorbeifahrenden Zügen und Lastwagen und sah sie in einem anderen Licht. Er kam an Autobahnen vorbei und an gewaltigen Dingen und sah sie in einem anderen Licht. Er sah die Sonne hoch über den Gipfeln der Westghats von Wolke zu Wolke stürmen, als sei sie auf Seelenwanderung.

Mohan, Mohan – wie sie ihn auslachten. Warum denn Bombay, bring deinen Sohn zum Cricketunterricht nach Bangalore, das ist näher und billiger!

Nein, es musste Bombay sein. Mohan Kumar setzte seine Frau und Radha und seinen zweiten Sohn Manju erst in einen Bus und dann in zwei Züge, woraufhin sie am VT-Bahnhof in Mumbai in einen dritten Zug umstiegen und zu der kleinen Wellblechdach-Hütte seines Cousins in einem Slum in Dahisar gelangten, das berühmt war für die automatische Getreidemühle, die frühmorgens Weizen mahlte und später am Vormittag Chilies. «Was ich in Mumbai auch anfasse, es wird zu Pulver, wie es diese Getreidemühle herstellt», schrieb er an seinen Bruder Revanna im Dorf. Er hatte versucht, Bücher zu fotokopieren, zu binden und am Bahnhof zu verkaufen; die Polizei verhaftete ihn und sperrte ihn eine Nacht ein. Zehn Lakh Raubkopien werden täglich in Bombay verkauft, und ihn sperrte man ein! Ein Jahr später fand er heraus, dass seine Frau mit einem Christen in der Nähe des Bahnhofs vögelte. Er wartete auf sie und verriegelte die Tür hinter ihr. *Erzähl deiner Mutter nie Lügen und deiner Frau nie ein Geheimnis.* Das war ein Sprichwort. Wie hatte er diese goldene Regel nur vergessen können? Er entschädigte sich mit seinen Händen dafür, wie es ihm als Mann von Natur aus zustand. Doch am nächsten Morgen drängten sich die Sozialarbeiter zu ihm herein – *sechs* Mann hoch! – und erklärten, er solle aufhören, seine Frau zu schlagen, sonst komme er wieder ins Gefängnis. Unfassbar, was einem Mann in dieser Stadt angetan wird. Eines Abends kam er nach Hause und stellte fest, dass sie mit seinem Geld und seiner Ehre durchgebrannt war. Ihm blieb nichts mehr; er lag im Bett, starrte an die Decke und dachte: «Ich sollte mich umbringen».

«Steh auf, Mohan», sagte eine Stimme. Obwohl niemand sonst in dem Zimmer war, hörte er, wie jemand im Dunkeln mit den Fingern schnippte.

«Warum?», fragte er.

Die unsichtbaren Finger schnippten noch einmal: «Weil ich es sage. Weißt du nicht, wer ich bin?»

Wahrscheinlich das Schicksal, dachte er, stand auf und atmete die frische, kühle, energetisierende Luft dieser Krise ein.

Mohan Kumar fuhr mit dem Bus an eine Stelle in Bandra, wo man die neuen Wolkenkratzer von Prabhadevi und Lower Parel sehen konnte, ballte die Faust und hielt sie über die Königreiche von Mumbai; um das Trugbild vollkommen zu machen, schloss er das eine Auge und zerschmetterte die Stadt mit der Faust.

Abgesehen davon, dass er sich einen Schnurrbart wachsen ließ – als «Statement», wie er erklärte, als Protest gegen sein Pech mit Frauen –, beklagte er sich nie; er blickte nie zurück; er setzte einfach fortan alle seine Hoffnungen auf den jungen Radha Kumar.

Die alte Sharadha kam jeden Tag und kochte. Sie machte Chutneys aus grünen Mangos, Zitronen und rohen Guaven, und Mohan Kumar versuchte sie zu verkaufen. Das bedeutete, dass er jeden

Tag in Bombay umherradeln und Beleidigungen einstecken musste, die schärfer waren als alle seine Chutneys; doch immerhin konnte er sich jede Nacht, wenn er sich ins Bett legte, sagen: «Heute ist mein Sohn ein stärkerer und besserer Schlagmann geworden.» Mohan ließ Radha den Cricketschläger ganz unten am Griff halten, genau, wie Sachin ihn gehalten hatte. Als Radha fünf war, hörte er auf, Radhas Haare zu schneiden, und ließ ihn für ein Schwarz-Weiß-Foto mit dem Schläger posieren, genau, wie Sachin im selben Alter mit seinem Bacchushaar posiert hatte. Als Radha sieben war, fuhr er mit ihm im Zug zum Shivaji-Park, um sich mit ihm Ramakant Achrekar anzuhören, genau wie der siebenjährige Sachin, der zu Füßen des großen Achrekars gesessen hatte, um die Technik des Schlagmanns zu erlernen. Etwa um diese Zeit begann auch sein zweiter Sohn, beim Cricketspielen Fensterscheiben zu zertrümmern.

***

«Hast du gesehen, wie viel Geld er dabeihatte?»

«Bist du wach? Du hast geschnarcht.»

«Ich hab so getan, als würde ich schlafen. Genau wie du. Hast du gesehen, dass er Geld bei sich hatte?»

«Nein.»

«Manju, weißt du, was ich neulich in seinem Schrank gefunden habe?»

«Was denn?»

«Schmutzige Hefte, Manju. Hast du die nie gesehen?»

«Lüg nicht. Appa hat keine schmutzigen Hefte.»

«Du bist naiv, Manju.» Radha setzte sich im Dunkeln im Bett auf; sein jüngerer Bruder hatte sich weggedreht. «Egal, woran du denkst, Wissenschaftler, behalte es nicht für dich. Das machen nur Mädchen ...»

Als Manju ihm das Gesicht zuwandte, waren seine Augen zusammengekniffen und auf seiner Stirn war eine tiefe, düstere Falte, die merklich nach links verlief. Radha erinnerte sich, dass dieselbe flammengleiche Furche immer auf der Stirn ihrer Mutter erschienen war, wenn sie nachdachte: Sie war wie ein Lesezeichen, das die Frau dort hinterlassen hatte.

Manju sah Radha an. «Wenn du ein berühmter Cricketspieler wirst und ich dein Manager, muss ich ihm dann all dein Geld geben?»

«Wenn du ihm mein Geld gibst, bring ich dich um. Es gehört nur dir und mir.»

Radha trat nach dem Körper neben sich, der zurücktrat; und beide wussten sie, was der andere meinte. Wenn ihr Vater erst einmal alt war, würde er um jede Rupie betteln müssen, die sie ihm gaben.

Um jede. Einzelne. Rupie!

Die beiden Söhne von Mohan Kumar waren auf dem besten Wege, ebenfalls rachsüchtige Unternehmer zu werden.

ZWEI JAHRE VOR DEM AUSWAHLTAG

Beginn der neunten Klasse

Ein gabelschwänziger Schwarzmilan kreiste über den nassen Bäumen. Über der Stadt wölbte sich ein Regenbogen. Unter dem kreisenden Milan erstreckten sich meilenweit nasse Bäume – Banyanbäume, Neembäume, Mangobäume, Flammenbäume und Palmen –, deren Blätter wie kleine Wellen in einem dunklen Ozean glitzerten. Nachdem der Milan Regenbäume, Palmyrapalmen und Kokospalmen verschmäht hatte, ließ er sich im Wipfel eines unpassenden Wunders nieder, eines Weihnachtsbaums, der an der höchsten Stelle von Südmumbai gepflanzt worden war. Von der Spitze dieses Baumes aus begutachtete der Jäger die Stadt vom Marine Drive bis zu den neuen Bürotürmen hinter der Pedder Road.

Durch von der Decke zum Boden reichende Fenster starrte Anand Mehta auf die Hanging Gardens von Malabar Hill. Neben ihm stand ein Freund aus Kindertagen, der Eigentümer der Fenster und der Aussicht. Selbst das böse Blut, das ihr morgendliches Treffen geschaffen hatte, weil sein Freund sich rundheraus geweigert hatte, sich an seinem neuesten Geschäft zu beteiligen – Cricket, zwei sensationell begabte Jungen aus einem Slum, was sollte da schiefgehen? –, wurde von dem Schauspiel aus der Welt geschafft, das sich den beiden Männern bot. Sie erinnerten sich an ihre Jugend.

Mehta beruhigte seinen Freund mit den Worten: «Mach dir

keine Gedanken, Kumpel», und lud ihn zum Abendessen zu sich ein – Ashas selbst gemachtes Erdbeereis! Dann zog er los, um einem anderen Investor im Nariman-Point-Viertel dasselbe Angebot zu machen.

Er fuhr zum Chowpatty Beach.

Die eine Hand am Steuer, zog er sein Handy aus der Hosentasche und sah, dass er sechs neue Nachrichten hatte, die alle von Mohan Kumar waren.

Bitte um Rückruf. Muss über Söhne sprechen.

Er scrollte zur nächsten Nachricht vor:

Muss über Söhne sprechen.

Bevor er die dritte Nachricht lesen konnte, erreichte ihn ein Anruf.

«Ich schicke Ihnen dauernd aktuelle Berichte über die Jungen, aber Sie antworten nie, Mr Mehta. Ich muss Ihnen etwas sagen …»

«Mohan Kumar, ich sitze am Steuer. Die Polizei greift hart durch, wenn man beim Fahren telefoniert. Bitte …»

«Nein, Mr Mehta, Sie müssen mir zuhören. Es ist jetzt ein Jahr her, seit wir angefangen haben.»

«Auch wenn ich mich geehrt fühle, dass Sie an meinem Projekt beteiligt sind», Anand Mehta blickte auf das Dach seines Wagens und erhob die Stimme, «ich kann Ihnen nicht mehr Geld geben. Wir haben noch kein Resultat gesehen. Auf Wiedersehen.»

Als Anand Mehta den Vater der Jungen zum ersten Mal sah, war er sich sicher, dass er den Mann einordnen konnte: Er war eine indische Version des Barmixers, wie man ihn manchmal in Manhattan findet – Mexikaner, rasierter Kopf, buschige Augenbrauen, leicht spanischer Akzent, der wissen will, ob dein MacBook Air dreizehn oder elf Zoll groß ist und wie groß der Speicher ist, zwei oder vier Gigabite, und der eine Expertenmeinung zu jedem Cocktail hat, jedoch mit einem stillen Grinsen gesteht: «Ich selbst trinke nicht, Sir», und im Geheimen danach trachtet, eines Tages das Gringo-Unternehmen zu leiten, dessen Sklave er ist. Ja, genau so war dieser Bursche Mohan Kumar: eine Mumbai-Inkarnation dieses mephistophelischen mexikanischen Barmixers. Doch wem gehörte die Bar? Eben. Und deshalb klappte der Deal.

Jetzt allerdings, da der Vater ständig neue Mitteilungen schrieb, eine nach der anderen, war Anand Mehta so irritiert, dass er auf dem Rückweg am Chowpatty Beach anhalten und im Café Ideal ein Bier bestellen musste, um das Gefühl loszuwerden, dass sein Cricketunterfangen möglicherweise eine sehr dumme Idee gewesen war.

Mehta war keiner von diesen Parsi-Gentlemen, deren Onkel Freddy oder Firdaus jeden Moment von einer Krankenschwester in Khusrau Bagh tot aufgefunden werden konnte und dessen Neffe dann eine Million von ihm erbte. Wenn Anand Metha Geld verlor, dann blutete er.

Er dachte an einen Freund, den Hauptgeschäftsführer der indischen Filiale einer deutschen Bank, der jemanden bei der Baufirma kannte, die die Bandra-Worli-Sea-Link gebaut hatte. Über diesen Kontakt hatte er einen Dauerpassierschein für diese mautpflichtige Brücke erhalten, der sein ganzes Leben lang gültig war. Der Bankier hatte Millionen von Dollar auf seinen Konten, drei Häuser in Mumbai, eine schlanke Geliebte in Pali Naka und hortete jetzt auch noch dieses Privileg. Fortuna hilft denen, die bereits reich sind.

Anand Mehtas Vater war Börsenmakler gewesen und hatte nach alter, seit Generationen bestehender Familientradition treue Kunden sanft übers Ohr gehauen. Anand jedoch hatte sich von diesem Geschäft namens «Ein normales Leben» verabschiedet. Tausende seiner Generation und Gesellschaftsschicht lebten dieses normale Leben immer noch: Acht Stunden am Tag saßen sie in ihren klimatisierten Büros am Nariman Point und sprachen mit ihren Kunden Englisch, dann saßen sie in ihren klimatisierten Autos und sprachen mit ihren Fahrern Hindi und danach saßen sie in ihren klimatisierten Esszimmern beim Abendessen und sprachen mit ihren Müttern Gujarati. Anand Mehta war eineinhalb Semester lang Kommunist gewesen; dann aber hatte er seine politischen Ansichten geändert und Khalil Gibran und Friedrich Nietzsche gelesen; war nach New York gegangen, um Betriebswirtschaft zu studieren und eine Liebesaffäre mit einer schwarzen New Yorkerin zu haben; hatte das Leben in dieser meritokratischen Metropole genossen, diesem Kolosseum wetteifernder Nationalitäten und Rassen (doch unter all den pulsierenden Ethnien ragte eine heraus: rührig, anglophon, geübt im Umgang mit Zahlen und durch den Postkolonialismus dazu berechtigt, sich von fast allen Formen des schlechten Gewissens oder der Introspektion freizusprechen – eine privilegierte Gruppe, deren Privilegiertester Anand Mehta zu sein beabsichtigte, weil er der einzige indische Finanzanalyst war, der Nietzsche gelesen hatte); und hatte schließlich, eine ganze Nacht lang, Marihuana auf drei verschiedene Arten konsumiert, und dann auf einem Felsen am See im Central Park gestanden und beschlossen, seine beschissene Midtown-Schreibtischtätigkeit zu kündigen, um dem menschlichen Potenzial persönlich an der Schaltstelle seiner maximalen Restkonzentration zu begegnen, sprich, in Ost-, Südost- und Südasien. Anand Mehta kehrte nach Hause zurück. Die Enttäuschungen, die Amerika für einen jungen Inder bereithält, sind leider Gottes unbedeutend im Vergleich zu denen, die ihn erwarten, wenn er nach Indien zurückkommt. Mehta war verletzt, dass kein Mensch in Mumbai wusste – nicht einmal seine Mutter und seine Frau ganz gewiss nicht –, was für ein Opfer er gebracht hatte, als er Manhattan und den Central Park für Chowpatty Beach und Shitty Park aufgegeben hatte. Seine missliche Lage ließ er jeden Vormittag von Neuem in einem Tagtraum kulminieren: «Der Atomkrieg ist ausgebrochen, Anand. Du kannst nur eine Stadt auf Erden retten. Such dir eine aus.» Anand Mehta rettete natürlich Mumbai, das Zuhause seiner Familie und seiner Kultur. Doch dann flog er nach New York und zog sein Hemd aus, um dort mit allen zu sterben.

Gut, sagte er zu seiner Mutter, ich habe um deinetwillen auf Midtown-Manhattan verzichtet – aber bitte erwarte jetzt nicht von mir, dass ich das Leben eines Börsenmaklers führe. Von einem großen Nebengebäude am Nariman Point aus, in dem er ein Büro hatte, das mit Computern, weitsichtigen Wirtschaftszeitschriften und einem ehrwürdigen Stapel des *Economist-Magazine* angefüllt war, hatte Anand Mehta also mehr als zehn Jahre lang mit dem Geld seiner Familie spekuliert, es verplant und verplempert, während sein alternder Vater in seinem Büro im Hauptgebäude nebenan saß und weiterhin Wertpapiere verkaufte. Anand hatte im großen Stil Grundstücke in Thane und Navi Mumbai gekauft und war sie schlecht wieder losgeworden; er war von einem Engländer in Dubai und von zwei Litauern in Abu Dhabi betrogen worden; und er hatte ein kurzes Zwischenspiel in Bollywood gehabt.

Er leckte seine Wunden; er genas.

Mit der Leidenschaft eines kinderlosen Mannes an den wichtigen Schlachten des Zweiten Weltkriegs schlug eine *Reader's Digest Illustrated History* auf und las das Unternehmen Barbarossa nach. Er trank Scotch und fuhr zu einem Zweisternehotel bei Gamdevi, das vor jobbenden College-Girls schwirrte. Morgens wusch er sich das Gesicht und schmiedete neue Pläne.

Beim Film wurde es nichts, mit den Immobilien auch nicht, was zum Teufel blieb ihm da noch in Mumbai?

Vor zwei Jahren hatte Anand Mehta bei einem langen Frühstück im Willingdon Club einem Freund «aus höchsten Kreisen» zugehört, einem Mitglied des *Board of Control for Cricket in India*, kurz BCCI, dem Cricket-Kontroll-Ausschuss, der das berühmte eintägige Indien-gegen-Sri-Lanka-Match genau analysierte. Es sei ein abgekartetes Spiel gewesen, sagte der Mann vom BCCI. «Erinnern Sie sich an das absurde, letzte Over? Dann verstehen Sie jetzt, warum die beiden auf diese Weise geschlagen haben. Ich weiß nicht, ob Sie das damals gemerkt haben, aber in den letzten Overs gab es dauernd Unterbrechungen. Und warum? Ganz einfach: damit der

Hilfsphysiotherapeut den Schlagmännern zwischendurch Botschaften überbringen und sie vor den Konsequenzen warnen konnte, falls sie das Spiel nicht, wie vereinbart, absichtlich verlieren würden – der Physio ist nämlich der Einzige, den keiner verdächtigt.»

«Das Spiel war also tatsächlich abgekartet?»

«Genau. Das heißt, auf unsere klägliche, desorganisierte, zerstreute südasiatische Art, bei der alles auf die letzte Minute verschoben wird, was das Leben sehr viel aufregender macht.»

«Wow. Das ist toll. Verdammt toll. *Das* ist Cricket – die feine, englische Art!»

Erregt von diesem Einblick eines «Eingeweihten» in das Spiel, das jeder in Indien zu kennen glaubte, schlug Mehta vor, das *Board of Control for Cricket in India* (eine äußerst nordkoreanische Bezeichnung) solle zu Diwali ein DVD-Boxset herausbringen: *Goldene Momente der Match-Manipulation*, nur 1999 Rupien, damit die Inder endlich die Wahrheit erführen über ihre hochgeschätzten Momente, die ins Gedächtnis der Nation Eingang gefunden hatten.

Eines Tages wollte Anand Mehta das selbst probieren – ein Match manipulieren. Ein internationales Match.

In der Bar trank Mehta ein Bier nach dem anderen, genoss die Meeresluft, die Kameradschaft der Studierenden mit ihren College-Plaketten um den Hals und die mit jedem Schluck deutlicher werdenden Anzeichen dafür, dass ein gutes Leben in Mumbai doch noch möglich war.

Ein paar Stunden später fuhr er zu seiner Wohnung im elften Stock des Maker Tower, Block J. Es war halb zehn, und seine Eltern schliefen bereits.

Die Fenster im Wohnzimmer waren geöffnet, und die Meeresbrise war himmlisch – alle sechs Zimmer der Wohnung, die sein Vater gekauft hatte, sogar die Badezimmer hatten unverstellten Meerblick –, doch seine Frau Asha musste alles verderben, indem sie darauf bestand, die «Cricket-Unterstützung» zu überprüfen, die an diesem Tag ein Jahr alt wurde.

Wahnsinn. Das war ihre Meinung. Ein paar Jungen aus dem Slum all das Geld zu geben. Hatte er die Cricket-Akademie vergessen, die er im Azad Maidan betrieb, hatten sie dadurch nicht jeden Sommer regelmäßige Einnahmen gehabt?

«Die beiden sind eine Sensation, du solltest sie erleben», protestierte Mehta. «Zur Akademie kamen nur dicke, reiche Jungen.»

Beim Nachtisch wurde Ashas Laune regelmäßig schlechter.

Und wenn die beiden Sensationen mit dem Geld aus Mumbai fortliefen und zurück in ihr Dorf gingen? Hatte Anand sich eine Garantie geben lassen? Dieses geradezu vertrauensselige und neurotische Naturell ihres Mannes hatte ihm bislang noch jedes Geschäft ruiniert.

Asha brauchte ihn auch kaum daran zu erinnern, wie er einmal – *bevor* sie verheiratet waren – Geld für eine Schule für Slumkinder gespendet hatte, oder? Neurotiker.

Als Madame Mehta ihn endlich etwas sagen ließ, lächelte Anand ihr ein Erwischt-Lächeln zu und deutete mit seinem schmutzigen Eislöffel auf sie.

«Weißt du eigentlich, was es in Indien bedeutet, wenn eine Frau ihren Mann einen Neurotiker nennt?»

Obwohl seine Frau es wusste, fragte sie: «Was?»

«‹Mein Mann ist neurotisch› bedeutet: ‹er mag meine Mutter nicht›. ‹Er ist psychotisch› bedeutet: ‹er mag *mich* nicht›. Stimmt's, oder habe ich wie immer Recht? Hör zu: Genau deshalb habe ich diesmal ein gutes Geschäft gemacht. Sogar ein großartiges Geschäft. Weil diese Leute nämlich ehrlich sind.» Wie immer, wenn er aufgeregt war, strich er sich mit der linken Hand über den Schnurrbart.

«Mumbai ist zwar eine sterbende Stadt, aber eines wird es hier *immer* geben: etwas wirklich Großartiges. Integrität. Die Unbescholtenheit der einfachen Leute in Bombay, die in ganz Indien bekannt und berühmt ist, reicht tiefer als Granit und ist das wahre Fundament der Stadt. Stimmt's?»

«Mag sein», sagte Asha und nickte, den Mund voller Eiscreme. «Mag sein.»

«Eines wusste ich nämlich, als ich den Chutney-Vertreter zum ersten Mal sah: dass er, wenn es sein muss, seine Söhne verkauft, aber mein Geld wird er mir zurückzahlen.» Mit seinem Löffel malte Anand ein Rechteck in die Luft. «Garantiert.»

«Warum glaubst du, dass die Leute in Mumbai ehrlich sind?» Asha war immer noch skeptisch und kratzte ihr Eisschälchen mit dem Löffel aus. Sie beantwortete sich ihre Frage selbst. «Das muss am Einfluss der Parsis liegen. Wir hatten einmal sehr viele Parsis, und das ist ein aufrichtiges Volk.»

«Nein, nein, nein.» Anand kratzte noch heftiger in seinem Schälchen, da er wusste, dass sich die Memsaab jeden Augenblick damit einverstanden erklären würde, dass er die beiden Slumjungen weiterhin finanziell unterstützte.

«Es liegt am Einfluss der Gujaratis. Wir sind ein sogar noch aufrichtigeres Volk.»

Und jetzt lachte die ganze Familie, samt der Haushaltshilfe, die in der Küche Geschirr spülte.

***

Durchs Schlafzimmerfenster sah Asha Mehta reihenweise Fischerboote voller blauer und roter elektrischer Lichter, die direkt vor dem Maker-Towers-Gelände lagen, bereit, um vier Uhr morgens auszulaufen und Fisch und Garnelen zu fangen; vom Bett aus hörte sie das ausgelassene Lachen der Männer, die batteriebetriebenen Radios, aus denen Filmsongs dröhnten, im Wasser planschende Körper und das Tk-Tk hölzerner Buge, die einander rammten. Jenseits des Wassers, am Nariman Point und dahinter, glitzerte ganz Südbombay. Dann kam Anand mit einem Lächeln auf den Lippen und der Zukunft unter dem Arm ins Zimmer: einem aufgerollten DIN-A4-Blatt voller Berechnungen, das er mit ins Bett nahm, auseinanderrollte und gegen das Licht hielt. Da. Er zeigte Asha die Zahlen seiner bisher einjährigen Investition in die Cricketförderung. Er hatte den beiden Jungen 60 000 Rupien gezahlt, dem Vater ein Darlehen von 50 000 gewährt und dem alten Scout 24 000 Rupien gegeben. Während dieser zwölf Monate waren die üblichen Werbeeinnahmen eines Mitglieds der Indischen Nationalmannschaft seiner Quelle vom Cricket-Kontroll-Ausschuss zufolge auf eine Summe zwischen 4 500 000 und 6 000 000 Rupien gestiegen. Radha Kumar war fünf Zentimeter gewachsen und hatte vier Kilo zugenommen (reine, dunkelfarbige Muskeln); Manju, der Jüngere, war nur vier Zentimeter gewachsen und hatte drei Kilo zugenommen, von denen offenbar die Hälfte aus Pickeln bestand. All dies war auf der Habenseite zu verbuchen.

Auf der Sollseite hingegen stand – Mehta seufzte und knipste das Licht aus –, dass der Vater der beiden Genies, der ein Jahr zuvor auf eine im Grunde gutartige Weise verrückt gewesen war, jetzt langsam richtig überschnappte.

«Was ist?», fragte Asha blinzelnd. Ihr Mann hatte das Deckenlicht angemacht und sich dann ans Fenster gestellt, um die fröhlichen Boote unten zu beobachten. In Wahrheit hatte Anand Mehta ebenfalls Zweifel an seinem visionären Cricket-Förderungsprogramm – die am ersten jeden Monats neu entfacht wurden, wenn Mohan Kumar in seinem Büro auftauchte und auf den weißen Briefumschlag in Mehtas Hand blickte, in dem sich der monatliche Scheck befand. Denn Kumars Blick hatte das, was Anand Mehta einen Vor-der-Wirtschaftsöffnung-Starrblick nannte: von einer Intensität, die man vor dem Jahr 1991, unter der alten sozialistischen Wirtschaftsordnung, bei Leuten aus der Unterschicht oft angetroffen hatte und der man heutzutage nur noch bei Kommunisten, Terroristen und Naxaliten begegnete – der zornige Blick derer, die Dinge nicht besitzen, sondern nur verheizen konnten. Nicht Milch und Honig für seine Söhne sah er im Blick dieses verrückten Vaters, sondern Feuer.

***

Mein Vater kann wieder zaubern! – und ich will, dass alle Welt das weiß. Wenn er etwas verspricht, egal was, dann geht es in Erfüllung! Kann dein Vater das auch? Oder deiner?

Die Vorfreude begann lange vor dem letzten Tag im Monat, wenn Manju anfing, seinen Vater am Hemd zu ziehen und zu fragen: «Ist es jetzt Zeit? Ist es jetzt Zeit?» Und am ersten Tag des neuen Monats ging das jüngere Investitionsobjekt mit Mohan Kumar zu Mr Anand Mehtas Büro am Nariman Point, wartete im Foyer, während ein Angestellter einen weißen Umschlag mit dem Geld brachte, es herausholte und nachzählte; dann nahm das jüngere Investitionsobjekt mit seinem Vater den Zug zurück nach Dahisar, ging mit ihm zur Bank und lauschte heimlich, während dieser dem Filialleiter die Entwicklungen auf dem Gold- und dem Immobilienmarkt erläuterte.

Tatsächlich schien Mohan Kumars Zauberkraft mit jedem Tag stärker zu werden. Eines Morgens rief er die beiden Jungen zur körperlichen Untersuchung – die Radha wie immer still über sich ergehen ließ, während Manju sich beinahe gewohnheitsgemäß jammernd krümmte und wand, als sein Vater seinen Intimbereich untersuchte – und sagte: «Keiner von meinen Söhnen liebt mich mehr. Selbst jetzt, da ich ihnen ein neues Heim gebe.»

Ein neues Heim? Manju staunte. Er umarmte seinen Vater.

Mohan Kumar hatte das Grundstück in Alur, das seiner Familie gehörte, endlich verkaufen können, und Anand Mehtas Darlehen von 50 000 Rupien war auf einem Festgeldkonto bei der Canara-Bank angelegt, außerdem hatten sie über ein Jahr lang jeden Monat zweitausend Rupien gespart. All dies bedeutete, «meine Söhne, die ihr eurem eigenen Vater immer misstraut habt, dass …»

***

Manju rannte schreiend zum schwarzen Dahisar-Fluss. Er preschte die Brücke entlang. Dort stand immer eine Gruppe arbeitsloser junger Männer herum und hörte Radio aus einem Handy. Sie rauchten und beobachteten den verrückten Jungen.

«Junge!»

«Komm her, du Verrückter. Warum schreist du denn die Brücke rauf und runter?»

Manju ging nett lächelnd und die Hände hinter dem Rücken zu ihnen. «Ich bin nicht verrückt, ich bin Radha Kumars Bruder. Mein Vater hat viel Geld verdient, und wir ziehen jetzt weg von drittklassigen Leuten wie euch, in das erstklassige Chembur.»

Sie jagten ihm hinterher; er rannte weiter.

Und am übernächsten Morgen wurde es wahr.

Der Championzüchter Mohan Kumar war über den Fluss und durch den WILLKOMMEN BEI UNS ZU HAUSE-Torbogen gegangen, wobei er drei verchromte Schlüssel hochhielt, die die Politiker auf dem Torbogen folglich als Erste zu sehen bekommen hatten, damit sie erfuhren, dass er ihren Fängen für immer entronnen war, und darauf die Nachbarn, denen er nacheinander mitteilte: «Haben Sie mich ausgelacht, als ich gesagt habe, ich würde beruhmt, Ramnath? Ich glaube schon. Sie haben mich mit Sicherheit ausgelacht – oder nicht, Girish?»

Als Mohan Kumar fertig gestichelt hatte, verabschiedete er sich mit ein paar weisen Worten von den Bewohnern des Shastrinagar-Slums: «Die Altersgruppe der Sechzehn- bis Achtzehnjährigen ist am meisten gefährdet. Kambli und Sachin waren beide begabt, aber nur einer wurde zu einer Legende. Warum? Dieses Land geht in die Brüche. Alles hier zerfällt. Die Jungen nehmen Drogen. Die Jungen fahren Autos. Die Jungen *rasieren* sich.»

Manche Nachbarn hatten ihre Söhne und Cricketschläger dabei, damit Mohan Kumar sie segnen konnte: Vielleicht war Gottes Gnade ja ansteckend.

Nur der alte Ramnath hatte miese Laune. Er stand abseits von der Menschenmenge am Fenster seiner Hütte, bügelte mit seinem Kohlebügeleisen und murrte: «Für Gulli-Danda braucht man echtes Geschick, das ist ein richtiges Spiel. Cricket haben die Engländer eingeführt, um uns zu verführen.»

Mohan Kumar lächelte.

Ramnath redete weiter. «Inder sollten indische Sportarten ausüben. Kho-Kho, Kabbadi, und Büffelrennen im Monsun.»

Mohan Kumar fing an zu lachen: Seit er den Zug nach Mumbai bestiegen hatte, hatte er nicht mehr so laut gelacht.

«Packt eure Sachen», sagte er zu seinen Söhnen.

Die alte Sharadha wurde nicht zum Packen aufgefordert. Im neuen Haus würden sie eine Haushaltshilfe haben. Sie gehörten jetzt zu den Leuten, die andere Leute einstellten.

Chheda Nagar war nicht irgendein Vorort: Im Zentrum befand sich ein Subramanya-Tempel, ein Ableger des Schreins des tausendjährigen Cricketgottes in den Westghats, zu dem die drei Kumars nun schon seit zehn Jahren mit dem Bummelzug fuhren, um zu beten und um neue Schläger, Handschuhe und Polster weihen zu lassen. Nach ihrem Umzug würden sie dem Cricketgott oder zumindest Seinem Abglanz jeden Morgen einen Besuch abstatten.

Auch war die Tattvamasi-Housing-Society in Chheda Nagar nicht irgendein Wohnungseigentümerverein.

Die Jungen glaubten es erst, als ihr Vater die Holztür mit dem Namensschild «B. B. Balasubramaniam» aufhielt (der Vermieter, der ihnen 40 000 Rupien als Kaution abgeknöpft hatte) und sagte, sie sollten hineingehen, Radha als Erster. Manju trat ein und betastete die Wände mit beiden Händen. Kann das wirklich unser neues Zuhause sein? Über Nacht waren sie zu Leuten geworden, die eine funktionierende Klimaanlage, einen großen, grauen Eisschrank und eine halb automatische Waschmaschine hatten. Einen Holzschrank nur für Cricketkleidung, Ausrüstung, Nahrungsergänzungsmittel und Antibiotika. Versehen mit einem Ganzkörperspiegel, sodass sie ihre Schläge zu jeder Tages- und Nachtzeit proben konnten.

«Genau deshalb habe ich das Tattvamasi-Gebäude ausgewählt.»

Mohan Kumar öffnete ein Fenster und zeigte auf etwas weit unten. Die Jungen, links und rechts von ihrem Vater, sahen zwischen der Betonrückwand ihres Wohngebäudes und der Backsteinfassade des Nachbargebäudes einen kleinen Hof. «Sucht eure Schläger, betet und geht runter. Das erste Training in unserem neuen Zuhause.»

So wurden die beiden Jungen, die gerade von ihrer neuen Wohnung Besitz ergriffen hatten, zehn Minuten später nach draußen beordert. Mohan Kumar wartete am Fenster darauf, dass seine Söhne die schöne Backsteinmauer benutzten.

Doch das Leben ist natürlich nie perfekt. Nach ihrem Umzug in das neue Heim schaltete Mohan vier Abende lang den Fernseher ein und musste gemeinsam mit seinen Söhnen miterleben, wie ein neuer Young Lion geboren wurde.

***

Ein Stern geht auf am Horizont: nicht in der Stadt, der traditionellen Schule für Cricketzauberei, sondern auf der anderen Seite der Bucht, im Vorort Navi Mumbai. Dort in Vashi versammelt man sich jeden Abend in der Adil-Housing-Society, um einem gut aussehenden jungen Mann beim Schlagtraining zuzusehen, dessen Vater ihm die Bälle zubowlt. Ob dieser Youngster, wie manche glauben, der beste Schlagmann ist, den Mumbai in den letzten fünfzig Jahren hervorgebracht hat?

Als Linkshänder mit Stil – à la David Gower – begeistert Javed Ansari, ein vierzehnjähriger Schüler der Ali-Weinberg-Schule in Bandra, die Sportkenner Mumbais mit seiner eleganten Schlagtechnik. Er hat dieses Jahr bereits vierhundert Läufe, sechs Mal fünfzig Läufe und zwei Mal zweihundert Läufe erzielt. Cricket liegt ihm im Blut: Javed ist ein Neffe des Ranji-Trophy-Mittelrangstars Imtiaz Ansari, der heute für die Grafschaft Yorkshire in England spielt. Außerdem gehörte sein Vater, ein Schulbuch-Importeur aus Vashi, einst zum Cricketteam der Aligarh University und war Cricket-Kommentator für das Hindiprogramm der BBC.

Young Lions *hat mit Mr Ansari gesprochen und festgestellt, dass er die unbeirrbare Hingabe nicht billigt, die sein Sprössling dem Gentlemanspiel entgegenbringt. «Die neunte Klasse ist das schwerste Schuljahr, weil man für die Board Exams lernen muss.»*

«Es wäre Ihnen also lieber, wenn er etwas anderes täte als Cricket?»

«Glauben Sie, die Jugend von heute hört auf irgendjemanden oder auch nur auf ihre Väter? Javed ist wild entschlossen, für Mumbai zu spielen, und dann für Indien, und niemand auf der Welt wird ihn davon abbringen.»

YOUNG LIONS
MONTAG 18:30 Uhr WIEDERHOLUNG AM MITTWOCH
Folgen Sie uns auf Twitter

Mohan Kumar stellte den Fernseher aus und spuckte auf den Fußboden seines neuen Zuhauses.

«Fahrt da hin», sagte er zu seinen Söhnen, «und fangt sofort mit dem Training an.»

***

Lange Zugfahrten blieben Manju und Radha nun erspart, weil sie mit dem Schulbus fahren konnten, der in der Nähe hielt. Sie saßen hinten, erschreckten Fußgänger mit unflätigen Gesten und stritten mit ihren Klassenkameraden, während der Bus sich von Chembur durch die Carter Road und dann durch eine Gasse schlängelte, die «Alis Unterrichtsecke» hieß, dann langsam am Karim Ali College of Law vorbeifuhr, am Karim Ali College of Arts and Sciences, am Karim Ali College of Dental Science und am Karim Ali College of

Medical and Alternative Medical Sciences, bis er schließlich an der Ali Weinberg International School hielt.

Doch kaum waren die Kumars ausgestiegen, trafen sie auf einen Honda City, der vor der Schule parkte, als hätte er auf sie gewartet. Zwei Füße tauchten unter der offenen Tür auf, während der übrige Körper, dessen Umrisse hinter den dunklen Fensterscheiben zu sehen waren, sich im Sitz zurücklehnte und eine SMS schrieb.

Es war Mister «J. A.», der neue Young Lion.

Als Radha und Manju am Abend zuvor in ihren neuen Betten lagen, hatte Mohan Kumar seinen Söhnen nochmals die drei Hauptgefahren auf dem Weg zum Ruhm dargelegt – verfrühtes Rasieren, Pornografie, Autofahren – und eine weitere hinzugefügt. Dieser Mohammedaner (ein Linkshänder!) war seinen Söhnen gegenüber im Vorteil: Sein Vater hatte Festgeldkonten und Aktien-Online-Konten; sein Vater hatte seinem Sohn vermutlich ein Fitnessstudio gebaut; und er hatte, was man in Mumbai noch dringender brauchte als einen reichen Vater: einen *Paten*. Schließlich war sein Onkel Imtiaz Ansari ein Ranji-Trophy-Mann, und würde Geld, verbunden mit Einfluss (so läuft es auf dieser Welt, meine Söhne), diesen linkshändigen Jungen nicht unwiderstehlich machen, wenn der Tag kam, an dem die Spieler für die Mannschaft ausgewählt wurden? Und er kam immer näher …

Als Radha die Silhouette im Wagen sah, zog sich sein Herz zusammen: Er hatte wieder den Verdacht, der nun an ihm nagte, dass sein Vertrag mit Gott, trotz allem, was sein Vater sagte, keineswegs idiotensicher war und er vielleicht nicht zeigen konnte, dass er der beste Schlagmann der Welt war. Also schwitzte er; Manju dagegen durchfuhr ein Kick, als er den Körper im Halbdunkel des Wagens sah – dieselbe elektrische Aufladung, die ein Ornithologe empfindet, wenn er einen seltenen Zugvogel zu Gesicht bekommt. Mit offenem Mund starrten die Brüder den Umriss im Inneren des Honda City an, doch dann sagte Radha «Manju», und Manju sagte «Radha

Krishna», womit der Bann gebrochen war und die beiden weitergehen konnten.

***

An dem Morgen, als Javed Ansari versuchte, ihnen Sofia auszuspannen, unternahmen die Kumar-Brüder endlich etwas gegen ihn.

Sofia mit dem gesprenkelten Hals, das Mädchen mit Auto und Fahrer, das Mädchen, dessen Vater eine große Chemiefabrik in Thane besaß, war an diesem Morgen mit den beiden Brüdern zu Thambi's gegangen.

Bei Thambi's Fast Food Hut gleich bei der Ali-Weinberg-Schule bekam man genau die Gerichte, vor denen die Lehrer ihre Schüler warnten. Das Essen wurde im Freien neben aufgestapelten Kuhfladen und summendem Müll gekocht und dann auf Tellern ausgeteilt, die man gerade in Bilgewasser getaucht hatte – was bedeutete, dass die jungen Leute, die hier Dosas und Idlis aßen, mit einiger Wahrscheinlichkeit auch Gelbsucht oder Typhus als kostenlose Beilage bekamen.

Für die Schüler der Ali Weinberg International School war Thambi's zwangsläufig zu einem großartigen Ort für Liebschaften geworden.

An diesem Morgen saß Sofia dort auf einer Bank, ein Schulbuch an die Brust gedrückt und eine Tasche über der Schulter. Ihr langes Haar war über ihr linkes Auge gebürstet, und sie duftete wie eine fremdartige Blume. Die blutfarbenen Flecken, Muttermale, befanden sich links und rechts von ihrem Hals.

«Ich habe heute in der Schule ein Referat gehalten, über Frauen im heutigen Indien. Willst du wissen, was ich gesagt habe?»

Die kleine Freiluftgarküche explodierte geradezu vor Knoblauch und Zwiebeln; zwei Tamilen gaben Radhas Bestellung an einen dritten hinter der Theke weiter, der Wasser auf den Tawa sprenkelte, ihn mit einem gestutzten Jharu auskratzte, die Hand in die Hüfte stemmte und schrie: «Dosa?»

«Ja, Dosa.»

«Paneer?»

«Ja, klar. Eine doppelte Portion. Doppel-doppel-Paneer.»

Das beeindruckt die Mädchen immer.

Der Mann deutete mit seinem kurzen Jharu auf Manju und fragte: «Und soll ich laut schreien, wenn ich deinen Vater sehe, so wie letztes Mal?»

«Diesmal noch lauter», bat Radha.

«Also, um auf das zurückzukommen», fuhr Sofia fort, «was ich im Unterricht gesagt habe: Ich habe gesagt, eine Frau im heutigen Indien sei entweder naiv oder ein Miststück. Das hat mir mein Vater beigebracht. Weißt du, was das bedeutet? Nein? Dann taugst du wirklich nur für Cricket. Es bedeutet, dass man, wenn man als Frau beispielsweise im Marketing oder im Vertrieb arbeitet, von den Männern behandelt wird, als hätte man keine Ahnung, und dass sie versuchen, einen zu betrügen. Deshalb muss man mit dem Fuß aufstampfen und wütend werden und sie anschreien, und dann beschimpfen sie einen als – als …» Sie drehte sich vom älteren Kumar zum jüngeren Kumar. Sie verdeckte die Flecken an ihrem Hals und fragte Radha: «Warum starrt dein Bruder mich so an?»

Doch Manju starrte nicht sie an, sondern das silberne «H» auf ihrer paillettenbesetzten Handtasche.

Der Tamile kam mit einem Paneer-Dosa, das auf einem in Zellophan gehüllten Metallteller lag, von dem Chutney heruntertropfte.

«Willst du das wirklich essen?», fragte Sofia.

Selbstverständlich würde Radha das essen. Er machte sich sofort darüber her.

Sofia zuckte zusammen. Sie strich über ihre Handtasche mit dem «H» darauf und sagte: «Ich bin übrigens ebenfalls Sportlerin, halte dich also nicht für was Besonderes. Meine Mama sagt, wir bekommen 3,5 Prozent zu unseren SSC-Endnoten addiert, wenn wir eine Sportart auf Bundesstaatenebene spielen. Das wird mir helfen, auf ein gutes Junior College zu kommen. Deshalb lässt sie mich Badminton auf Bundesstaatenebene spielen. Ich spiele jeden Tag nach der Schule. Meine Knie tun weh, aber Mama sagt, schaff es aufs College und werde reich, dann kannst du dir ein Krankenhaus leisten und glänzende neue Knie. Ist das nicht verrückt?»

Radha lächelte: «Zeig mal die Knie.»

Sofia zog den Rock ihrer Schuluniform hoch und zeigte sie.

Doch als Radha ihre nackten Knie angrinste, wurde sie böse auf sich selbst.

«Cricketspieler!» Sie bedeckte ihre Knie mit ihrem Rock. «Ich kenne eigentlich *niemanden*, der Cricket schätzt. Ich meine, *Lunchpause!* Spiele, bei denen Lunchpausen üblich sind, sollte man nicht als Sport bezeichnen. Alle, die ich kenne, sind Fans von Arsenal oder Manchester United. Trotzdem hoffe ich, dass du nicht für Barcelona bist, weil ich die hasse wie die Pest. Hörst du mir zu?»

Natürlich hörte Radha ihr zu. Als er fertig gegessen hatte, wischte er sich mit dem Handteller über den Mund und begann dann, Sofia etwas zuzuflüstern, über ein Ding, das so groß sei (er verdeutlichte es ihr mit den Händen), bis sie schrie: «Sieben Farben! Sieben?»

Es stimmte: Manju hatte seinem Bruder dabei zugesehen. Radhas Ding war riesig, und wenn er es festhielt, nachdem er auf der Toilette war, und es drückte, bis kein Blut mehr in es hineinfloss, dann konnte er jede beliebige Farbe erzeugen. Es stimmte alles. Doch Sofia schob Radha einfach weg und lachte hysterisch.

«Ihr Cricketspieler», sagte das Mädchen, «seid urkomisch. Du bist noch schlimmer als ‹J. A.›»

«Als wer?»

Radha hörte mit gerunzelter Stirn zu, als Sofia erklärte, beide Young Lions hätten versucht, sie zu beeindrucken, denn am Vormittag habe sie bereits das hier von Mr Javed Ansari bekommen. Ein duftendes Blatt weißes Papier. Radha las es, während Manju das Kinn an seinen Hals gelegt hatte und ihm über die Schulter spähte.

> **Miss Sofia:**
> Du gehst in Schönheit gleich der Nacht
> in wolkenlosem Sternenlicht.
> J. A.

«Was zum Teufel ist *das* denn?», fragte Radha.

Sofia sagte, es sei ein Liebesgedicht, das Javed eigens für sie geschrieben habe, und sie finde es «ergreifend».

«Er mag mich. Ihr Cricketspieler seid wirklich komisch.»

Als Radha sah, dass Manju das Liebesgedicht mit gerunzelter Stirn las, so als versuchte er angestrengt, es zu verstehen, ertrug er es nicht mehr. «Wissenschaftler», sagte er, «gib's ihr zurück.»

***

Am kommenden Samstag brachen die beiden Brüder in die Umkleideräume der Schule ein, fanden eine grüne Crickettasche, auf der die mit Goldfaden gestickten Initialen «J. A.» prangten, und öffneten den Reißverschluss. Radha hatte den Stift dabei. Er sah sich Javeds Schutzausrüstung genau an – den Oberschenkelschutz, den Unterleibsschutz, die Handschuhe – und entschied sich dann für den Brustschutz. Er legte ihn auf seine Knie und schrieb etwas darauf. «Fertig», sagte er kichernd und bat Manju, vorzulesen, was er auf den Brustschutz geschrieben hatte. Doch was hatte sein kleiner Bruder vor? Mit weit aufgesperrtem Mund hatte Manju den Unterarm bis zum Ellenbogen in Javeds grüne Crickettasche versenkt. Sein Arm zitterte, und doch schob er ihn weiter hinein.

«Das ist schmutzig!», sagte Radha und schlug Manju auf den

Kopf, der seinen Arm daraufhin sofort herauszog. Radha hielt ihm den Stift hin. «Schreib du jetzt was auf den Brustschutz.»

Hinterher heulten und schrien die beiden Brüder die Carter Road hinauf und hinunter und feierten damit ihren Sieg über Mr «J. A.»

***

Während des Monsuns sind die Maidans im Herzen Südmumbais – Azad, Oval, Cross – mit Unkraut überwuchert. Spätestens am Independence Day sind Teile der Maidans mit dunklen Nylonnetzen abgeriegelt, während es weiterregnet, und in den geschützten Bereichen bilden sich rechteckige Stellen rötlicher Erde. Ähnliche Rechtecke tauchen im Polizei-Gymkhana und im Islam-Gymkhana am Marine Drive auf und verwirren die Schwarzmilane, die, sich in der Meeresbrise wiegend, ihre Kreise über ihnen ziehen.

Im September werden Steinwalzen über diese Stellen gerollt, die den Erdboden planieren. Am Oval sind die Stoppelrechtecke jetzt rotbraun wie manche Ziegel am Bombay High Court, der den Maidan überragt. Ausgestochene Rasenstücke liegen zu Haufen gestapelt bereit; Männer in Khakishorts sitzen daneben; Mynahs landen und fliegen auf, und Tauben rasten auf den Pitches. Zwei weiße Kontrastschirme werden am Zaun platziert, direkt vor der Bronzestatue von Sir Jamsetjee Jejeebhoy, dem ersten Baronet von Bombay, der mit den Händen im Schoß und dem Rücken zum Oval dasitzt und die gewöhnlichen Wonnen des Sports verachtet. Eines Morgens erscheint ein Mann mit nackter Brust zwischen den Wickets im Oval und beginnt zu meditieren. Er hat die Handteller vor der Brust aneinandergelegt und die Augen geschlossen; nur seine Lippen bewegen sich. Neben ihm wartet eine Steinwalze. Der Halb nackte hebt die aneinandergelegten Handteller über den Kopf, klatscht einmal, zweimal, dreimal in die Hände und öffnet die Augen.

Es ist Oktober, und die Cricketsaison hat begonnen.

Neunte Klasse, später: Cricket-Saison

War sie denn wirklich tot? Radha glaubte das anscheinend. Vielleicht hatte jemand sie ermordet und ihre Leiche im Dahisar-Fluss versteckt. Nein – sie musste am Leben sein, dessen war Manju sich sicher. Er erinnerte sich nämlich an den Abend, als er sie zum letzten Mal gesehen hatte: Er war früher vom Crickettraining zurückgekommen, und sie hatte auf dem Bett gelegen und geschlafen. Manju hatte sie betrachtet und gedacht, dass die Lippen seines Vaters voller wurden und sein Gesicht gröber, wenn er schlief; dass seine schlafende Mutter jedoch strahlend schön aussah. Ihr Mund zuckte. Ihre Lider pulsierten. Und als Manju sich ihrem schlafenden Körper näherte, begannen sich ihre Lippen stumm zu bewegen, als intonierte sie etwas, ein Gebet, etwas Geheimes auf Sanskrit, eine Nachricht für ihren Sohn.

«Tommy Sir ist hier: Hör auf zu träumen!»

Manjunath öffnete die Augen. Durch den bunten Schirm über seinem Kopf sah er die Sonne und dann überall ringsum dunkle, grinsende Gesichter und weiße Hemden. Er saß im Ali-Weinberg-Zelt auf einem Plastikstuhl, am einen Ende des Oval Maidan.

In den Händen hielt er einen Schläger, ganz, als sei er von oben aus einer Kokospalme gefallen.

Manju blickte umher. Auf die schwarzen Stangen gestützt, die um den Maidan verliefen, standen Männer, die sich das Cricketspiel ansahen; Tagelöhner, die das Glück hatten, den Vormittag freizuhaben, saßen auf einem Palmenstamm, tranken Tee und wurden still, wenn ein Ball den Schläger traf. In der Mitte des Ovals versuchte ein Young Lion fieberhaft, Läufe zu holen. Radha Kumar war an diesem Morgen in Höchstform.

Doch Tommy Sir war nirgends zu sehen.

Manju zeigte den anderen Spielern den Mittelfinger – worauf sie mit einem Freudenschrei antworteten –, schloss die Augen und machte sein Recht zu träumen geltend. Was versuchte sie zu sagen, als sie mit geschlossenen Augen auf dem Bett lag und ihre Lippen sich bewegten? Manju hatte sein Ohr an ihren Mund gehalten und hatte fast verstanden, was sie ihm mit Mühe mitzuteilen versuchte: «Manju, lass uns Radha finden und von hier fortgehen, bevor es zu spät ist.»

«Verdammt noch mal, hör auf zu träumen und steh von deinem Stuhl auf, SubJunior!»

Diesmal *war* es Tommy Sir. Zusammen mit einem Mann mittleren Alters kam er auf das Ali-Weinberg-Zelt zu. Manju nahm Haltung an, die anderen Jungen ebenfalls.

«Jungs, das hier ist der wichtigste Mann in Mumbai. Er wird eines Tages über euer Schicksal entscheiden. Und wer ist er?»

Der Mann mittleren Alters lächelte. «Bringen Sie mich bitte nicht in Verlegenheit, Tommy Sir. Ich bin nur einer von denen, die die Mannschaft aufstellen.»

«Genau das habe ich auf gut Englisch gesagt, Srinivas. Also, Jungs, dieser überaus wichtige Mann erzählt euch jetzt, wie ihm einst ein Blick auf Ravi Shastri genügte, um zu erkennen, dass er für Indien spielen würde. Erzählen Sie es den Jungen, Srinivas.»

«Das ist Jahre her, Tommy Sir. Vor zehn Jahren war es noch möglich, an der Schlagbereitschaftsstellung eines Jungen, an der Art, wie er das Schlagholz festhielt, zu erkennen, ob er der richtige Spieler für die Mannschaft war. Das ist heute völlig anders. Heute ist es selbst denen, die die Spieler auswählen, schleierhaft, wer es schafft und wer …»

Die Arbeiter, die auf dem umgestürzten Baumstamm saßen, jubelten. Ein Young Lion hatte soeben gebrüllt: Mit einer Drehung des Oberkörpers hatte Radha Kumar am Mid-Wicket-Feldspieler vorbeigeschossen, weit über die Spielfeldgrenze hinaus, die mit weißen Flaggen markiert war.

«Sehen Sie sich an, wie er schlägt, Srinivas. Wissen Sie, wie viele Läufe er beim Pepsi-Turnier erzielt hat?»

«Wie soll ich das nicht wissen, du simst mir die Läufe doch dreimal pro Tag! Seine Gruppe verspricht eine reiche Ernte. Da ist Javed Ansari, dann Kumar, und auch über T. E. Sarfraz habe ich schon viel gehört.»

Manju stand nah genug bei den beiden Männern, um mitzubekommen, was sie sagten.

«Kill ihn wie Yuvraj!» Die Cricketspieler, die rings um ihr Spielerzelt standen, hatten begonnen, rhythmisch zu klatschen.

«Kill ihn?»

Tommy Sir zeigte auf den Rajabai-Uhrturm. «Kennen Sie die Geschichte? Dieser Yuvraj Singh hat beim Ausscheidungsspiel den Uhrturm getroffen und sechs Läufe erzielt.»

Der Mann betrachtete den Turm. «Bis zur Spielfeldgrenze sind es fünfundsiebzig Meter und dann noch dreißig Meter über die Kokospalmen. So ein Quatsch, keiner hat jemals von hier aus den Turm getroffen.»

Tommy Sir, der vor zwei Jahren in einer Zeitungskolumne über Yuvrajs Turmtreffer geschrieben hatte («Manche Jungen steigen auf, manche gehen unter: Legenden des Bombayer Crickets und mein Beitrag zu ihrer Entwicklung, Teil 16 – Wie ich aus Yuvraj einen jungen Cricketprinzen machte»), sah nach rechts, wo der kleine Manju stand.

«Das ist der Bruder, Srinivas. Der geborene Wissenschaftler. Wenn ich ihn darum bitte, wird er Ihre Biographie aufsagen. Soll ich ihn fragen?»

Doch beinah im selben Augenblick sah Tommy Sir einen Mann, der ein Fahrrad auf den Oval Maidan schob.

Manju wünschte, er könnte seine Ohren versiegeln. Es geschah nämlich schon wieder: Während er in Hörweite war, sprach Tommy Sir über seinen Vater.

«Sehen Sie die Gestalt, die dort hereinkommt, Srinivas? Kommt hierher und sieht sich jedes Match an, das seine Jungen spielen. Ein Kontrollfreak. Fragt mich andauernd, ob sie mit Frauen reden, Bier saufen, Pornofilme sehen. Unter uns gesprochen ...», Tommy Sir winkte den Mannschaftsaufsteller näher zu sich, «... er ist vorbestraft.»

Manju biss die Zähne zusammen.

Auf einmal war von der Pitch ein lauter Schlag zu hören: Radha Kumar hatte den Ball in Richtung Rajabai-Uhrturm nach oben geschlagen, als wollte er mit dem Geist von Yuvraj Singh wetteifern. Der Klang seines Schlägers ließ den gesamten Maidan verstummen. Zwei Jungen rannten fast ineinander: Dann machte der eine einen Schritt zurück, und der andere fing den Ball mit beiden Händen.

«Kaum lobe ich ihn, ist er draußen. Jetzt bist du dran, Manju. Ja, ich ändere die Schlagordnung. Ich will, dass der Mannschaftsaufsteller Manjunath Kumar sieht. Na los, mach schon!»

***

Manjunath Kumar trat mit Helm, Beinschutz, Unterleibsschutz, Brustschutz und Schenkelpolstern zum Schlagen an; sein linker Daumen pochte.

Jedes Schlagen des Balls – jedes gute Schlagen – beginnt mit einem Aberglauben. Manju verfügte bereits über eine Privatschatzkammer an abergläubischen Ritualen, die mit seinem Spiel verbunden waren. Manche davon wurden auch von anderen Schlagmännern gepflegt (beispielsweise die roten Ballspuren auf dem Schlagholz nie abzuwischen) – andere wurden von ihm allein praktiziert. Das folgende Ritual war einzigartig: Wenn Manju zur Schlaglinie kam, ging er zuerst im Kreis um die Wicket-Stäbe und stellte sich erst dann, wie es die Regeln verlangten, vor die Stäbe. Danach sprach er ein kleines Gedicht auf Kannada, das ihn seine Mutter gelehrt hatte, als er klein war.

Obbane Obbane
Kattale Kattale
Allein, Allein
Finsternis, Finsternis

Noch war er nicht zum Schlagen bereit. Als Nächstes kratzte er mit seinem Schläger im Staub herum, als suchte er etwas, dabei hatte er es bereits in seinem eigenen Daumen gefunden – eine Spur Schmerz. Daraufhin richtete er den Schläger am Leg-Stump des Wicket aus, weil ihm heute danach war, auch auf der Off-Side, der rechten Seite des Spielfelds, Läufe zu erzielen. Dann begann er, mit dem Schläger auf den Boden zu klopfen.

Jetzt.

Jedes Mal, wenn Manju mit dem Schläger aufklopfte, flogen Mynahs und Spatzen in die Haufen von gemähtem Gras; das Gesicht des Schiedsrichters verfinsterte sich nach und nach; die Feldspieler gingen tiefer in die Hocke. Der Bowler verwandelte sich in ein kleines, dummes Tier. Er schürzte die Lippen, saugte an seinen Zähnen und stieß streifenhörnchenartige Laute aus, mit denen er seine Feldspieler anwies, wo genau sie sich aufstellen sollten. Er deutete auf Manjunath und brüllte: «Dieser Junge ist kein Cricketspieler. Dieser Junge ist nur der Schatten seines Bruders. Dieser Junge liest Bücher. Er wird sich keine zwei Bälle halten.»

Manju drehte sich in die Richtung, in der die Sonne über den Häusern schien. Das hatte ihm sein Vater beigebracht: bei Schmerz oder Ablenkung in die Sonne zu blicken und dann die Hand hochzuheben, bis die Sonne verdeckt ist. Damit hat man die größte Naturgewalt des Universums unter seine Kontrolle gebracht.

Jetzt sieh dir den Bowler an, der dich verspottet hat. Und die drei Feldspieler auf der Off-Side, die daraufhin gelacht haben. Ihr werdet meinen Schmerz alle zu spüren bekommen.

Manjus Nasenflügel sind geweitet, seine Unterarme angespannt. Ringsum sieht Mohan Kumars zweiter Sohn die Orientierungspunkte der Stadt – das Eros-Kino, das große, blaue UFO in Colaba, ein sich drehendes Restaurant, das zum Taj-Hotel gehört, der Rajabai-Uhrturm, der Churchgate-Bahnhof –, sie verbinden sich zu einer Krone, deren Rand, wenn er will, seinen Kopf berührt: Wenn er den Ball heute gut genug schlägt.

Den ersten Ball schlägt er direkt durch die Covers, was für die beiden Feldspieler, die am lautesten gelacht hatten, eine Demütigung ist.

Von jetzt an müssen sie schwer einstecken.

Nicht weit entfernt hackt ein Specht wie rasend mit dem Schnabel ins Holz einer Kokospalme; in der Mitte der Pitch gräbt ein Junge sein Schlagholz immer wieder in den Boden.

***

Über eine Stunde später, nachdem Manju seinen linken Handschuh ausgezogen hatte, um seinen Daumen schütteln zu können – er hatte soeben mehr Läufe erzielt als sein Bruder –, blickte er zum Spielerzelt hinüber. Radha war nicht dort, doch hinter dem Ali-Weinberg-Clubhaus sah er einen Mann, der neben einer Kokospalme urinierte. Mohan Kumar stand möglichst weit zurückgelehnt da, um selbst beim Verrichten seiner Notdurft noch sicherzustellen, dass er seinen Sohn beim Schlagen des Balls keine Sekunde verpasste. Mein Vater ist ein solcher Blödmann, dachte Manjunath. Manchmal schäme ich mich so dermaßen für ihn. Die anderen Zuschauer würden ihn sehen, wie er in aller Öffentlichkeit pinkelt, würden pfeifen, vielleicht Dinge nach ihm werfen und ihn vom Maidan verjagen, wenn der nächste Ball nicht hoch durch die Luft geschlagen würde. Ein fantastischer Sechser.

Manju schlug jetzt, um seinen Vater zu beschützen.

***

Was ist Cricket?

Ein Gesicht: dasjenige von Eknath Solkar. Kurz vor dem Ranji-Trophy-Endspiel Bombay gegen Bengalen 1968–69 stirbt sein Vater. «Wir wissen, dass dein Vater tot ist, du musst jetzt nicht spielen», sagten seine Mannschaftskameraden zu ihm. Doch Bombay ist in einer schlimmen Lage, ein Wicket nach dem anderen wird zerstört. Solkar vollzieht morgens die Bestattungsrituale für seinen Vater, steigt danach in den Zug und begibt sich mit stoischer Ruhe zum Brabourne-Stadion. «Ich komme, um meine Pflicht zu tun», sagt er. Schnallt sich die Schutzpolster um und tritt zum Schlagen an. Dank ihm geht Bombay während des ersten Durchgangs in Führung: und gewinnt die Ranji Trophy. An einem Tag höchsten persönlichen Schmerzes, einem Tag, an dem er sich mehrfach hätte entschuldigen lassen können, siegt sein Pflichtgefühl.

Oder anders ausgedrückt, mit Tommy Sirs Worten aus einem Essay, den er vor drei Jahren in der *Mumbai Sun* veröffentlicht hatte: Cricket ist der Sieg der Zivilisation über den Instinkt. Während Tommy Sir aus der Dusche neben dem Schwimmbecken kam und sich die Haare mit einem Handtuch abtrocknete, musste er an diesen wunderbaren kleinen Essay denken. Amerikanische Sportarten wie Baseball oder Basketball nehmen grobe Messungen der athletischen Ausstattung vor: Größe, Schulterkraft, Schlaggeschwindigkeit, anaerobe Schwelle. Cricket dagegen misst das Ausmaß, in dem man sich diese rohe Ausstattung zunutze machen kann. Man muss die rechte Hand, die untere Hand, die instinktgeleitete Hand im Zaum halten und der linken, eleganten, zurückhaltenden, oberen Hand die Herrschaft geben. Wenn der kurz geschlagene Ball pfeifend heranrauscht und jede in Panik versetzte Faser einem sagt, dass man die Augen schließen und das Gesicht abwenden soll, dann muss man tun, was einem selbst und jedermann nicht natürlich vorkommt: ruhig bleiben. Man meistere seine Triebe, man spiele Cricket. Denn ein Männerkörper ist, letzten Endes, etwas Abstoßendes – Tommy Sir klatschte sich

Johnson-&-Johnson-Babypuder auf die Unterarme, sein Lieblingsdeodorant –, ab-stoßend, ab-stoßend. Noch mehr Babypuder, viel mehr. Mumbai ist selbst bei Nacht eine heiße Stadt.

Tommy Sir betrachtete sich prüfend im Spiegel. Er überprüfte den Geruch seiner Achselhöhlen.

Zivilisiert und duftend tauchte der alte Mann aus dem Umkleideraum auf und sah sich nach dem jungen Manjunath Kumar um.

Tommy Sir gehörte zu denjenigen, die im Middle Income Group Cricket Club von Kalanagar «lebte», das heißt, er schwamm jeden Tag seine sechs Runden im Schwimmbecken, nahm in der Bar internationales Cricket und indischen Whisky zu sich und trank jeden Abend Tee in der Gaststätte, zu der er jetzt unterwegs war.

Die Kellner standen vor dem Fernseher und sahen ein Match – England gegen Südafrika – live oder vielleicht schon ein paar Jahre alt.

Plötzlich war es, als dringe ein Strahl Morgenlicht ins Lokal. *Manjuuu*. Tommy Sir war nicht alleine gekommen. Die Kellner lächelten dem Jungen zu; dann brachten sie ihm Geschenke – Setz dich, Manjuuu. Komm her, setz dich hin. Der kleine Manju wurde ganz wie ein Clubmaskottchen behandelt. Kostenlose Snacks. Kostenlose Coca-Cola. Mach dir keine Gedanken, iss einfach. Und dein Vater? Wird es nie erfahren. Bis neun würden die Züge überfüllt sein, weshalb die drei Kumars bis spätabends auf dem MIG-Clubgelände bleiben durften. Doch nur einer von ihnen wurde so verhätschelt.

«Sieh mich an, Manju. Ich muss dir etwas Wichtiges sagen.»

Obwohl Tommy Sir vorgehabt hatte, mit dem Mann, der die Mannschaft auswählte, über Radha Kumar zu reden, verstummte er, als Manjunath Kumar begann, den Ball zu schlagen. Ihm war, als sei sein Essay Wirklichkeit geworden. Srinivasan Sir, der Mann, der die Spieler auswählte, stand neben ihm und hatte Manju mit aufgesperrtem Mund beim Schlagen des Balls zugesehen, so als wollte auch er laut fragen: Was ist Cricket? Wie Tommy Sir konnte er diese Frage nämlich nur auf Englisch beantworten. Doch der Junge, der vor ihren Augen den Ball schlug, beantwortete sie in der Sprache des Cricket.

«Habe ich dir je meine Geschichte von Eknath Solkar erzählt, Manju?», fragte Tommy Sir.

Doch Manju biss in einen Samosa, den das Clublokal ihm spendiert hatte, und las konzentriert in einem Schulbuch.

«Worin besteht die Moral der Eknath-Solkar-Geschichte? Sag es mir. Jede Geschichte hat eine Moral. Und hör auf, dieses Buch zu lesen.» Wie bei vielen Mittelschichts-Indern seines Alters war Tommy Sirs Neugier immer auch feindselig. Er griff nach dem Buch, schlug es auf und las das Inhaltsverzeichnis vor: «Lektion 1: Lineare Gleichungen, Lektion 2: Größter gemeinsamer Teiler und kleinstes gemeinsames Vielfaches von polynom… polynomin…» Tommy Sir gab Manju das Buch zurück. «Jeder Cricketspieler in Tamil Nadu ist heute Diplom-Ingenieur. Mit neunzehn sagen sie, wir müssen die Risiken und die Chancen eines Cricketspielers abwägen, als Profisport ist Cricket zu riskant, also gehen wir aufs College nach Amerika. Das darfst du nicht tun, Manju. Ist Sachin etwa nach Amerika gegangen? Hat er das zwölfte Schuljahr vollendet? Manju, sag mir eines: Helfen dir die Naturwissenschaften und die Mathematik, wenn du den Ball schlägst?»

Manju, der mit vollen Backen seinen Samosa kaute, blickte von seinem Buch auf und musterte Tommy Sir.

«Ja», sagte er. Und dann: «Nein.»

«Ja oder Nein?», wollte Tommy Sir wissen.

Der Junge aber meinte: Die Antwort lautet Ja, und die Antwort, die Sie von mir hören wollen, lautet Nein.

«Während eines Spiels gegen die Cathedral School habe ich einmal versucht, den Winkel eines Treibschlags durch den Extra-Cover zu berechnen: Vom Wicket aus waren es 35 Grad, und ein Schlag durch den Cover waren 45 Grad.»

«Hat dir das geholfen, den Ball zwischen den beiden Feldspielern durchzuschießen?»

«Ich habe den Ball verfehlt, und das Wicket wurde zerstört.»

Tommy Sir atmete aus. «Beim Schlagen denkst du also nicht?»

«Kurz vor dem Schlagen verschwinden alle Gedanken. Sonst wäre ich beim nächsten Ball draußen.»

Tommy Sir legte die Hand auf das Schulbuch des Jungen. «Manju, sieh mich an. Sag mir, für welchen Club Vijay Merchant gespielt hat.»

«Für Fort Vijay.»

«Wie viele Sechser hat C. K. Nayadu im Gymkhana gegen MCC erzielt?»

«Viel zu viele.»

«Eine gute Antwort.» Tommy Sir hob die Hand von dem Buch – und ließ sie wieder sinken. «Wer wird diesen Rekord je brechen?»

Manju kaute seinen Samosa.

«Mein Bruder.»

«Tut dir dein linker Daumen weh?»

Manju hörte auf zu kauen und sah Tommy Sir an.

«Das hat Javed Ansari mir nach dem Match gesagt. Er hat gesehen, dass du den Schläger nur mit einer Hand gehalten hast. Er meinte, du hättest dich vielleicht am linken Daumen verletzt.»

«Javed ist ein Lügner!» Manju war dabei, aufzustehen. «Ich habe heute mehr Läufe geholt als er, deshalb hasst er mich.»

«Dann zeig mir mal deinen linken Daumen», sagte Tommy Sir. «Und wieso hast du nur die eine Hand benutzt, um die Buchseite umzublättern?»

Der Junge schob beide Hände unter den Tisch.

Draußen stand Mohan Kumar und feuerte seinen älteren Sohn an, der rückwärts rannte, um seine Kniesehnen zu kräftigen. Er drehte sich um – «Misssster Mooohan!» – und sah Tommy Sir aus dem Club stürmen und Manju hinter sich herzerren.

Tommy Sir hielt Manjus Hand hoch und erklärte dem Vater, was passiert war.

«Der Junge hat einen Haarriss. Trotzdem war er heute da draußen und hat den Ball geschlagen, und warum? Weil er große Angst vor *jemandem* in seiner Familie hat.»

Manju sah, wie Tommy Sir seinem Vater einen Stoß gab.

«Soll ich zur Polizei gehen und erzählen, was Sie ihm antun? Soll ich es den Sozialarbeitern sagen?»

Als der Talentsucher drohte, Manjus gebrochenen Daumen seinen Freunden von der *Mumbai Sun* zu zeigen, was unweigerlich zu einem negativen Artikel über seinen Vater führen würde, den dann unweigerlich alle Nachbarn in der Tattvamasi Housing Society sehen würden, und wahrscheinlich auch die gesamte Öffentlichkeit in Chheda Nagar, legte Mohan Kumar die Handflächen aneinander und flehte Tommy Sir an, nicht zu vergessen, dass er nur ein armer Mann sei, ein Dörfler in der großen Stadt, Opfer der Chutney-Mafia, der nichts besaß und nicht einmal einen Freund auf Erden hatte. Er willigte sogar ein, den Club sofort zu verlassen, was dazu führte, dass Tommy Sir den Jungen (und seinen älteren Bruder) in eine Autorikscha setzte, die sie auf schnellstem Weg zum Lilavati-Hospital bringen würde, und Mohan Kumar Manjus Wangen tätschelte und ihm ins Ohr flüsterte: «Der beste Bruch in der Geschichte der Menschheit.»

***

Im Bett sah Manju *CSI: Vegas* auf dem iPad, das sein Bruder für ihn hochhielt, damit er besser sehen konnte. In dieser Episode, die er schon dreimal gesehen hatte, wurde eine alte Frau bei lebendigem Leib von ihren drei Katzen aufgefressen.

«Tut dein Daumen noch weh?» – «Nein.»

Radha lächelte, beobachtete Manju jedoch, während er die Serie auf dem iPad sah.

«Warum hast du mit deinem gebrochenen Daumen überhaupt gespielt?»

Manju blickte auf die geschlossene Tür, hinter der ein Mann war. Seinetwegen tat Manju all dies. Radha wusste das, beobachtete seinen Bruder dennoch.

«Gab es noch einen anderen Grund? Hast du vielleicht mit dem gebrochenen Daumen geschlagen, weil du Srinivasan Sir beeindrucken wolltest? Er ist der Mann, der die Mannschaft aufstellt, deshalb sollte ich derjenige sein, der ihn beeindruckt. Als ich ausgeschieden bin, hättest du auch ausscheiden sollen. Das ist deine Pflicht. Vor allem, wenn jemand von der Spielerauswahl da ist.»

Draußen vor ihrem Schlafzimmer rief eine Stimme: «Complex Boy!»

Mohan Kumar sagte vom Wohnzimmer aus, wo er so auf dem Sofa saß, dass er die Betten seiner Jungen sah: «Und dann hat er Tommy Sir angelogen und gesagt, dass ich beim Training den Ball gebowlt hätte, der ihm den Daumen gebrochen hat. Würde ich meinem eigenen Sohn so was antun? Meinem eigenen Robusta?»

Radha legte das iPad aufs Bett und lächelte Manju an – der den Film weiter sah, während Radha zur Tür ging und sie zuknallte.

Einen Augenblick war es still. Dann: «Radha, mach sofort die Tür auf.»

Bevor Radha das iPad an sich nahm, lehnte er sich zurück und zeigte mit dem Mittelfinger in Richtung geschlossener Tür. Als das Hämmern anfing, brüllte er: «Ich rufe Tommy Sir.»

Das Hämmern hörte auf. Und dann: «Seht ihr etwa Pornofilme auf dem Computer, den ich euch gekauft habe und der ausschließlich für Cricket gedacht war?» Sein Vater stand hinter der Tür und fuhr mit hoher, fast hysterischer Stimme fort, seine Söhne zu beschuldigen: «Pornofilme? Ausländische Filme? Ausländerinnen in ausländischen Filmen?»

***

Als Radha ihn am Morgen wachrüttelte und erklärte, ihr Vater habe sich im Bad eingeschlossen und weigere sich herauszukommen, dachte Manju, er sei daran schuld.

«Appa, was ist passiert?» Radha stand da, schrie die Badezimmertür an und versuchte die Geräusche zu deuten, die aus dem Bad drangen. «Wer ist zur Polizei gegangen?»

Ihr Vater schob die Zeitung unter der Tür durch und schrie zurück: «Javed Ansari ist zur Polizei gegangen. Lies das hier.»

Ein, zwei Mal im Monat wurde ihr Vater zur Frau.

Gemeinsam lasen die beiden Jungen den Zeitungsartikel genau durch.

Unsere Leser stellen dem Young Lion ein paar Fragen:
F: Was machst du neben der Schule?
(Soumya M., Navi Mumbai)
Javed Ansari: Ich lese Peter Roebucks Kolumnen und George Orwell. Außerdem schreibe ich Gedichte, gereimte und sogenannte freie Verse.
F: Treibst du außer Cricket noch anderen Sport?
(Joseph, Dhobi Talao)
Javed Ansari: Ausgleich ist wichtig. Sonntags spiele ich mit meinen Freunden Fußball im Priyadarshii-Park. Von meinem Vater, einem freischaffenden Cricketkommentator, habe ich die Leidenschaft für schöne Worte und Gedichte. ‹Mit einem Schwert kann man nur jeweils einem Mann den Kopf abschlagen, doch mit der Feder in der Hand kann man hundert Männern gleichzeitig die Nasen abhauen›, sagt mein Vater. Außerdem interessiere ich mich für Musik: Freddie Mercury, Tupac Shakur und Eminem sind meine Idole.
F: Wie wichtig ist dir der große Tag der Spielerauswahl? Hängt dein Leben davon ab, ob man dich für die IPL oder die Ranji-Mannschaft aussucht?
(F. Jeevan und Ms Jyoti, Jacob Circle)

Javed Ansari: Erfolg heißt für mich nicht, dass ich mich verletze oder zulasse, dass andere mich verletzen. Wenn mir beispielsweise jemand den Daumen bricht und sagt, das sei dem Cricket zuliebe geschehen, dann bringe ich ihn sofort aufs Polizeirevier.

«Dieser Scheißkerl», sagte Radha. «Er muss seine Spione im MIG-Club haben. Die haben ihm alles erzählt.»

Manju, der die Gedanken seines Vaters lesen konnte, rief vor der verschlossenen Tür: «Ich würde nie zur Polizei gehen, Appa. Und wenn mich jemand fragt, warum mein Daumen gebrochen ist, sag ich ihm, dass du der beste Vater der Welt bist.»

Erst dann ging die Badezimmertür langsam auf.

Zehn Minuten später sah alle Welt Mohan und seine Jungen Hand in Hand zum Tempel gehen: eine glückliche Familie.

***

Kampfer, zerdrückte Ringelblumen, feuchte Steinsäulen und ranzige Kokosnüsse verbinden sich zum Körpergeruch eines südindischen Gottes, der nicht immer angenehm, aber immer göttlich ist. Dieser Geruch drang durch die geschlossenen Holztüren des Subramanya-Tempels in Chheda Nagar, Chembur. Da der Tempel noch geschlossen war, verneigten sich die drei Kumars vor dem goldenen Speer, dem Vel, der in die Seitenmauer eingelassen war. Radha schloss die Augen und betete laut: «Bitte behüte uns vor der Polizei und den Nachbarn und vor allem vor unseren Cricketrivalen.»

Mohan sah, dass Manju die Papageien auf dem Tempeldach betrachtete. Er streckte die Hand aus und schlug ihn auf den Kopf.

Nachdem er Radha zu einem Cricketmatch geschickt hatte – und Manju mit seinem gebrochenen Daumen in die Schule –, ging Mohan Kumar zurück zum Subramanya-Tempel, der jetzt geöffnet war und nach Jasmin und guter Seide duftete, und betete, dass die Moral seiner Söhne sich bessern möge. Er saß im Tempelhof, zog sich die Sandalen aus und betrachtete die Schrunden an seinen Füßen.

Als junger Vater ist man sich nicht im Klaren darüber, dass die heranwachsenden Kinder nie so schlau sein werden wie man selbst. Selbst wenn sie einen lieben (und Manju liebte ihn zweifellos), liefern sie Feinden neue Vorlagen und erweitern die eigene Verwundbarkeit. Am besten hielt er sich von Manju und Radha fern. Zumindest fürs Erste.

Das bedeutete, dass Mohan Kumar zum ersten Mal seit Jahren an einem Wochentag vormittags frei hatte.

Ich könnte zur Deepa Bar gehen, dachte er. Einfach nur an einem der Tische in dem dunklen, klimatisierten Raum sitzen und mit jemandem reden. Und wenn es nur der Geschäftsführer, Mr Shetty, wäre.

Mohan Kumar hatte sein Motorrad gestartet und sah zu den Bäumen hinauf. Er erblickte einen Bülbül – ein Tupfer Rot in all dem Grün –, und fühlte sich an sein Dorf in der Nähe der Berge erinnert. Flieg nach Hause, bat er den Vogel, und sag ihnen, dass nichts schiefgegangen ist. Mohan Kumars Plan nimmt gerade Gestalt an. Weil seine Söhne bald selbst Söhne haben, die ebenfalls den Ball schlagen: Aus zwei Tropfen Kumar-Samen entspringt eine Dynastie von Cricketspielern.

***

Drei Gedichte über Manju

1. Warum ich M. beobachte
Im 4. Stock der Ali-Weinberg-Schule
im vollen Klassenzimmer
in dem die Prüfung abgehalten wird
sind bereits alle durchgefallen.
Ich sehe nur ein Gesicht, das keinem Sklaven gehört.

2. Die kleine Flamme
Hat keiner sonst
die finstere Falte gesehen
die sich in seine Stirn gräbt
wenn er denkt?
Sie neigt sich nach links.

3. M. ist im Grunde ein Schwindler
In der Prüfung will er mogeln
Doch das wagt er nicht.
Er will frei sein
Fürchtet aber seinen Vater.
Er kennt die Farbe meiner Kappe
Und meine Initialien.
Doch er redet nicht mit mir.
Er weiß
Dass ich ihn gerade beobachte.

4. Viertes Gedicht (weil Javed macht, was er will
und gegen alle Regeln verstößt)
Ein Stern fiel zur Erde
Als keiner zusah.
Der Stern trägt den Namen Liebe.
Dreh dich um: Er fiel direkt hinter dich.

«Du hast noch zwanzig Minuten, Manjunath.» Der Physiklehrer, Mr Lasrado, kehrt vom Fenster an sein Pult zurück, um die Klausurarbeit einzusammeln. «Warum hast du es denn so eilig?»

Die anderen Jungen im Klassenzimmer sahen alle zu. An der Tafel standen die eindrucksvollen Worte:

Physik-Klausur Nummer 2: Periodensystem und atomare Teilchen.

Doch Manju bestand darauf: «Ich bin fertig, Sir.»

Mr Lasrado saß vor seinem Pult und sah sich Manjus Klausur an.

«Eine Frage hast du nicht fertig beantwortet: ‹Wie lauten die fünf künstlichen chemischen Elemente?› Du erwähnst nur Bohrium und Plutonium. Warum die Eile? Setz dich hin und schreib das zu Ende.»

Manju hielt seinen bandagierten linken Daumen hoch. Mr Lasrado senkte die Nase und sah sich die Bandage an.

«Cricket?»

«Ja», sagte Manju.

Draußen im Flur klebte der Peon ein selbstgemaltes Plakat an die Wand: «Zehn einfache Möglichkeiten zur Vermeidung von Prüfungsstress».

Manju ging die Treppe hinunter zu einer leeren Bank mit Blick auf die geparkten Schulbusse und stöhnte. *Nenne fünf künstliche chemische Elemente. Bohrium, Plutonium…* Diese Überraschungstests, monatlichen Tests, halbjährlichen und jährlichen Prüfungen waren schwieriger geworden. Acht Jahre lang wussten die Schüler, dass sie nicht durchfallen konnten. Das war jetzt anders geworden. Wenn ihre Noten drohten, den Schuldurchschnitt bei den SSC Board Exams zu drücken, konnten sie jetzt sogar von der Ali-Weinberg-Schule fliegen. Fünf künstliche, chemische Elemente. Manju wusste, dass diese Frage im Überraschungstest gestellt werden würde: Er hätte eigentlich in der Lage sein sollen, mindestens fünf zu nennen.

Er hatte Mr Lasrado angelogen: Der gebrochene Daumen hatte nichts damit zu tun, dass er sich nicht richtig auf die Prüfung vorbereitet hatte. Die *CSI: Vegas*-Sondersendung auf *AXN*, bei der jede Menge Episoden hintereinander gezeigt wurden, dagegen schon. Doch hatte er Mr Lasrados Gedanken gelesen und wusste, dass er etwas über den berühmten Cricketdaumen hören wollte und nichts über *CSI: Vegas*.

Wozu sollte die Lernerei überhaupt gut sein? Wie Radha würde er die Schule nach den SSC-Prüfungen sowieso verlassen, um sich auf Cricket zu konzentrieren. Das hatte ihr Vater bereits entschieden. Tommy Sir war ausnahmsweise derselben Meinung wie sein Vater. In Tamil Nadu hatte er so viele Cricketspieler erlebt, die gesagt hatten, ich muss nach Amerika gehen und mich auf mein Studium konzentrieren, tut mir leid, Tommy Sir: kein Cricket mehr. Es bestand kein Risiko, dass Manju oder Radha beim Cricket scheiterten. Und wenn doch, sagte Tommy Sir, was mache das schon aus? Dann könnten sie immer noch ein, zwei Jahre später zurück aufs College gehen und ihren Abschluss machen.

Einsteinium. Ist das ein künstliches Element? Manju spielte mit einer Haarlocke.

Dann pfiff jemand – eine Duftwolke erfüllte die Luft –, und ein Junge mit einer blauen Kappe ging direkt an ihm vorbei. Sofort nahm Manju Abschied von den künstlichen und den natürlichen Elementen, klemmte sein Schulbuch unter den Arm und ging Javed Ansari hinterher.

Er lief über kastanienbraune und graue Backsteine, durch einen behelfsmäßigen Papptorbogen, der mit Bildern der Mutter Gottes bemalt war, an einen Ort, wo Javed an einer Kokospalme lehnte und durch verschimmelte Bauskelette aufs Meer hinausblickte. Und dann sah Manju ein Streichholz aufflammen.

Javed setzte seine blaue Kappe ab und warf sie auf den Boden.

Er stand an der Palme, blickte auf die Wellen, fuhr sich mit der Hand durchs Haar und rauchte. Drei Meter hinter ihm nahm Manju dieselbe Haltung ein und fuhr sich ebenfalls durchs Haar. Auch er atmete aus.

Schildere, wofür du dich neben Cricket noch interessierst, Manju.

Für Naturwissenschaften. Für Chemie. Für CSI: Vegas.

Wie langweilig. Was ist mit Motorradfahren?

Nein. Ich kann nicht Motorrad fahren.

Manju, könntest du bitte schöne englische Wörter in deinen Antworten benutzen?

Plötzlich bemerkte Manju, dass niemand mehr an der Kokospalme lehnte, und wie in einem Horrorfilm wusste er bereits, wo Javed jetzt war. Manju drehte sich langsam um, und da stand er und grinste: Mr «J. A.», der immer noch eine Zigarette in der Hand hielt.

«Warum habt ihr beiden meinen Brustschutz bekritzelt?», fragte er. «Weißt du überhaupt, was du da geschrieben hast?»

Und da rannte Manju los. Er rannte durch den Behelfstorbogen über die farbigen Backsteine durchs Schultor zurück ins Klassenzimmer der 9a und wartete dort, bis der Englischunterricht anfing. Doch nicht einmal im Unterricht war er in Sicherheit, denn ein paar Minuten nach dem Mittagessen tauchte ein Peon an seinem Pult auf und zitierte ihn mit gekrümmtem Finger zu sich: «Principal Patricia will dich sehen, und zwar sofort.»

Zwei Mächte leiteten die Ali Weinberg International School. Die eine war sichtbar: Patricia D'Mello saß in ihrem klimatisierten Direktorenzimmer unter einem gerahmten Schwarz-Weiß-Foto von M. K. Gandhi, dem Vater Indiens, sowie unter einem Farbfoto der unsichtbaren Macht, Karim Ali, dem Vater des modernen Bildungswesens im Vorort Bandra. (Die Schüler gingen natürlich davon aus, dass es zwischen der sichtbaren Macht und der, die unsichtbar blieb, einstmals «heiß hergegangen» sein musste.) Manju, der damit gerechnet hatte, dass Javed Ansari bereits im Zimmer der Direktorin war, musste feststellen, dass nur er gerufen worden war. Zudem wirkte Principal Patricia erfreut. Sie war mollig, hatte Hängebacken, und die Schüler bekamen sie am Unabhängigkeitstag und am Republic Day in der Aula zu Gesicht, wenn sie feierliche, vierzigminütige Reden über Patriotismus und allumfassende Liebe hielt, die oft ins Sentimentale glitten und mit ihr selbst endeten, als «Mutter aller, die hier versammelt sind». Doch in ihrem Büro gab sie sich als väterlich strenger Avatar.

«Guten Tag, Principal Patricia.» Ostentativ hielt er seinen gebrochenen Daumen vor die Brust.

Die Direktorin schob ihre Brille nach unten und lächelte ihn mehrmals an.

«Manjunath», sagte sie und dehnte dabei den Endvokal. «Soll ich dir mal etwas über mich erzählen?»

Sie lächelte ihn an.

Mist, dachte der Junge, denn er stellte sich vor, dass dies der Auftakt zu einer besonders bizarren Strafe war.

«Auch ich hatte einmal eine Zukunft, Manju.» Die Direktorin setzte die Brille ab und blickte lächelnd in die eine Ecke der Zimmerdecke. «Die Leute dachten, ich hätte eine Zukunft als Schriftstellerin. Ich wollte einen großen Roman über Mumbai schreiben», sagte die Direktorin und spielte mit ihrer Brille. «Aber dann ... dann habe ich angefangen zu schreiben, und es ging nicht. Das Einzige, worüber ich schreiben konnte, war im Grunde, warum ich nicht über diese Stadt schreiben konnte. *Die Sonne, die ich nicht darstellen kann wie Homer, geht über Mumbai auf, das ich nicht darstellen kann wie Salman Rushdie, durch den unsere Moralvorstellungen in die Klemme geraten sind, was ich nicht wie Amitav Ghosh darstellen kann.*

Die Sonne, die ich nicht darstellen kann wie Akira Kurosawa, geht über Mumbai auf, das ich nicht darstellen kann wie Raj Kapoor, durch den unsere Moralvorstellungen in die Klemme geraten sind, was ich nicht darstellen kann wie Satyajit Ray. Fünfhundert Seiten habe ich auf diese Weise vollgeschrieben, Manju. Fünfhundert. Ich habe es ‹Phraud› genannt – Englisch mit indischem Akzent für ‹Betrug› und ‹Betrüger›. Schließlich habe ich das Schreiben aufgegeben und gedacht, ich werde der Gesellschaft etwas Gutes tun und junge Schüler unterrichten.»

Manu war klar geworden, dass er seinen gebrochenen Daumen nicht als Ausrede brauchte, und er ließ die Hand sinken. Er hatte verstanden, dass ein außerordentliches und unbekanntes Ereignis ihn und Principal Patricia in eine Situation beispielloser Intimität gebracht hatte. Sie setzte die Brille wieder auf die Nase und lächelte.

«Du und dein Bruder Radha Krishna – ihr beide seid keine

Phrauds. Was Radha heut im Oval Maidan vollbracht hat, war bemerkenswert. Gründer Ali hat höchstpersönlich angerufen, um es mir zu sagen. Der Gründer hat angerufen! Er war sehr stolz auf euch zwei Kumars – und auf mich. Ein neuer, stadtweiter Cricketrekord!»

Sie schob ihre Brille zurück und lächelte, was Manju das Gefühl gab, etwas sagen zu müssen.

«Ja, Principal Patricia.»

«Ein Cricketweltrekord, nicht wahr?»

Manju versuchte, die Gedanken der sichtbaren Macht zu lesen, die weiterhin lächelte …

«Du weißt ja, was dein älterer Bruder heute vollbracht hat, oder, Manju?»

***

Auf dem Heimweg nach Chheda Nagar machte Manju die wunderbarste Erfahrung, die ein jüngerer Bruder machen kann: Eine Frau hielt ihn an und fragte nach dem Weg zum Tattvamasi-Gebäude. Wo denn der Junge wohne, er wisse schon, wer – der Cricketschlagmann, der den Rekord gebrochen habe, der Sohn des Chutneyverkäufers.

«Mein Vater», verkündete Manju, «ist ein Geschäftsmann in der Gold- und Immobilienbranche. Radha Kumar, der Weltrekordbrecher, ist mein Bruder. Sie können gerne hinter mir hergehen.»

Als sie in die Wohnung kamen, war das Wohnzimmer bereits voller Leute. Manche sahen Manju und jubelten «Der Held! Der Held!» – «Nein, nein, das ist er nicht», verbesserte Mohan Kumar sie, «das ist der Held von *morgen*»; und im Fernsehen verkündete ein Nachrichtensprecher:

Dies ist nicht nur die höchste Anzahl an Läufen, die ein Schlagmann unter sechzehn Jahren je in Mumbai erzielt hat, es ist auch das erste Mal in der Geschichte der Mumbai Interschool Elite Division, dass ein Schlagmann an einem einzigen Tag dreihundert Läufe errun-

gen hat. Der Junge, der mit dem Cricketschläger zaubern kann, Radha Kumar von der Ali Weinberg Highschool, hat mit unserem Korrespondenten gesprochen …

Noch mehr Besucher kamen und dann noch mehr. Um neun Uhr abends tauchte Anand Mehta persönlich auf.

«Dieser Mann», erklärte Mehta den Leuten, die sich um Mohan Kumar scharten, «ist der einzige Mensch in Mumbai, der keine Hemmungen hat. Er ist der Einzige, der in einer toten Stadt neue Werte erschafft.»

Manju brachte Anand Mehta Weißbrothäppchen, während dieser nach Übermenschenmanier mit Mohan Kumar sprach, von Superman zu Superman, und duldete, dass die anderen, bloße Menschen, um sie herumstanden und lauschten. «Unternehmertum. Das meiste, was wir darüber in den Medien hören, ist völliger Blödsinn, Mr Mohan. Investieren Sie nicht in ein neues Unternehmen in Indien. Das ist bloß Mist, den wir den Amis und Japsen einbläuen. Richtig Geld verdienen kann man, wenn man alte Unternehmen wieder auf Vordermann bringt, das ganze Landesinnere ist nämlich ein Disneyland aus Industriekatastrophen, bestehend aus Tausenden von sozialistischen Fabriken, angeschlagenen oder halb angeschlagenen oder teilweise stillgelegten.

Sehen Sie, Mr Mohan, Mumbai ist erledigt. Beweis: Neulich Abend bin ich meine Tante besuchen gegangen. Das sind Pflichten, die man hat, man muss diese langweiligen Leute einmal im Monat besuchen und sicherstellen, dass das Dienstmädchen sie nicht umgebracht hat. Normalerweise hört man von diesen Damen nur das übliche Südbombay-Gerede: *Haan*, die junge Dame sucht einen Bräutigam in der Carmichael Road, vielleicht auch noch in der Altamount Road, keinesfalls jedoch jenseits der Pedder Road. Aber diesmal – als ich meine Tante diesmal besucht habe, hat sie über Politik gesprochen. Zum ersten Mal in ihrem Leben. Sie sieht mich an und sagt: ‹Anand, Anand, weißt du, dass Bal Thackeray einen langsamen Tod stirbt?› ‹Na und?›, sage ich. ‹Indische Politiker sterben immer langsam – falls sie keine Gandhis sind.› Und sie erwidert: ‹Anand, Anand, wenn der ständige Boss nicht mehr da ist, wer kümmert sich dann um die Stadt?› Und da fällt es mir wie Schuppen von den Augen, mein Gott, Mr Mohan. Was ist Bombay? Es macht sich in die Hose vor Angst. Im tiefsten Innern ist keiner *khadoos*. Alle warten sie auf die Vaterfigur, die ihnen Halt gibt, sie beschützt und vielleicht sogar trägt. Deshalb sage ich, wir in Mumbai wissen, dass Not leidende Vermögenswerte Zukunft haben, weil wir nämlich selbst in ihnen leben. Kapiert? Das tut weh – ist aber die traurige Wahrheit, oder? Deshalb habe ich Mumbai Adieu gesagt. In Nordindien habe ich jemanden mit Insider-Verbindungen, den Sohn eines IAS-Beamten, mit dem gehe ich nach Dhanbad und sehe mir alte Industrieanlagen an, die wieder auf Vordermann gebracht werden können.»

Mehta kaute einen Klumpen Weißbrot und besprühte seinen Gastgeber dabei mit handfesten Fakten und feuchter Stärke. In regelmäßigen Abständen bat er Mohan Kumar um dessen Handy, das zum Schutz in ein Taschentuch eingewickelt war (sein eigenes Telefon habe, wie er erklärte, den Geist aufgegeben). Während er Telefonate tätigte und den Leuten erklärte, seine «Investition» habe einen neuen Weltrekord aufgestellt, kaute er unentwegt weiter, anscheinend wild entschlossen, alles Brot im Haus der Kumars zu vertilgen.

Um halb zehn kratzte sich Mohan Kumar mit einer Hand am Knöchel, hob die andere und brachte mit einer staatsmännischen Geste zum Ausdruck, die Leute sollten sich benehmen und beruhigen, und bestätigte, was gemunkelt wurde: «Behalten Sie es bitte für sich, aber es stimmt: Shah Rukh Khan hat Radha zu sich gebeten. Es stimmt.»

Deshalb war der Junge nicht zu Hause: Er war vom Cricketplatz direkt zur Bandra-Bandstand-Promenade gefahren, um den berühmtesten Filmstar der Welt zu treffen. Die Menschenmenge seufzte.

Später sahen sie ihn im Fernsehen. Der junge Radha Kumar, neuer Rekordhalter in der Erzielung der höchsten Anzahl Läufe im

Schulcricket von Mumbai, trug immer noch seine schmutzigen weißen Cricketsachen, weil das Fernsehen ihn aus Gründen der Authentizität unbedingt darin zeigen wollte. Sein schäbiges Äußeres unterstrich die Kraft seiner grauen Augen nur noch, als er vor dem Anwesen von Shah Rukh Khan an der Bandra-Bandstand-Promenade stand und die Fragen eines Fernsehreporters beantwortete:

Shah Rukh Khan hat mich Teenager-Wolkenkratzer genannt, weil ich so viele Läufe erzielt habe, und er hat gesagt, zwei Dinge in Mumbai werden immer höher, die Wolkenkratzer und die Zahl der Läufe im Schulcricket. Und dann hat er gefragt, woher nimmt ein junger Mann wie du die Konzentration, ein Teenager-Wolkenkratzer zu werden, und ich habe gesagt, mein Vater hat meine Willenskraft mit mir trainiert. Dann wollte er wissen, welcher Teil des Durchgangs der schwierigste war, und ich hab gesagt, kein Teil des Durchgangs sei für mich schwer gewesen, weil mein Vater mir nämlich gesagt hatte, ich solle zuerst hundert Läufe erzielen, dann zweihundert und dann dreihundert und dann …

«Was für eine Null», stöhnte sein Vater und schlug sich vor allen Besuchern mit der Hand an die Stirn. «Stottert bei der einfachsten Frage.» Er diskutierte und sezierte Radha Kumars Auftritt mit den Besuchern, die noch da waren, und obwohl sie manch Gutes gelten ließen (Radhas Schneeleopardenaugen verloren ihren Zauber schließlich nie), gaben sie ihm doch insgesamt sehr schlechte Noten; was dazu führte, dass Radha Kumar zu seiner Überraschung als Versager empfangen wurde, als er endlich nach Hause kam.

Er und Manju würden bis zum nächsten Tag warten müssen, um zum ersten Mal das Leben als Cricketstar zu schmecken: soll heißen, ihre erste richtige Chance, ein bisschen zu vögeln.

***

«Wie ist Shah Rukh Khans Villa? Wie viele Ferraris besitzt er?»

«Stimmt es, dass zwei deutsche Fans, beides blonde Mädchen,

den ganzen Tag vor seinem Haus stehen, um ein Autogramm zu bekommen?»

«Hast du Gauri getroffen?»

Der Schulunterricht war zu Ende, und Radha und Manju, die eigentlich zum Crickettraining gehen sollten, waren stattdessen von Sofia «aufgelesen» worden, und ihr Chauffeur fuhr sie jetzt zum «Shoppen» in die Stadt. Manju, der annahm, dass man ihn nur als Anstandswauwau mitgenommen hatte, damit sein Bruder mit dem Mädchen ausgiebig «shoppen» konnte, saß steif auf dem Rücksitz, während Sofia Radha vom Vordersitz aus mit Fragen bombardierte.

«Aber bild dir bloß nichts drauf ein, okay? Es steht schon schlimm genug um dich.»

Sofias Mähne war jetzt noch ausgeprägter, und Manju fragte sich, wie sie es schaffte, etwas zu sehen, während ihr die Haare ständig über das eine Auge fielen.

«Wir haben eine Cricket*diktatur* in diesem Land», sagte das Mädchen, öffnete die Handtasche mit dem silbernen «H» darauf und holte nach einigem Wühlen einen Spiegel heraus. «Alle in der Schule wollten heute mit dir reden, das war der Wahnsinn. Aber jetzt holen sie Lionel Messi nach Mumbai, dann ist es vorbei mit deinem blöden Cricket.»

Manju beugte sich vor und sah ein großes Handy, einen Lippenstift, einen runden Spiegel, ein paar Hundert-Rupien-Scheine, ein paar Münzen.

Sofia überprüfte ihren Lippenstift und beobachtete den kleineren Bruder dabei in ihrem runden Spiegel, sprach dann aber den älteren an:

«Was ist mit dem Daumen deines Bruders passiert?»

Sofia runzelte die Stirn. Als sie am Mahalakshmi-Tempel vorbeifuhren, streckte sie die Hand aus und berührte Manjus bandagierten Daumen – «du Armer» –, was ihn irritierte.

«Hast du die Straße gesehen, Bandagen-Boy?», fragte sie und ließ seinen Daumen los.

«Nein.»

Sie lachte leicht. «Das ist die Pedder Road. Von der hast du sicher gehört.»

Manju sagte Nein, weil das die Antwort war, die sie hören wollte. Vielleicht hätte er doch ein Namaste machen sollen, als sie am Tempel vorbeifuhren. Das hätte ihr gefallen.

Radha mischte sich ein: «Wenn du mit mir zusammen sein willst, musst du eines wissen: Ärgere nie meinen kleinen Bruder. Er ist schüchtern. Drangsalier ihn nicht.»

«Ich drangsaliere ihn nicht», sagte Sofia. «Ich bin eine strenge Gegnerin jeglicher Belästigung. Hey, Manju», sie drehte sich wieder zu ihm um, «weißt du, dass ich in der Schule ein Referat über Frauendiskriminierung schreibe? Mein Dad hat mich darauf gebracht. Ich rufe Chemieunternehmen in ganz Indien an, um herauszufinden, wo sichere Arbeitsbedingungen für Frauen herrschen, die im Marketing und Vertrieb arbeiten. Die Frauen müssen nämlich allein mit Bussen und Rikschas fahren und die Chemikalien der Firma an fremde Männer verkaufen. Mein Dad hilft mir dabei, und wir wollen eine Indienkarte anfertigen, auf der man sehen kann, wo Frauen, die im Marketing und im Vertrieb arbeiten, nichts zu befürchten haben. Südindien beispielsweise ist sicher. Bis auf Andra Pradesh, weil sie da, sagt mein Vater, Hühner essen und eine Machokultur haben. Wir haben zu Hause eine große Karte gezeichnet, auf der wir die für Frauen sicheren Gebiete blau ausfüllen und die weniger sicheren, wo die Männer zu viel Huhn essen, rot. Manjuboy, hörst du mir zu? Ich drangsaliere dich nicht, okay?»

«Okay», sagte Manju.

Eine halbe Stunde später stand Manju mit offenem Mund vor einem Zauberpferd, das zwischen Taschentüchern, Parfums und Juwelen lebte. Er stand vor dem Hermés Luxusladen am Horniman-Circle-Park und betrachtete es durchs Schaufenster.

Radha und Sofia waren dort drinnen und «shoppten».

Manju hatte die Nase an die Schaufensterscheibe gepresst und starrte den Pferdetorso an, der aus winzigen bunten Emailklötzchen bestand und in drei Teile gespalten war, damit er in die drei Schaufensterauslagen passte. Ein echtes Kätzchen musterte Manju, während er das juwelengeschmückte Pferd musterte.

Das Wertvollste, was wir in unserer Familie haben, wollte Manju dem Kätzchen sagen, liegt in Zellophan eingehüllt im Almirah: Sachin Tendulkars Handschuh, den er meinem Bruder Radha geschenkt hat. Aber das Kätzchen langweilte sich und leckte sich die Pfoten.

Die Tür ging auf, und heraus strömten Duft, goldenes Licht und Sofia.

Radha hatte den Arm um ihre Taille gelegt und sagte: «Sie haben hier nichts. Wir gehen zu einem anderen Laden.» Sofias oberster Blusenknopf war geöffnet, sodass man noch mehr von den dunklen Flecken auf ihrem cremefarbenen Hals sah.

Manju folgte ihnen in Richtung Ballard Estate, bis sein Bruder sich umdrehte und eine unanständige Geste machte.

Also ging er zu seinem Zauberpferd zurück. Zentimeter für Zentimeter näherte sich Manjus Nase dem Schaufenster.

Das Kätzchen miaute und Manju betrachtete sein offenes Mäulchen, seine kleinen Zähne.

Sein Herz schlug schneller.

Vor zwei Tagen hatte er abends ferngesehen: Im *History Channel* war ein großer, dünner Europäer zu sehen gewesen, der neben einem unverputzten Steinbogen stand und über die Großmoguln und Kaiser Akbar den Großen redete, darüber, dass dieser Gemälde mit wilden Leoparden und wilden Pfauen und wilden Enten und Jagdhunden mochte. Als Manju die gemeißelte Nase des Europäers vor dem rohen islamischen Gemäuer sah, als er sein weiches Haar, seinen mächtigen Adamsapfel und seine angespannten Lippen sah, hatte er das Bedürfnis, sich unter dem Sofa zu verstecken (entschied sich aber stattdessen dafür, den Fernseher abzustellen, seinen neuen Schläger zu holen, sich vor den Ganzkörperspiegel zu stellen und den Treibschlag durch die Extra-Cover zu üben); er dachte gerade an den Europäer mit der gemeißelten Nase, als es passiert war – peng, unter den Augen des Kätzchens war sein Ding plötzlich steif geworden, und er musste ganz breitbeinig gehen und sich hinter eine Säule retten, wo ihn keiner sah.

Das Kätzchen ging miauend hinter ihm her.

Manju wischte sich den Schweiß erst mit der einen Hand ab und dann mit der anderen, während auf einer roten Bajaj Pulsar sein Vater an ihm vorbeifuhr, was den Alptraum komplett machte.

Der Wunderkinderzeuger war auf sein Motorrad gestiegen und seinen Söhnen bis zum Horniman-Circle-Park hinterhergefahren. Jetzt fuhr er instinktiv zum Ballard Estate. Er wusste genau, wohin sein Sohn mit dem Mädchen gegangen war.

Wenn er Radha mit dem Mädchen findet, bringt er ihn um, dachte Manju. Er sprintete hinter dem roten Motorrad her und rief: «Appa! Tu Radha nichts! Er ist dein Sohn, denk daran!»

***

Was einen an Anand Mehta wirklich total fertigmachte, war nicht, dass er in Amerika mit einer Negerin liiert gewesen war oder dass er seine Verachtung für die Gesellschaftsschicht, aus der er kam, so lautstark kundtat und im Yacht-Club zu viel trank und dann erklärte, er könne sämtliche Probleme Mumbais «mit einer Guillotine» innerhalb von fünf Minuten lösen – nichts von alledem beunruhigte Angehörige seiner Gesellschaftsschicht so sehr wie das schreckliche, aber wahre Gerücht, Mehta habe einer Schule für Slumkinder in Cuffe Parade zehn oder fünfzehn Lakh Rupien gespendet. Eine Spende! Für eine Schule im Slum! Hätte er Anstand besessen, hätte er dem Malabar Hill Lions Club fünfhundert Rupien gegeben, aber nein – eine *Spende*! Für Slumkinder!

Doch aus Respekt vor seinem Vater, seinen Auslandsjahren in

New York und seinem Unterhaltungswert einigten sich die meisten seiner Klassenkameraden gewöhnlich trotzdem darauf, sich seine nächste große Idee anzuhören.

«Stellen Sie sich einen Artikel im *Economist* vor. Einen echten *Economist*-Artikel. Den nur wir beide lesen können, ein ganzes Jahr, bevor er gedruckt wird.»

In der einen Ecke der Bar lief ein altes Cricketmatch; in der anderen Ecke hatte man durch ein großes Fenster Aussicht auf die sich wiegenden Bäume am Marine Drive. Anand Mehta saß mit einer Flasche Foster's auf einem Sofa und knabberte frittierte Snacks aus zwei Schalen.

Sein Besuch, der sich soeben das Gesicht mit einem weißen Taschentuch abgewischt hatte, sagte: «Tut mir leid, dass ich mich verspätet habe, Anand. Tut mir wirklich leid, aber ich dachte, wir treffen uns im Taj President.»

Der Mann, der zu spät gekommen war, hieß Rahul «Jo-Jo» Mistry, und sein Vater war wie Mehtas Vater Börsenmakler; doch anders als Anand arbeitete er immer noch mit seinem Daddy in Cuffe Parade. Als Anand per Rundmail verbreitete, dass Radha dreihundert Läufe erzielt hatte, und potenzielle Investoren einlud, Aktienanteile an seinem einzigartigen Cricket-Förderprogramm zu erwerben, war Mistry der Letzte, von dem er eine Antwort erwartet hätte. Jemand vom Typ alter Geldadel ging selten ein Risiko ein, es sei denn, er hatte sich durch eine Begabung für Ausschweifungen befreit, die Jo-Jo sehr wahrscheinlich nicht besaß.

Jo-Jo Mistry, Erbe eines 200-Karor-Vermögens aus Maklergeschäften, lehnte die frittierten Snacks ab, die Mehta ihm anbot, und bestand darauf, näher zu erklären, warum er sich verspätet hatte.

«Als Sie ‹Trident› sagten, dachte ich, Sie wollten mich im ‹President› treffen. Ich dachte immer, dieses Hotel hieße einfach Oberoi. Ist das nicht komisch?»

Anand Mehta ergriff Jo-Jo Mistrys kleine kalte Hände und

pumpte Leben in sie. «Jetzt entspannnn-nen Sie sich, Jo-Jo. Entspannnn-nen Sie sich.»

Wie zum Teufel, dachte Anand Mehta und griff nach noch mehr frittierter Stärke, konnte er bloß sein gesamtes Leben in Südbombay verbringen und das Trident immer noch mit dem Taj President verwechseln? Das konnte nur jemandem wie unserem guten alten Jo-Jo passieren, der, um zu überleben, nicht zu denken brauchte, weil Großpapa Mistry 1955 dicke, fette Grundstücke zu achtzehn Rupien pro Morgen in Worli und Chembur gekauft hatte und ihm die Eigentumsurkunden in den Babypopo geschoben hat, den er seitdem immer schön fest zusammengepresst hielt. Mehta nahm sich noch ein paar frittierte Ringe, sah Jo-Jo Mistry an und leckte sich über die Lippen. (Doch wenn er log, blickte er immer zur Zimmerdecke hoch, und daran haben ihn seine Freunde immer entlarvt.)

«Als exklusives Geschenk würde ich Ihnen jetzt gerne einen *Economist*-Artikel überreichen, ein Jahr im Voraus.»

Wieder wurden sie unterbrochen, weil Jo-Jo einen anderen potenziellen Cricketinvestor mitgebracht hatte, einen alten Weißen in einem beigefarbenen Anzug. Mehta schüttelte ihm die Hand und fand heraus, dass er Amerikaner war.

«Sind Sie im Sportmanagement?»

Der alte Amerikaner lächelte und sagte: «Ich bin derjenige, den man in jedem Land auf Erden verabscheut.»

Mehta überlegte: «Sind Sie Schönheitschirurg?»

Woraufhin alle lachten.

«Wie wäre es hiermit», sagte der Amerikaner, dem das Spiel gefiel, «ich mag einen parataktischen Prosastil, gelenkige Frauen und libertäre Regierungen. Wer bin ich?»

«Ein chinesischer Kommunist.»

«Ziemlich nah dran. Ich bin Investmentbanker», gestand der Amerikaner, und Anand Mehta erzählte ihm, dass er drei Jahre in New York gelebt hatte – und den Central Park genau kannte, vor allem Hernshead und den Teich im Süden –, dass er das Peter Luger Steak House kannte und Scalini und Wolfgang's Strip House, Bouley, Daniel (litauische Kellnerinnen!), Union Square Grill (was man da alles auf der Herrentoilette tun kann!), Gramercy Tavern, Grimaldi's, Lombar –

«Wissen Sie, Anand», unterbrach ihn Jo-Jo Mistry, «ich hab selbst mal Cricket gespielt.»

«Ich erinnere mich, Kumpel», erwiderte Anand Mehta lächelnd. «Ich erinnere mich. Sie waren Wickethüter, nicht wahr?»

«Ersatz-Wickethüter. Als Beidhänder konnte ich die Bälle auch mit der linken Hand auflesen, was die meisten Inder nicht können.» Mistry führte vor, wie er den Ball mal mit der linken, mal mit der rechten Hand aufhob. «Der Trainer hat mir nie eine Chance gegeben. Das schmerzt mich noch immer.»

«Wie wenn man zum ersten Mal ein Mädchen will. Das ist auch unvergesslich. Ach, Cricket. Ich sage immer, wir mussten die Engländer erst loswerden, um die Vorteile der englischen Zivilisation genießen zu können. Sie werden vermehrt hören», sagte Mehta und wandte sich dabei an den Amerikaner, «dass andere Sportarten wie Tennis oder Volleyball jetzt in Indien immer beliebter werden, beim Cricket muss man jedoch im Hinterkopf behalten, Sir, dass unsere Regierung keine andere Wahl hat, als dieses Spiel in Indien per Gesetz vorzuschreiben. Wissen Sie, wir sitzen auf einer Zeitbombe: Weil Mädchen im Mutterleib getötet werden, fehlen unserer Bevölkerung ungefähr zehn Millionen Frauen. Sie wissen über diese außerordentliche Tatsache Bescheid, nehme ich an? Steigen Sie in Indien erst in Geschäfte ein, wenn sie sich mit den Zahlenverhältnissen von Männern zu Frauen vertraut gemacht haben, dem Ergebnis von jahrzehntelangen selektiven Abtreibungen. Ich prophezeie, dass junge indische Männer zunehmend geistesgestört werden, weil sie keine Frauen zum Heiraten finden, und nicht einmal welche, mit denen sie sich paaren können. Das ist bereits augenfällig. Nur eines kann uns vor diesem geballten bösartigen Hindu-Testosteron schützen: Cricket. Haben Sie jemals versucht, jemanden mit einem Cricketschläger zu töten? Völlig unmöglich. Die tiefe Albernheit, die Cricket innewohnt, all das Fair Play und das ganze Zeug mit dem ehrenhaften Unentschieden, ist geradezu ideal, um die Männer in Indien sozial zu kontrollieren. Können Sie sich vorstellen, wie es um die Kriminalität und die Vergewaltigungen in Delhi und Mumbai bestellt wäre, wenn die Jungen beispielsweise anfingen, American Football zu spielen? Ich glaube, dass unsere Regierung in Zukunft tatsächlich nur drei mögliche Strategien hat, um mehrere Hundert Millionen verzweifelter, brünstiger Männer aus der Unterschicht zu befrieden: die Prostitution zu legalisieren, was nicht geschehen wird; die Preise für Alkohol deutlich zu senken, was sie sich nicht leisten kann; oder aber uns mit einem endlosen Strom narkotisierender Cricketunterhaltung zu versorgen. Brot und Tendulkar. Das im Fernsehen übertragene Cricket ist in Indien in erster Linie eine staatlich unterstützte Lobotomie (Sie brauchen sich nur unsere Cricketkommentatoren anzuhören) – und was wir jetzt haben, ist erst der Anfang. Was meinen Sie, Jo-Jo? Stimmt's, oder habe ich Recht wie immer?»

Doch Jo-Jo Mistry führte immer noch sein beidhändiges Wickethüterkönnen auf der Tischplatte vor.

Anand Mehta wusste genau, warum Jo-Jo sich wie ein Idiot benahm: aus demselben Grund, aus dem er raffinierterweise einen Amerikaner mitgebracht hatte – weil er dann jeden Augenblick sagen konnte, *Ach, Cricket*, wir dachten, Sie meinten hochverzinsliche Staatsanleihen, um sich damit zu verabschieden.

Mehta ließ sich kurz entschuldigen.

Im Foyer des Trident tauchte er den Finger in eine Messingschale mit Rosenblättern, während er einen Anruf beantwortete.

«Tommy Sir, ich bin in einer Sitzung, und Sie simsen dauernd und rufen mich an.»

«Mr Anand. Können Sie sofort ins St. George Hospital kommen?»

«Das geht absolut nicht. Was für eine Frage. Ich bin in einer Sitzung.»

Als Tommy Sir erklärte, worum es sich handelte, legte Anand Mehta die Hand an die Stirn und wünschte, Cricket würde schleunigst abgeschafft.

***

Obwohl er zu den seltenen Cricketliebhabern gehörte, die nicht anglophil waren – vor diesem Irrsinn bewahrte ihn sein Wissen über das, was die Briten Indien im zwanzigsten Jahrhundert angetan hatten (die Teilung des Landes, die Hungersnot in Bengalen, die Gandhi-Nehru-Familie), und über die noch größeren Entsetzlichkeiten, die sie Indien im neunzehnten Jahrhundert beschert hatten, das indische Strafgesetzbuch, das immer noch in Kraft war (wie der verrückte Großvater, der eigentlich auf dem Dachboden eingesperrt sein sollte, doch stattdessen mit einem Rohrstock im Wohnzimmer sitzt) –, so hatte Tommy Sir widerwillig dennoch Respekt für die Schurken, Freibeuter und Schlitzohren entwickelt, die Britisch-Indien im achtzehnten Jahrhundert gestaltet hatten. All das Übers-Ohr-Hauen und rasche Denken, all die Gelehrsamkeit und Piraterei – James Grant Duff, der mit der einen Hand ein Geschichtswerk über die Marathen verfasste und mit der anderen seine Steinschlossgewehre auf sie abfeuerte. Dazu gehört eine Menge Mumm. Die Franzosen nennen es *sang-froid* – das Gegenteil von Hitzköpfigkeit. Und aus diesem aus dem achtzehnten Jahrhundert geerbten Mumm, achtbarer ausgedrückt, sang-froid, Selbstbeherrschung, ist uns in Indien nur ein einziges Relikt geblieben, nämlich das Test-Cricket.

Und genau deshalb lächelte Tommy Sir dem jungen Radha Krishna Kumar zu, dieser lebendigen Manifestation der Selbstbeherrschung, der im Mumbaier St. George Hospital am Kopfende eines Bettes in der Ambulanz stand und keine Miene verzog, auch nicht, als Anand Mehta die Station betrat und fragte: «Wo, bitte, brennt es hier?»

Kaum war sein Wohltäter hereingekommen, richtete Mohan Kumar sich im Bett auf und faltete die Hände. «Das hat mir mein eigener Sohn angetan, Sir, mein Radha …»

Seine beiden Jungen standen zur Linken und zur Rechten des verletzten Mohan, wie ein besserer und ein schlechterer Engel. Er zeigte erst auf den einen, dann auf den anderen. «Mein rechtes Bein ist gebrochen. Das haben mir meine eigenen Söhne angetan. Radha hat mir einen Stoß versetzt – Radha war's. Bitte sagen Sie das der Polizei: Sagen Sie denen, wer wen verletzt hat, wer hier der Schuldige ist und wer der Unschuldige.»

Als sie das St. George Hospital verließen, erzählte Tommy Sir Anand Mehta eine andere Version dessen, was sich zugetragen hatte. Das namenlose Ungeheuer aus den südindischen Bergen, dieser Chutneyverkäufer, konkurrierte mit den zwei Penissen, die er geschaffen hatte.

«Er hat Radha auf seinem roten Motorrad bis zum Ballard Estate verfolgt. Dann ist er hochgerannt, hat an die Tür gehämmert, hinter der Radha mit seiner Freundin war, und hat gesagt, er würde alle umbringen, die in der Wohnung seien. Ich hatte Ihnen ja erzählt, dass er vorbestraft ist. Angeblich hat er versucht, seine Frau umzulegen. Um seine Freundin zu schützen, hat Radha, der mutige Junge, seinen Vater geschubst, sodass er die Treppe runtergefallen ist und sich das Bein gebrochen hat. Wenn man in diesem Land einen Gaszylinder kaufen oder einen Teeshop eröffnen will, braucht man eine Genehmigung. Aber wer Kinder aufziehen will, braucht keinerlei Lizenz.»

«Mein Gott», sagte Anand Mehta und schlug sich mit der Hand an die Stirn. Er hatte sich gerade von einem Fünfhundert-Rupien-Schein getrennt und ihn dem verletzten Familienoberhaupt über Tommy Sir zukommen lassen. «Je mehr Geld ich ihnen gebe, desto mehr saugen sie mich aus. Es ist eine Katastrophe.»

«Nein», sagte Tommy Sir. «Nein, nein und nochmals nein.»

Zwischen zwei Fingern zeigte er lächelnd einen schmalen Spalt.

«Das Wunder besteht darin: Je mehr Geld man ihnen gibt ...», er legte die Finger aufeinander, sodass der Spalt verschwand, «... desto weniger Freiheit haben sie.»

Während Anand Mehta sich von seinem Chauffeur vom Krankenhaus fortbringen ließ, blickte er unverwandt auf den zweieinhalb Zentimeter breiten Spalt, den er sich zwischen Daumen und Zeigefinger vor Augen führte; die Straßenlampen am Marine Drive warfen goldene Falten über seinen Wagen.

***

Nachdem Mohan Kumar mithilfe seiner Söhne in ein schwarzes Taxi gestiegen war, malträtierte er während der Heimfahrt nach Chembur die Jungen abwechselnd mit seinen Krücken. Beide nahmen die Schläge ihres Vaters schweigend hin, doch jedes Mal, wenn dic Blicke der Brüder sich trafen, teilten sie einander dasselbe mit: *Wenn er das noch einmal versucht, breche ich ihm den Hals.* Als das Taxi vor ihrem Haus hielt, bezahlte Mohan den Fahrer mit Mehtas Fünfhundert-Rupien-Schein. Doch als Radha und Manju bereits ausgestiegen waren, saß er immer noch im Taxi und sagte mit schwacher Stimme: «Wartet. Wir müssen uns eine bessere Geschichte ausdenken.»

Die Jungen starrten ihn durchs Wagenfenster an.

«Die Nachbarn werden fragen», erklärte Mohan Kumar, «wie ich mir das Bein gebrochen habe.»

***

«Früher hieß es, lasst Bombay mit zwei Mannschaften in Ranji-Trophy antreten, dann ist das Endspiel Bombay gegen Bombay. Und heute? Haben wir seit Sachin in dieser Stadt einen einzigen bedeutenden Schlagmann hervorgebracht? Überall in Indien produzieren die Provinzstädte hungrige Schlagmänner. Ihr Bombay-Jungen werdet es nicht leicht haben. Macht es euch also nicht noch schwerer, indem ihr die Bälle nicht fangt. Und jetzt stellt euch verdammt noch mal im Kreis um mich auf. Zeit, das Fangen zu üben. Zeit für Schmerzen. Der Ball wird euch ins Gesicht fliegen. Seid ihr bereit, Jungs?»

«Ja, Sir, Tommy Sir!»

Manju hatte weiße Kriegsbemalung im Gesicht: Zinkpaste als Hautschutz. Er stapfte durch das hohe Gras in der Mitte des Azad Maidan; Libellen flohen vor seinen nagelneuen Spikes. Eine Pepsiflasche und ein verrottender Segeltuchschuh lagen im Gras und wurden beiseitegekickt. Er bückte sich und beobachtete die Steinwalze. Sechs Jungen beobachteten sie. Tommy Sir hatte den roten Ball in den Händen. Er warf den glänzenden neuen Cricketball gegen die Walze, wo er am Rand abprallte und direkt auf die Augen eines Jungen zuflog.

Radha fing den Ball auf, hielt ihn kurz in der Hand, rutschte aus und ließ ihn fallen.

Manju zuckte zusammen; er rieb sich die Rückseite seiner Oberschenkel. Dort würde Radha hinzielen. Mit einer Unterarmbewegung warf Radha jetzt Tommy Sir den Ball zu, drehte sich weg und wartete.

Zuerst die Rede: «Wisst ihr, wie viele Schlagmänner in eine Cricketmannschaft passen? Nur sechs. Wieso macht ihr Trottel euch dann das Leben schwer und lasst aufgefangene Bälle fallen?»

Und jetzt die Strafe. Manju schloss die Augen. Er hatte es gehört. Tommy Sir hatte den Ball direkt auf das Hinterteil seines Bruders geworfen. Als er die Augen wieder öffnete, rieb Radha sich mit gebeugtem Ellenbogen die Stelle, an der er ihn der Ball getroffen hatte.

Die sechs Jungen hockten sich noch einmal vor die Steinwalze.

Radha liebte alles, was mit Cricket zu tun hatte: die drei Aufwärmrunden Dauerlauf um den Maidan, die Hampelmann-Sprünge, die Dehnübungen, sogar die Zurechtweisungen, wenn er den Ball gefangen und dann hatte fallen lassen. Durch harte Arbeit hatte er einen guten Feldspieler aus sich gemacht. Manju trainierte nicht halb so viel, fing die Bälle jedoch sowohl mit der linken als auch mit der rechten Hand und traf das Wicket, auch wenn er nur auf einen einzigen Wicketstab zielen konnte, und zwar während er rannte.

Jetzt, nachdem Radha seine Strafe erhalten hatte, wusste er, dass Tommy Sir, der Seriendemütiger, als Nächstes auf Manju zielen würde. Mit einem flauen Gefühl im Magen senkte Radha den Blick und merkte, dass er nicht wusste, ob er wollte, dass Manju den Ball fing oder fallen ließ.

Mit angespannten Fingern ging er in die Hocke.

Doch kein Ball kam.

Tommy Sir ging zu einem Banyanbaum hinüber, der direkt vor dem Maidan stand. Die Jungen sahen jetzt ein paar Krücken hinter dem Baum hervorgucken. Der Mann, der sich dort versteckt hatte, kam hervor, und sogleich begann das Gebrüll.

«Es sind meine Söhne!»

«Wir haben etwas vereinbart! Verschwinden Sie. Sofort.»

Radha drehte sich zu Manju um, der ihn ansah. Die Jungen sahen, wie Tommy Sir mit dem Mann auf Krücken stritt, ihn zwang, in ein schwarzes Taxi einzusteigen, und auf das Dach des Wagens hämmerte, der dann davonfuhr.

Manju blickte wieder seinen Bruder an.

Sieh nicht auf mich, Idiot, schrie Radha, sodass alle anderen Jungen es hören konnten. Er wusste nämlich nicht, dass sein Bruder seine Gedanken bereits gelesen hatte. *Lass nicht zu, dass alle drei Mitglieder unserer Familie heute in Ungnade fallen. Sieh auf den Ball.*

Das Harris-Shield-Turnier beginnt

Frühmorgens am Cross Maidan. Die Läden der Fashion Street sind geschlossen. In einer Ecke ragt der Betonturm des Tata-Communications-Gebäudes auf; auf der anderen Seite des Maidan sind die Kuppeln der Western-Railways-Zentrale und ein flammenförmiger zoroastrischer Feuertempel zu sehen. Weiß gekleidete Jungen bilden einen Halbkreis in der Mitte des Maidan und blicken auf einen alten Mann; der alte Mann blickt auf ein elektronisches Mikrofon vor seiner Nase.

Der alte Mann heißt J. B. Adhikari und hatte möglicherweise einmal für Bombay gespielt, auch wenn niemand genau wusste, wann. Jetzt, da er pensioniert war, schrieb er ein Buch über die einhundertfünfzigjährige Geschichte des Bombay Crickets. Er kam dazu in die Bibliothek des Cricket Club of India, wo man ihn oft über einer Zeitung schnarchen sah, sodass alle meinten, sein Buch werde erst in einhundertfünfzig Jahren fertig.

«*Gharana*.»

Der alte Mann sprach zuerst nur mit dem Mikrofon, und dann, als hätte er Vertrauen gewonnen, immer mehr mit den Jungen.

«Wir nennen es Mumbai *Gharana*. Eine Musikschule des Crickets. Ihr kennt die Namen. Ajit Wadekar, der uns 1971 in England zum ersten Mal zu einer Reihe von Siegen verholfen hat; Farokh Engineer und Vinoo Mankad; Eknath Solkar, der beste Close-in-Feldspieler, den das Land je erlebt hat; die beiden Glanzstücke Sachin und Sunny, die herausragendsten Schlagmänner Indiens; und die beiden Dilips, Sardesai und Vengsarkar. Wie ihr waren sie alle Jungen von hier; sie haben Cricket im Oval und im Azad Maidan gelernt. Wie ihr sind sie mit Zügen und Bussen gefahren; und wie ihr haben sie während des Monsuns in der Kanga-Liga den

Ball geschlagen und im Gymkhana in der Hitze. Was also sind die charakteristischen Merkmale dieser Mumbaier Musikschule, die sich in Cricket ausdrückt? Verteidigung und Angriff in allen Bereichen; eine gute Backfoot-Schlagtechnik; die Fähigkeit, mit leicht abdrehenden und Haken schlagenden Bällen zurechtzukommen. Ein junger Schlagmann, der am Wicket steht, muss die gesamte Härte unserer Stadt in seine Schlagtechnik einbringen. Er muss eigennützig schlagen. Er muss die gegnerische Mannschaft demütigen, besonders, wenn sie aus Delhi kommt, und er muss viele Läufe einheimsen. Aber er muss auch selbstlos schlagen und sich opfern, wenn die Mannschaft das braucht. Nur einhundert oder zweihundert Läufe zu erzielen reicht nicht aus: Es müssen die *richtigen* einhundert oder zweihundert sein. Wer zur einhundertfünfzigjährigen Gharana der Bombay-Schlagmänner gehören will, braucht mehr als nur Erfolg. Deshalb, Jungs: Spielt feste, aber haltet euch an die Regeln. Möge der Geist von Vijay Merchant und Vijay Manjrekar über euch leuchten.»

Erster Tag
0–131 Läufe:
Um elf Uhr morgens hatte Manju aufgewärmte Muskeln und immer noch Zinkpastestreifen im Gesicht und schwang den Schläger mit dem linken Arm im Kreis.

Schlimm, schlimm: Alles war schlimm. Als die Ali-Weinberg-Schule gegen die Dadar-Bhadra-Schule antrat, verlor sie in den ersten paar Overs gleich ihre beiden ersten Schlagmänner, und dann – Khallas! – wurde ihrem Starschlagmann Radha Kumar, dem Rekordhalter, der Ball um die Beine gebowlt.

Ein Kumar geht, der andere kommt: Manju hielt seine abergläubischen Rituale ein. Selbst als die Feldspieler riefen: «Der Übergeschnappte tut es schon wieder», ging er um die Wicketstäbe herum. «Obbane, Obbane/Kattale, Kattale.» Wartet. Wartet. Er war noch nicht bereit und blickte sich um.

In einer Ecke sah er den Dadar-Bhadra-Trainer in einer Ecke unter weißen und rosa Bougainvilleablüten auf einem Stuhl sitzen, und seinen Jungen pausenlos zuschreien: *Dil se khelo!* oder *Avinash, Aisa Mauka aur nahi ayega! Soll ich deinem Vater sagen, dass du nichts taugst? Du da. Ich will, dass du mindestens zwei Wickets triffst und zwei Bälle fängst. Wir wollen es zumindest versuchen, Jungs. Wir können gewinnen, Jungs, wenn ihr nur dran glaubt.*

«Ich habe gesagt, ich bin noch nicht so weit!» Manju hielt die Hand hoch, um dem Bowler zu signalisieren, dass er noch warten solle.

Er musste seinen Rhythmus finden. Das Scharren über die Schlaglinie half ihm bei der Suche nach dem richtigen Takt. *Tok, tok, tok.* Bevor Manju dazu in der Lage war, wurde er von einem anderen Schlagholzklopfen unterbrochen. Er musste nochmals ein Handzeichen geben und rufen: «Wartet.»

An der Spielfeldlinie gegenüber, wo der andere Schlagmann warten muss, stand mit blauem Helm, auf dem die goldenen Buchstaben «J. A.» prangten, Javed Ansari, und klopfte mit seinem Schlagholz auf den Boden, wobei er Manjus Takt imitierte.

Faszinierend, dachte Tommy Sir eine Stunde später. Er stand so weit weg, wie es seine Augen zuließen. Sowohl Ansari als auch Kumar spielten besser als je zuvor: Und wenn sie so weiterspielten, würde dieses Zusammenspiel, das ihnen bereits 90 Läufe eingebracht hatte, höchstwahrscheinlich Schlagzeilen in den morgigen Zeitungen machen. Die beiden Jungen waren ideale Gegensätze: Der elegante Javed mit den langen Ärmeln hatte keine besonders ausgeprägte Fußarbeit, doch seine Linkshänderschlagtechnik war außerordentlich filigran. Manju schlug dagegen direkt, simpel und eisenhart. Wenn sie zusammen spielten, redeten sie nicht miteinander und nahmen einander nicht einmal wahr: Doch Tommy Sir sah, dass sie stilistisch harmonierten.

***

Die Zeitungen berichteten am nächsten Tag: Manjunath Kumar und Javed Ansari, die beiden Schlagmänner, die für die Ali-Weinberg-Schule in Bandra spielten, hatten 260 Läufe auf der Karnatak Sporting Association Pitch des Cross Maidan hinzugefügt; beide Schlagmänner hatten über hundert Läufe erzielt. «Die Bowler haben aufgegeben; die Feldspieler haben aufgegeben. Der eigentliche Wettkampf scheint jetzt zwischen den beiden Schlagmännern stattzufinden.»

Zweiter Tag
132–150 Läufe:
Der Trainer der Dadar-Bhadra-Schule, der unter den Bougainvilleablüten rittlings auf einem Plastikstuhl saß, hatte am Morgen des zweiten Tages keineswegs aufgegeben: Mit unermüdlicher Energie brüllte er seine kaum Erfolg versprechenden Bowler weiterhin an: *Pyaar se fielding karo, Ramesh! Was soll der Unsinn, Avinash? Adi, ein bisschen Elan, junger Mann. Was soll ich sonst deinem Vater erzählen?*

Um elf Uhr morgens hatten sowohl Manju als auch Javed ihre Schlaghölzer ausgetauscht und sich schwerere Versionen ihrer SG-Schläger ausgewählt, ein Zeichen dafür, dass das richtige Schlagen unmittelbar bevorstand.

Zweiter Tag: Nach dem Lunch
151–256 Läufe:
Manju und Javed hatten gemeinsam mindestens sieben bekannte Mumbai-Schulrekorde gebrochen. Der eine hatte 212 Läufe erzielt. Der andere vier Läufe weniger.

Der Spielabschnitt nach dem Lunch hatte begonnen. Während Javed von der Spielfeldlinie des wartenden zweiten Schlagmanns zusah und dabei den schwarzen Gummigriff seines Cricketschlägers rieb, bückte sich Manju und schlug mit einer schnellen Bewegung, seinen Stil mit barocker Handgelenkstechnik orientalisierend, den ersten Ball von außerhalb Off-Stump an die Square-Leg-Spielfeldgrenze.

Jedes Mal, wenn einer von ihnen vier Läufe erzielte, gingen die beiden Jungen feierlich in die Mitte der Pitch und berührten einander mit ihren Handschuhen. Dann drehten sie sich um und gingen zurück.

Als ihre Handschuhe sich in der Pitchmitte berührten, fragte Javed plötzlich:

«Hat dein Vater dir gesagt, dass nur einer von uns Tendulkar sein kann und der andere Kambli sein muss?»

Manju sperrte den Mund auf.

Javed wiederholte seine Frage. Manju trat zurück, um zu schlagen. Er sah die goldenen «J. A.»-Initialien auf dem blauen Helm und dachte: «Das ist ein Psychospiel.»

Im nächsten Over erzielte Javed vier Läufe mit einem Backfoot-Schlag. Daraufhin gingen beide Jungen wieder die Pitch hinunter und hielten ihre Handschuhe aneinander.

«Mein Vater sagt dasselbe», erklärte Javed.

Manju blickte umher.

«Sagt dein Vater dir auch, dass ich es leicht haben werde, weil ich Linkshänder bin?»

Manju rannte zu seiner Spielfeldlinie zurück. Doch als sie das nächste Mal in die Mitte der Pitch gingen und die Handschuhe aneinanderhielten, sagte er: «Ich hab den Bowlern Spitznamen gegeben. Willst du die hören?»

Mohan Kumar hatte seine Söhne gelehrt, wie man die Bowler psychologisch dominieren konnte. Manju hatte dem Leg-Spin-Bowler den Namen «Taibu» gegeben, weil er so klein und dunkelhäutig war wie ein Simbabwer; einen großen Fast-Bowler nannte er erst «Akram», weil er Linkshänder war, und später, als seine Bälle an der Spielfeldgrenze landeten, «Nehra». Und den dicklichen, mit rundem Arm werfenden Spin-Bowler, der gleich bowlen würde, dieser Spin-Bowler, dessen Bälle so oft mit Schlägen an die Spielfeldgrenze und darüber hinaus pariert wurden – gab es für den einen besseren Namen als «Versager»?

«Nenn ihn nicht Versager», sagte Javed.

«Warum nicht?»

«Sein Vater ist vor Kurzem gestorben. Er heißt Jamshed. Ich habe es von den anderen Jungen gehört.»

«Na und?» sagte Manju. «Ich nenn ihn, wie es mir passt.»

Der pummelige, kleine «Versager» – Jamshed Cutleriwala, der schlechteste Off-Spin-Bowler der Welt – machte fünf fette Schritte zu seiner Bowlermarkierung. Dann wischte er sich über die Stirn und machte sich zum Bowlen bereit.

Manju musterte den Körper des Spin-Bowlers. All das schwabbelnde Fett.

«Wartet», sagte er. «Wartet mal alle.»

Manju ging zum Schiedsrichter hinüber, entfernte seinen Brustschutz und warf ihn ihm vor die Füße. Seinen Helm warf er hinterher, griff sich dann in die Hose, zog das dreieckige Polster heraus und schleuderte es auf den Helm.

Bevor er seine Position an der weißen Linie wieder eingenommen hatte, hörte er, wie jemand sagte: «Zieh den Helm wieder auf und leg den Unterleibsschutz wieder an.»

Er drehte sich um und sah Javed direkt hinter sich.

«Warum denn?», fragte Manju. «Ich trage den Helm und den Unterschutzleib erst dann, wenn ein richtiger Bowler bowlt.»

«Setz den Helm wieder auf. Ich hab dir doch gesagt, dass sein Vater gestorben ist. Beleidige ihn nicht.»

«Und ich hab dir gesagt, dass mir das egal ist.»

Javeds Stirn schwoll an, und eine große Ader trat in Erscheinung.

«Du und dein Bruder, ihr habt euch noch nicht für das entschuldigt, was ihr auf meinen Brustschutz geschrieben habt», flüsterte er mit zusammengebissenen Zähnen.

«Dafür werden wir uns auch nicht entschuldigen», erwiderte Manju. «Und nach dem Match schreiben wir wieder was drauf.»

Den nächsten Ball des «Versagers» parierte er mit einem Treibschlag an die Extra-Cover-Spielfeldgrenze, wobei er so hart schlug, dass der Ball ins angrenzende Spielfeld flog, wo ein anderes Cricketmatch stattfand, und erzielte damit abermals vier Läufe.

Als der «Versager» wieder mit Bowlen an der Reihe war, war Javed der Schlagmann.

Der erste Wurf war ein hoch gebowlter Ball – Javed tat jedoch etwas Seltsames mit seinem Schlagholz, was alle verdutzte: Er traf, und der Ball fiel zu Boden. Sogar der Schiedsrichter pfiff.

Manju leckte sich über die Oberlippe, von einer Seite zur anderen und dann wieder zurück. Javed Ansari, der Neffe eines Ranji-Trophy-Spielers, der niveauvollen Zeitungen Interviews gab, kann plötzlich keinen schlaffen, hoch gebowlten Ball mehr schlagen.

Der dicke «Versager» ging jetzt zurück zur Anlauflinie, und obwohl niemand sprach, glaubte Manju, in seinem Kopf eine Stimme zu hören, die deutlich sagte: «Ich scheide jetzt aus. Sieh mir zu, Manju.»

Der nächste Ball war ein viel zu kurz gebowlter Ball.

Javed Ansari trat einen Schritt zurück, seine langen weißen Ärmel kräuselten sich, als die Schlagholzecke den Ball berührte. Jamshed «Versager» Cutleriwala starrte offenen Mundes den in einem Bogen fliegenden Ball an und schrie dann: «Fang ihn!»

Der Feldspieler in der Midwicketposition, der zwei Tage lang jede Menge Bälle über seinen Kopf hatte hinwegfliegen sehen, bemerkte, dass dieser Ball direkt auf ihn zukam, und erhob zwei zitternde Hände. Und dann kamen alle zu ihm gerannt, außer dem «Versager» Cutleriwala, der sich zum Ali-Weinberg-Zelt umdrehte und eine obszöne Geste machte.

Unter den Bougainvilleen war eine Stimme zu hören, die zunehmend ekstatischer klang. *Ich hab euch Jungs gesagt, dass Jamshed es schafft! Chauhan, umarme den Bowler in meinem Namen! Umarmt ihn, umarmt ihn. Sorgt in den nächsten zwanzig Minuten dafür, dass sie alle ausscheiden. Tut es für euren Coach, Jungs. Ich sitze seit zwei Tagen in der Sonne.*

Dritter Tag: Vormittags

257–350 Läufe

In der Nähe des Cross Maidan schlägt ein halb nackter Mann eine Liege mit einem Holzhammer schwungvoll in Stücke. Er holt aus und hält inne: Aus dem Inneren des Maidans hört er ein Geräusch, das lauter ist als das seines Hammers. Er legt ihn weg und geht zu den Zuschauern.

«Was ist hier los?»

«Der Kleine dort schlägt den Ball schon zwei volle Tage. Heute ist der dritte Vormittag, und er schlägt immer noch. Der andere Schlagmann ist ausgeschieden, aber der hier macht weiter.»

«Was für ein Durchhaltevermögen. Nicht auszudenken, was wird, wenn er erwachsen ist.»

«Er hat schon 200 Läufe erzielt. Bald ist er bei 300.»

«300? Nein, die hat er doch schon erreicht.»

«Die kleinen sind immer besser. ‹Klein, aber fein – und berühmt›, sagt man in unserer Sprache.»

«Welche Sprache ist das?»

«Ich bin von hier, Boss. Geboren und aufgewachsen in Mumbai wie Sie. Sie sind doch hier geboren?»

«Können wir uns bitte auf das Cricketmatch konzentrieren? Können wir einfach nur das Match ansehen?»

Weitere Zuschauer gesellen sich zu ihnen. Mit angespannten, schweißgeölten Muskeln zerschlägt der Arbeiter weiter das Bettgestell und hält nur inne, wenn der Kleine seine Hammerschläge mit dem Cricketschlagholz übertönt.

Dritter Tag: Teatime
351–450 Läufe
Tommy Sir zitterte. Nicht wegen der kruden Tatsache, dass Manju, der den Rekord seines Bruders gebrochen und die meisten Läufe im Mumbai-Schulcricket errungen hatte, jetzt höchstwahrscheinlich der erste Cricketspieler unter achtzehn war, der in einem einzigen Durchlauf mehr als 500 Läufe erzielt hatte. Nein. Er zitterte, weil er einer bemerkenswerten Verschmelzung teilhaftig wurde, wenn er dem jungen Manjunath zusah. Früher gab es nämlich beim Cricket gute und schlechte Technik. Es gab so etwas wie richtige Fußarbeit, die mit dem «V» spielte. Doch dann kam das neue Cricket, das Twenty20, im amerikanischen Stil. Schlechte Technik wurde gut. Die Schlagmänner nahmen ihren vorderen Fuß zurück. Sie schlugen den Ball hoch in die Luft. Sie änderten unerwartet die Position, griffen das Schlagholz mit umgekehrter Handreihenfolge und schlugen den Ball auf die andere Seite. Ein Schlagmann brauchte jetzt zwei Techniken, eine gute und eine schlechte, sowie zwei Cricketpersönlichkeiten, eine traditionelle und eine freigeistige, und musste die jeweils passende zur richtigen Zeit einsetzen: das verwirrte selbst die besten Schlagmänner – die den Ball hoch nach oben schlugen, wenn sie ihn abblocken sollten, und umgekehrt. Doch Tommy Sir, der Manjus Entwicklung verfolgte, kam der Gedanke, dass dieser Junge, der beliebig zwischen klassischer und zeitgenössischer Fußarbeit hin- und herschaltete, seine beiden Cricketspielerpersönlichkeiten zu etwas Neuem, Makellosem verschmolz – etwas, das es in der Geschichte des Bombay-Crickets noch nie gegeben hatte.

Ende des dritten Tages
Endgültiger Punktestand: 497
Am Ende des dritten Spieltages hatte die *Mumbai Sun* eine Reporterin samt Fotografen zum Cross Maidan geschickt. Sie hielt Manju ein Mikrofon vors Gesicht und fragte: *Was ist passiert, als du die*

497 Läufe erreicht hattest, Manju? Warum hast du nicht weitergespielt?

Er hatte die Schutzausrüstung abgelegt. Sein Hemd war schmutzig, sein Haar nass, doch sein dunkler Körper strahlte vor Siegerstolz. Hinter ihm stand mit verschränkten Armen sein Vater und hörte mit gespitzten Lippen seinem Sohn zu.

Ich habe 300 Läufe erzielt, und dann 400 und dann 450. Aber ich weiß nicht, warum ich bei 497 Läufen ausgeschieden bin.

Die Reporterin sprach in ihr Aufnahmegerät:

Manjunath Kumar wäre beinah der erste Schulschlagmann geworden, der in 150 Jahren Mumbai-Schulcricket 500 Läufe erzielt hat.

Sie wandte sich wieder an den Champion:

R: Manju, wie fühlst du dich?

M: Zufrieden. Glücklich.

R: Glücklich, weil du den Weltrekord von 500 um drei Läufe verfehlt hast?

M: Darüber unglücklich.

R: Möchtest du für Mumbai spielen?

M: Davon träume ich jeden Tag.

R: Träumst du auch davon, beim World Cup mitzuspielen?

M: Ja, auch davon träume ich jeden Tag.

R: Dein Bruder ist auch ein Schlagmann, der Rekorde gebrochen hat. Wer von euch beiden ist besser?

M: Er hat einen geheimen Vertrag mit Gott, und ich nicht.

Sie interviewte jetzt den Vater, der auf Krücken ankam (Opfer eines Sturzes, bei dem er die Treppe hinunterfiel), und sagte:

«Manjunath ist mein zweiter Sohn und der kompliziertere von beiden. Als kleiner Junge hat er Steine und Glas und andere seltsame Sachen gegessen. Sogar Chappals. Ihn zu einem normalen Menschen zu machen war harte Arbeit. Soll ich Ihnen ein Beispiel nennen?»

Während Mohan Kumar alle Welt über seine Ernährungsmethoden und pharmakologischen Prozeduren unterrichtete, setzte sich Tommy Sir neben Manju, der den Himmel betrachtete. Tommy

Sir fuhr mit dem Fingernagel seitlich am Gesicht des Jungen entlang und sagte: «Rasier dich.» Er hatte das schon öfter erlebt: Die Jungen, deren Mentor er war, wurden unter seinen Augen zu Männern. «Im Fernsehen macht sich das nicht gut.»

Manju kratzte sich im Nacken und fragte: «Wo ist Javed?»

«Vergiss Javed. Jeder weiß, dass du besser bist als er. Wie er ausgeschieden ist, das war lächerlich.»

«Javed ist absichtlich ausgeschieden. So, wie er geschlagen hat, hätte er als Erster 500 Läufe gemacht.»

«Vergiss diesen Javed. Vornehme Geschöpfe wie er werden es nie in die Mannschaft schaffen, sie sind zu empfindlich. Du weißt ja, dass er Gedichte schreibt und sie den anderen Jungen gibt, die alle darüber lachen. Aber du bist jetzt fast so gut wie Radha. Hör mir zu, Manju. Weißt du, dass du jedes Mal, wenn ich dich schlagen sehe, besser geworden bist? Hör mir jetzt zu: Du wirst für Mumbai spielen, das weiß ich. *Marathi kathin nahin. Tu lavkar shikshi.* Du musst Marathi lernen. Das hilft dem hinteren Fuß. Manju, hörst du mir zu?»

Narayanrao Sadashivrao Kulkarni wollte dem Jungen noch mehr sagen, doch es war Zeit für die *Mumbai-Sun*-Fotoaufnahmen.

Tommy Sir starrte ihn an.

Manju starrte zurück. In seine düstere Stirnfurche, die sich nach links neigte, kam plötzlich Leben.

«Der Abend dämmert», sagte er mit einem Blick zum Himmel. «Das war die Stunde, die meine Mutter ...»

«Geh, du Dummkopf, geh», sagte Tommy Sir und schlug dem müden Jungen fester als geplant auf den Rücken.

Dann sah er mit verschränkten Armen zu, wie der Fotograf der *Mumbai Sun* den jungen Cricketspieler, der so gut wie 500 Läufe erzielt hatte, auf eine Steinwalze setzte, das siegreiche Schlagholz wie eine Herkuleskeule geschultert, und ihn um ein Sachin-in-jungen-Jahren-Lächeln bat.

Nachdem er folgsam ein paarmal strahlend gelächelt hatte und der Fotograf fertig war, hob Manjunath Kumar, jedermanns Liebling, überwältigt von Müdigkeit und Aufmerksamkeit, das Schlagholz, mit dem er 497 Läufe errungen hatte, und schlug damit auf die Steinwalze. Vor den Augen der Zuschauer hob er das Schlagholz noch viermal hoch und drosch damit auf die Walze, bis es mitten entzweibrach.

***

Am Sonntag – drei Tage nach Manjus 497 Läufen – kamen immer noch Besucher zum Tattvamasi-Gebäude. Die letzten waren zwei Fremde, ein Ehepaar, das den weiten Weg aus Colaba mit dem Taxi (dem Taxi!) gekommen war. Sie hatten ebenfalls einen Sohn, der natürlich auch Cricket spielte – und ob Manjunath Kumars Vater ihnen freundlicherweise ein paar Tipps geben könnte?

«Nein, das werde ich nicht», sagte Mohan Kumar und wackelte mit dem Zeigefinger. «Denn: Sind Sie, die Eltern, bereit, sich den lebenslangen Hass Ihrer Kinder einzuhandeln, während Sie tun, was wissenschaftlich gesprochen notwendig ist?» Heute Morgen habe ihm Radha, sein eigener ältester Sohn, beispielsweise vorgeworfen, dass man ihm überflüssigerweise im J. J. Hospital die Mandeln herausgenommen habe – «wo doch jedermann wisse, dass es sich um einen harmlosen Eingriff handelt und dass Mandeln zu Infektionen führen, die mit teurem Azithromycin behandelt werden müssen, eine Tablette pro Tag, oder mit dem noch teureren Amoxycillin plus Potassium Clavulanate, drei Tabletten pro Tag. «Die jungen Männer von heute sind vielfach gefährdet: Wissen Sie, wie viele neue Fälle sexuell übertragbarer Krankheiten das J. J. Hospital täglich registriert? Das männliche Urogenitalsystem ist äußerst vertrackt», sagte der Vater der beiden Jungen – «ausgezeichnete Spülung im Organinneren, Bakterien gelangen nur schwer hinein, und wenn doch, dann ist Schluss, wegen all der Röhren und Tubuli um die Blase ... Einfach Schluss! Dann hilft vielleicht

Cipromycin, oder auch nicht. Denken Sie an meine Worte: Einem jungen Mann, einem gesunden jungen Mann, sind die Parasiten immer mit großen hungrigen Augen auf den Fersen. Ach, Sie sind gar nicht wegen Radha hier? Ah, der Jüngere. Manjuuuuuuu!» Das Ehepaar aus Colabar, das erpicht auf ein Selfie mit dem Cricket-Superstar war, ging hinter Mohan Kumar her, der ins Zimmer der Jungen schritt, und schrie: «Manjuuuu! Benimm dich nicht wie ein schüchternes Mädchen! Komm raus und triff neue Leute!»

***

Mit einem Bild in der Hand, das er aus der *Mumbai Sun* ausgeschnitten hatte und auf dem man ihn siegreich auf der Steinwalze sitzen sah, war er den weiten Weg von der Pedder Road zur Kemps Corner und dann weiter bis zur Nepeansea Road in den Priyadarshini-Park gegangen.

In einer Ecke des Parks sah er Bäume, unter denen eine Gruppe alter Männer und Frauen gemeinsam ein- und ausatmete: Hu! Ha! Hu! Hinter einem Baum versteckt, spähte Manju in die andere Parkecke, wo auf dem von einem Joggingpfad umgebenen Oval ein dunkelhäutiger Junge mit einer Hakennase und orangen, rot eingefassten Kniestrümpfen allein Fußball spielte.

Hinter ihm brandete das Meer an den Rand des Parks.

Es war Sonntag. Javed Ansari trainierte Fußball im Priyadarshini-Park, genau, wie er es in dem Zeitungsinterview gesagt hatte.

Hu! Ha! Hu! Obwohl Manju sich versteckt hatte, sagte ihm eine Stimme, dass Javed dort draußen auf dem Fußballfeld wusste, dass er beobachtet wurde, und dass er auch wusste, von wem. Hu! Manju zuckte zusammen: Die Senioren grinsten ihn gemein an, während sie die Arme hoben und senkten.

Manjus Eingebung bewahrheitete sich, denn Javed hörte plötzlich auf zu spielen. Er ließ den Fußball liegen und kam zu den Bäumen gerannt. Während er mit der einen Hand seine orangen Kniestrümpfe hochzog, blickte er sich überall um, doch fand er nichts hinter den Bäumen – Hu! Ha! Hu! – bis auf vitale Rentner.

***

Am Dienstag begegneten die beiden Jungen sich schließlich.

Nachdem man an vielen schwarzen Abwasserkanälen vorbeigekommen ist, an vielen Betontürmen, an vielen verwilderten Grasflecken, in die die Slums vordringen, gelangt man schließlich irgendwo in Kandivali-West in ein kleines Paradies: zu einem kleinen Spielfeld, auf dem Jungen Cricket üben, umgeben von blauen Netzen auf Bambusstäben. Neben den grünen Feldern steht ein alter Schuppen mit einer Metalltreppe, die auf eine Terrasse mit Sonnensegel führt, bestehend aus stützenden Holzpfählen, über die eine Plane gedeckt ist wie bei Hütten im Slum. An diesem Schuppen, der im Bombay-Cricket legendär ist und Geburtsort vieler Ranji-Trophy-Schlagmänner, befindet sich ein Schild mit der Aufschrift «Payyade Sports Club».

Als Manju sich dem Clubgelände näherte, hielt hinter ihm ein Honda City. Dann öffnete sich die Wagentür, und «J. A.» stieg aus.

Manju sah auf einen Blick, dass sie beide aus haargenau demselben Grund frühzeitig in den Club gekommen waren, nämlich um zu sehen, ob der andere auch kommen würde.

Es war der Tag nach Lakshmi Puja. Eine Schweinerei aus Knallkörperverpackungen, verglühten Wunderkerzen, verkohlten Raketen und Aschehaufen bedeckte den Cricketplatz. Ein Freudenfeuer brannte vor der Mauer des Clubgeländes.

Sie hielten reichlich Abstand voneinander und holten ihre Schutzausrüstung heraus. Javed begann mit seinen Dehnübungen, indem er abwechselnd mit den Armen die Zehen berührte.

Wie Manju es den ganzen Morgen geprobt hatte, stemmte er die Hände in die Hüften und sagte auf Englisch: «Bist du Mahatma Gandhi?»

Javed, der immer noch seine Zehen berührte, betrachtete Manju neugierig.

Der fortfuhr: «Hast du mir nicht zugehört? Warum bist du dem dicken Jungen zuliebe ausgeschieden? Damit ich dumm dastehe, ja?»

«Ich hab dich gehört, Kapitän.»

Javed richtete sich auf, lockerte sich, indem er sich schüttelte, und fragte: «Was willst du eigentlich? Warum bist du hier, kleiner Manju?»

Er spannte die Schläfen an und entspannte sie wieder; und anders als Manju kniff er die Augen zusammen, wenn er wütend war.

Manju reagierte darauf, indem er Mister «J. A.»s Körper von Kopf bis Fuß musterte und dabei die Zunge herausstreckte, wie die Jungen im Slum, wenn sie anfingen, sich zu prügeln.

«Sag einfach, dass du glaubst, du seist genauso großartig wie Mahatma Gandhi, dann gehe ich. Mehr will ich gar nicht.»

A-ha, A-ha, A-ha. Javed kicherte. Er nahm seinen Cricketschläger mal in die eine, mal in die andere Hand, schlug ihn in die Luft und Manju fast ins Gesicht.

Manju spürte, wie sich die Haut über seiner Stirn zusammenzog und ihm am Halsansatz warm wurde. Er ließ Javed stehen und ging zu den anderen Jungen, die eingetroffen waren. *Du bist Jahrgang 1994, du Idiot. Du kommst nicht zu den unter 17-Jährigen. Halt die Klappe, Schwuchtel. Ich habe am 3. Juli Geburtstag, komme ich da dieses oder nächstes Jahr in die Spielerauswahl?*

Im Clubhaus telefonierte der Trainer des Payyade Sports Club: *Zehntausend Rupien. Es ist schließlich für Ihren Sohn. Er lernt hier bei ehemaligen Ranji-Spielern.* Und am Spielerauswahltag legen wir ein Wort für ihn ein, wir heben ihn aus der Taufe, machen Sie sich darüber keine Gedanken …

Manju ging um das Clubhaus herum, kam zurück und stand vor Javed, der seine Dehnübungen beendet hatte und sich für das Match umzog.

«Warum bist du absichtlich ausgeschieden?»

«Sei kein solcher Sklave», sagte Javed grinsend und zeigte seine sichelförmigen Grübchen, sodass Manju vor Scham die Ohren anschwollen. «Ich habe gehört, dass du nach dem Interview dein Schlagholz zertrümmert hast? Stimmt das?»

«Ja.»

Javed grinste wieder. «Du bist ein Cricket-Terrorist, Mann. Gefällt mir.»

«Nein», sagte Manju.

«Was macht dein Vater?», fragte Javed und schnallte sich die Schutzpolster an.

Manju drehte den Hals zur Seite, als hätte er entschieden, auch ein paar Dehnübungen vor dem Spiel zu machen.

«Er ist Geschäftsmann», antwortete er, während er den Hals zur anderen Seite drehte. «Und was macht dein Vater?»

«Lehrbücher, naturwissenschaftliche Lehrbücher. Er importiert sie aus Kanada und verkauft sie hier. Aber in Wirklichkeit», sagte Javed, «bin *ich* sein Unternehmen. Er will mich zum Cricketkapitän Indiens machen. Noch eine Frage: Kannst du schwimmen?»

Manju sah Javed an. «Nein.»

«Auto fahren?»

«Nein.»

«Mmmh.» Javed lächelte. Er drehte den Gummihandgriff seines Schlägers fest.

Manju blickte auf Javeds außerordentlich große weiße Schuhe, die in seiner Vorstellung verschwanden, sodass die nackten Füße eines Riesen zum Vorschein kamen.

«Hör auf, meine Schuhe anzustarren. Hör auf, mich anzustarren. Geh weg. Willst du wissen, warum Javed Ansari absichtlich ausgeschieden ist, als dieser Junge, den du ‹Versager› nennst, gebowlt hat? Das sag ich dir aber nicht. Weil ich dich nicht leiden kann. Ich hab dich noch nie leiden können. Du glotzt mich zu viel an.»

Manju machte große Augen.

Javed widmete sich wieder seinen Aufwärmübungen mit dem Schläger. «Wo ist deine Mutter?», fragte er dann und hielt seinen Schläger regungslos in der Luft. «Ich sehe immer nur deinen Vater. Meine wohnt in Bangelore. Sie hat sich von meinem Vater scheiden lassen. Ist es bei deinen dasselbe?»

Javed schlug mit seinem Schläger – bums! und nochmals bums! – gegen seine Schuhe.

«Weißt du, dass du die größten Augen auf Erden hast? Echt.»

Manju bewegte den Kopf.

Javed fuhr fort: «Du kannst also kein Auto fahren? Ich hab meinen Wagen hier. Ich kann dir das Fahren beibringen. Jetzt sofort, wenn du willst.»

«Das bringt mir mein Vater bei.»

«A-ha, A-ha, A-ha.»

Manju bat seine Füße flehentlich, ihn fortzubringen.

Ein kleiner Mann in einer erstaunlich weißen Uniform kam mit einem roten BlackBerry auf sie zu, das er seinem Herrn entgegenhielt. Javed sah es sich an, runzelte die Stirn und gab es dem Mann in Uniform zurück, der es mit einem Hemdzipfel sauber wischte und leise etwas zu ihm sagte.

«Mein Fahrer sagt, da drüben sei irgendwas Seltsames im Gange.»

Manju folgte Javed zum Stacheldrahtzaun des Nachbargeländes. Eine Bande Straßenjungen spielte dort ein Spiel. Einer von ihnen trug einen riesigen, merkwürdigen Handschuh, auf den ein anderer einen weißen Ball warf.

«Ist das das Spiel, das sie in Amerika spielen?», fragte Manju.

Javed nickte. Er wusste auch nicht mehr, wie es hieß.

Die beiden sahen staunend zu, wie auf der anderen Seite des Zauns der Ball geworfen und gefangen wurde. Wie seidenweich sich der große braune Handschuh bewegte, was für einen zum Greifen geeigneten Unterarm der Fänger hatte, der sich nach links drehte, um den harten weißen Ball abzufangen.

Javed brach den Bann.

«Ist das Softball?», rief er den Jungen zu.

«Base-o-ball, Uncle! Base-o-ball!»

Die beiden Cricketspieler legten die Hände auf den Zaun und beugten sich vor.

«Wer hat euch dieses Spiel beigebracht?»

«Wir haben einen Trainer, Uncle. Er ist vom YMCA und muss gleich hier sein. Und jetzt guck mir mal zu, Uncle. Könnt ihr Cricketspieler das?»

Der Junge warf den weißen Ball jetzt mit solch roher Gewalt, wie man sie im Cricket niemals erlebt. Der Baseball-Werfer drehte sich zu den beiden Jungen in Weiß um und zeigte die Zähne.

«Besser als Cricket, was? Komm rüber, Uncle, wir bekehren euch beide zum Base-o-ball.»

Javed kletterte über den Zaun. Manju legte ihm die Hand auf die Schulter. «Sollten wir nicht zum Cricket zurück?»

«Nein!», rief ihm Javed von der anderen Seite aus zu und blinzelte ihn an. «Komm rüber, spiel Baseball – weil du so schlecht im Cricket bist.»

Manju kletterte ebenfalls über den Zaun.

Die Cricketspieler gingen durch wild wachsendes Gras; Libellen umschwirrten sie. Und dann rannten Manju und Javed im Kreis um die Baseballspieler herum und bewarfen einander mit Handschuhen, Steinen und Gras: «Kambli! Du bist Kambliiii!» Während sie einander jagten, hörten sie den harten weißen Ball hinter sich in den Handschuh knallen.

Unter unbändigem Gelächter ließen sie sich ins Gras fallen.

«Was ist mit deinem Vater, Mann? Hängt er an der …?» Javed mimte jemanden, der trank.

«Halt die Klappe. Was ist mit *deinem* Vater?», fragte Manju. «Er will, dass du mit dem Cricket aufhörst. Das sagt er in jedem Interview.»

«Er will nur im Fernsehen gut dastehen. Du müsstest Väter allmählich kennen, oder?»

Manju dachte noch über diesen Satz nach, als er spürte, wie ihn jemand am Kinn fasste. Geschult durch die Berührung seines Vaters erstarrte Manju und ließ zu, dass die fremde Hand sein Gesicht hin und her drehte.

«A-ha. Hier braucht jemand eine Rasur. A-ha.»

Manju, der immer noch keinen Widerstand leistete, sagte: «Mein Vater erlaubt es uns nicht.»

Javed ließ ihn los. «Na und? Tu's einfach.»

Manju schüttelte den Kopf.

«Traust du dich nicht?» Hände fuhren durch Manjus Igelfrisur. «Du traust-laust-maust dich nicht? Siehst du, noch ein Gedicht über dich.»

Manju, unsäglich schockiert und unsäglich froh, wartete, bis Javed die Finger aus seinem Haar nahm, und fragte dann: «Und deiner schlägt dich nie? Niemals?»

«In der Stadt schlägt keiner seine Söhne, Kapitän. Nur ein Chutneyvertreter vom Dorf tut so etwas.»

«Sprich nicht so über meinen Vater.»

Javed zuckte die Schultern. «Welche Fächer willst du im Junior College belegen?»

«Ich weiß nicht», antwortete Manju und fügte sofort hinzu: «Naturwissenschaften.»

«Zu viel Arbeit. Nimm lieber Wirtschaft.»

«Ich will forensischer Wissenschaftler werden.»

Javeds Lippen öffneten sich leicht. «*CSI*?»

Manju nickte.

«Du willst Leichen aufschneiden? Ich glaub, du tickst nicht ganz richtig. Im Kopf.»

Glücklich, ohne dass er hätte sagen können, warum, lehnte Manju sich vor und trommelte mit den Händen auf seine Knie. Ich ticke nicht ganz richtig, dachte er, saugte die Unterlippe ein und gab seinem Trommelwirbel den letzten Schliff.

«Ist deine Mutter geschieden oder tot?»

Manju lag still da und ließ zu, dass Javeds Schatten ihm halb aufs Gesicht fiel; er protestierte nicht, als Javed seinen Arm nahm, den Ärmel seines kurzärmeligen Hemds hochrollte und seinen Arm bis zum Bizeps hinauf entblößte.

«Hab ich mir gedacht», sagte Javed. «So dunkelhäutig bist du gar nicht.» Javed biss sich auf die Lippe und schob den Ärmel mit Gewalt bis zur Schulter hinauf, wo die Hautfarbe bleich war, weil die Sonne dort selten hingelangte. «Siehst du?»

Manju erblickte seinen nackten Arm, lächelte und sagte: «Mein Bruder spielt besser Cricket als du.»

Es klappte: Javed ließ seinen Arm los. Das Hemd bedeckte die bleiche Hautstelle wieder.

«Dein Bruder schafft es nicht in die Mannschaft, Manju. Er hat Probleme mit der Gewichtsverlagerung.»

Manju rollte seinen Ärmel wieder herunter. «Scheißkerl. Was soll mein Bruder haben?»

«Tut mir leid, Manju», sagte Javed und zuckte die Achseln. «Dein Bruder ist der beste Cricketspieler der Welt und schafft es in die Mannschaft. Zufrieden? Auf welches Junior College willst du gehen?»

Manju schloss die Augen und runzelte die Stirn: Er spürte immer noch, dass Javed ihn beobachtete, dass er seine recht stilvolle, zwischen den Augen nach links verlaufende Furche ansah. Er lächelte.

«Zu den Naturwissenschaften werde ich nie im Leben zugelassen.»

«Wer sagt das?» Javed setzte sich neben ihn. «Dein Vater?»

Manju schluckte. Sein Herz schlug wild an seine Rippen. «Für die Zulassung zu den Naturwissenschaften braucht man 80 Prozent.»

«Wach auf!» Javed klatschte direkt vor Manjus Augen in die Hände. «Wach auf! Hast du noch nie was von der Sportquote gehört?» Javed schrie jetzt fast. «Die brauchst du nicht mal. Ich hab gesehen, dass du alle Fragen von Tommy Sir beantworten kannst.

Wie war Sobers Schlagdurchschnitt gegen den linkshändigen, konventionellen Spin-Bowler; der ganze Wisden-Cricketer's-Almanack-Mist. Weißt du, was *ich* lese? Hast du von George Orwell gehört?»

«Auf welches Junior College soll ich gehen?»

«Geh aufs Ruia. Das ist für die Naturwissenschaften am besten. Kennst du *Die Farm der Tiere*? Ach, übrigens, was ist mit deiner Mutter? Ich frag dich das schon zum zweiten Mal.»

Manju nahm Javeds Hand und sagte: «Die Abenddämmerung ist die Lieblingszeit meiner Mutter.»

«Wie?», fragte Javed.

Also redete Manju weiter. «Sie hatte dieses Dings an der rechten Hand.» Er fuhr mit dem Finger über Javeds Handteller und zog eine Rille. «Als sie ihren alten Schmuck beim Goldschmied aufarbeiten ließ, ist Salpetersäure auf ihre Hand getropft und hat ein tiefes Mal hinterlassen. Als sie wieder einmal verschwunden war und dann zu uns zurückkam, habe ich an diesem Mal erkannt, dass sie meine Mutter war und keine Fälschung. Bevor sie mich anfassen konnte, hab ich zu ihr gesagt: ‹Zeig mir deine Hand, Frau›, und hab dann nachgesehen, ob das Salpetersäure-Mal da war.»

Javed blickte auf seine Hand, die Manju immer noch festhielt, und fragte: «Deine Mutter verschwindet und kommt dann wieder?»

Manju ließ Javeds Hand los und legte die Finger über seinen Mund. Was er gerade getan hatte, entsetzte ihn. Noch unheimlicher war der Gedanke, dass er das Geheimnis über die Rille in ihrem Handteller vielleicht nur ausgeplaudert hatte, weil Javed ihn zweimal nach seiner Mutter gefragt hatte. Manju hatte eine schreckliche Vorahnung von Vertrautheit, die so einfach sein konnte: Nur weil jemand dich zweimal bittet, ihm deine Geschichte zu erzählen, konnte etwas beginnen.

«Mein Bruder kann sein Ding so drücken, dass sieben Farben zu sehen sind. Er sagt, er könne vierundzwanzig erzeugen, aber in Wirklichkeit sind es nur sieben», sagte Manju. Er sah Javed an.

Beide lachten, und Manju, der sich kaum halten konnte, sagte: «Selbst wenn ich gute Noten bekomme, lässt mich mein Vater nicht aufs Junior College.»

Javed legte lächelnd einen Finger auf die Lippen. Man hatte sie gefunden.

«Ihr zwei da!» Coach Pramod Sawant stand keuchend am Zaun, auf den er beide Hände gelegt hatte. «Ihr zwei!»

«Sie sollten mit uns Base-o-ball spielen, Uncle», rief der Junge mit dem großen Handschuh. «Aber dann haben sie angefangen, miteinander zu spielen!»

***

Am nächsten Morgen sorgte Mumbais Schulcricket-Turnier dafür, dass sie sich wiedersahen, diesmal im P. J. Hindu Gymkhana.

Als Manju an jenem Morgen aufwachte, stellte er fest, dass er nicht aufstehen konnte. Er gähnte, streckte sich, wälzte sich hin und her. Dann hob er den Kopf und sah, dass seine Beine zitterten.

Um die Mittagszeit stand der hochgewachsene Feldspieler mit einer blauen Kappe und den Initialen «J. A.» in der Long-Leg-Position. Ein Windstoß wirbelte den Staub um ihn herum auf, und in diesem Staub sah Manju einen Jungen, der sprintete, angriff, den Ball auflas und warf, ohne Schwung zu verlieren. Manju musterte Javed Ansaris langen Körper und rechnete fast damit, ein «H» als Markennamen auf Hemd oder Hose zu entdecken.

In der Getränkepause stand Javed neben dem großen Mineralwasserspender im Zelt und telefonierte auf seinem roten BlackBerry. Manju ging zu der Zwanzig-Liter-Flasche und ließ sich einen Plastikbecher voll Wasser laufen.

Javed legte das BlackBerry weg, drehte sich zu Manju um und fragte: «Gefällt dir Cricket eigentlich?»

Manju dachte, er habe sich verhört oder werde beschämenderweise auf den Arm genommen.

«Findest du Baseball nicht viel besser? Ich habe etwas über Baseball im Internet gelesen. Sagt dir Baby Ruth etwas? Er ist wie ihr Bradman, nur besser. Willst du mitkommen, wenn ich irgendwann wieder zu den Slumjungen gehe und mit ihnen Baseball spiele?» Manju dachte: *Ob er mich auch so sieht – als Slumjungen?*

«Wir wohnen in Chembur», sagte Manju. «In einer Housing Society. Unsere Wohnung ist klimatisiert.»

«Chembur?» Javed blickte ihn von der Seite an. «Chembur stinkt. Da sind zu viele Fabriken.»

Manju spürte, dass er heiße Ohren bekam.

Danach sprachen sie erst wieder miteinander, als die Ali-Weinberg-Schule im Oval gegen die Fatima-Schule antrat. Am Nachmittag sah Manju seiner Mannschaft vom dunklen Spielerzelt aus beim Schlagen zu und war sich dabei bewusst, dass jemand auf dem Plastikstuhl neben ihm saß – jemand, der soeben sein weißes Hemd ausgezogen hatte und an einer Wasserflasche nuckelte.

Manju stand von seinem Stuhl auf und wollte das Zelt gerade verlassen, als eine Stimme hinter ihm sagte: «Ich habe ein Gedicht über dich geschrieben, Manju. Willst du es hören?»

«Halt die Klappe.»

«Wenn du es nicht hören willst, dann sieh es dir wenigstens an. Dreh dich um.»

«Nein», sagte Manju.

«Dreh dich um und sieh dir das Gedicht an, das ich für dich geschrieben habe», sagte die Stimme noch einmal.

Im Zelt war sonst keiner. Manju hörte das Geräusch eines Reißverschlusses.

Als er sich schließlich umdrehte, hatte Javed seine Hose ausgezogen und stand in einer weißen Unterhose da.

Und Manju bekam ein Gedicht zu sehen.

Außerhalb des Zelts schien weiter die Sonne, und das Match ging weiter, und die Erde drehte sich weiter; doch hier in der Dunkelheit zog «J. A.» sich bis auf die Unterhose aus, begab sich auf alle viere und ging in die Liegestützposition. Dann drehte er die Handflächen langsam nach innen. Er ächzte und spannte sich so sehr an, dass eine riesige Ader seitlich an seinem Arm hervortrat. Dann hob er die Zehen vom Boden: Nur seine Handgelenke hielten ihn jetzt noch. «Schau mir zu», sagte er. «Schau mir zu.»

Manju öffnete den Mund. Im Inneren des dunklen Zelts schwebte Javeds fast nackter Gegner über dem Erdboden – die Wangen aufgebläht, die Stirn mächtig angeschwollen. Manju wich Schritt für Schritt zurück, bis er mit dem Rücken dicht an der straffen Zeltwand stand und sich nicht mehr rührte, als hielte ihm jemand ein Messer an die Kehle.

***

Als Javed an diesem Samstag (Ali-Weinberg gegen Rizvi-Springfield) im Shivaji-Park den Ball schlug, schrie jemand in der Zuschauermenge – Mumbais urteilsfähigste Cricketzuschauer –: «Makad.» Affe. Im Jargon von Shivaji-Park war ‹Makad› eine Ehrenbezeichnung, die bedeutete, dass Javed ein guter Schlagmann, Bowler, Feldspieler und Läufer war – dass er alles konnte.

Über den Spitznamen musste Manju lächeln.

Am nächsten Tag ging er zu einem Paanshop am Chembur-Bahnhof, gab einem alten Mann eine Rupie, wischte den Hörer des gelben Münztelefons an seinem Hemd ab, wie sein Vater es ihn gelehrt hatte, und wählte eine Nummer.

Als jemand ans Telefon ging, fragte Manju, ohne seinen Namen zu nennen: «Ich weiß nicht, was mein Vater tun wird oder was dein Vater tun wird, wenn sie davon Wind bekommen, aber willst du von jetzt an mit mir trainieren?»

Nach einer kurzen Pause sagte die Stimme des Makad: «Wieso nicht, Mann?»

***

Als Atheist und Cricketspieler war Tommy Sir doppelt so abergläubisch wie andere Menschen. Was immer von einem Baum an der Uferpromenade in der Carter Road auf sein Haar gefallen sein mochte und ihm wie Quecksilber über Stirn und Nase gelaufen war, kam ihm sofort wie ein Zeichen des Himmels vor.

Und nicht zu Unrecht, denn Tommy Sir sah, dass es sich um eine Raupe handelte, ein kleines grünes Energiebündel, das jetzt bereits sein Kinn hinunter- und den Hals entlangkroch.

Der alte Scout war gerade von einer Besprechung zurückgekommen, in der er Anand Mehta ungeheure Neuigkeiten unterbreitet hatte: Radha Krishna Kumar würde für sechs Wochen nach England gehen.

«Nein, er geht nicht nach England!», rief der dicke Investor, der das entscheidende Stichwort noch nicht gehört hatte.

«Mit einem Stipendium?» Tommy Sir war endlich zu ihm durchgedrungen.

Jemand anderes würde dafür aufkommen? Liebend gerne.

«Der Gründer Ali hat mich angerufen und mir zu meiner exzellenten Arbeit gratuliert. Das hat keiner in der Mumbai Cricket Association je getan. Und dann hat er gesagt, er käme heute persönlich in die Schule, um ‹seinem Sohn›, dem jungen Meister Kumar, das Stipendium und sein Flugticket nach England zu überreichen. Das waren seine Worte. Er hat Radha seinen Sohn genannt.»

Tommy Sir las die Raupe von seinem Hals und betrachtete sie prüfend. Wie diese Beinchen sich bewegen, dachte er; was für ein Leben in dem Kerlchen ist. Wie ein von Van Gogh gezeichneter Wurm. Er hob sie vorsichtig hoch, um sie vor dem gewaltigen Hintergrund des Arabischen Meeres zu betrachten.

Das Sehvergnügen wurde von einer vorbeigehenden Gruppe bärtiger junger Männer unterbrochen, die weite, weiße Kleidung trugen. Tommy Sir vergaß die Raupe und beobachtete die Männer in Weiß gespannt. Es waren Muslime, die wahrscheinlich aus Uttar Pradesh kamen, dem kaum regierbaren Landesinneren. Hinter ihnen gingen ein halbes Dutzend Frauen, die von Kopf bis Fuß in schwarze Burkas gehüllt waren. Man bekam sie tagtäglich zu Gesicht: die größte Veränderung in Indien, die direkt vor den Augen eines jeden stattfand. Die moslemische Bevölkerung wuchs, sowohl was ihre Anzahl anbelangte als auch ihre religiöse Inbrunst. Nicht dass ihr nummerischer Zuwachs, der sich einer exponentiell höheren Geburtenrate verdankte, als solcher ein Problem für Tommy Sir gewesen wäre, der keine Probleme mit Christen oder Muslimen hatte. Zum einen bewahrte ihn seine universelle Misanthropie vor derlei kleinlichen Ressentiments (schließlich riechen alle Menschen), und zum anderen stellte sich die Frage, wer die leidenschaftlichsten Cricketspieler auf der ganzen Welt waren – Muslime! Trotzdem machte sich Tommy Sir, der zusah, wie die ganz in Schwarz gekleideten jungen Frauen den jungen, ganz in Weiß gekleideten Männern folgten, Sorgen. Er fürchtete, dass Fruchtbarkeit und Fundamentalismus *zusammen* in ungefähr zwanzig Jahren einen schönen großen Weihnachtskuchen für Indien backen würden. Burka hier, Fatwa da. Scharia für alle. Persönlich hielt Tommy Sir natürlich nichts von Analverkehr – normaler Sex war schon schmutzig genug, und allein der Gedanke an Männer, die es miteinander trieben, ließ ihn beinahe in Ohnmacht fallen –, aber dies ist ein freies Land, sollen die Typen doch heimlich tun, was sie wollen. Die Taliban jedoch begruben Männer bei lebendigem Leib zwischen Backsteinmauern, nur weil sie schwul waren. Was wird mit Burschen wie Pramod Sawant passieren, wenn die Fundamentalisten auch hier das Sagen haben? Viele Leute machen sich über derlei Dinge Sorgen, aber keiner wagt es, sie laut auszusprechen. Weil man dann sofort umringt und als Rassist tituliert wird. Wir Inder finden nie den richtigen Mittelweg, nicht einmal, wenn es um Toleranz geht.

Tommy Sir fiel plötzlich die Raupe wieder ein. Er blickte sich überall nach ihr um. Dass er sie nicht fand, war nicht schlimm: Sie war ein Zeichen gewesen.

An der Kalanagar-Ampel sah er ein großes Werbeplakat für eine Bank, auf dem stand: «Als Sachin Tendulkar davon träumte, der größte Schlagmann der Welt zu werden, so träumte auch Ajit Tendulkar davon». Doch wenn Tommy Sir konzentriert genug auf das Plakat blickte, dann veränderte es sich vor seinen Augen, und er las plötzlich: «Als Radha (und/oder Manju Kumar) davon träumte, der größte Schlagmann der Welt zu werden (oder die größten Schlagmänner), so träumte auch Narayanrao Sadashivaro Kulkarni davon, den alle unter dem Namen Tommy Sir kennen». Angst drang in seine Träumerei. Die Muslime aus Uttar Pradesh waren umgedreht und kamen auf ihn zu. Mit instinktiver Höflichkeit machte er ihnen Platz und ließ sie vorbei. Dann setzte er sich auf die Promenadenmauer und betrachtete die paar Meter Gewirr aus Felsen, Müll und abgestorbenen Bäumen, die das Meer von der Carter Road trennten.

Er lachte.

Nahe am Wasser kam stotternd schwarzes Wasser aus einem Rohr, und in dem Rinnsal Abwasser, das ins Meer floss, entdeckte er einen Krebs, der auf der Jagd war – mit smaragdfarbenem Rücken, schleimüberzogen, schillernd, mit vielen roten Armen, die sich bewegten, vielen bewegenden Plänen.

«Anand Mehta», sagte Tommy Sir, und blickte sich nach jemandem um, dem er den Witz hätte erzählen können, sah jedoch überall nur Muslime aus U. P.

***

Manjunath Kumar veränderte sich. Im Gesicht wurde er dünner, doch die Pickel wurden größer. Seine Augenlider waren jetzt schwerer als in seiner Kindheit. Er war noch nicht im Stimmbruch, doch sein Blick schien wie der eines Erwachsenen immer vor etwas zurückzuschrecken, was ihn soeben bemerkt hatte. Er hatte sich ein verschmitztes Grinsen angewöhnt und eine unerfreuliche, neue Art zu kichern. Während er weiterhin mit seinem Vater Kannada und mit seinem Bruder Hindi sprach, sagte er jetzt außerdem ganze Sätze auf Englisch. Er trug die ganze Zeit eine Baseballkappe, vielleicht, damit er, der nur 155 Zentimeter maß, größer wirkte. Er war schamloser und gleichzeitig verschlossener. Sobald er merkte, dass er beobachtet wurde, sei es von seinem Vater oder seinem Bruder, seiner Nachbarin, Mrs Shastri, oder auch nur, wenn gerade sonst niemand da war, von «B.B. Balasubramaniam», dem Namensschild seines Vermieters, das in die Tür gehämmert war, dann zog er seine neuen Eigenheiten sofort zurück und verbarg sich hinter einer düsteren Miene und Mürrischkeit – so als sei diese seine neue Persönlichkeit eines von den geheimen naturwissenschaftlichen Experimenten, die er in seiner Kindheit durchgeführt hatte.

Am Morgen stand er halb nackt vor dem Spiegel, blies die Backen auf, beugte die Arme und biss die Zähne wie ein Bodybuilder zusammen. Nichts. Manju drehte den Kopf hin und her und überprüfte seine Arme. Absolut nichts. Zwar hatte er kompakte Unterarme, dafür aber keine dieser sexy Adern, die auf einem Männerbizeps hervortreten sollten, wenn er die Muskeln anspannte. Er trat näher an den Spiegel, bis dieser von seinem Atem beschlug. Seine Zunge wurde länger und berührte sich im Spiegel. Dass er so schmeckte, hatte er sich immer vorgestellt: nach kaltem Glas.

Dann verschwand seine Zunge.

Das Dienstmädchen, das auf Knien den Boden wischte, hatte sich ins Schlafzimmer der Jungen vorgearbeitet; ihre schmalen Augen begegneten seinen im Spiegel.

Manju knöpfte sich das Hemd zu, ging ins Wohnzimmer, wo sein Vater mit Mrs Shastri sprach, die von allen Nachbarn die euphorischste war und wie üblich mit ihrem achtjährigen Sohn Rahul gekommen war, einem potenziellen Schlagmann.

«Nein, es reicht nicht, erst darüber nachzudenken, wenn sie sechs oder sieben sind. Sie müssen früher damit anfangen, in dem

Moment, da das Spermium ins Ei eindringt und die Zygote entsteht.»

Manju ging ans Fenster, von dem aus man auf die Backsteinmauer im Hof blickte, an der sie einst Cricket geübt hatten. Radha hatte sie vor einer Weile in einen Darbar-Saal umgewandelt, wo er vor Bewunderern aus der Gegend Hof hielt.

«Weißt du, was mir am besten gefällt, wenn ich mit einem Mädchen zusammen bin? Wenn sie frisch gewaschenes Haar hat und man sie im Arm hält und der Wind über ihr Haar weht und man den Shampooduft riecht, mmmmmh ...»

Hoch über seinem Bruder sagte Manju leise «Mmmmmmh», schloss dabei die Augen und atmete den Duft von frisch gewaschenem Haar ein, das nur in seiner Fantasie existierte.

«Was hast du mit deinen Augen angestellt, Aryan?»

Er schlug die Augen auf und sah, dass Radha jetzt die Augenbrauen seines Freundes berührte.

Der Junge, der Aryan hieß, erklärte, er sei beim Friseur gewesen und hätte sich die Augenbrauen «verdichten» lassen: Sie waren zu einem modischen Bogen gestylt.

«Mein Vater würde mich umbringen», sagte Radha und fuhr mit dem Finger über die Augenbraue des Jungen. «Aber wenn ich erst in England bin ...»

Radha blickte nach oben, sah Manju, tat aber so, als hätte er ihn nicht gesehen.

Immer mehr Leute sagten, Radha Kumars Gesicht ähnele dem seines Vaters, doch das auf den Kopf gestellte Dreieck aus grauen Augen und ausgeprägter Nase gehörte eindeutig zu seiner Mutter.

Manju sah, wie sein Bruder unten auf dem Hof angab, nahm den Tennisball, den sie fürs Training benutzten, und drückte ihn mit der rechten Hand, bis er warm war, und Manju wütend:

«*Behenchod*! Wir kommen zu spät!»

Er warf den heißen Ball zu Radha hinunter, sodass seine Bewunderer auseinanderstoben.

Fertig angezogen und mit ihren Crickettaschen auf dem Rücken kamen die Jungen ins Wohnzimmer, wo Mrs Shastri saß, die Hände auf dem Kopf ihres Sohnes, und ihren Vater anstarrte.

Mohan Kumar saß wortlos auf dem Sofa und betrachtete die blaue Wand über dem Fernseher.

«Er hat mir gesagt, dass ich den Jungen regelmäßig untersuchen solle, und dann ist er einfach –», sagte Mrs Shastri. «Er ist einfach ...»

Mohan Kumar hatte sich einen dichten grauen Bart über seinem Schnauzbart wachsen lassen, den er jedoch nicht als Bart betrachtete, sondern als Verlautbarung – es sei ein Protest gegen Tommy Sirs schrittweise Schmälerung seiner väterlichen Rechte. Mittlerweile konnte er nicht einmal mehr sagen, was er dachte: Doch wenn er sich über den Bart strich, wenn er sich auf die Lippe biss, dann wussten seine Söhne, was er sagen wollte.

Manju hatte bemerkt, dass sein Vater manchmal mitten im Satz innehielt, offenbar, um sich am Bart zu kratzen, und dann auf die Wanduhr blickte; manchmal pausierte er sogar mitten in einem alten Sprichwort. Zwei, drei Stunden am Stück lag er dann zusammengesackt auf dem Sofa, blickte entweder mit einem Stift in der Hand auf die Wanduhr oder versuchte, etwas auf ein leeres Blatt zu schreiben.

Manju fasste seinen reglosen Vater bei der Schulter und schüttelte ihn. «Appa, du tust es schon wieder. Hör auf damit.»

Mohan Kumar erwachte aus seinem Tagtraum, lächelte seinen Sohn an, als sei er ein Schulleiter, sah dann Mrs Shastri und ihren achtjährigen Sohn und setzte seinen Vortrag fort, indem er erklärte, warum nur Cipromycin, der Spürhund unter den Antibiotika, damit betraut werden könne, selbst die gerissensten Bakterien in einer infizierten Prostatadrüse verlässlich aufzuspüren und zu vernichten.

***

Die Schüler der Ali Weinberg International School hörten auf dem Schulweg die Bewohner in der Nachbarschaft aus den Fenstern rufen, ihr Schulgründer sei ein Betrüger, bevor sie die Fenster wieder zuknallten. Karim Ali hatte, je nachdem, mit wem man sprach, diese Ecke Bandras entweder erschaffen oder zerstört, was jedoch früher oder später das Schicksal eines jeden Vororts in Mumbai ist, nämlich, gleichzeitig erschaffen und zerstört zu werden. Es hieß, an diesem Ende von Bandra sei kein Platz für Wolkenkratzer: Karim Ali fand diesen Platz. Hatte er zu diesem Zweck katholische Witwen bedroht? Hatte er gegen die Baugesetze der Stadt verstoßen? Die Katholiken sind reich, sie werden überleben, und die städtischen Gesetze wurden erlassen, um übertreten zu werden.

Karim Ali war jetzt der Gründer Ali, Überbringer der neuen Aufklärung, Eigentümer des Ali's Educational Empire, bestehend aus Hochschulen für Medizin, Zahnmedizin, Journalismus und vielen anderen, zu denen jedes Jahr neue hinzukamen, dessen Kronjuwel jedoch für alle Zeiten die Ali Weinberg International School war (zusammen mit der Partnerschule Joseph P. Weinberg Memorial Institute of Lafayette, Mississippi) mit ihrem für Schlagzeilen sorgenden berühmten Cricketteam, in das Jungen aufgenommen wurden, die, wenn nötig, finanzielle Unterstützung bekamen und aus dem tiefsten Inneren der Slums rekrutiert wurden.

Heute stattete die unsichtbare Macht und lenkende Kraft der Ali-Weinberg-Schule seinen Cricketspielern einen außergewöhnlichen Besuch ab.

Alle fünfundsechzig Mitglieder der Junior-, Senior- und Reservemannschaften marschierten mit Coach Sawant in die Aula, wo ein kahlköpfiger Bantamgewichtler auf sie wartete. Er stand auf dem Podium, und die Deckenlichter schienen auf seinen glatten Schädel.

«Denkst du an das, was du mir versprochen hast?», flüsterte Manju. Radha, dessen Gesichtzüge angespannt und erwartungsvoll wirkten, lächelte höhnisch. O ja, er entsann sich, dass er in eine richtige Leichenhalle in England gehen und Fotos von den Leichen machen sollte, die seziert wurden: Das war das einzige Mitbringsel, das Manju haben wollte.

«Meine lieben Schlagmänner und Bowler», ertönte die Stimme des Gründers. «Aufgepasst.» Er hob herausfordernd die buschigen, graumelierten Augenbrauen, und obwohl seine Stimme ruhig klang, lag eine Spur Ärger in seinem entschlossenen Gesicht, als er die Jungen prüfend ansah.

«Meine lieben Schlagmänner und Bowler. In diesem Land gibt es nur zwei Probleme.» Er formte ein «V» mit den Fingern.

«Fundamentalismus, Terrorismus, Mangelernährung und dergleichen sind in Wirklichkeit keine Probleme, genauer gesagt sind sie auf zwei Faktoren zurückzuführen, über die selten gesprochen wird: erstens auf den Anti-Intellektualismus.» Die Zornesröte auf dem Gesicht des Gründers vertiefte sich.

«Meine lieben Schlagmänner und Bowler: Wir Inder werden mit jeder Generation dümmer. In standardisierten Lerntests schneiden unsere Kinder nur halb so gut ab wie chinesische Kinder. In diesem Land gibt es tatsächlich Menschen, die nicht wissen, ob Delhi nördlich oder südlich des Vindhya-Gebirges liegt. Nachdem ich viele Jahre lang in der Stadt Mumbai als Champion im Mehrzweckbau gewirkt habe, hat mich die dringende Notwendigkeit, den Anti-Intellektualismus zu bekämpfen, dazu gebracht, die Karim-Ali-Stiftung für akademische Exzellenz ins Leben zu rufen. Ihr alle gehört zu dieser großartigen Akademie, meine lieben Schlagmänner und Bowler. Intellektualität und Besonnenheit werden hier gelehrt. Wie passt Cricket da hinein? Dazu müssen wir das zweite Problem verstehen, mit dem Indien konfrontiert ist: Sensationslüsternheit. Anders gesagt, unsere indischen Medien, die der größte Witz sind.» Der Gründer blickte sich um.

«Meine lieben Schlagmänner und Bowler, haltet euch Folgendes vor Augen. Erstens: Unser Land ist nach einem Fluss namens Indus benannt. Zweitens: Der Ganges ist ein Fluss, der sechs Mal so viel Fassungsvermögen hat wie der Indus, und dennoch niedriger ist als der Amazonas, der hinsichtlich des Wasservolumens, das er von der Quelle bis zur Mündung transportiert, der mächtigste Fluss der Welt ist. Das sind die nackten, soliden Fakten. Warum kenne ich sie aus dem Effeff? Weil Fakten das einzig bekannte Mittel gegen das Übel der Sensationslüsternheit sind. Ich habe die beste Schule in Mumbai geschaffen, mit der besten Ausstattung, dem besten Lehrkörper, den besten Ressourcen. Trotzdem ignorieren uns die Medien und reden stattdessen lieber über die Cathedral School. Die Campion School. Die Ambani School. Die Journalisten in Mumbai werden uns erst zur Kenntnis nehmen, wenn wir sie mit dem füttern, wofür sie leben und sterben: Sensationen. Und die größte Sensation, die wir in diesem Land haben, heißt Cricket.»

Der Gründer schloss die Augen und öffnete sie wieder. Dann fuhr er fort: «Meine lieben Schlagmänner und Bowler, letztes Jahr haben wir zwei Mal gegen die Fatima-Schule verloren. Wir haben in der Giles Trophy mit 14 Läufen verloren und im Harris Shield mit acht Wickets. Meine lieben Schlagmänner und Bowler. Ihr könnt dieses Jahr nicht wieder verlieren: Ihr müsst für mich gewinnen. Wenn ihr dieses wunderbare Turnier für mich gewinnt, wird ganz Mumbai samt Presse, Radio und Fernsehen unserer neuen, aber bereits sensationell renommierten Schule applaudieren.»

Gründer Ali stand still da, auf seinen Lippen lag der Anflug eines Lächelns; er ließ die Spannung wachsen.

«Damit wir im Harris-Shield-Turnier Ruhm erlangen, habe ich beschlossen, einen neuen Kapitän für diese Schulmannschaft aufzubauen. Ich habe allen meinen Söhnen viele Monate lang beim Cricketspielen zugesehen und daraufhin beschlossen, dass der zukünftige Kapitän, der mit dem von mir vergebenen Stipendium nach England geht, ... Kumar ist.»

Die Jungen klatschten und skandierten: «Ra-dha, Ra-dha.»

Manju versuchte, Javed unter den zahlreichen Jungen ausfindig zu machen. Du hast gesagt, Radha schafft es nicht ins Team!

«Nein, nicht *der* Kumar», sagte der kahle Mann auf dem Podium und bedeutete den Jungen, still zu sein. «Nicht *der* Kumar.»

Manju suchte immer noch nach Javed; doch auf einmal schienen ihn alle anzusehen. Warum nur? Sein Herz begann, gegen seinen Brustkorb zu pochen. Als er sich offenen Mundes zum Podium umdrehte, sah er, dass Gründer Ali mit dem Finger direkt auf ihn zeigte. «*Dieser* Kumar geht nach England.»

Wenn sich Manjunath das Ereignis im Nachhinein vor Augen führte, konnte er sich nie daran erinnern, was er in diesem Augenblick zu Radha gesagt hatte, oder ob er überhaupt etwas gesagt hatte. Denn alles, was er noch wusste, war, dass er plötzlich neben Gründer Ali auf dem Podium stand; und als er nach unten blickte, sah er in dem Wirbel an Gesichtern dasjenige von Javed Ansari, das lächelte, und das seines Bruders, das nicht lächelte.

Dann hörte er, wie jemand sagte: «Mein lieber, bescheidener junger Sohn», und spürte eine väterliche Hand auf seiner Schulter.

«Meine lieben Schlagmänner und Bowler, ich habe diesen meinen bescheidenen Sohn viele Male den Ball schlagen sehen. Er hat mich nicht gesehen, aber ich habe ihn im Shivaji-Park gesehen, als er gegen die Anjuman-i-Islam-Schule unübertreffliche 237 Läufe erzielt hat, ohne auszuscheiden, und ohne dass er mich sah, habe ich seine erstaunlichen 163 Läufe bei 120 Bällen gegen die Ambani-Schule gesehen. Das war wirklich umwerfend! Dieser junge Sohn kann schlagen wie ein Engel, und er kann schlagen wie ein Teufel. Was mir an meinem bescheidenen jungen Sohn am besten gefällt, ist sein Herz, das so groß ist wie das eines afrikanischen Löwen. Dieser mein Sohn ist *khadoos*: Wenn er durch ein *Leg Before Wicket* ausscheiden soll oder durch ein *Caught Behind*, dann widerspricht er dem Schiedsrichter und weigert sich, die Schlaglinie zu verlassen. Das ist die richtige Einstellung. Das ist echter Cricket-Geist. Ich fordere meinen bescheidenen jungen Sohn Kumar jetzt auf: Geh nach England, lerne dort auf klassischem grünen Rasen die subtilen Geheimnisse des Crickets und komm als Supersensation nach Indien zurück!»

Mit diesen Worten zog der Gründer den Cricketspieler an seine Brust und umarmte ihn fest, während die Jungen jubelten und den Namen des richtigen Kumar skandierten, der weiterhin ein tief entsetztes Gesicht machte.

***

In Wirklichkeit hatte er bereits vor der Bekanntgabe des Stipendiats gewusst, dass Karim Ali ihn seit Wochen beobachtete. Die anderen Jungen hatten ihm gesagt, dass der Gründer zu den Cricketmatches kam – und gedacht, er beobachte Radha Krishna. Doch Javed hatte ihm zugeflüstert: «Du bist derjenige, dem er zusieht, Manju.»

Javed würde das Stipendium sicher nicht bekommen: Er hatte ein Gedicht über Karim Ali geschrieben, es ans Schwarze Brett gehängt und war eine Woche lang vom Unterricht ausgeschlossen worden.

«Gib heute dein Allerbestes», hatte Javed ihn während des Spiels gegen die Ambani-Schule gedrängt, bei dem Manju seine großen hundert Läufe erzielte. Manju wusste, dass er immer besser wurde: furchtbar gut. Wie beim Bergabrennen oder Bergabradeln, wenn eine Kraft, die viel größer ist als man selbst, einem dabei hilft, schneller und schneller zu werden. Er war ein Naturtalent. Hoch über Javeds Kopf sah er die goldene Frucht – England – und stellte sich auf dessen Schultern, um sie zu pflücken: Gründer Ali hatte es genehmigt.

Im Büro des Gründers wurde Manju umarmt, man bot ihm Chai an und erzählte ihm viele wichtige Einzelheiten über Militär, Moral und Wirtschaft in England – die sich meist auf das Jahr 1066 bezogen, das eine überaus wichtige Rolle in der Geschichte dieser bemerkenswerten kleinen Insel spielte. Mit dieser Faktenfülle über das Vereinigte Königreich im Kopf und einer warmherzigen Pressemeldung in den Händen schickte man ihn anschließend nach Hause:

Junger Schlagmann mit Schneid stellt sich Großbritannien
Pressekontakt: J. Satish
Corporate Relations, Karim Ali Group (022) 2390–3468

England!

Es traf ihn wie karmesinroter Farbstoff, der im Chemielabor auf ein trockenes Blatt fällt und ein Netzwerk aus Nerven und empfindlichen Enden freilegt: ein geheimes Leben.

England! Sechs Wochen in England! Ohne seinen Vater!

***

«Eines Tages kam ein Zauberer mit einem Elefanten in unser Dorf, Jungens. Ein Elefant in Ketten. Nur, dass man die Ketten nicht sah. Auch wir sind Elefanten in Ketten, wir drei Kumars. Und der Zauberer heißt Karim Ali. Er spielt mit uns. Er hetzt uns gegeneinander auf.» Mohan Kumar kratzte sich am linken Knöchel. Wie immer am Abend hatte er eine Fahne, die nach der väterlichen Mischung aus Hercules-Rum und Limca roch.

Der falsche junge Kumar beugte sich über das Waschbecken und spritzte sich Wasser auf die Wangen.

«Du hättest Karim Ali ins Gesicht spucken und das Stipendium sofort zurückgeben sollen!», schrie Mohan Manju an. «Du hättest nicht nehmen dürfen, was rechtmäßig deinem älteren Bruder zusteht!»

Radha, der wortlos am Esstisch gesessen hatte, nahm seinen Cricketschläger und ging zur Tür.

«Radha», sagte sein Vater flehentlich. «Radha, komm zurück,

wir schmieden einen Plan. Wir bringen Manju dazu, dass er das, was er gestohlen hat, zurückgibt –»

Bei diesen Worten hielt Radha inne und stieß mit dem Fuß ein Tischchen um.

Sein Vater wimmerte: «Der Vermieter behält unsere Kaution, wenn du so was tust. Er erwartet, dass wir die Wohnung sauber halten.»

Radha kam aus dem Flur zurück, hob das Tischchen auf und schleuderte es an die Wohnzimmerwand. Das war sein Kommentar zur Wohnungskaution.

***

Das Geräusch eines Gummiballs, der an die Backsteinmauer schlug, drang durchs Fenster. Doch Mohan Kumar hatte sich in der Toilette eingeschlossen.

«Javed», Manju flüsterte in das Festnetztelefon im Wohnzimmer, wobei er sich die schwarze Telefonschnur um die Finger wickelte und die Toilettentür beobachtete, «sie verlangen, dass ich das Stipendium zurückgebe.»

«Du Idiot», sagte Javed, «dass ich nicht nach England gehe, ist in Ordnung, aber du solltest unbedingt gehen. Du bist der Einzige, der dieselbe Wellenlänge hat wie ich. Lass dich von deinem Vater nicht verarschen. Soll ich kommen und deinen Vater verprügeln?»

Manju lachte ein Lachen, das schnell erstarb. «Aber Javed, das Stipendium steht meinem Bruder zu. Ich habe es ihm gestohlen.»

«So ein Quatsch», sagte Javed. «Du bist viel besser als dein Bruder.»

«Was soll ich jetzt tun?»

«Tun? Du hast doch schon alles getan. Du hast dein Stipendium. Wenn du in England bist, schick ich dir einen Brief, in dem steht: ‹Manju, mein Kleiner, vergnügst du dich eigentlich auch?› Du musst dich nämlich mal entspannen, Mann.»

Javed lachte, und Manju merkte, dass er bereits anfing, sich zu entspannen.

«Sag deinem Vater einfach, wenn du das Stipendium zurückgibst, wird Gründer Ali es Javed Ansari geben. Weil beide Moslems sind. Das nimmt er dir ab. Du bist nicht allein, Manju, denk daran. Du wirst nie wieder allein sein.»

***

England! Ein Tropfen meines Samens geht nach England! Sechs Wochen lang! Mohan Kumar schloss die Augen. Er träumte von dem Lateritbogen, den ein unbekannter König gebaut hatte, vom Sternenhimmel darüber und von den Ochsenfröschen, die auf dem Waldboden quakten. Tränen traten ihm in die Augen: ein vollständig bezahltes Englandstipendium! Mein kleiner Tropfen, mein kleiner Sohn! Er wollte seinen kleinen Manju umarmen.

Doch im Hof unten hörte er einen Gummiball, der an die Mauer schlug, und er musste die Augen öffnen.

Gegen Ende des letzten Jahres hatte Mohan Kumar beschlossen, Radha ein paarmal zu schlagen, weil sein Schlagdurchschnitt unter 40 gefallen war, doch Tommy Sir war eingeschritten und hatte Mohan erklärt, es sei nicht Radhas Schuld. Der ältere Sohn habe ein «Gewichtsverlagerungsproblem» entwickelt. Tommy Sir habe dies schon oft erlebt. Der Körper wachse so schnell, dass er seine eigene neue Schwungkraft noch nicht gewohnt sei. Radha sei in die Höhe geschossen; aus ihm werde gerade ein gut aussehender junger Mann; und das mache ihn für Cricket untauglich. Weil sein Körper dafür sorge, dass er mit einem Hüpfer in die Backfoot-Position ging, bewirkten dieselben Bowler, die er noch vor Kurzem durch den Park gejagt hatte, dass er am Ball vorbeischlug und sein Wicket zerstört wurde.

Manju dagegen sei kompakt geblieben. Er sei im Stimmbruch, doch körperlich wachse er nicht. Sein Schwerpunkt liege weiterhin tief. Denken Sie an Lara. Gavasakar. Tendulkar.

Doch Väter haben einen Plan und einen Vertrag mit Gott, und der Sprössling musste Plan und Vertrag folgen, und Manjunath war nicht derjenige, der dieses Jahr nach England gehen sollte. Mohan Kumar spürte, dass ein Nerv seinen rechten Arm hinunterzuckte. «Ich bringe das in Ordnung, Mohan», sagte er: «Lass mich das Stipendium aus dem falschen Sohn heraus- und in den richtigen hineinhämmern.»

***

In Bowral in New South Wales steht eine Backsteinmauer. Eines Tages tauchte ein Junge vor dieser Mauer auf und warf einen Tennisball dagegen. Der Ball sprang zurück, und er schlug ihn zurück an die Wand. Das tat er wieder und wieder, bis aus ihm Sir Donald Bradman, der berühmteste Schlagmann der Welt wurde.

Hinter dem Tattvamasi-Gebäude in Chembur, Mumbai, steht eine Backsteinmauer. Ein Junge hat einen Tennisball dagegen geworfen, doch hält er kein Schlagholz in den Händen. Der Ball prallt an der Mauer ab und trifft ihn seitlich am Hals. Er hebt ihn auf und wirft ihn wieder an die Mauer. Diesmal will er, dass der Ball ihn ins Gesicht trifft.

«Radha», sagte sein jüngerer Bruder. «Radha.»

Radha warf den Ball wieder an die Backsteinmauer, doch diesmal streckte Manju wie ein Verteidiger beim Fußball den Fuß aus und kickte ihn weit weg.

Radha blickte seinen jüngeren Bruder mit erhobenem Schlagholz an.

Und Manju wusste, dass er seinen Bruder nicht daran hätte hindern sollen, sich selbst zu verletzen; denn jetzt würde er andere verletzen.

«Als wir in Ghatkopar gegen die Fatima-Schule gespielt haben», sagte Radha, «bist du ausgeschieden. Leg Behind Wicket. Und zwar voll. Der Schiedsrichter hat dich weiterschlagen lassen.»

Radha machte einen Buckel und ein Koboldgesicht, um seinem jüngeren Bruder zu zeigen, wie er an der Schlaglinie ausgesehen hatte.

Oben im vierten Stock ging ein Fenster auf. Ein Mann mit Schnauzbart und einer hochgezogenen Augenbraue blickte nach links und nach rechts und fauchte:

«Alle können euch hören, Jungens. Die Nachbarn haben eine hohe Meinung von mir.» Mohan Kumar griff in sein Banian und kratzte sich über sein Brusthaar.

«Das stimmt nicht!», brüllte Radha seinem Vater zu. «Weißt du, wie sie dich hier nennen? Den verrückten Antibiotika-Uncle. Geh rein und trink noch ein bisschen Hercules-Rum.»

Mohan Kumar starrte erst den einen Sohn an und dann den anderen, nickte und machte das Fenster zu.

Eine Stunde später stand Manjunath ohne Hemd in seinem Schlafzimmer vor dem Spiegel, der von einer Neonröhre im Wohnzimmer beleuchtet wurde; vom Hof unten hörte er den Ball an die Backsteinmauer schlagen. Er drehte sich hin und her, betrachtete seinen nackten Oberkörper im Spiegel und spannte die Muskeln an. Vielleicht würden die Adern in England zum Vorschein kommen.

Während er halb nackt vor dem Spiegel stand, setzte sich ein Etwas aus drei Teilen Hercules-Rum und einem Teil Vater aufs Bett.

«Nur, weil Radha mich damals im Ballard Estate getreten hat. Weil er versucht hat, mich umzubringen. Gott hat mich bestraft. Ich glaube, Radha hat angefangen, sich zu rasieren, glaubst du nicht? Aber ein Vertrag ist ein Vertrag, und Radha war der Auserwählte. Manju, wenn du deinen Vater liebst, dann musst du Principal Patricia sagen, dass ein Irrtum vorliegt und dass sie Gründer Ali anrufen soll. Gleich morgen früh.»

Manju dachte «England»: Vor seinem inneren Auge sah er ein Flugzeug über den silbrigen Ozean und direkt zu einem britischen Seziertisch fliegen, an dem Grissom und Nick auf Agent Manjunath warteten, der ihre nächste Autopsie mit ihnen vornehmen sollte. Er drehte sich um und schrie seinen Vater an: «Ich bin nicht allein! Ich werde nie wieder allein sein!»

«Manju …», wimmerte sein Vater, «soll das etwa ‹Nein› bedeuten?»

***

Als Manjunath morgens aufwachte, hörte er einen Tennisball auf die Backsteinmauer im Hof prallen.

Während er sich die Zähne putzte, roch er Schweiß. Der vom Training durchgeschwitzte Radha stand an der Badezimmertür und sah ihm zu.

Plötzlich spürte Manju, dass ihn jemand fest in den linken Arm kniff: und nicht mehr losließ.

«Wenn ich dich weiter so kneife, geht vielleicht dein Schlagarm kaputt, Manju.»

Manju hielt den linken Arm regungslos; während er auf das fließende Wasser starrte, rann ihm Zahnpasta aus dem Mund.

«Hast du gestern Abend Javed angerufen? Hat er dir gesagt, du sollst mir das Stipendium nicht zurückgeben?»

Aus den Augenwinkeln konnte er sehen, dass sein Bruder mit dem Fingernagel an seinem Eckzahn kratzte.

Dann kniff Radha ihn noch fester in den linken Arm, so fest, dass Manju es fast nicht ertrug. Manju, der immer noch keinen Widerstand leistete, beugte sich vor, spuckte aus und spritzte sich mit der rechten Hand Wasser ins Gesicht: Er fühlte sich schwach, er hatte das Gefühl, fliegen zu können. Wenn Radha in seinen Nerv kniff, bis sein Arm nicht mehr zu gebrauchen war, könnte er denen in England sagen, Cricket kann ich nicht mehr spielen, aber ich kann forensische Wissenschaft studieren, und dann will ich bitte Mitglied Ihres Londoner *CSI*-Teams werden. Manju musste plötzlich lachen, und als das kalte Wasser ihn im Gesicht traf, lachte er nochmals.

***

Eines Morgens vor über einhundert Millionen Jahren hat Indien den Garten Eden verlassen und sich auf die Suche nach Tibet begeben. Eine V-förmige Landmasse namens Indien riss sich (anfangs von Madagaskar begleitet) von Gondwana los, einem urzeitlichen Kontinent voller Regenwälder und Dinosaurier, und beschloss aus irgendeinem unersichtlichen Grund, sich Südasien anzuschließen. Die nächsten 120–140 Millionen Jahre waren für diese V-förmige Landmasse natürlich überwiegend katastrophal.

Tommy Sir – der sich seit dem Tod seiner Frau am Samstagabend der Verbesserung seiner Zeichen- und Farbgebungskunst widmete – stand an der Staffelei und malte die geologische Geschichte des indischen Subkontinents. Seiner Ansicht nach war es eine tragische Geschichte. Acht Holztafeln waren bereits fertig und trockneten in einer Zimmerecke; jetzt ergänzte er die Details des gigantischen Vulkanausbruchs, der sich vor 65 Millionen Jahren auf dem Hochland von Dekkan ereignete und bei dem so viel Gas und Rauch freigesetzt wurden, dass der Himmel sich verdunkelte, die Erde erbebte und eine Eiszeit begann, die alle Dinosaurier tötete. Die Mexikaner sagen, ihr Yucatan-Meteor sei der Auslöser gewesen, was Quatsch ist: Unser Hochland von Dekkan hat den Tyrannosaurus ausgelöscht. Feuer und Schwefel. Der Nachweis des vulkanischen Wütens findet sich rings um Mahabaleshwar, wo Tommy Sir jedes Jahr allein wandern ging. Die Berge, die voller Furchen und Gesteinsschichten sind, bestehen aus Millionen von Tonnen erstarrter Lava; hier und da sieht man einen schartigen Gipfel, der wie der Rücken eines Stegosaurus gezackt ist, wie eine Trophäe, die die Dekkan-Hochebene von seinem berühmtesten Opfer behalten hat. Tommy Sir hatte in einem gigantischen Amphitheater aus konkaven roten Klippen gestanden und den Katarakt an Plastikflaschen und Zellophanmüll gesehen, den die Touristen in den Bergen hinterlassen – gebildete, englischsprachige Touristen aus der Mittelschicht –, und er hatte sich laut gefragt: Was ist mit dir geschehen, Mutter Indien? Was ist aus deinen Feuerfontänen geworden? Wie konnten wir zu einem so jämmerlichen Volk werden?

Nie hätten wir uns Asien anschließen sollen, nie. Wir hätten eine Insel vor Afrika bleiben sollen, ein unversehrtes Super-Madagaskar: Atlantis!

Um die Farbe auf seinen Vulkanen abzukühlen, blies er auf die Staffelei und ging dann ans Fenster, um auf Kalanagar hinunterzublicken.

«Heute Nacht scheint der Mond, Lata», rief er seiner Tochter in der Küche zu. «Und weißt du, was die Christen in solchen Nächten machen?» Er wartete nicht auf ihre Antwort.

«Draußen an der Bandrastrand-Promenade schnappen sie alle über. Jungen und Mädchen rennen ins Wasser hinaus und setzen sich auf die Felsen, küssen und kosen sich und machen Gott weiß was, und dann kommt die Flut und die Felsen werden überspült, und keiner kann mehr zurück – um gerettet zu werden, müssen sie den Krankenwagen rufen! Hörst du mir zu, Lata?»

Tommy Sirs Tochter Lata arbeitete bei einer Bank im Bandra-Kurla Financial Centre. Sie hatte Volleyball für den Bundesstaat Maharashtra gespielt, hatte aber mit dem Sport aufgehört, nachdem sie die Aufnahme in die Nationalmannschaft knapp verfehlt hatte (selbst wenn sie es in die Mannschaft geschafft hätte – ihr Vater hatte zu ihr gesagt: Was für eine Zukunft hat eine Sportlerin denn?). Sie kümmerte sich jetzt um Tommy Sirs kleinen Haushalt in Kalanagar und war anscheinend zufrieden damit, dies bis ans Ende ihrer Tage zu tun, obwohl ihr Vater ihr immer noch einmal pro Monat damit in den Ohren lag, einen Jungen zu finden, der ein festes Gehalt hatte, Religion und Aussehen spielten keine Rolle – zur Not ginge sogar ein Gujarati –, solange die Hände, Augen, Ohren, Nase, Beine und alles dazwischen funktionieren. Was könne ein Mädchen mehr wollen?

Unbegreifliche Jugend!

Im Hintergrund spielten im Radio alte Filmsongs. Lata wusch das Geschirr und summte dabei vor sich hin.

Tommy Sir holte eine Packung Zigaretten von seinem Schreibtisch, außerdem einen Manila-Umschlag mit Skizzen, Kriegskarten und Notizen auf Marathi, Urdu und Englisch. Der Titel lautete: «1761: Die Seele bricht aus der Umzingelung aus. Notizen für eine wahrheitsgetreue Schilderung der dritten Schlacht von Panipat». Lächelnd betrachtete Tommy Sir seine elegante Handschrift aus Jugendtagen – wie wunderschön wir Inder damals geschrieben haben – und entsann sich, dass dieses Projekt ihn einst mehr begeisterte als Cricket. Für den Kaiser Shivaji, den Peshwa Baji Rao und andere erfolgreiche Marathen hatte Tommy Sir nichts übrig: Historisch und geologisch erregte ihn nur das Scheitern. Denn nur das Scheitern – der richtigen Art – hat tragische Größe. Und fing sein Blut nicht an zu brodeln bei dem Gedanken, dass Schüler in ganz Indien über Panipat immer noch durch die Lektüre des unverbesserlichen Sir Jadunath Sarkar unterrichtet wurden, der die Marathen so niedermachte? Niemand wusste, wie nah die Marathen dem Sieg gekommen waren – nach fünfhundert Jahren verweichlichter Kapitulation vor Invasionen aus Zentralasien hatte eine indische Armee in Panipat beinahe den Sieg davongetragen. Es war wirklich knapp gewesen. So knapp wie der Zwischenraum zwischen Tommy Sirs Fingern. Nachdem die Marathen monatelang vom afghanischen König Abdali überlistet und zum Narren gehalten worden waren, nachdem sie sämtliche Alliierten verloren hatten und ihnen Geld und Nahrung ausgegangen waren und sie wochenlang passiv in einem Graben gesessen hatten, während die Feinde sie einkreisten und verhöhnten – mit anderen Worten, nachdem sie alles Menschenmögliche getan hatten, um ihre eigene Niederlage sicherzustellen –, beschlossen sie am 14. Januar 1761 kurz vor Morgengrauen endlich zu kämpfen. Und wie sie kämpften! Man kann darin leicht eine Ähnlichkeit zum indischen Test-Cricket von anno dazumal erkennen. Um zwölf Uhr mittags am Tag der Schlacht beauftragte Abdali, der von der Wildheit des Marathen-Angriffs wie betäubt war, seine Soldaten, seine Ehefrauen in Sicherheit zu bringen. Die menschliche Seele, die in einem Affenkörper feststeckt, und Mutter Indien, die in der Geschichte eines minderen Landes feststeckt, waren beide dabei, auszubrechen. Ganz knapp davor.

Tommy Sir, eine Zigarette zwischen Daumen und Zeigefinger, legte den alten Manila-Umschlag weg. Irgendwann dieser Tage, irgendwann dieser Tage. Doch jetzt – er zündete sich die Zigarette an und knipste die Lampe über dem Computer an – war es Zeit, seine Zeitungskolumne zu schreiben: «Manche Jungen steigen auf, manche gehen unter: Legenden des Bombay-Cricket und mein Beitrag zu ihrer Entwicklung: Teil 24».

Kaum hatte er zu schreiben begonnen, hörte er wieder auf. Seine Kopfschmerzen meldeten sich wieder. Er biss auf seine Zigarette und massierte sich mit beiden Zeigefingern die Stirn. Unter dieser angespannten Stirn war die gesamte Geschichte des Bombay-Crickets zusammengepfercht. Vijay Merchants Technik, Ravi Shastris Beharrlichkeit, Sunny Gavaskars *khadoos*. Man kann an die Zukunft glauben, muss aber die Vergangenheit verehren. Tommy Sir verehrte die gesamten 150 Jahre Bombay-Cricket, doch seit Kurzem tat ihm zunehmend seine Stirn weh.

Sein letzter Bluttest zeigte einen erhöhten Blutzuckerwert von 141. Sie müssen Stress so weit wie möglich vermeiden, hatte der junge Arzt im Lilavati-Hospital gesagt. Wie soll ich das anstellen? Sind Sie *verrückt*?

Zollten die Männer, die in Mumbai über Cricket entschieden, Tommy Sir nach vierzigeinhalb Jahren Dienst an diesem Spiel auch nur einen Funken Respekt? Selbst dem obdachlosen Mädchen, das vor einem Indian-Premier-League-Spiel vor dem Wankhede-Stadion gelbe Luftballons und blaue Perücken verkaufte, brachten sie mehr Respekt entgegen. Und warum? Weil Tommy Sir zwar viel wusste, jedoch nicht, wie man log, und schon gar nicht, wie man die eine große Lüge weiterverbreiten konnte, was heutzutage von jedem, der mit Cricket zu tun hat, verlangt wird, eine Lüge, die an jedem Spieltag zehn qualvolle Stunden lang von unseren Fernsehkommentatoren mit den Micky-Maus-Stimmen hervorgezogen wird: «Cricket in Indien hat nichts Anrüchiges.»

Der alte Talentsucher wimmerte: «Oh, mein Kopf, mein Kopf...» Das muss die Luftverschmutzung sein, dachte er, während er am Fenster seine Zigarette rauchte. Vielleicht war auch der Artikel daran schuld, den er morgens in der Zeitung gelesen hatte. In Chembur war ein Mann namens «Metro» Mahesh von der Polizei festgenommen worden, weil er unsaubere Geschäfte mit illegalen Wetten auf internationalen Cricketmatches gemacht hatte. Am Abend war er wieder auf freiem Fuß. Der Politiker, dem er sein Wettgeld geschickt hatte, rief aus Delhi an – oder aus Dubai, und versprach der Polizei, dass ihr Anteil das nächste Mal größer ausfallen würde. «Metro» Mahesh. Was für ein Name. Und er war nur einer von Tausenden, die überall in Indien, von Mumbai bis in die kleinsten Dörfer, in Bars, Hotels, Freizeitklubs und Polizeiwachen Wetten einsammelten. Das Schlimmste ist, dass die Öffentlichkeit davon weiß – alle wissen haargenau, was beim Wetten vor sich geht –, und es ist ihnen egal, sie kommen weiterhin zu den IPL-Spielen.

Oh, mein Liebling, mein Cricket. Abgekartet und verarscht.

Tommy Sir hätte am liebsten geweint.

Wie konnte all das, unser Schild und unsere Ritterlichkeit, unser Roncesvalles und Excalibur, zur anderen Seite überlaufen und Teil der großen Gemeinheit werden?

Er stützte beide Hände aufs Fensterbrett und lehnte sich hinaus. Es war bereits zu hören: das Flüstern und Feilschen, die Lügen und die Korruption hatten gerade erst begonnen, und bevor die

Sonne wieder aufging, würde Indien noch viele Male verkauft und gekauft werden, wieder und wieder. Tommy Sir konnte Scheiße in der Nachtluft riechen.

«Manjunath Kumar», sagte er und zog an seiner Zigarette. Als er den Rauch ausblies, sah er den Jungen wie auf einem Van-Gogh-Gemälde, lächelnd, von hinten beleuchtet, vor Meteoren und Sternschnuppen und fallenden Sternen, vor dem ganzen wirbelnden Universum, das nur darauf wartete, dass der Junge sich umdrehte und *sah*. In diesem Alter kann man überallhin gehen und alles werden.

«Manjunath Kumar», sagte der alte Talentsucher nochmals.

Doch als Tommy Sir den Blick von der Straße zum Himmel wandte, sah er den Vollmond und dachte an die Bandra-Bandstand-Promenade. Schaumschichten legten sich über die jungen halb nackten Körper, und in der Dunkelheit sah er drei Ziffern, die wie eine Belohnung für alles waren, was er im Leben verpasst hatte.

604.

Tommy Sir betrachtete die Glut seiner Zigarette. Mit einer schnellen Bewegung löste er die Sterne und Galaxien hinter Manjus Kopf auf.

Über vierzig Jahre habe ich darauf gewartet, und jetzt male ich dich besser, als Van Gogh es gekonnt hätte, mein kleiner Cricketspieler.

604.

Komm aus England zurück und stell mir einen neuen Schlagrekord auf.

Tommy Sir drehte sich vom Fenster weg und rief: «Ich komme jetzt in die Küche, Lata, ich warne dich. Wenn du fertig mit Spülen bist, will ich keine brennenden Lichter mehr sehen. Wie hoch war die Stromrechnung letzten Monat, kannst du mir bitte die genaue Zahl sagen?»

Er warf einen letzten Blick auf den Vollmond und drückte die Zigarette auf dem Fensterbrett aus.

***

Erst nach einem Monat fragte Radha: «Wie geht es Manju?»

«Er ist in England», sagte Mohan Kumar gähnend von seinem Bett aus.

«Das weiß ich, Vater», erwiderte Radha und schulterte seine Crickettasche. «Was macht er da denn so? Du telefonierst doch mit ihm.»

«Du hast gesagt, du willst nicht mit ihm reden. Ich hab dir das Telefon ans Ohr gehalten und gesagt: ‹Hier ist dein Bruder, sag was, frag ihn nach Schlagtipps vom English-County-Cricket›, aber du hast Nein gesagt.»

Als sein Vater aufstand und begann, von Manjus Leben in der Heimat des Spiels zu erzählen, sagte Radha nichts. Zur Veranschaulichung nahm Mohan Kumar einen der Schläger zur Hand, die neben dem Kühlschrank standen. Sieh her – dieser teuflische Duke-Ball, der tief bleibt, in der Luft zittert, Sachen macht, die er in Indien nie macht –, aber schau dir an, wie Manjus Handgelenke den roten Ball gefügig gemacht haben, ihn diszipliniert und seinen britischen Stolz gebrochen haben.

Radha ließ seinen sich lächerlich machenden Vater stehen, nahm einen Schläger und ging zum Training.

Die Wohnungstür seines Zuhauses hatte sich für Radha Krishna Kumar ein Leben lang in einen Tunnel geöffnet, der per Schnellzug zu einem Cricketmaidan oder einem Trainingsnetz geführt hatte.

Doch heute bog er auf dem Weg zum Bahnhof links ab und ging zu einem Ganapati-Tempel, in dem sich auch ein Cyber-Café mit einer schwarzen Glastür befand, vor der ein Berg Männerschlappen lag.

Radha zog seine Schuhe aus, stieß die schwarze Glastür auf, betrat das Cyber-Café und konnte sehen, was all die anderen Jungen auf Erden in ihrer Freizeit taten. Während er harte rote Bälle abgewehrt hatte, die sein Vater ihm ins Gesicht geworfen hatte, hatten die anderen offenbar ein Videospiel gespielt, in dem Cabriolets, durchtrainierte Frauen in Röcken und jede Menge Waffen vorkamen. Es hieß anscheinend *Grand Theft Auto (San Andreas)*.

Radha machte die Tür hinter sich zu, zog seine Schuhe an, nahm die Crickettasche und wollte gerade zum Training gehen, als plötzlich die Tempelglocken läuteten.

Sechs Wochen in England. Sechs Wochen *allein* in England.

Radha Kumar zitterte. Er ließ die Tasche fallen, bahnte sich einen Weg durch das dunkle Cyber-Café und fragte die Jungen: «Könnt ihr mir das Spiel beibringen?»

EIN JAHR VOR DEM AUSWAHLTAG

Beginn der zehnten Klasse

MANJUNATH KUMAR IST AUS GROSSBRITANNIEN ZURÜCK

Nach eineinhalb Monaten in Manchester, wo Manjunath Kumar auf die J. F. Browns International School ging – zum Unterricht und zum Cricketspielen –, ist er soeben nach Mumbai zurückgekehrt. Um aus dem richtigen Blickwinkel zu vermitteln, was Manju in England trieb, seien hier seine Beobachtungen wiedergegeben, wie er sie seinem Schultrainer Shri Pramod Sawant erzählt hat.

«Nach nur sechs Wochen kann ich bereits höchst selbstbewusst sagen, dass ich mich sagenhaft an England angepasst habe. Die Spielstandskarte spricht für sich. 1446 Läufe bei einem Schlagdurchschnitt von 45 können sich sehen lassen. Darüber hinaus bin ich auch zum Schulunterricht gegangen, wo ich die naturwissenschaftlichen Fächer und Mathematik besonders genoss. Zudem habe ich mich bemüht, jeden Tag englische Zeitungen zu lesen. Ich war in einem Planetarium und in zwei naturwissenschaftlichen Museen. Mein untertänigster Dank gilt Mr Karim Ali, der mir die außerordentliche Gelegenheit gegeben hat, die erbauliche Kultur Großbritanniens aus nächster Nähe kennenzulernen.»

Medienvertreter können den jungen Herrn Manjunath Kumar

im Cricket Club of India treffen, wo er eine Pressekonferenz abhalten wird.
Kontakt:
Shri Pramod Sawant, Cheftrainer
Shri N. S. Kulkarni, designierter Mentor

«Wie hast du den Alltag in England erlebt?»

«Es regnet den ganzen Tag, nicht nur während des Monsuns wie hier.»

«Wie war das Essen?»

«Der Käse riecht übel.»

«Das klingt, als hättest du Heimweh gehabt und wolltest schnell wieder in Amchi Mumbai sein.»

«Ich habe meinen Vater und meinen Bruder jeden Tag vermisst. Selbst in Großbritannien habe ich jeden Tag von Neuem zu Gott gebetet, dass meine Schule zu Ruhm gelangt.»

«Wie unterscheidet sich deiner Erfahrung nach das Cricket in Indien vom Cricket in England?»

«In England ist es nur ein Spiel.»

(Gut ausgedrückt.)

«Wirst du wieder nach England gehen?»

«Ganz sicher. Sobald ich für die indische Nationalmannschaft spiele.»

(Bravo!)

«Bist du englischen Mädchen nachgelaufen, Manju?»

«Manche Dinge sind zu privat.»

(Ha, ha, ha.)

***

«Ich muss sagen, er war brillant. Ein Naturtalent. Hat genau das gesagt, was sie hören wollten. Und alles mit einem komischen britischen Akzent namens Manc – das bedeutet Manchester Dialekt.

Das hat er auf der Pressekonferenz gesagt. Und außerdem: ‹Ich freue mich darauf, in der Kanga-Liga zu spielen. Unter tropischen Wetterbedingungen zu spielen, wird eine riesengroße Herausforderung.› Tropische Wetterbedingungen! Ein Junge aus dem Slum sagt all das auf Englisch!»

«Eine Pressekonferenz? Das hätten Sie mir sagen sollen, Tommy Sir. Ich bin jetzt Markenbotschafter für südaustralischen Rotwein in Indien. Erinnern Sie sich daran, dass ich einmal ein Flugzeug voller Kinder von Mumbai nach Bowral gebracht habe? Das hat in dem Teil der Welt Wunder gewirkt, sodass mein Name überall präsent ist. Wenn Sie mit mir gesprochen hätten, hätte ich auf dieser Pressekonferenz als Weihnachtsmann des südaustralischen Rotweins auftreten können.»

«Nächstes Mal. Denn raten Sie mal, wer Manju als Maskottchen möchte? Die ILP-Mannschaft Kolkata.»

«Großartig. Dann kann er gleich anfangen, mir mein Geld zurückzuzahlen.»

«Nein, nein, das erlaube ich nicht», sagte Tommy Sir mit drohendem Finger. «In seinem Alter sollte der Junge noch nicht mit der IPL in Berührung kommen. Da entwickelt er nur lauter schlechte Angewohnheiten. Bei all den ausländischen Cheerleadern. Heutzutage gibt es im Cricket zu viel Sex. Er ist noch ein Kind.»

«Cricket, Cricket, Cricket.» Anand Mehta gähnte ausgiebig. «Was für ein Zirkus.»

«Ein was?», fragte Tommy Sir.

«Die Slumkinder betteln mich um Geld an, Sie betteln mich an, ich bettele meine Kameraden an – Cricket ist nichts als ein Riesenzirkus.»

Tommy Sir ging, ohne sich zu verabschieden.

Anand Mehta strich sich mit einem Finger den Schnurrbart glatt und lächelte. Der alte Mann konnte einem leidtun – er war eine richtige Mimose. Man brauchte bloß schlecht über ein Spiel zu reden, das irgendwelche Schäfer im Mittelalter in Essex oder Doublesex oder sonst einem Sex erfunden hatten. Lächerliche Figur, dieser Tommy Sir: voller kindischer Ansichten, die er nie gegen die eines Erwachsenen eingetauscht hatte.

Eine entspannende halbe Stunde lang las er online über die Irrungen und Wirrungen der Ardennenoffensive 1944, schrieb dann eine E-Mail an eine alte Freundin in New York und suchte auf Twitter nach Nietzsche-Zitaten. Er klappte den Laptop zu, stellte ihn neben die Alkoholika zurück auf den Schreibtisch und ging dann zum Fenster.

Die in Richtung Nariman Point heranrollenden Meereswogen brandeten gegen das schwarze, felsige Ufer vor dem National Centre for the Performing Arts – danach bewegte sich das schäumende Wasser von Neuem, wogte vorbei an der niedrigen weißen Mittelmeermauer des NCPA, vorbei am blauen Glasgebäude der Indian Overseas Bank, vorbei am Arcadia-Gebäude (dem potthässlichen Corporation-Bank-Gebäude dahinter) und am Dalamal-Chambers-Gebäude. Und *die*, dachte Anand Mehta – diese Hochburg hirntoten Reichtums, die Festung der ungebildetsten Elite der Welt, ein Ort, an dem englische Wörter wie «swanky» und «entrepreneur» auf zehntausendfache Weise falsch ausgesprochen wurden –, ausgerechnet *die* lassen mich nicht rein. Die Brandung bewegte sich am Nariman Point vorbei und verebbte dann bei den mit blauen Planen gedeckten Hütten. Genau die Stelle, wo Ajmal Kasab am 26. November mit den Jihadis landete, um uns zu töten. Hätte er es doch nicht versaut.

Ich habe Central Park für dich aufgegeben, brüllte er auf die Stadt hinunter, *du Scheiß-Mumbai!* Anand Mehtas Geist war jetzt wie eine umgekehrte Bhagavad-Gita-Strophe: Weil er zu viel darüber brütete, was in seinem Leben schiefgegangen war, wurde er wütend; seine Wut mündete in Frustration; diese Frustration mündete in einen Drink; dieser eine Drink mündete in eine ganze Flasche 45-prozentigen Alkohols.

Draußen wurde es dunkel; er setzte sich mit einem bauchigen Glas Rotwein hin, nippte, spuckte ihn aus, durchwühlte auf der Suche nach Scotch seine Schränke – nicht Single Malt, nicht Blue Label, nicht Black Label. Er wollte indischen Scotch, ordentlichen indischen Scotch.

«Pressekonferenz», sagte er laut. Eine Pressekonferenz mit fünfzehn Jahren. Anand Mehta spürte wieder den Nervenkitzel, auf eine glänzende Kapitalanlage gesetzt zu haben: auf einen heranwachsenden Menschen. Auf den jungen Manjunath Kumar. In der einen Minute noch im Slum, in der nächsten in Eng(e)land. Mehta hatte eine Vision von einem großartigen milchigen Wasserfall, einem Katarakt von befreitem Sex, dessen bloßes Herabfallen zahlreiche Regenbogen gezeugt hatte. Dieser Slumjunge musste in England wie irre gevögelt haben. «Asha», brüllte er, «lass uns zu dem Jungen gehen und ihm gratulieren, unserem englischen Gentleman.» Doch dann fiel ihm ein, dass sie mit ihren Freundinnen bei einer Kitty-Party war. Er trank weiter.

Später am Abend wählte er Tommy Sirs Nummer und erreichte ihn gleich beim zweiten Versuch.

«Ich will meine Kapitalanlage sehen.»

«Wie bitte?»

«Meinen Man-cas-ter boy. Wo …?»

«Sind Sie übergeschnappt?», fragte Tommy Sir. «Wissen Sie, wie spät es ist?»

«Ich weiß, dass sie in Chembur wohnen. Aber wo in Chembur … Ich war mal da, aber ich weiß den Weg nicht mehr. Und Sie sind besser still und quatschen mir nicht in meine verdammten Geschäfte rein, Kumpel. Wo ist mein Mancaster?»

«Warten Sie damit bis morgen früh. Ich beschreib Ihnen den Weg, aber warten Sie bis morgen früh – versprochen?»

Minuten später war Mehta auf dem Weg nach Chembur, schielte auf Schilder, fragte lautstark nach dem Weg, versuchte sich zu erinnern, wie er das letzte Mal dorthin gelangt war – doch das war bei Tageslicht gewesen! –, während die Straße ihn foppte, zunehmend schlammiger und enger wurde und dann in die Autobahn mündete, neben der Bahngleise auftauchten und wieder verschwanden.

«Ich kann nicht glauben, dass du hier rumfährst», sagte er zu sich selbst und brach in Gelächter aus. Er führte weiter Selbstgespräche: Sieh dir alle die Häuser an, mit diesem beschränkten Siebzigerjahre-Beton und Moralvorstellungen aus dem neunzehnten Jahrhundert. Diese Betonhäuser sind alle hohl. Die fette Mittelschicht ist so was von hohl. Lasst uns diese Farce entlarven, dass die Inder ein ach so moralisches Volk seien, dass nur Ehepaare in guten Häusern wohnen sollen, dass Mädchen Jungfrauen sein müssen und Homos ins Gefängnis gehören, das ganze viktorianische hinduistische Strafgesetzbuch müssen wir abschaffen, eine Republik der Fotzen & Schwänze ausrufen und einen uneingeschränkten säkularen Sozialismus der Fotzen & Schwänze, und alle hier zwingen, verdammt noch mal im einundzwanzigsten amerikanischen et cetera Jahrhundert zu leben. Gott, wie er sich wünschte, er hätte ein bisschen Scotch auf die Fahrt mitgenommen, ordentlichen indischen Scotch.

Er fuhr langsamer, sah sich die Namen der Gebäude an, an denen er vorbeifuhr, bis – «Tattvamasi. Das ist es.»

Anand Mehta stieg aus, stolperte über einen Stein, fing sich wieder, frohlockend, und stand am Hauseingang. Er drückte auf die Klingel und ging die Treppe hinauf. Während ihn ein dunkelhäutiges Gesicht vom oberen Stockwerk aus beobachtete, wurde ihm nach und nach bewusst, dass er dabei war, sich in einer Ecke zu erleichtern. «Entspann dich», flüsterte er, zog seinen Reißverschluss hoch und ging weiter die Treppe hinauf.

«Hier entlang, Sir, hier entlang», sagte das dunkelhäutige Gesicht. Es trug ein Banian und Lungi und stand vor einer geöffneten Wohnungstür. «Es ist eine Ehre, Sie zu sehen, Wohltäter. Ich habe Ihren

Wagen erkannt. Es ist eine Ehre, dass Sie uns wieder besuchen kommen.»

«Wohltäter», sagte Anand Mehta lachend. «Sie wissen, wie Sie mit Ihrem Wohltäter reden müssen, guter Mann, guter Mann ... Wo ist mein Mancaster?»

«Er schläft. Soll ich ihn wecken? Und seinen Bruder Radha?»

Mohan Kumar führte den Gast in das Zimmer, in dem die Jungen schliefen, und machte das Licht an. Anand Mehta schlug die Laken zurück – der eine rieb sich die Augen, der andere blinzelte – und starrte sie an.

«Welcher war in England? Der hier? Oder der da?»

«Steh auf, Manju. Wollen Sie jetzt sehen, wie die beiden den Ball schlagen?»

Anand Mehta klatschte vor dem Jungen in die Hände, der sich bemühte aufzustehen.

«Sag was mit verdammt echtem, englischem Akzent.»

Manju, der nur Shorts trug, bedeckte seine Nacktheit mit den Armen und blinzelte. Als der Investor ihn zum zweiten Mal anschrie, sagte er mit leiser Stimme: «Guten Abend, Sir.»

«Lauter», sagte der Investor und legte die Hand trichterförmig über sein Ohr. «Mit dem echten Akzent. Kling wie Mancaster, Mancaster! Ist das nicht witzig? Der Junge ist ein kleiner Superman, das sag ich Ihnen. Ein Übermensch. Stimmt's, Mancaster?»

Radha, dessen Oberkörper ebenfalls nackt war, suchte sein Schlagholz.

«Sir, Sie beehren unser Zuhause genau zur richtigen Zeit. Radha hat sein Backlift und seine Schlagbereitschaftsstellung geändert. Er hat den ganzen Sommer daran gearbeitet. Führ's ihm vor, Radha, führ's ihm vor.»

Anand wischte sich über die Lippen. «Keine Cricketvorführung, verdammt noch mal. Ich will, dass der da sich mit mir unterhält, und zwar mit britischem Akzent. Ich spreche New Yorkisch, und du sprichst Britisch, du kleiner Scheißer. Mach schon, sprich.»

Er setzte sich aufs Sofa und starrte Manju an, der, die Arme über der nackten Brust zu einem X verschränkt, dastand.

«Entspannnn dich», lachte Anand Mehta. «In deinem Alter braucht man vor nichts Hemmungen zu haben, vor gar nichts. Was ist schon ein Schwanz, frag ich dich?» Er wandte sich grinsend an den Vater: «Ein Schwanz ist Folgendes: Wenn du ein Jugendlicher bist, ist er deine Männlichkeit. Wenn du ein Mann bist, ist er deine Jugendlichkeit.»

Beide Männer lachten, doch Mehta bemerkte den Gesichtsausdruck des Jungen.

«Warum starrt mich Mancaster so an?» Er zeigte auf Manju. «Sprich, du kleiner Scheißer. Glaub bloß nicht, du seist zu gut für mich und mein Geld. Sprich jetzt augenblicklich Britisch.»

***

Die Wohnungstür wurde verriegelt, und Manjus Vater versicherte seinem Sohn, dass Anand Mehta nicht wiederkomme. Trotzdem träumte Manju. Er befand sich in einem Wald ohne Wege, in dem alles im Mondlicht leuchtete und jeder hell schimmernde Ast ihn zu der Stelle am See führte. Es war der Traum, den er in England immer wieder geträumt hatte. Wie versprochen streckte eine Frau in der Dunkelheit die Hand nach ihm aus. Er untersuchte die Stelle zwischen Daumen und Zeigefinger und sah die Salpetersäurenarbe. Und obwohl Manju das Gesicht seiner Mutter nicht erkennen konnte, war er glücklich, weil er wusste, dass sie in dieser Nacht bei ihm war. Bis ein Vogel über ihn hinwegflog, sich wie ein Scherenschnitt vom Mond abhob und seine Mutter ihm ihre Hand entzog; dann bekam er Herzklopfen. Am Himmel war kein einziger Stern zu erkennen. Das war *Kattale*, die alte Finsternis. Sie war wieder da, und jetzt, da sie wusste, wie sie ihn erreichen konnte, würde sie immer wiederkommen: *Bleib hier. Du brauchst nicht nach draußen zu gehen und diesem Mann, Mehta, gegenüberzutreten: Bleib hier, Kapitän. Bleib drinnen.* Das kalte Seewasser schlug sanft gegen seine Füße, gegen seine Knöchel: Schon bald waren seine Lippen nass, und er erigierte. Manju wachte auf, drehte sich von Radha weg, leckte sich schnell über die Unterarme und masturbierte. Dabei achtete er darauf, sein Laken nicht zu beflecken, damit sein Vater nichts merkte.

***

Nach dem Frühstück schüttelte Radha nur nochmals den Kopf hin und her, als Manju weiter beharrlich erklärte: «Die Polizei weiß, dass wir Cricketstars sind. Sie wird uns zuhören.»

Die beiden Brüder verließen das Haus und gingen zum Bahnhof, doch nur einer hatte seine Crickettasche mitgenommen.

«Dieser Mann kann uns nicht so behandeln. Er darf uns nicht mitten in der Nacht aufwecken.»

«Nur weil du in England warst und jetzt einen britischen Akzent hast, bedeutet das nicht, dass du was Besonderes bist, Manju. Er bezahlt uns.»

Manju sah, dass der rote Griff des Schlägers, der über die Schulter seines Bruders ragte, ihn beim Gehen am Genick scheuerte.

«Was willst du denn tun, Manju?»

«Zur Polizei gehen und alles erzählen.»

Radha war stehen geblieben. «Zur Polizei? Der Engländer will zur Polizei gehen. Gib mir deine Hand. Gib mir deine fremdländische Hand.»

Manju hielt seinem Bruder die Hand hin, der sie fest drückte.

«Komm, Manju, wir gehen zusammen zur Polizei.»

Sie liefen Hand in Hand weiter. Als sie an einem Straßenbarbier vorbeikamen, lehnte sich Manju reflexartig zurück und betrachtete sich im Spiegel zwischen zwei Männern, die zum Rasieren eingeschäumt wurden. Das war zu viel für Radha: Mein Bruder, dachte er, ist wirklich eine kleine Schwuchtel.

«Manju», sagte er. «Ich mag Polizeigeschichten. Du auch? Gut. Manju, der Vater von einem Freund von Sofia, ein ACP, ein hohes Tier bei der Polizei, hat mir eine Geschichte erzählt. Hör zu. Er hat Sofia und mir erzählt, dass die Polizei von Mumbai jetzt ins Internet geht, auf diese Chatseiten. Auf Schwulen-Chatseiten, Manju.» Radha drückte die Hand seines jüngeren Bruders. «Erst freunden sie sich mit den Schwulen an, Manju, und fragen sie, ob sie Videos tauschen möchten, Pornovideos. Wir treffen uns vor dem Dadar-Bahnhof, sagen sie. In Ordnung, der Schwule bringt sein Pornovideo zum Dadar-Bahnhof, trifft den ACP, der ebenfalls ein Pornovideo dabeihat, sie tauschen, und wenn der Schwule dann nach Hause geht, macht der ACP den hier», Radha packte Manju, hielt ihn an der Schulter fest und rollte wie ein Stier die Zunge auf, sodass sie die Oberlippe berührte, «und sagt, das ist doch nicht etwa ein Pornovideo, das Sie da in der Hand haben, oder? Das ist doch nicht etwa ein Schwulen-Pornovideo? Ab aufs Revier, Schwuchtel, gehen wir. Dann bringen der ACP und seine Kollegen den Homo ins Gefängnis und sagen, sie würden ihn zehn Jahre einsperren und seiner Mama und seiner Frau erzählen, dass er kein richtiger Mann sei, nur eine Schwuchtel, bis er zu schwitzen und zu flehen anfängt und den Polizisten viel Geld bezahlt. Ist das nicht witzig, Manju? Engländer, ich hab gefragt, ob das nicht witzig ist. Hey, Manju, wo rennst du denn hin? Die Polizeiwache ist doch da drüben.»

«Du kannst mich mal», sagte Manju zu seinem Bruder. Er ging ein paar Schritte, drehte sich dann um und schrie: «Ich hab's dir weggeschnappt, Radha. Denk daran. Am besten immer abends vor dem Einschlafen. Und wenn es wieder ein Stipendium gibt, schnapp ich's dir wieder weg.»

***

Wenn Manju Schwierigkeiten hatte, rief er nun fast instinktiv Javed an. Nachdem er seinen Bruder hatte stehen lassen, hatte er beim Chembur-Bahnhof ein Münztelefon gefunden und Javed alles erzählt.

«Ich hab gewusst, dass der Investor nichts taugt, schon als ich ihn das erste Mal gesehen habe», antwortete Javed. «Welcher Mann mit Selbstachtung trägt schon ein rotes Manchester-United-T-Shirt? Hör mir zu, kleiner Manju. Nimm den Zug nach Navi Mumbai. Ich hab sowieso auf dich gewartet. Dann kannst du mir auch von England erzählen.»

«In Ordnung», sagte Manju, legte den Hörer auf und gab dem Ladeninhaber eine Rupie.

Dann passierte etwas Seltsames. Als er die Straße überquerte, hob der Verkehrspolizist, der ein weißes Hemd, Khakihosen und auf dem Kopf eine Topi trug, die linke Hand; in der rechten Hand hielt er eine Lathi, mit der er direkt auf Manju zeigte. Er machte einen Schritt auf den Jungen zu. Manjus Kehle hatte sich zusammengezogen. Mit Herzklopfen stand er mitten auf der Straße, bis das kalte Glas eines vorbeifahrenden Autorikscha-Spiegels ihn am Rücken berührte und er zusammenzuckte. Der Verkehrspolizist ging direkt an ihm vorbei und sprach einen Motorradfahrer an, der protestierte und ihn anflehte. Ach, dachte Manju, der Typ hat vergessen, seinen Helm aufzusetzen, deshalb hat der Polizist ihn angehalten. Jäger und Beute würden jetzt aushandeln, wie viel Schmiergeld der Motorradfahrer für sein Vergehen herausrücken musste. Manju begriff, dass die Lathi nie auf ihn gezeigt hatte. Trotzdem pochte ihm das Herz immer noch gegen die Rippen.

Wassertropfen fielen auf seine Nase. Er blickte zum dunklen Himmel hinauf. Er beschloss, sich nicht mit Javed zu treffen, und rannte stattdessen nach Hause, um seine Cricketausrüstung zu holen: Er würde bei einem Match der Kanga-Liga mitspielen. Heute würde er der Beste in Mumbai sein.

Denn Manju schlug jetzt den Ball, um sich zu schützen.

Die zehnte Klasse geht weiter: Die Kanga-Liga beginnt

Auch Mitte Mai, sogar noch Anfang Juni wird weiter Cricket gespielt: während der Hitze und der schrecklichen Tage, wenn in ganz Indien Streiks ausgerufen und Busse verbrannt werden. Bis zum sechsten oder siebenten Juni, wenn die Regenzeit anfängt und sagt: «Stopp.» Dann werden die Netze entfernt und die Steinwalzen in Abdeckplanen eingehüllt. Im Oval heben nacktbrüstige Arbeiter Berge von dunkler Erde aus der ehemaligen Cricketpitch, so als wollten sie ein Massengrab schaufeln.

Es regnet und schüttet, und die halb nackten Körper graben immer tiefer in Mumbai hinein.

Aber kaum einen Monat später sind die Cricketspieler wieder unter den Lebenden: Die Kanga-Liga hat begonnen.

Sie stehen in einer Vielzahl von Kreisen und hören einer Vielzahl von Trainern zu, die alle dieselben aufmunternden Reden schwingen. Krähen fliegen auf und stürzen vor dem Bombay-Gymkhana herab. Dutzende von Matches sind auf einem Maidan im Gange. Der Regen fällt immer dichter. Der Rasen ist sauer, und die Menschen sind sauer. Junge Männer rutschen aus, fallen in den Schlamm und stehen wieder auf. Es ist, als fließe die Lebenskraft von Mumbai City von der Straße in die Mittelschicht: wohlgenährte, viktorianisch weiß gekleidete Schulkinder legen sich wie Straßenkinder ins Zeug. *Stark ist der Donner, und stark ist der Blitzschlag, doch wir sind stärker.*

***

Hinter Mankhurd fuhr die Harbour Line an einem Slum nach dem anderen vorbei, Slums so trostlos und hoffnungslos, wie es das alte

Häuschen in Dahisar in Manjus Erinnerung nie gewesen war, vorbei an den dicht aneinandergebauten Häusern eines Projekts der Slumsanierungsbehörde, und dann in grüne Wildnis.

Danach kam eine Brücke und glitzerndes Wasser und in der Ferne eine neue Stadt: Navi Mumbai – New Mumbai.

***

Auf der Männer-Toilette im Vashi-Bahnhof betrachtete sich Manju im Spiegel, wusch sich das Gesicht zweimal mit Seife und überprüfte seine Frisur.

Direkt vor dem Bahnhof war eine gläserne Shoppingmall. Einen halben Meter vom Eingang entfernt, wo das Sicherheitspersonal mit Metalldetektoren wartete, stand ein Junge, der sich in der Glaswand bewunderte. Sein kräftiger Nacken war ausrasiert, und sein T-Shirt war so tief ausgeschnitten, dass seine Schultern vollständig entblößt waren.

In diesem Spiegel konnte Manju sehen, dass der Junge eine Pilotensonnenbrille trug und im rechten Ohr einen Goldring.

Er fing an, auf ihn zuzurennen.

Doch Javed hatte Manjus Spiegelbild im Glas gesehen: Er wartete, bis Manju fast bei ihm war, drehte sich um, packte ihn, und dann hielten sie einander lange fest.

***

Da Manju wusste, dass Javed ihn als Erstes fragen würde: Wie ist es in England?, wollte er ihm von dem Waldvogel erzählen. Hinter der Schule war ein Garten, und in dem Garten waren Rehe. Rehe? Ja. In England sind überall Rehe. Wenn Manju zum Cricket ging, blieb er immer stehen und beobachtete sie, und eines Tages hörte er ein Geräusch aus den Büschen dringen. Zwischen den Zweigen eines großen dunklen Buschs fand er einen Waldvogel, der wie ein ebenholzschwarzer Fötus reglos zusammengekauert in einem feuchten Nest hockte. Der indische Junge und der britische Vogel starrten sich eine ganze Minute lang gegenseitig an und fragten einander: Was machst du denn hier? Plötzlich schlug der Vogel mit den Flügeln und erhob sich über Manjus Kopf, sodass ihm fast das Herz stehen blieb – als wollte der Vogel ihn packen, wie der Vogel Roch, der Sindbad über die sieben Meere hob.

Doch Javed hatte seinen eigenen Vogel Roch gesehen: und ihn gefangen. Denn während Manju mit seinem großartigen Manchester-Stipendium unterwegs gewesen war, war Javed Ansari ebenfalls in ein fremdes Land gereist – ohne Indien zu verlassen.

Vor zwei Wochen hatte er seinen sechzehnten Geburtstag gefeiert. An jenem Abend hatte er, als er spät in der Nacht in Colaba allein am Bademiya-Hammel-und-Hähnchen-Kebabstand vorbeiging, einen jungen Mann gesehen, der auf eine bestimmte Art lächelte, einen jungen Mann mit blonden Strähnchen im Haar. Javed hatte sein Lächeln erwidert – und dann einen Finger gespürt, der ihm schräg über seinen in Jeans steckenden Hintern fuhr. Er hatte sich überrascht umgedreht: Der junge Mann stand jetzt hinter ihm, ohne sein Lächeln, mit geweiteten Nasenflügeln und freimütigem Blick. Ihm wurde klar, dass es sich um eine verschlossene Tür handelte, die geöffnet werden konnte und hinter der sich etwas verbarg – etwas von der Größe eines Ozeans und von derselben Turbulenz. Javed ging zu dem blonden Mann, verhandelte wortlos mit ihm und folgte ihm klopfenden Herzens in ein Privathotel hinter dem Taj und eine Holztreppe hinauf in ein Zimmer im dritten Stock, wo der blonde Mann einen Schlüssel ins Türschloss steckte und sagte: «Hereinspaziert», und als Javed zitternd das Zimmer betrat, roch er zum ersten Mal in seinem Leben, am frühen Morgen seines sechzehnten Geburtstags, das Meer.

***

Und nun ging Javed neben Manju her und hatte die Hand auf seine Schulter gelegt. Er lächelte gönnerhaft und fragte: «Na, wie war England, du Superstar? Wie ist das Essen da?»

Die beiden nahmen die Rolltreppe in der Shoppingmall.

Manju sagte: «Die Engländer essen permanent Käse.»

Javed setzte seine Pilotenbrille ab und steckte sie in die Brusttasche, um den Superstar besser sehen zu können. «So ein Quatsch.»

«Nein, im Ernst. Die Weißen essen zum Frühstück Käse und riechen den ganzen Tag danach.»

Javed lachte, nur kurz, aber so laut, dass ihm die Pilotenbrille aus der Tasche fiel und er sie mit beiden Händen auffangen musste.

«Manju. Warst du wirklich in England?»

Der Junge sah genauso aus wie vor seiner Abreise nach England, nur ein bisschen hellhäutiger, ein bisschen voller. Außerdem benutzte er eindeutig ein Deodorant.

«Gib mir den Hammer, Miss Moneypenny –» Manju breitete die Arme aus und sagte mit einer Stimme, die eine Oktave tiefer war: «Ich bin ein junger Sean Connery!»

Javed starrte ihn an.

«Auf dem Schuldach waren Arbeiter, die den ganzen Tag hämmerten und das dabei sangen.»

Javed probierte es aus: «Gib mir den Hammer, Miss Money… Wer ist Sean Connery?»

Jemand pfiff in eine Trillerpfeife. Kleine Frauen in blauen Uniformen standen neben den Rolltreppen; sie stellten sicher, dass kein junger Raufbold die Metallstufen hinauf- oder hinunterrannte oder sonst wie Panik in der Menschenmenge auslöste, in der viele waren, die eine Rolltreppe zum ersten Mal benutzten. Den Blick weiter auf die uniformierte Garde gerichtet, sagte Manju: «Du bist neulich nicht zur Kanga-Liga gekommen.»

«Scheiß auf Cricket. Warum kommst du mich erst heute besuchen?»

«Bei der Pressekonferenz hat man mir Komplimente über meinen Akzent gemacht.» sagte Manju strahlend. «Er heißt Manc und hat Knacklaute. Weißt du, was ein Knacklaut ist?»

«Klingt sexy», sagte Javed.

Er sagte das Wort so beiläufig wie möglich, sah aber, dass das Grinsen in Manjus Gesicht plötzlich verschwunden war und er den Atem anhielt: *Klingt sexy*.

Javed tippte an seinen Goldohrring und sah Manju an. «Bist du schon bei der Polizei gewesen? Hast du ihnen von dem Investor erzählt, dass er in eure Wohnung eingedrungen ist? So heißt das Delikt – ‹Home Invasion›. Hast du ihnen erzählt –»

«Nein.»

«Nein?»

Javed merkte, dass sich seine Ohren von selbst bewegten, wie immer, wenn er die Zähne zusammenbiss. Sieh dir Manju an: geht nach England, bleibt dort sechs Wochen, isst englischen Käse, atmet die schöne Luft – und kommt dann zurück und benimmt sich immer noch wie ein *Sklave*!

Die Rolltreppe war jetzt am höchsten Punkt der Shoppingmall angelangt. Dort befand sich in einem sogenannten Play Park eine Kegelbahn, wo sie ungestört reden konnten.

«Warum bist du nach England gegangen, Manju?»

«Ich war im Science-Museum und habe den *Daily Telegraph* gelesen.»

«Quatsch.» Javed berührte Manjus linke Wange mit dem Handrücken. «Du warst in der *CSI*-Leichenhalle. Um dir Leichen anzusehen.»

Manju zeigte schielend das Weiß in seinen Augen: Er blickte erst zur einen und dann zur anderen Seite und grinste schließlich. Klar wollte er dorthin, aber er war zu schüchtern gewesen, in Manchester einen Weißen nach dem Weg zur Leichenhalle zu fragen.

«Gott sei Dank. Sonst denken sie noch, alle Inder seien so übergeschnappt wie du.»

Am Eingang des Play Park stand eine Maschine mit Leuchtziffern; ein Junge schwang einen Hammer, und – bums! – leuchteten die Nummern hintereinander auf.

«Da kann man sehen, wie stark man ist», sagte Javed. «Willst du es ausprobieren, Kapitän?»

«Nein.»

Javed zeigte ihm die Videospiele: *Ghost Squad* («Nein»), *Police Squad 3* («Nein») und *Formel 1* («Nein»), und sagte schließlich: «Entspann dich, Kapitän, ich bezahl das. War das deine Sorge?»

Air-Hockey: eine Gruppe Jungen, die auf beiden Seiten des Tisches standen, schlugen auf etwas Kleines. Manju, der zuerst «Ja» gesagt hatte, ging näher an den Tisch heran, inspizierte die Jungen und sagte dann «Nein».

«Mann, leg endlich dein Ei. Du bist ja richtig etepetete geworden in England.»

Sie standen am Play Park und sahen den anderen zu, die ihr Glück oder ihre Geschicklichkeit an den Maschinen versuchten.

«Hast du drüben in England an deine Familie gedacht?»

Manju sah Javed in die Augen und sagte: «Kein einziges Mal.»

«Und hast du wirklich Cricket gespielt?»

Manjunath Kumar zeigte ein fast unmerkliches Lächeln.

«Nur wenn sie zugesehen haben.»

Javed grinste. «Vielleicht bist du doch auf derselben Wellenlänge wie ich.» Dann fragte er: «Wie geht es übrigens Radha? Auf welche Schule geht er jetzt?»

«Auf gar keine.» Manju drehte sich zu Javed um, und da er jeder Kritik an seinem Vater zuvorkommen wollte, fügte er hinzu: «Er kann jetzt nicht den Mädchen in der Schule hinterherlaufen. Er muss jeden Tag trainieren.»

«Und wenn dein Bruder es im Cricket zu nichts bringt?»

Manju sah zur Glasdecke der Shoppingmall hinauf, die rautenförmig war und von einem Metallgitter gestützt wurde.

«Mein Vater weiß, was er tut.»

«Manju, Manju, Manju ...», sagte Javed kopfschüttelnd. «Also ehrlich. Benimm dich nicht wie ein Dörfler. Neulich bin ich sechzehn geworden. Weißt du, was ich an meinem Geburtstag gemacht habe?»

«Mir gefällt es nicht, wie du über meinen Vater redest.»

«Weißt du, was ich am Abend meines Geburtstags in Colabe gemacht habe?» Auf Javeds Stirn trat eine Ader hervor; er beschloss, Manju alles zu sagen. Doch Moment mal. Da Javed keine Ahnung hatte, wie Manju reagieren würde – ob er zurück nach Hause rennen und schreien würde, Papa, Papa, der Typ ist schwul –, sagte er stattdessen: «Mach mal die Augen zu, Manju.»

Manju, der zu Ungehorsam nicht in der Lage war, machte die Augen zu. Javed berührte ihn. Manju, hielt, ohne etwas zu sehen, die Luft an, während ein Fingernagel über seine Bartstoppeln an der Wange fuhr.

«Du musst dich rasieren.»

Manju schüttelte den Kopf.

«Wegen deinem Vater? Immer noch?»

Manju sagte nichts, aber Javed hörte die Antwort dennoch. Als Manju, wie zu erwarten war, weglaufen wollte, packte ihn Javed an den Handgelenken, wütend vor Mitgefühl für diesen armen, ausgebeuteten Jungen, der in England gewesen war, aber immer noch Angst hatte, sich allein zu rasieren.

«Dann rasieren wir dich jetzt», sagte er.

Er brachte Manju zum Supermarkt unter dem Food-Court, kaufte einen Gillette-Einwegrasierer und eine Tube Rasiercreme zu achtzehn Rupien. Dann gingen sie auf die Herrentoilette im ersten Stock. Der Mann, der im Food-Court am Dosa-und-Idli-Stand arbeitete, wusch sich die Hände und starrte die Jungen an.

Javed stand mit dem Sicherheitsrasierer vor dem Spiegel und führte ihn vor: runter und rauf, runter und rauf. Zuerst von oben nach unten, siehst du? Javed nahm den Rasierhobel aus der Plastikhülle.

Der Dosa-und-Idli-Verkäufer lehnte an der Tür einer Toilette und fing an, dem Novizen nützliche Tipps zu geben.

Manju drehte sich um, weil er mit dem Mann sprechen wollte, doch Javed lenkte sein Gesicht zum Spiegel zurück. Wir wollen das hier zu Ende bringen. Er hielt Manjus Wange mit der linken Hand fest und führte den Rasierer über den Flaum. Erst nach unten, dann nach oben, dann wieder nach unten. Strich für Strich entfernte Javed Manjus Flaum und brachte ein strahlendes neues Gesicht zum Vorschein.

Dann hauchte Javed den Spiegel an, befeuchtete seinen Finger und schrieb:

Rosn sin rot
Veilchn sin blau
du bis n Riese
oda n Werkzeug

«Verstehst du, was das Gedicht bedeutet, oder soll ich's erklären?», fragte er.

Javed sah, dass Mr Knacklaut den Spiegel anstarrte und den Finger auf sein Spiegelbild zubewegte.

«Was machst du da? Fass den Spiegel nicht an. Du bringst mein Gedicht ja ganz durcheinander.»

Doch Manju berührte Javeds Spiegelbild und malte eine Linie auf seine Stirn.

«Javed.»

«Was?»

«Dir fallen die Haare aus.»

***

Auf dem Rückweg nach Mumbai lehnte sich Manju aus der offenen Zugtür und fasste sich mit der linken Hand an die glatt rasierte rechte Wange. Ein Zug kam entgegen. Im Frauenabteil hockten die Passagiere am Boden; eine Frau saß mit dem Rücken zu Manju, und er konnte die Hubbel ihres Rückgrats sehen, säuberlich abgegrenzt und wie ein höhnischer Vorwurf hervortretend. Er hätte gern die Hand ausgestreckt und sie angefasst. Einen Wirbel nach dem anderen, den ganzen Rücken entlang. Im nächsten Abteil standen zwei Jungen in weißen Schuluniformen und blickten ihn ebenfalls an; ihre Hemden blendeten ihn, als der Zug Fahrt aufnahm. Da es Manjus erste Rasur war, brannte sein Gesicht, wenn der Wind direkt darauf blies. Er trat einen Schritt von der offenen Tür zurück, ertrug es, solange er konnte, und schlug sich immer wieder auf die wunden Wangen. Plötzlich merkte er, dass er eine Erektion hatte, und presste seinen Penis an die Stahlwand des Zuges. Während er in einer Million kleiner Hormonfetzen explodierte, schrie er die Jungen an und die dicken Wirbel im Rücken der Frau.

***

«Was war, als du nach Hause kamst? Ich hab dir doch gesagt, dass Javed Ansari einen vollständigen Lagebericht erwartet.»

«Ich kam nach Hause und ging die Treppe hoch, und die Tür stand auf. Ich ging in die Wohnung. Er saß auf dem Sofa und las Zeitung.»

«Was hat er gesagt? Einzelheiten bitte.»

«Nichts. Er hat mich nur angesehen.»

«Wenn man in den Krieg zieht, braucht man als Erstes eine Karte. Wie viele Stühle waren in der Wohnung?»

«Am Esstisch standen drei. Ich hab mich darauf vorbereitet, es so zu machen, wie du gesagt hast, ich war bereit, mir einen Stuhl zu nehmen, ihn hochzuheben, in der Luft zu balancieren und zu sagen: *Wag es bloß nicht, mich anzufassen.* Aber stell dir vor, Javed. Er hat mich angeguckt und gesehen, dass ich mich rasiert habe, aber er hat kein Wort gesagt.»

«Und dann?»

«Dann kam Radha mit seiner Crickettasche herein, und wir setzten uns und aßen zu Abend.»

«Und keiner hat was gesagt?»

«Javed, heute Morgen habe ich mich wieder rasiert, und ich kann kaum glauben, wie mein Vater mich ansieht. Er hat *Angst*.»

Nach kurzem Schweigen verkündete Javed ruhig: «Meiner hat auch Angst vor mir. *Alle* haben sie Angst vor uns. Ich hab's dir gesagt, lies die *Farm der Tiere*. Manju. Das ist erst der Anfang meines Plans. Als Nächstes kommst du nach Navi Mumbai und triffst meinen Berufsberater. Einverstanden?»

«Einverstanden. Und noch was. Ich bin ins Bad gegangen und habe ein Gedicht geschrieben. Willst du es hören?»

***

Die Quadratwurzel von 181, multipliziert mit 11,1?

Die Hauptstadt von Frankreich?

Zeichne ein exaktes gleichschenkliges Dreieck.

Hinter dem Mann mit dem dicken Gesicht und dem schwach ausgeprägten Kinn hing ein gerahmtes Foto von zwei weißen Mäusen an der Wand, die aus einem Weidenkorb lugten und sich die Bildunterschrift ansahen: *Mein Leben ist nicht auf Ihre Vorstellungskraft beschränkt*. Eine kalte Glasplatte lag auf dem Tisch, der zwischen ihnen stand. Manju schob den Zettel mit seinen Antworten zu ihm hinüber. Der dicke Mann nickte, als er die Antworten las.

«Und was möchtest du mit deinem Leben anfangen?»

Manju hielt eine Visitenkarte in der Hand, die erste, die er je bekommen hatte – «Jignesh Seth, Berufs- und Studienberater: BEST CHOICE EDUCATORS – Die richtige Wahl in Bildungsfragen» –, während auf der anderen Seite des Tischs mit der Glasplatte Mr Seth seine Brille mit dem Zeigefinger zurechtrückte und auf eine Antwort wartete.

«Ich will Cricketspieler werden. Und im World Cup für mein Land spielen.»

«Das kam ja wie aus der Pistole geschossen.»

Manju zwirbelte daraufhin eine Haarlocke um den Zeigefinger.

Der Berater fragte: «Bist du ehrgeizig?»

Manju schüttelte den Kopf.

«Möchtest du berühmt werden? Hast du dich deshalb für Cricket entschieden?»

«Nein.» Manju dachte darüber nach und sagte: «Ich möchte gerne im Hintergrund bleiben.»

«Warst du da jemals?»

«Das hat mein Vater nie zugelassen. Aber es gefällt mir da.»

Der Berater nickte. «Du weißt nicht genau, was du willst. Fünfzig Prozent aller Menschen in diesem Land, das sind eine halbe Milliarde, sind unter fünfundzwanzig, und wir älteren Inder haben keine Ahnung, wie wir ihnen zuhören können. Javed hat mir von dir erzählt, und da habe ich gleich gesagt, bring den Jungen her. Ich höre ihm zu. Ich möchte für deine Generation die Mutter Teresa sein, die euch zuhört.»

Schweigen.

«Weißt du, wer Mutter Teresa ist?»

Manju betrachtete die weißen Mäuse auf dem Foto.

«Ich möchte versuchen, etwas gegen deine Befangenheit zu tun. Lass mich ein wenig von mir erzählen.» Der Berater lächelte.

«Dieses Büro, diese Tätigkeit, unterscheidet sich von dem, was mein Vater gemacht hat. Wir sind Gujaratis. Weißt du, was wir machen? Wir verdienen unser Geld mit Diamantenschleifen. Das hätte auch ich tun sollen, in einem Laden in Opera House: Doch eines Tages hörte ich eine Stimme in meinem Kopf sagen, Jignesh Seth, du schleifst die falschen Diamanten. Du bist dazu berufen, junge Menschen zu leiten – wie Mutter Teresa. Ich habe auf diese Stimme gehört. Ich verdiene nicht viel Geld, aber ich bin zufrieden und trinke nicht mehr. Lass mich dir also helfen, deine innere Stimme zu finden. Folgst du mir?»

Manju nickte.

«Erst einmal möchte ich, dass du mir etwas nachsprichst. Wenn jemand zu dir sagt, du *musst* dies tun oder das, du *musst* Geld verdienen, *musst* Cricket spielen, dann sag einfach: ‹Mein Leben ist nicht auf Ihre Vorstellungskraft beschränkt.› Das soll hier dein Motto sein. Sprich es mir bitte nach. Ausgezeichnet. Als Nächstes möchte ich, dass du in Gedanken Folgendes durchspielst: Mach die Augen zu und stell dir eine Zukunft vor, in der du die nächsten zwanzig oder dreißig Jahre Cricket spielst. Und dann sag mir, ob dir gefällt, was du siehst.»

Kaum hatte Manju die Augen geschlossen, dachte er aus irgendeinem Grund daran, was er am Abend zuvor in der Reality-Show «India's Got Talent» gesehen hatte: eine schlanke junge Frau mit Pferdeschwanz, mehreren Schichten Bauchmuskeln – und einem Silberring-Piercing im Bauchnabel.

Der Junge fuhr hoch: Auf der anderen Seite des Tisches schlug der Studienberater mit den Knöcheln auf die Glasplatte, wodurch Manjunath Kumar von dem fernen Planeten, auf dem er seine Erektionen hatte, auf unsere Erde zurücktransportiert wurde.

«Hat dir gefallen, was du gesehen hast, Manju? Das Leben eines Cricketspielers?»

Manju blickte unverwandt seinen Schuh an und sagte: «Ja, doch.»

Doch dann blickte er über Mr Seths Kopf hinweg auf das Foto von den weißen Mäusen und las nochmals den Spruch. Diesmal hatte er dasselbe Hochgefühl wie in dem dunklen Zelt, in dem er Javed halb nackt gesehen hatte, weshalb er, um den Berater auf sich aufmerksam zu machen, den Finger hob und fragte, ob er die Antwort, die er gegeben hatte, bitte noch ändern dürfe.

***

Eine Stunde später waren Javed und Manju wieder in der großen Shoppingmall in Vashi und spielten im obersten Stock Air-Hockey.

Auf einmal fragte Manju: «Bist du in einer *Bande*?»

«Woher weißt du das?»

«Das hat mir dein Berater gesagt. Er hat gesagt, sie heiße ‹Mad Max Rocker›. Er hat gesagt, ich solle mich fernhalten.»

«Ich hab gewusst, dass er ein Spitzel meines Vaters ist», sagte Javed und konzentrierte sich auf das Spiel.

«Scheißkerl», sagte Javed.

«Kann ich auch mitmachen?»

«Nein. Die ‹Mad Max Rocker› sind nur für Jungs mit Erfahrung. Nichts für dich.»

«Ich rasiere mich jetzt jeden Tag. Ich bin erfahren.»

«A-ha, A-ha.» Javed bekam Manjus Unterarm über den Tisch hinweg zu fassen, doch Manju riss sich los und trat zurück.

Die beiden rasten von der Mall zum Vashi-Bahnhof, und als Javed klar war, dass er verlieren würde, blieb er stehen und fing an, Luftgitarre zu spielen. Manju war gezwungen, zurückzukommen – und darum zu *betteln*, dass er bei dem Gitarrenkonzert mitspielen durfte.

***

Waaaaaaaaaaaaaa … Wah, Wah, Wah. Waaaaaaaaaaaa …

Er konzentrierte sich auf die Sea-Link-Brücke: Das weiße Drahtgeflecht über dem zentralen Brückenpfeiler vibrierte im Sonnenlicht wie eine gezupfte Saite – er konnte das Geräusch fast über das Wasser hören. Dann spürte er, dass Javed ihn am Unterarm berührte, wich zurück und ging weg.

Kokosnussstücke häuften sich am Ufer des Dadar-Strands; weiter weg trieben Ringelblumenblüten und Plastikmüll. Ein stiernackiger Brahmane, der bis zur Taille im Wasser stand, drehte sich ohne Unterlass im Kreis und zerstreute die Kokosnussstücke und die Blütenblätter jedes Mal, wenn er untertauchte.

Direkt hinter dem betenden Brahmanen führte «J. A.» auf den nassen Steinen – der Special Effects halber – einen Tanz von Freddie Mercury vor, der Dichter, Parse und schwul war. Javed hatte das Video gerade auf sein neues Handy heruntergeladen und rief pausenlos: «Waaaa, Waaaa, Waaaa.» Plötzlich hielt er inne und rief: «Hey, Knacklaut, soll das ein Boykott sein?»

Doch Manju hatte den Strand bereits verlassen.

«Am Vashi-Bahnhof gestern warst du wie Tarzan, und heute boykottierst du mich? Warum?»

Als Manju den Strand verließ und zum Shivaji-Park zurückging, ragten vier bleiche Beine mit Krallen unter einem schwarzen Taxi heraus.

«Ich boykottiere gar nichts.»

Die Bänke am Parkeingang stanken nach Melasse; in einer Pfütze lag ein Mann.

«Lüg mich nicht an», hörte er Javed sagen.

Doch als er gestern Nacht im Bett gelegen hatte und der Geruch nach Schweiß und Crickettraining vom müden Körper seines älteren Bruders zu ihm gedrungen war, als er ihn mit offenem Mund hatte atmen hören, hatten sich Zweifel in Manju geregt.

Warum ist er so nett zu mir? Vielleicht, dachte Manju, hat dieser Moslemjunge schon immer nach dem gegiert, worum dieses düstere Unternehmen der Cricket-Schirmherrschaft sich drehte: nach Manjunath Kumars Unterarmen – die wie die von Bradman und Tendulkar waren. Vielleicht wollte er sie sich ja wie ein Paar Kebabs schnappen und auf ihnen herumkauen. Und das Foto davon hinterher auf Facebook posten.

Manju sah ein Kondom auf dem Boden liegen und blieb stehen.

Er blickte sich nach Javed um, wartete neben einem der Steinobelisken am Parkeingang, klopfte vielsagend an den Stein und ging in den Park.

Dann machte er kehrt und ging zurück zu dem Schild, das am Obelisken klebte:

Professor Joshis Tutorials
ICSE, IB, SSC (Unterrichtssprache Englisch)
Anzahl der Schüler begrenzt (max. 10 pro Klasse)

Unter diesem Zettel klebte ein anderer Zettel:

Schwehdische Massasche
Erfahrener männlicher Massör
Nur bei privat
Mob. 9811799289

Und ganz unten auf dem Zettel stand in Javeds Handschrift der Satz:

DU BIST EIN SKLAVE

***

Am einen Ende des Maidan saßen die Cricketspieler auf Plastikstühlen im Schatten der Bäume; ihre Beinschoner und Handschuhe waren aus ihren Taschen gequollen und durcheinandergeraten. Manju zog sein Hemd aus, legte den Brustschutz an und dann die Unterarmschoner. Neben ihm tat der bis zur Taille entblößte Javed dasselbe.

Als die beiden Schlagmänner vollständig angezogen waren, gingen sie zu der grünen Cricketpitch. Auf einmal blieb Manju stehen, hielt sein Schlagholz hoch und brüllte, so als spräche er mit seinem Schläger:

«Ich bin kein Sklave, kapiert?»

«A-ha, A-ha.»

Manju sah Javed an.

«Hast du mich zu Mr Seth geschleppt und ihn beauftragt, mir all das zu sagen, weil du willst, dass ich aufhöre, Cricket zu spielen?»

Und wieder: «A-ha. A-ha.»

«Damit du meinen Platz in der Mannschaft einnehmen kannst?»

Javed hörte auf zu lachen und sah ihn an – dann warf er sein Schlagholz auf den Boden.

«Manju. Das ist meine letzte Saison.»

«Deine letzte Saison?»

«Ich hab's meinem Vater gesagt. Schluss mit Cricket.»

Also warf Manju seinen Schläger ebenfalls hin.

Im Mumbai-Ranji-Team gab es jetzt einen offenen Platz mehr für Schlagmänner der mittleren Schlagordnung. Diese Neuigkeit musste er Radha überbringen.

Manju bückte sich, hob seinen Schläger auf und den von Javed gleich mit. Eine Frau in einem ockerfarbenen Sari trat zwischen die beiden.

«Warum?»

Der Schiedsrichter klatschte in die Hände. «Diskutiert das im Zelt, nicht in der Pitch.»

«Das glaub ich dir nicht», sagte Manju so, dass alle es hörten.

«Timed Out, Schiedsrichter – geben Sie ihnen ein Timed Out!»

«Hör mal», sagte Javed zu Manju, «glaubst du wirklich, ich lüge dich an? Hab ich das je getan?»

«Nein», sagte Manju und versuchte, ihn zu verstehen. «Aber was willst du denn machen, wenn du kein Cricket mehr spielst?»

Javed antwortete Manju und brüllte dann die Feldspieler so unflätig an, dass sie still waren.

Manju stand als zweiter Schlagmann mit offenem Mund am Bowler-Ende der Pitch. Hinter sich hörte er die Füße des Fast-Bowlers auf den Boden aufschlagen. Jenseits des Parks flatterte ein safrangelber Siegeswimpel auf dem Veer-Savarkar-Denkmal. Drei Straßenkinder hatten die Slips-Absperrung bereichert; während der Wickethüter sie fortscheuchte, versuchte ihre Mutter, dem Schiedsrichter Orangen zu verkaufen. Ein junger Mann mit Kajal um die Augen hoppelte im Shivaji-Park herum und sang dabei im Falsett. Manju hatte derlei noch nie bei einem Cricketspiel gesehen.

Und als Javed Ansari, der jahrelang der eleganteste junge linkshändige Schlagmann in Mumbai war, grob nach einem Wide-Ball schlug und daneben traf, was ihm Gekicher von den Feldspielern und eine Bemerkung vom Schiedsrichter einbrachte, da wusste Manju ein für allemal, dass Javed keine Lügen erzählt hatte (und Manju auch nie anlügen würde). Um sein Lächeln vor der restlichen Welt zu verbergen, hob er den Kopf und sah den safrangelben Siegeswimpel im Wind flattern – wie Javeds Antwort auf seine letzte Frage:

Alles.

***

«Dieser Mohammedaner-Junge sagt dauernd zu Manju, er soll Cricket aufgeben und aufs Junior College gehen. Naturwissenschaften! 2500 Rupien Laborkosten. 1500 Rupien für eine Sezierkiste. Um Kakerlaken aufzuschneiden! Dieser Mohammedaner-Junge hat Ärger mit der Polizei, wissen Sie. Er hat eine Rockerbande, und eines Tages haben sie Ganja geraucht und sind auf ihren Motorrädern mit voller Geschwindigkeit durch Navi Mumbai gefahren. Ohne Führerschein über rote Ampeln. Sein Vater ist reich und musste die Polizei bestechen, damit sie ihn laufen ließen. Der große Dieb läuft frei herum.»

Als Mohan Kumar wieder zu Hause in Chheda Nagar war, berichtete er seiner Nachbarin Mrs Shastri, die sich abermals mit ihrem Sohn, dem Möchtegern-Cricketstar Rahul, in die Wohnung der Kumars vorgewagt hatte, ausgiebig von einem Übel namens Javed Ansari.

Anhand dessen, was Tommy Sir und Radha ihm erzählt hatten, hatte Mohan Kumar in seiner Vorstellung ein vollständiges Bild von Javed kreiert, und seine blühende Fantasie verlangte nun nach Metaphern und Symbolen, nach denen er sich jetzt in dem Zuhause umsah, das er für seine Söhne erschaffen hatte. Heureka! Als Mohan vor vielen Jahren eines Sommers in seinem Dorf in den Westghats vor dem größten Bungalow weit und breit stand, der Dienstresidenz des amtierenden Bezirksrichters, hatte er gesehen, dass die Büsche neben dem Tor bebten. Ein braunes, pelziges Etwas kam hervor und sprang auf die Mauer des Anwesens: ein Mungo. Mohan, der eine abgrundtiefe Abscheu vor Nagetieren hatte, trat einen Schritt zurück, konnte sich jedoch von dem Anblick nicht losreißen und beobachtete das Kerlchen, das beinahe wie ein Mensch das Gelände sondierte, erst die eine Seite, dann die andere, und dabei mit seinem riesigen Schwanz hin und her schlug. Hinter ihm wartete ein anderer, ängstlicherer Mungo, bis sein Anführer sich umdrehte und mit dem Kopf nickte, um sodann auf das Tor zu springen und mit ihm zusammen in den Garten des Bezirksrichters einzufallen.

«Ja, dieser Ansari ist ein Mungo. Ein gerissener, pelziger Mungo, und nur eine Schlange kann unsere Familie jetzt noch retten – eine Schlange», erklärte er Mrs Shastri, die beide Hände um den Kopf ihres Sohnes gefaltet hatte und nickte.

***

Als das Cricketmatch beendet war, fuhr Javed mit Manju im Taxi bis zum Horniman Circle in der Stadt. Er sagte Manju nicht, wohin sie fuhren, sondern erklärte stattdessen ausführlich, warum er das Spiel aufgegeben hatte.

«Heutzutage ist das alles Pro-pah-gan-dah.»

«Was soll das sein?», fragte Manju.

«Pro-pah-gan-dah», erwiderte Javed. «Alles ist Firmen-Pro-pah-gan-dah. Die Tatas schlagen den Ball, Reliance bowlt. Cricket ist nichts als Gehirnkontrolle; und keiner wird das Gehirn von Javed Ansari unter seine Kontrolle bringen. Du warst zwar in England, aber ich habe dafür sechs Wochen lang nachgedacht.»

Die Rädchen von Javeds Crickettasche ratterten über die Straße; Manju ging einen halben Meter hinter ihm, die Crickettasche über die Schultern geschlungen. Sie waren jetzt in einer überfüllten Nebengasse des Forts. Das Rattern hörte auf: Javed hatte sich eine Zigarette angesteckt.

Er drehte sich lächelnd herum und blies den Rauch durch den Mundwinkel. «Ich hatte mal einen Bruder. Einen großen Bruder.»

«War er auch Cricketspieler?»

«Nein! Dafür war er zu klug. Usman war fünf Jahre älter als ich. Eines Tages ist er aufs Dach unseres Hauses gestiegen und heruntergesprungen.»

Manju erschauderte und wich dem Rauch aus.

«Gesprungen?»

«Ja. Usman war ein großartiger Typ und noch dazu witzig. Er wollte seinen Spaß haben, aber man ließ ihn nicht. Mein Vater hat ihm hinter unserem Haus einen Schrein gebaut. Jetzt aber Beeilung.»

KAJARA-ZEMENT stand auf dem Schild über der dunklen Tür zum Treppenhaus. Schon hörte Manju Javed dröhnend die Stufen hinaufsteigen.

Er folgte ihm nach oben.

Unter einem gerahmten Schild, auf dem stand: *Drogen und Alkohol haben in der Gesellschaft nichts verloren*, saß eine Frau mit Halbbrille. Sie stützte die Ellenbogen auf ein aufgeschlagenes Buch und blickte Manju über ihre Brille hinweg an. «Mach hier keine Dummheiten», sagte ihr Blick.

Hinter der Frau war noch ein Korridor; Manju konnte drei blaue Türen sehen, auf die eine Reihe weiterer blauer Türen folgte. Eine davon stand offen; Manju schaute hinein und erhaschte einen ersten Blick auf den menschlichen Schutt, der sich unter dem Mumbai-Cricket immer höher auftürmte.

Am Fenster stand ein großer, knochiger Mann mit einem Spitzbart und blickte auf den Horniman Circle. «Hast du mir was mitgebracht, Kamerad?», fragte er, und Manju dachte zuerst, die Frage sei an ihn gerichtet.

In einer anderen Ecke des kleinen Zimmers schwenkte Javed ein Päckchen Zigaretten und warf es zum Scherz provokant in die Luft ... Kaum hatte der knochige Mann das Päckchen aufgefangen, klatschte er beide Hände wieder aufs Fensterbrett, als sei er in ständiger Gefahr, umzufallen.

«Manju», sagte Javed, «das ist Shenoy.»

«Welcher Shenoy?», fragte Manju und sperrte dann staunend den Mund auf. Der schnellste Ball ...? Javed nickte.

> **Manche Jungen steigen auf, manche gehen unter: Legenden des Bombay-Crickets und mein Beitrag zu ihrer Entwicklung, Teil 21**
>
> Datum: 4. September 1996. Ort: Bombay Gymkhana, Tag der Spielerauswahl. Ein junger Mann kommt zum Wicket gedonnert, kreist mit den Armen und bowlt einen Ball. Damals gab es noch keine Geschwindigkeitsmesser – aber alle, die ihn gesehen haben, glauben, dass es der schnellste Ball war, der je in unserer Stadt gebowlt wurde. Wer war der Junge? T. O. Shenoy. Und wer hat sein Talent entdeckt?

Der ehemals höllenschnelle Shenoy zündete ein Streichholz an und blickte Manju von der Seite an. Manju kannte den Blick: Erschöpfung, die daher rührt, dass man tagein, tagaus Leute treffen muss, die mehr von einem wollen, als man von ihnen will.

Waaa-waaa-waaa! Javed gab seine Freddie-Mercury-Tanznummer zum Besten; Shenoy ging zum Bett in der Zimmerecke, legte sich hin, rauchte und spähte durch die Augenwinkel zu ihnen herüber.

Die blaue Tür quietschte. In der einen Hand die Brille, mit der anderen den Zigarettenrauch wegwedelnd, trat die Frau ins Zimmer. «Wer hat hier Zigaretten mitgebracht? Dieser Junge ist ein fast trockener Alkoholiker.»

Hinter ihr legte Javed, der sich mit einem leicht schuldbewussten Lächeln an die Wand drückte, den Finger an die Lippen. Er sah aus, als wäre er plötzlich geschrumpft und hätte sich in ein kleines, verängstigtes Nagetier verwandelt.

«Ich hab die Zigaretten mitgebracht», sagte Manju.

«Schäm dich – geh raus. Ich hab doch gesagt: Dieser Junge ist ein fast trockener Alkoholiker.»

Bis sie auf der Straße in Sicherheit waren, sagten sie nichts. Dann lachte Javed. «Ganz schöner Drachen, was?»

Manju musterte Javed von Kopf bis Fuß. Und wünschte sich plötzlich, er hätte nicht gelogen, um diesen grinsenden, unerträglichen Angeber zu beschützen.

In der Mitte des Horniman Circles spazierten sie durch den feuchten Garten, in dem lauter Blumen und dunkle Blätter waren und Krähen, so groß wie Adler. Direkt vor ihnen schimmerte eine Reihe klassischer griechischer Säulen zwischen dem Bambusdickicht hindurch: der Lesesaal der Asiatic Society, zu dem eine ausladende Freitreppe hinter dem Garten hinaufführte.

«Wie ist Shenoy hier gelandet?», fragte Manju, während er Javed die Stufen hinauffolgte, die zu einer schwarzen Tür führten.

«Auf dieselbe Art, die dir bevorsteht, wenn du das Cricket nicht aufgibst. Dann kommt der fette Drachen jeden Tag zu dir und faucht dich an. Steig jetzt aus, Manju.»

Auf der obersten Treppenstufe setzte sich der eine Cricketspieler hin, und der andere blieb stehen.

«Ich?» Manju starrte ihn an. «Du warst doch derjenige, der mir gesagt hat, ich solle mein Allerbestes geben, damit ich nach England gehen kann.»

«Ich habe mich weiterentwickelt, Manju. Du bist zurückgefallen, Cricketspieler.»

«Halt den Mund», sagte Manju.

«Tata schlägt, Reliance bowlt. Mehr ist es nicht», schimpfte Javed.

Und Manju dachte, er könne jetzt endlich Javeds Gedanken lesen: Wo andere ein Test-Match oder One-Day-Cricket oder Twenty20 sahen, sah Javed nur eine Runde dicker reicher Männer, wie die glänzenden schwarzen Vögel, die mitten im Bandra Talao im Kreis sitzen.

Javed gähnte.

«Hier in die Bibliothek komme ich immer, um Gedichte zu schreiben. Willst du ein Gedicht mit mir schreiben?»

Manju biss sich auf die Lippe. Er setzte sich hin.

«Kannst du mit einem Gedicht zaubern?»

«Solche Gedichte schreibe ich nicht. Meine erzeugen Hirnwellen und Geistesblitze.» Javed zwinkerte. «Doch zuerst musst du die richtige Wellenlänge haben. Zuerst musst du Rhetorik lernen.»

«Rhe-was?», fragte Manju.

Javed hatte in seiner Tasche zwischen den Crickethandschuhen und dem Unterleibsschutz ein grünes Notizbuch versteckt. Er holte es hervor und blätterte es schnell durch, während Manju ihm über die Schulter schaute – Skizzen von ihren Lehrern und Mitschülern von der Ali-Weinberg, handgeschriebene Verspaare; dann kam er zu einer Seite, bei der er mit den Fingern schnalzte und sich dann zu Manju umdrehte: «Lies das.»

Manju beugte sich vor und las:

Meine Rhetorik
Javed Ansari

Analogie: Wie der Tiger im Dschungel mutig ist, so ist der König tapfer in der Schlacht.
Vergleich: In der Schlacht war der König so mutig wie der Tiger im Dschungel.
Gleichnis: In der Schlacht war der König wie ein Tiger.
Metapher: In der Schlacht war der König ein Tiger.
Epitheton: Der Tiger-König
Apostrophe: O Tiger-König!

«Das verstehe ich nicht», sagte Manju.

«Weil du keine Hirnwellen hast, Mann.» Javed klappte sein Notizbuch zu und steckte es zurück in die Crickettasche.

«Gib mir das Notizbuch noch mal», erwiderte Manju. «Ich habe sehr wohl Hirnwellen.»

«Nein, nein. Ich merk bei dir keine einzige Hirnwelle.»

Manju zeigte Javed den Mittelfinger. «Du spinnst wohl. Spuckst große Töne und hast Angst vor einer Frau mit Halbbrille. Hör zu. Es reicht jetzt mit deinen Gedichten. Ich hab eine ernste Frage: Weißt du was gegen Pickel? In Manchester sind sie schlimmer geworden. Ich glaube, das war der Käse.»

«Ich hatte noch nie Pickel. Ich krieg aber Würmer, wenn ich Bhelpuri esse.»

Sie betrachteten den Garten und die Taxis, die um den gebogenen Säulengang des Horniman Circles fuhren.

«Warst du mal in Las Vegas?»

«Nein, und du?»

«Ich auch nicht. Wo würdest *du* gerne mal hinfahren?»

«Am anderen Ende von Mumbai steht ein Leuchtturm, hast du das gewusst?», fragte Javed. «Das stimmt wirklich. Es ist das letzte Gebäude in der Stadt. Hinter Navy Nagar. Wenn man mit dem Taxi von Babulnath kommt, kann man ihn sehen: kleine Punkte und dann ein weißer Turm. Eigentlich ist er weiß, rot und schwarz. Bei Ebbe kann man über Felsen und Schlamm zu Fuß dorthin gehen. Das habe ich einmal versucht, doch die Polizei hat mich verjagt. Scheißkerle. Immer sind sie hinter Javed Ansari her. Aber ich mache das noch mal, ich klettere auf diesen Leuchtturm und brülle allen in Mumbai zu: ‹Hier ist Javed Ansari! Hier ist Javed Ansari!› Meine Geburtstagsparties feiere ich immer im ‹Taj› oder in der Nähe davon. Wo feierst du?»

Manju stieß Javed in die Rippen. «Wie oft soll ich dir das noch sagen? Red nicht über meinen Vater.»

«Wer hat über deinen …? Ich hab dich gefragt, wo du deine Geburtstage feierst. Moment mal. Er hat noch nie eine Geburtstagsfeier für dich veranstaltet?»

«Ich weiß, was du denkst. Dass mein Vater ein schlechter Vater ist. Das gefällt mir nicht.»

«So ein Quatsch. Weißt du, was ich denke? Weißt du's?»

«Ja. Ich weiß genau, was alle denken», erklärte Manju stolz.

Mit geblähten Nasenlöchern stieß Javed den Gedankenleser in die Rippen. «Okay. Sag mir, was ich gerade über dich denke.»

Woraufhin Manjus Hinterkopf kribbelte und seine Füße zitterten, auch wenn er nicht wusste, warum. Er merkte, dass Javed nichts mehr sagte. Er machte ein entschlossenes Gesicht und hielt die Luft an. Manju folgte seinem Blick und entdeckte einen Mann mit weißer Segelkappe und in Uniform, der an der Bibliothek vorbeiging. Starke, kompakte, behaarte Arme; und seine Schlaghosen saßen ihm gut in der Taille. Der Matrose blieb jetzt stehen, als spürte er etwas, und drehte den Kopf.

«Er hat dich gesehen», flüsterte Javed. «Manju, er kommt hierher! Er wird dich verprügeln und vergewaltigen!»

Aber Manju war längst verschwunden.

***

Er fuhr zurück nach Chheda Nagar, stieg in den vierten Stock des Tattvamasi-Gebäudes hinauf und merkte sofort, dass etwas nicht stimmte.

Als Mohan Kumar seinen Sohn sah, stellte er den Fernseher lauter. «Du hast die Nachrichten verpasst. Setz dich.»

Manju gehorchte seinem Vater. Der Nachrichtensprecher gab bekannt, dass zwei weitere Minister in Madhya Pradesh erklärt hätten, dass die immer mehr in Mode kommende Homosexualität, die weder vom indischen Strafgesetzbuch noch von viertausend Jahren hinduistischer Zivilisation sanktioniert sei, augenblicklich gezügelt werden müsse. Zu diesem Zweck sollten landesweit Rehabilitationszentren errichtet werden, in denen abweichende junge Männer jeden Tag mit kalten Duschen und Gruppenübungen behandelt würden, sodass sie den Wert der körperlichen Hygiene und des Familienlebens begriffen.

Manju wischte sich mit dem Handrücken übers Gesicht und wandte den Blick zu seinem Vater, der sich nicht rührte.

Als Nächstes gab der Nachrichtensprecher bekannt, dass der Rekord für die höchste Anzahl an Läufen, die ein Schuljunge aus Mumbai je erlangt hatte und der erst kürzlich von Radha Kumar (388 Läufe) gehalten und von seinem eigenen Bruder Manjunath mit 497 Läufen überboten worden war, soeben erneut gebrochen wurde.

Ein fünfzehnjähriger Linkshänder namens T. E. Sarfraz Khan, der als Nummer vier für die I.E.S. Sule Guruji-Schule beim Harris-Cup-Match im Fort Vijay-Cricket Club Schlagmann war, hatte Manjus Rekord gebrochen, indem er 603 Läufe ohne Out erzielte. Zwei Tage lang schlug er den Ball auf jede erdenkliche Weise, und als das Match vorbei war, fuhr er mit einem Wagen nach Bandra und traf Shah Rukh Khan, der ihn einen Teenager-Wolkenkratzer nannte.

Mohan Kumar wandte sich an seinen Sohn. Das seien doch echte Nachrichten.

Ich bin nicht mehr der Beste: Vor lauter Schuldgefühlen hatte Manju Herzklopfen. Er sah das eingefallene Gesicht seines Vaters und merkte, dass sich auch sein eigenes Gesicht veränderte. Das kam dabei heraus, wenn man zu viel Zeit mit diesem *Makad* verbrachte.

Er stellte sich neben den Eisschrank und betrachtete den Stapel teurer Cricketschläger, die dort standen. Er hatte das Gefühl, es nicht zu verdienen, auch nur eines davon zu berühren. Robusta!

Als Manju sich in dieser Nacht schlafen legte, sah er die Ziffer «603» an der Wand seines Schlafzimmers aufflammen; er stand auf, erschuf sich aus dem Dunkel einen Schläger und richtete ihn aus.

Er legte sich wieder hin und sagte sich, dass es Zeit zum Ausruhen war, sodass sich seine Brust dehnen und seine Oberarme kräftigen könnten, aber er konnte nicht einschlafen. Er sah Wörter aus Feuer – unter den Augenlidern.

Gleichnis: In der Schlacht war der König wie ein Tiger.

Metapher: In der Schlacht war der König ein Tiger.

Epitheton: Der Tiger-König.

Apostrophe: O Tiger-König!

Die beiden Worte («Tiger» und «König») rückten immer enger zusammen, bis sie verschmolzen und zu etwas Neuem wurden, das schwärzer war als die Finsternis und leuchtender als Feuer.

Dann war ihm, als sei eine Mitternachtssonne in sein Zimmer eingedrungen; denn Manjunath Kumar hatte die rhetorischen Figuren auf einmal verstanden.

Am nächsten Morgen rief er Javed von einem Münztelefon aus an, ohne den Hörer abzuwischen, und erklärte, er wolle mehr über Rhetorik wissen. Und über Dichtung.

Einfach über *alles*.

***

Das Gateway of India war verschwunden. Das Taj-Mahal-Hotel existierte nicht mehr. Der gesamte Indische Ozean – verkocht und verdampft.

«Ist das Ricky Pointing?»

Und alles nur, weil ein grauhaariger Weißer mittleren Alters in einem schlichten T-Shirt und blauen Shorts vor dem Gateway stand und Autogramme gab. Hunderte von Leuten standen um ihn herum.

«Nein. Bist du verrückt? Außerdem heißt er Pon-ting.»

«Ich hasse Cricket. Woher soll ich wissen, wer das ist?»

«Es ist Steven Waugh.»

«Wer?»

«Steven Waugh.»

«Nie gehört. Lassen wir uns ein Autogramm geben.»

«Auf keinen Fall. Waugh wird sich nächstes Jahr um mein Autogramm reißen. Wart's nur ab.»

Sofia lachte. «Na klar.»

Die beiden mieden die Menschenmenge, die sich um Steve Waugh gebildet hatte, und gingen die Treppe zu dem Boot hinunter, das am Steg Nummer zwei lag. Es würde gleich ablegen, und Radha musste Sofia beim Einsteigen helfen, woraufhin das bebende Brett weggezogen wurde. Auf dem oberen Deck wartete Sofias «Clique» – ein Mädchen mit blonden Strähnchen im Haar und zwei Jungen, die beide üppige Lockenköpfe hatten und Hornbrillen trugen. Einer davon, sagte Sofia, sei der Sohn eines Polizisten. Das Wasser begann zu schäumen; eine milchige Welle klatschte gegen die Steinmauer rings um das Gateway of India und brachte den Touristen ein wenig des Mülls zurück, den sie und ihre Vorgänger ins Meer geworfen hatten.

Die Fähre, die reichlich Diesel verbrauchte, fuhr hinaus aus der Stadt.

«Das ist die RC-Kirche. In Cuffe Parade. Einfach fabelhaft.»

«Das Wort hat sie gerade gelernt, deshalb benutzt sie es dauernd. Einfach fabelhaft.»

«Verpiss dich.»

«Ist dir schon mal aufgefallen, dass Mädchen heutzutage schmutzigere Wörter benutzen als Jungen?»

«Verpiss dich.»

«Schnauze.»

«Du hast ‹Schnauze› gesagt. Habt ihr das alle gehört?»

Ihr Geplapper wurde von einem dunkelhäutigen, schweißbedeckten Mann unterbrochen, der aufs Oberdeck kam und die Fahrscheine sehen wollte.

«Das da ...» Der Fahrscheinkontrolleur deutete auf Radhas Tasche, «Das ist Ware. Die kostet extra.»

«Das ist keine Ware», sagte Radha.

Zum Beweis holte er einen Gegenstand aus der Tasche. Es war ein glänzendes Stück echtes Holz: ein Sunny-Tonny-Genuine-English-Willow-Schlagholz mit nagelneuem Ledergriff. Dem Kontrolleur fiel nichts mehr ein: Hatte er nicht auch einst für Mumbai zu spielen gehofft? Er sperrte den Mund auf und ging weg.

Radha hatte sich die Haare wachsen lassen und trug einen Pferdeschwanz; mit seinem mächtigen Brustkorb und den kräftigen Armen, die mit der Zartheit seiner Augen kontrastierten, hatte er das Versprechen seiner jungen Jahre eingelöst, eines Tages wie ein Filmstar auszusehen. Sofia schlüpfte mit einem Fuß aus ihrem Chappal und berührte mit den Zehen Radhas Cricketschläger, den er sofort mit dem Fuß zu verteidigen anfing.

Die Fähre fuhr an Öltankern vorbei, die auf dem offenen Meer vor Anker lagen; Müll und Möwen tauchten mit den Wellen auf und verschwanden wieder.

Das Mädchen mit blonden Strähnchen im Haar musterte Radha schon eine Weile.

«Du warst doch im Fernsehen, oder?», fragte sie, als das Fußgerangel beendet war. «Du hast 300 Läufe erzielt, und Shah Rukh Khan hat dich getroffen, oder?»

Radha schenkte ihr sein Fernsehlächeln. «Ich habe 388 Läufe

erzielt. Ja. Und mich mit Shah Rukh Khan getroffen. Er hat mich einen menschlichen Wolkenkratzer genannt, im Teenageralter. Am Spielerauswahltag werde ich für die Mumbai-Mannschaft aufgestellt.»

Das blonde Mädchen wirkte beeindruckt.

«Ich habe ein paar Quizfragen für dich: Wofür steht KKK im modernen Cricket?», fragte Radha sie.

«Keine Ahnung. Was bedeuten die drei Buchstaben?»

«Küssen, Kuscheln, Knüppelwunderhorn. Kapiert?» Radha grinste.

«Hey, Sofia, hab ich mir gerade ausgedacht.»

Vielleicht konnte er sowohl Sofia als auch die mit den blonden Strähnchen gleichzeitig ins Bett kriegen. In Alibagh war doch alles möglich, oder?

«Sein Bruder hat 600 Läufe oder so erzielt und seinen Rekord gebrochen», sagte Sofia. «Warum bringst du Manju nie mit?»

In der Ferne war Alibagh schemenhaft zu erkennen.

Radha lächelte immer noch sein Fernsehlächeln.

«Dein Bruder hat diese riesigen Augen, echt niedlich. Die Mädchen sind sicher ganz wild auf ihn.»

Radha lächelte weiter, kniff die Augen zusammen und sagte leise:

«Nur dass du's weißt: Erstens hat er keine 600 Läufe erzielt, und zweitens macht er sich nichts aus Mädchen.» Doch niemand hatte ihn gehört, weil der Sohn des Polizisten in seinem Rucksack herumgewühlt und ein Päckchen Kondome hervorgezogen hatte.

«Hey, Cricketspieler», rief der andere Junge. «Weißt du, was das ist? KKK. Kondom, Kondom, Kondom.»

Die Mädchen lachten.

«Ich hab jede Menge in meiner Tasche. Echte KKK.»

«Er ist wirklich witzig», sagte Sofia.

Er hat meinen Witz geklaut, dachte Radha. Zur Hölle mit diesen reichen Kids. Der große Dieb läuft frei herum. Er wusste, dass Sofia als Einzige anders war – für alle anderen bin ich nur der Junge aus dem Slum, dachte er und betrachtete seine schmutzigen Schuhe.

Dann schloss er die Augen und umfasste seinen Cricketschläger fester: Wenn der Augenblick kam, da Radha Krishna Kumar im World Cup 200 Läufe für Indien erzielte, wenn sein Name Applaus in fernen und wunderbaren Orten wie Kapstadt und Christchurch und Trinidad ernten würde, dann würde man schon sehen, wer zuletzt lacht.

Als Radha die Augen aufschlug, sah er kleine weiße Vögel dicht über die Wellen fliegen. Seine Euphorie ließ nach; sein Lächeln verschwand; er musste an seinen kleinen Bruder denken.

Das Boot legte an, die Passagiere kreischten, und die Mädchen hielten sich an den Sitzen fest und hätten Radha beinah ins Wasser gestoßen.

Als sie nach Alibagh kamen, ging die Blondine mit den Jungen den grauen Strand entlang. Radha hielt den Blick aufs Ufer gerichtet, wo undefinierbare Vögel tiefschwarze Fußabdrücke im Sand hinterließen.

Sofia sagte: «Was hast du über Manju erzählt? Ich hab's nicht mitbekommen.»

Radha hatte in der weißen Brandung etwas Dunkles gesehen – eine Wasserschildkröte oder so etwas Ähnliches. Er kaute an seinen Fingernägeln und spuckte aus.

«Ich habe nichts über Manju erzählt.»

Mit dem Cricketschläger in der Hand ging er ins Wasser. Das Meer rings um seine Füße stieg spöttisch an.

Vor zwei Tagen war abends der Fernseher gelaufen, und Manju hatte konzentriert davor auf dem Boden gesessen; Radha hatte gedacht, es sei *CSI: Vegas*, aber es war eine andere Sendung. Gezeigt wurde etwas über Schwule in Amerika, die jetzt heiraten konnten. Radha hatte hinter seinem kleinen Bruder gestanden und ihn beim Anschauen der Sendung beobachtet. Manju hatte ihn atmen gehört, war zusammengezuckt und hatte den Fernseher ausgemacht.

Diese Überrektion seines kleinen Bruders hatte Radhas Herz bis zum Halse schlagen lassen.

Jetzt schleuderte er seinen Cricketschläger ins Arabische Meer. Ist der zweitbeste Schlagmann der Welt ein Homo? Und wird der beste Schlagmann der Welt, derjenige mit dem geheimen Vertrag, nicht für die Mumbai-Mannschaft ausgewählt? Radha watete weiter ins Meer hinaus und drosch mit seinem SG-Sunny-Tonny auf die Wellen. *Gewichtsverlagerungsproblem*. Der Ausdruck wog schwer wie ein Todesurteil. Seine Jeans waren jetzt nass bis über die Knöchel, und er merkte, wie sie ihn nach unten zogen. Gewichtsverlagerung. Was täte ich nicht alles für dich, Meer, um dieses Problem zum Verschwinden zu bringen. Das Wasser reichte ihm jetzt bis an die Knie. Manchmal muss ich ein Bier trinken, um einschlafen zu können. Und wenn ich aufwache, wollen sich meine Augenlider nicht öffnen, und in meinem Kopf sagt eine Stimme: «Was soll der Morgen mit einem Mann wie dir anfangen, der noch nicht mal ein Schlagholz halten kann?» Und dann fährt die Stimme fort: «Dein kleiner Bruder ist ein Homo, und du kannst keinen Schläger mehr halten.»

Warum? Warum? Warum?

Jemand dort oben schrieb den versprochenen Vertrag um, und Radha Kumar, der diese Veränderungen am Drehbuch nicht rückgängig machen konnte, der – wie sein Vater – erfahren hatte, was es bedeutete, ein Mann zu sein, bevor er ein gestandener Mann war, prügelte mit seinem Schlagholz auf die Wellen ein.

«Radha!», schrie ihm jemand zu. «Komm zurück! Bist du wahnsinnig?»

Das Wasser ging ihm jetzt über die Knie. Radha Kumar ging weiter ins Meer hinaus und hielt Ausschau nach der Wasserschildkröte.

***

Während Manju in Mumbai schlief, dachte jemand auf dem Festland an ihn.

Ein heller Mond zog über Navi Mumbai. Javed Ansari war aus seinem Zimmer geschlüpft, an der Couch vorbei, auf der sein Vater schnarchte, und vorbei an den Cricketzeitschriften, die dieser in dem kläglichen Versuch, sein dahinschwindendes Interesse an Cricket wieder zu wecken, auf den Esstisch gelegt hatte. Er öffnete eine Tür und trat als freier Mensch in die Nacht hinaus. Vashi war menschenleer. Javed ging an einer staatlichen Schule vorbei ... *Klick, klick:* Er hörte eine aufgerollte Flagge an den Metallpfosten auf dem Schulgelände stoßen. Vor der Schule lag ein umgefallenes Motorrad; an einer Ampel schlief ein Polizist. In dem Bewusstsein, dass ihm alle Tore der Nacht offenstanden, ging Javed die Straße hinunter, immer in der Mitte der Fahrbahn. Er konnte einfach eine Tür eintreten, in jemandes Wohnung eindringen und ihn ausrauben, dachte er, und ihm war es schon beinah ernst damit, als er anfing, im Dunkeln zu lachen: «A-ha, A-ha.» Geld war etwas für Idioten. Geld und Cricket waren für Idioten. Er griff nach der Nachtluft, als sei sie schwarze, stoffliche Materie, Kohle, die er mit seiner starken Faust zu Diamanten zerdrücken konnte.

Poesie.

Javed wischte sich den Schweiß von der Stirn und sah nach oben: Der Mond wartete weiß und riesenhaft über der Erde, wie eine Weisung zum Träumen und Kreieren.

«Sean Connery», sagte er laut. Ja, über ihn hatte er im Internet nachgelesen. Ein sehr gut aussehender Mann, Manju: aber auch äußerst alt.

Grinsend richtete Javed eine gigantische Hirnwelle auf das Tattvamasi-Gebäude in Chheda Nagar, Chembur.

Gib mir den Hammer, Miss Moneypenny. Ich bin ein junger Javed Ansari!

***

In den nächsten Wochen wurde Manju klar, dass zwei Parteien offen darum kämpften, eine in ihm verborgene Kostbarkeit in Besitz zu nehmen: seine Zukunft.

Zuerst wurde Manju von seinem Vater in den Subramanya-Tempel vor Ort gebracht. Dort musste er zehn Rupien in die Sammelbüchse stecken, und dann erinnerte ihn sein Vater daran, seinen Teil des Vertrags mit Gott einzuhalten und von der Schule abzugehen, wie er es seinem Vater schon lange versprochen hatte – selbst der berühmte Sachin habe das getan, um sich ganz aufs Cricket konzentrieren zu können, das solle er nicht vergessen. «Ja, Appa, mach ich», sagte Manju.

Er ging geradewegs zu einem Münztelefon am Bahnhof, wischte den Hörer an seinem Hemd ab und rief Javed an, der ihm zuhörte und dann sagte: «Du darfst nicht von der Schule abgehen – es sei denn, du willst ein Sklave sein.»

Manju war im Prinzip einverstanden. Er gab Javed sein Wort, dass er ungeachtet aller Manipulationsversuche, die sein Vater und Tommy Sir unternahmen, Tag und Nacht für die Aufnahmeprüfung lernen und dann aufs Ruia-Junior-College gehen würde.

Doch am nächsten Vormittag ging er zur Leichenhalle des J. J. Hospital. Die Jungen waren noch beim Crickettraining auf dem Azad Maidan, und er schlüpfte in seiner weißen Cricketkleidung nach draußen, ging die Straße hinunter und nahm den Bus. Er fand die Leichenhalle und sagte zu dem Wächter: «Lassen Sie mich bitte rein.»

Der alte Mann in Khakiuniform blickte ihn argwöhnisch an und sagte: «Nur Ärzte, Assistenzärzte und Medizinstudenten haben Zutritt.»

«Aber ich spiele Cricket», sagte Manju.

«Gut», sagte der Wächter, «geh rein.»

Agent Grissom vom *CSI-Vegas*-Team betrat also endlich die J. J.-Hospital-Leichenhalle (Mumbai), zitterte aber plötzlich in der Kälte und konnte nicht weitergehen.

«Warum nicht?», fragte Javed, als Manju ihn fast in Tränen von einem Eine-Rupie-Münztelefon aus anrief.

«Es hat gerochen.»

«Leichen riechen nun mal. Hast du das nicht gewusst?»

«Aber Javed, es hat so grässlich gerochen.»

Erledigt. Manju konnte sich nicht mehr vorstellen, jemals Agent Grissom zu sein. Er brachte keinen Bissen mehr herunter. Seine Kehle fühlte sich an, als sei sie mit allem gefüllt, was furchtbar und wirklich war, und all das kam in Form von Tränen aus seinen Augen.

Javed lachte furchtbar am anderen Ende der Leitung.

«Vielleicht kann ich nach Manchester zurück.»

«Warum? Glaubst du, die Leichen in Manchester stinken nicht? Idiot.»

Manju war so wütend, dass er verkündete, er werde nicht aufs Ruia-College gehen und auch auf kein anderes College.

Zwei Minuten später warf er noch eine Rupie in das Münztelefon, wischte wieder den Hörer sauber und rief Javed noch einmal an: «Sag keinem, was ich dir gerade gesagt hab, okay? Das mit der Leichenhalle.»

«In Ordnung. Aber ist das dein Ernst, Manju, dass du nicht aufs College gehen willst?»

«Ja, das ist mein Ernst.»

«Du bist wirklich ein Sklave. Glaubst du, Javed Ansari will mit Sklaven telefonieren? Ich dachte, du wärst auf meiner Wellenlänge.»

Zehn Minuten später wischte Manju den Hörer zum dritten Mal ab. Er rief Javed noch einmal an und teilte ihm mit, dass er sehr wohl auf seiner Wellenlänge sei.

***

Der August war fast vorbei, als Manju eines Morgens auf Zehenspitzen aus dem Jungen-Schlafzimmer ging, den Wasserhahn am Waschbecken aufdrehte und sich mit drei nassen Fingern durchs Haar fuhr.

«Manju, glaub doch nicht, ich hätte dich nicht gesehen. Gehst du wieder zur J. J.-Hospital-Leichenhalle? Um dir nackte, tote Frauen anzusehen? Fremdländische nackte, tote Frauen?»

Mohan Kumar ging hinter dem Jungen aus der Wohnung; er lehnte sich über das Treppenhausgeländer, hörte die schnellen Schritte seines Sohnes und brüllte mit Donnerstimme in den widerhallenden Schacht hinunter: «Triffst du dich in der Leichenhalle mit diesem mohammedanischen Cricketspieler?»

Manju blieb unten im Treppenhaus stehen und wandte seinem Vater das Gesicht zu.

«Warum triffst du dich so oft mit diesem Javed Ansari?», fragte Mohan Kumar.

Sie starrten einander an. Dann streckte Manju seinem Vater die Zunge heraus und zeigte ihm den Mittelfinger.

«Der Mungo hat dich gekrallt, mein kleiner Manju ...», wimmerte sein Vater. «Mungo, Mungo, Mung–»

«Nenn ihn nie wieder so!», schrie Manju von unten. «Er ist mein Freund.»

Er verließ das Gebäude, kehrte dann um, ging zurück ins Treppenhaus und schrie: «Er ist mein *richtiger* Vater.»

***

Frei!! Manju rückte seine Schultertasche zurecht und ging schnellen Schrittes voran. Die Tür zum Subramanya-Tempel stand weit offen. Mit seinem Sanskrit-Sprechgesang und einem flammenden Messinggefäß huldigte der Priester der dunklen Gottheit. Manju verneigte sich dort vor der mit Feuergirlanden behängten Götterfigur und bat den Cricketgott um einen großen Gefallen: «Gott, bitte macht, dass mein Vater mich weiter aufs College gehen lässt.

Als er fertig gebetet hatte, ging er zum Bahnhof, blieb stehen, weil ihm etwas einfiel, und rannte zurück zum Tempel, um noch etwas zu erbitten:

«Und bitte macht, dass Javed keine Haare mehr ausfallen.»

Eine halbe Stunde später stieg Manju am Matunga-Bahnhof aus und stand zwischen einer Schar Teenager vor den Toren des Ruia-College.

Die dritte Zulassungsliste war an einem Schwarzen Brett auf der Rückseite des College-Tors angeschlagen.

Manju hatte es bereits per E-Mail und per Brief erfahren, wollte jedoch die Zulassungsliste berühren. Sie berühren.

Das Tor war geschlossen, daher ging er zurück zum Bahnhof. Im Matunga Gymkhana wurde Tennis gespielt; jemand warf den Ball hoch in die Luft, was «Freiheit» zu bedeuten schien – im Cricket ein Ding der Unmöglichkeit.

Als Manju zum Ruia-College zurückging, war das Tor gerade geöffnet worden. Die Menge drängte herein.

Er stellte sich, andere wegschubsend, an das Schwarze Brett mit der Zulassungsliste; sein Herz begann zu klopfen.

Selbst als sich Ellbogen und Finger in ihn bohrten, feuerte er, hoch über Land und Fluss hinweg, über die Schulter dorthin blickend, wo er Navi Mumbai vermutete, per Hirnwellen eine telepathische Botschaft ab.

Javed. Javed. Wir haben es geschafft. Ich komme aufs Ruia-Junior College.

DREI MONATE VOR DEM AUSWAHLTAG

Das erste Jahr am Junior College

Der Banganga-Wasserspeicher in Walkeshwar hoch über Südmumbai, spätabends. Der uralte Stadtteil wirkt mit seinen Tempelglocken, umherziehenden Kühen und kleinen Gassen selbst heute noch wie ein in der Metropole verstecktes Dorf.

Um den riesigen künstlichen Teich brannten weiße Neonröhren, und auf dem schwarzen Wasser schwammen Enten. Zwei junge Männer gingen die alten Steinstufen zum Wasser hinab. Der eine trug schmutzig gewordene Cricketkleidung, der andere eine Lederjacke und Bluejeans.

«Vermisst du es manchmal?»

«Was, Sir Manju, meinst du mit ‹es›?»

«Cricket.»

«So eine Frage kannst wirklich nur du stellen, Sir Manju.»

Bereits nach zwei Wochen College hatte sich Javed einen neuen «Look» zugelegt. Statt langärmeliger weißer Hemden trug er dunkle T-Shirts; der Goldohrring war verschwunden, und er hatte jetzt kupferfarbene Strähnchen in seinem gewellten Haar. Es wurde weniger, deshalb war Färben die richtige Entscheidung, fand Manju.

«Nie? Du vermisst es nie?»

«Warum … warum … Sir Manju … warum sollte ich die Propaganda und Manipulation und Geistesentvölkerung vermissen? Ich bin kein Sklave, Sir Manju.»

Seit Javed aufs Junior College in Navi Mumbai ging, hatte er eine neue Manieriertheit entwickelt: Er spitzte jetzt die Lippen, betonte irgendein Wort im Satz übertrieben stark und spuckte die nachfolgenden Silben wie ein feuerspeiender Vulkan hinterher – all das mit einem schiefen Grinsen und wackelndem Kopf, eine verblüffende Eigenart, die Manju an den Cricketkommentator Harsha Bhogle erinnerte.

«Gefällt es dir hier eigentlich? Ich komme manchmal am Wochenende hierher», sagte Javed. «Wegen der Energie-Wenergie, die man hier spürt, spürst du sie?»

Die beiden Jungen setzten sich auf die letzte Stufe über dem Wasser.

«Bloß die Affen hier sind ziemlich aggressiv», sagte Javed. «Pass auf dein Telefon und deine Brieftasche auf.»

Javed deutete auf die weite, schwarze Wasserfläche und die starke Spiegelung der weißen Neonröhren. «Ist das nicht wunderschön, Manju? Ist das nicht eine Pracht?»

«Eine Pracht», wiederholte Manju. «*Das hier* ist eine Pracht.» Er kniff in Javeds Jacke und drückte das üppige dunkle Leder zusammen.

Javed kicherte. «Mann, verschandle meine Jacke nicht.» Er schnalzte mit den Fingern vor Manju, der die Jacke widerwillig losließ.

«Nicht die Jacke ist eine Pracht, sondern ich. Stimmt's?»

Manju grinste.

«Gib mir Antwort, Manju.»

Als die Antwort ausblieb, schlug Javed mit den Beinen um sich.

Eine Pracht.

Von Javed, der jetzt alle viere von sich gestreckt in seiner Lederjacke und engen Bluejeans auf den Stufen lag, schweifte Manjus Blick zum Teich und der glänzenden schwarzen Wasseroberfläche. Eine Pracht, die sich in eine milchweiße Wolke verwandelte: Er musste an einen Morgen denken, als dicker Nebel die Westghats einhüllte und der Bus, in dem er saß, die Straße bergauf fuhr, und das Einzige, was durch den Nebel drang, gigantische Rosen waren – nein, keine Rosen, sondern Bergblumen, die größer waren als die größte rote Rose auf Erden – und Manju das Gefühl hatte, hoch über der Erde zu schweben. Als die Sonne endlich durch den Nebel drang, sah er als Erstes einen Geier, der auf einer niedrigen Stützmauer saß, die gewaltigen Schwingen gefaltet und den forschenden Blick auf den Bus gerichtet.

Manju lächelte vor Vergnügen und lehnte sich stückchenweise zurück, bis er mit dem Genick eine feuchte Steinstufe berührte. Zitternd streckte er die Hand aus und kniff wieder in Javeds Lederjacke.

«Lass meine Jacke los, Mann. Du bist ja verrückt.»

Bin *ich* verrückt, dachte Manju. Verrückt nannten die anderen Javed. Dein reicher verrückter Moslemfreund. Radha hatte Manju voller Entzücken von dem Gerücht erzählt, das unter den Cricketspielern zirkulierte: dass Javed Ansari (der jetzt zwar nicht mehr Cricket spielte, über den aber trotzdem weiterhin getratscht wurde) zum zweiten Mal von der Polizei erwischt worden sei. Am Unabhängigkeitstag. Er war mit seinen Freunden ohne Führerschein in Powai herumgefahren: erwischt, auf die Wache gebracht und dann – wieder einmal – gegen Kaution, die sein Vater bezahlte, auf freien Fuß gesetzt. Manju hatte darauf gewartete, dass Javed ihm davon erzählen würde.

«Beschimpf mich nicht. *Mich* verhaftet die Polizei nicht.»

«Wer hat dir das erzählt?» Javed sah ihn an.

«Das wissen alle beim Cricket. Die Mad-Max-Rocker. Ihr müsst Idioten sein. Niemand in ganz Mumbai wird verhaftet, weil er ohne Führerschein fährt. Nur deine Rockerbande.»

«Scheiß auf Cricket.» Javed spuckte Manju die Worte ins Gesicht, samt Speichel. «Scheiß auf sie alle. Die haben kein Recht, über mich zu reden. Das ist alles Pro-pah-gan-dah.»

«Ich weiß, ich weiß. Die Tatas schlagen den Ball, McDonald's bowlt. Warum imitierst du eigentlich Harsha Bhogle, den größten Idioten im Cricket, wenn du glaubst, Cricket ist für Idioten?»

Wenn Javed wütend wurde, zog sich seine Kopfhaut neuerdings mehrere Zentimeter zurück, was die eine Ader auf seiner Stirn noch deutlicher hervortreten ließ. Wie Manju dieses Gesicht liebte – unbeständig, grausam und glühend vor brodelndem Blut.

«Leck mich am Arsch», sagte Javed. «Bleib hier und verrotte.»

Er hörte Schritte. Soll ich jetzt aufspringen und hinterherrennen, fragte sich Manju, der vom Crickettraining müde war, oder einfach warten, bis er zurückkommt?

Er wartete: Und natürlich kam Javed zurück und stellte sich mit verschränkten Armen über ihn.

«Ich klinge überhaupt nicht wie Harsha Bhogle. Sag das nochmal, und du siehst mich nie wieder.»

«Cricket kann man nicht so leicht hinter sich lassen, was, Sir Harsha Bhogle Ansari?» Manju zwinkerte ihm zu.

Javed nickte, als sei er auch dieser Meinung.

«Willst du ein Gedicht hören, Manju? Ein Bhogle-Gedicht?»

«Schieß los.»

«Also gut:

> Die Abenddämmerung ist meiner Mutter liebste Zeit
> Zu dieser Stunde stehe ich in meiner Mutter Macht
> und spüre, sie ist nicht mehr weit.»

Manju stockte der Atem. Er stand sofort auf und stieg zwei Stufen hinauf, um Javed ins Gesicht sehen zu können.

«Das ist *meine* Mutter, du Scheißkerl! Schreib das sofort um. Auf der Stelle.»

«Tut mir leid, tut mir wirklich leid, Sir Manju.»

Während Javed lächelnd dastand, schien er Verachtung auszuströmen, als sei diese Verachtung Moschus, ein endokrines Drüsensekret oder etwas aus ihm Herausmelkbares, das man in Glasfläschchen abfüllen und in Bandra verkaufen konnte («Verachtung: Der neue Duft für Männer»). Er verbarg sein Gesicht in der Lederjacke und lachte in sie hinein. «A-ha, A-ha, A-ha.» Manju kannte dieses schroffe Gekicher mittlerweile, mit dem Javed sowohl andere, als auch sich selbst verspottete – es war Spott, offene Verachtung, Geständnis und Einspruch in einem. Er wollte damit ausdrücken: Ja, ich hab es geklaut, tut mir leid, hätt ich nicht machen sollen, leck mich.

Sie waren quitt und wieder Freunde. Als sie das Dorf Banganga verließen und durch Walkeshwar am unteren Ende von Malabar Hill gingen, sahen sie die Lichter von Südmumbai unter sich.

«Komm dieses Wochenende nach Navi Mumbai. Sag deinem Vater, du hättest ein Cricket-Camp oder so was.»

«Was ist mit deinem Vater? Was wird er dazu sagen, wenn ich bei dir übernachte?», fragte Manju.

«Er will dich kennenlernen. Weißt du, wie er mich zu Hause nennt? Die Krankenschwester. Javed, die Krankenschwester. Das stimmt wirklich. Nachdem meine Mutter ihn verlassen hat, habe ich mich um ihn gekümmert.» Javed dehnte seinen Hals erst zur einen, dann zur anderen Seite, seine Stimme wurde weicher. «Wenn er krank wird, löse ich vier Aspirintabletten in einem Glas Wasser auf und bringe es ihm. Und jetzt sagt mein Vater, ‹Javed hat mich vergessen und spielt nur noch für Manju die Krankenschwester. Deshalb möchte ich meinen Rivalen treffen.› Komm am Wochenende.»

Er streckte die Hand aus und berührte Manjus Gesicht, dem bei dieser Berührung warm wurde.

Sie hörten lautes Hupen; direkt hinter ihnen fuhren Autos den Malabar Hill hinunter. Als Javed die Hand wieder wegnahm, hob Manju einen Stein auf und warf ihn auf die Stadt.

«Ich kann nicht kommen. Ich habe Young Lions. Sie machen eine neue Fernsehsendung.»

«Wieso mit dir?», fragte Javed. «Ich dachte, mit Radha.»

«Diesmal mit mir.» Manju wollte noch einen Stein werfen, doch Javed hielt seinen Arm fest:

«Tritts du gerne im Fernsehen auf? Sag mir die Wahrheit.»

«Nein. Weil ich Radha wieder die Show stehle.»

«Lüg nicht.»

«Ich bin kein Dieb. Radha ist der Young Lion.»

«Ich hab gesagt, lüg Javed nicht an. Trittst du gerne im Fernsehen auf?»

Manju machte sich von ihm los und warf noch einen Stein auf Mumbai.

«Ja!»

***

Die donnernden Einleitungstakte von Richard Strauss' Also sprach Zarathustra *erfüllen die Dunkelheit. Ein einziger Wicketstab steht in der Pitchmitte. Man hört die Schritte eines Jungen in weißer Cricketkleidung, der mit einem roten Ball in der Hand angerannt kommt. Er springt hoch und lässt dabei den Arm mit dem roten Ball kreisen. Als der Wicketstab getroffen wird, erreicht die anregende Musik ihren Höhepunkt.*

BEGLEITKOMMENTAR:
Drei Jahre nach der bahnbrechenden ersten Young-Lions-Sendung besuchen wir die Jungen, die wir damals groß herausgestellt haben. Wird das überwältigende *Tempo von Deennawaz Shah über die quicklebendige Fußarbeit von T. E. Sarfraz triumphieren? Und kann einer von beiden es mit den kraftvollen Unterarmen von Manjunath Kumar aufnehmen?*

YOUNG LIONS: DIE NÄCHSTE GENERATION
AUFKEIMENDE LEGENDEN
MONTAG 18:30 Uhr, WIEDERHOLUNG AM MITTWOCH

Unseren ersten Young Lion haben wir am heutigen Abend vor drei Jahren im Slum von Dahisar entdeckt. Er wohnt heute in einem guten Viertel in Chembur: Was beweist, dass Cricket die magische Kraft hat, Menschen im Indien von heute aus der Gosse zu holen.
In diesem Videoclip, der am 23. April diesen Jahres im Catholic Gymkhana aufgenommen wurde, zeigt uns Manjunath Kumar, warum er etwas Besonderes ist: Der kurze, hoch aufspringende Ball kommt ihm mit 110 Stundenkilometern entgegen. Beachten Sie, wie der Young Lion erst über die Linie tritt, «den Ball spiele ich auf die andere Seite», dann jedoch die Arme um die Rippen legt, «den Ball lasse ich aus», um ihn im letzten Moment mit einer Drehung der Handgelenke an die Fine-leg-Spielfeldgrenze zu schlagen: «Hab euch alle reingelegt.» Cricketexperten beschreiben Manju als gerissen, undurchschaubar und brutal. Bevor wir mit ihm über seine Trainingsmethoden und Cricketgeheimnisse sprechen, wollen wir uns ansehen, wie er einen Full-length-Ball meistert. Der nächste Videoclip zeigt ihn auf dem Spielfeld des MCA, am Valentinstag, dem 14. Februar …

Porträt in Zahlen: Manjunath Kumar
Young Lions Expert Panel Ranking: 2. Platz
Größe: 158 cm
Gewicht: (keine Angaben)
Schlagdurchschnitt (in Indien): 46,70
Schlagdurchschnitt (außerhalb von Indien): 45,00
Trefferrate (per 100 Bälle): 91,40
Höchste Punktzahl (in Indien): 497
Punkteverhältnis Off Side/Leg Side: 38:62

Trainer-Ranking (stadtweite Umfrage unter Schultrainern): 2
Cricketspielerkollegen-Ranking (stadtweite Umfrage unter Schulcricket-Spielern): 19

Mein Bruder wird ganz schön wütend sein, wenn er die Sendung sieht.

***

Das Netz wird von Bambusstäben hochgehalten; innerhalb des Netzes steht sein Bruder mit blauem Helm und bebendem Schlagholz. Das Netz bildet einen Kubus um ihn herum, wie bei einem technischen Zeichner, der sein Modell kubiert. Jetzt kommt ein roter Ball auf Radha zugeflogen: Radha zuckt die Schultern und lässt ihn vorbeisausen. Rings um das Netz treten die Leute einen Schritt zurück. Der Ball trifft das Netz, und das Netz vibriert; die Zuschauer rücken wieder näher. Der Schlagmann schiebt seinen Unterleibsschutz hin und her, seine Beinschützer, fegt mit dem Schläger über den Boden und setzt seinen Helm plötzlich ab, schleudert ihn zu Boden und wartet. Der Bowler wirft ihm den Ball mit einem Drall zu – die Pitch entlang und durch die Covers.

Manju, der hinter dem Netz steht, spürt das gewohnte Timing seines Bruders. Das hat er immer noch. Verschwunden ist jedoch die Kraft, die dieses Timing früher begleitete.

Links von Manju stand ein Mädchen in einem grauen T-Shirt und beobachtete ihn: Ihr volles, frisch gewaschenes Haar war in der Mitte gescheitelt und fiel ihr wie ein gefalteter Adlerflügel schön glänzend über die Schulter.

Wie alle berühmten Sportler durfte Radha Kumar sich den Luxus leisten, seine Freundin zur Pitch mitzubringen, obwohl der Status ihrer Beziehung nicht ganz klar war. Sofia, die sich ab und zu mit den Fingern durch ihr glänzendes, geometrisch perfekt geschnittenes Haar fuhr, beobachtete den jüngeren Kumar weiterhin, ohne zu bemerken, dass ein paar männliche Zuschauer sie beobachteten.

«Ich werde kurze, hoch aufschießende Bälle bowlen, Radha. Helm.»

Als sich Radha bückte, um seinen blauen Helm aufzuheben, traf sein Blick den seines jüngeren Bruders.

Radha Krishna Kumar: jetzt ein ehemaliger Young Lion.

Manju roch Angst. Er konnte den Schweiß seines Bruders riechen: Von allen sieben Schweißarten war diese diejenige, die Angst signalisierte. Ja, Angst: Manju roch alle Angst der Welt ins Gesicht seines Bruders gebrannt, alle Angst der Welt eingeprägt in sein Schlagholz.

«Trottel! Trottel! Wie schlägst du denn plötzlich die Bälle?» Tommy Sir kam laut brüllend zum Netz gerannt.

«Du greifst ja ganz anders! Und du hast deinen Backlift verringert!»

«Mein Vater. Coach Sawant», erklärte Radha. Die Entscheidung hatten Sawant und sein Vater gemeinsam getroffen: Sawant aufgrund einer Computeranalyse von Radhas gestiegener Fehlerquote, und sein Vater, weil er meinte, sein Backlift solle geopfert werden, damit er länger an der Schlaglinie sein könne.

Tommy Sir legte die Hände ans Netz und rief dem Jungen zu: «Gratuliere, du schlägst den Ball jetzt wie ein Mädchen.»

Radha zog den Helm wieder aus; er wischte sich das Gesicht an der Schulter ab; er versuchte, den Vorwurf abzuwehren.

Als Tommy Sir das Gesicht hinter dem Helm sah, wurde er sanfter:

«Du solltest mich bei so was erst fragen, mein Sohn. Aber mach dir keine Gedanken: Du bist effizient, schlagkräftig und großartig.» Er streckte die Hand aus und klopfte Radha auf die Schulter. «Wir finden einen Ausweg; mach dir keine Gedanken. Jetzt ist dein Bruder an der Reihe. Manju, schnall deine Schutzpolster an.»

Als Sofia das hörte, drehte sie sich lächelnd zum jüngeren Kumar um und ließ ihn alle dunklen Flecken an ihrem Hals sehen. Manju strahlte sofort vor Freude: Denn er wusste, dass er der einzige Junge in ganz Mumbai war, der wirklich effizient, schlagkräftig und großartig mit dem Schlagholz umging.

***

Nach sechzehntägiger Trennung trafen sie die beiden Freunde im «Golden Punjab», einem Restaurant nicht weit vom Vashi-Bahnhof.

Javed grinste immer noch wie Harsha Bhogle und wackelte auf dieselbe Art mit dem Kopf. Er war mit seinem Vater in Aligarh gewesen, von wo aus sie mit einem Taxi durch Uttar Pradesh gefahren waren. Zum ersten Mal hatte er den Bundesstaat gesehen, aus dem sie stammten. Vom Taj Mahal in Agra fuhren sie nach Benares und weiter nach Kanpur. U. P. war eine verdammt große Hirnwelle, Mann. Wahnsinn. In der Nähe von Agra ging Javed mit seinem Vater zu dieser Dargah – «weißt du, was das ist, Manju? Da war eine Marmorplatte mit einer langen Rille, und weißt du, was mein Vater mir erzählt hat, Manju? Dass vor Urzeiten ein persischer Dichter an dieser Marmorplatte saß und mit einer Pfauenfeder Gedichte schrieb, und wenn er müde wurde, hat er sie in die Rille gesteckt. Ich hab die Rille berührt, Manju: Sieh mal!»

Javed zeigte ihm seine Fingerkuppe und legte sie dann an Manjus Stirn: Manju lächelte zuerst, als sei er begeistert, doch dann fing er an zu weinen.

Pausenlos mit einem Finger an einer Haarlocke drehend, sah er durch einen Tränenschleier auf dem Teller, der vor ihm stand, die grauen Röhrchen aus Hühnerfleisch-Seekh-Kebab in einer gehaltvollen roten Soße. Javed nahm sich eines davon mit drei Fingern, drückte es mit dem Daumen in zwei Hälften und rollte die längere Hälfte zu seinem Freund hinüber. Manju schüttelte den Kopf; er zwirbelte immer noch die Haarlocke auf seiner Stirn.

«Worüber weinst du diesmal, mein kleiner Sachin?»

«Du weißt doch gar nicht, was mir passiert ist. Du warst so lange weg und hast mich nicht mal aus Aligarh angerufen», sagte Manju, und Tränen schossen ihm aus den Augen.

«Tut mir leid. Erzähl mir, was passiert ist.»

«Oh, alles. Alles», sagte Manju und ließ den Tränen ihren Lauf.

Javed ließ sein Essen stehen, setzte sich neben seinen Freund und hörte ihm zu.

Chemiesäle machten ihn nervös, gestand Manju, deshalb hatte er bei der Titration den Salzsäurestand in dem langen Reagenzglas falsch abgelesen. Er hatte dauernd den oberen Meniskus abgelesen – und zeigte Javed jetzt, wie die Flüssigkeit am Glas klebt und man deshalb nicht richtig ablesen kann. Das hatte auch seine Lackmustests ruiniert. Ruiniert! Er würde versagen, und man würde ihn verspotten und vom College werfen, und dann würde er nie Naturwissenschaftler in Amerika.

«Das ist schon alles? Keiner wird dich vom College werfen. Noch vor Jahresende wirst du der Beste in Chemie sein. Das versprech ich dir. Hat Javed schon jemals gelogen?»

«Nein», sagte Manju, der immer noch die Locke auf seiner Stirn zwirbelte.

«Hast du jetzt neue Freunde im College, Javed? Sogar vor deiner Abreise nach Aligarh habe ich zwei Tage lang nichts von dir gehört.»

Javed sprach ausnahmsweise langsam und deutlich: «Ich bin hier, und du bist dort, wie sollen wir uns da jeden Tag treffen?»

Das leuchtete Manju ein, und doch fand er es unfair. Er hatte gedacht, sie hätten eine Abmachung getroffen: Er würde fleißig lernen und es aufs College schaffen, wo er Naturwissenschaften belegen würde, und dafür würde er Javed jeden Tag sehen.

«Und du, Sir Manju?», fragte Javed. «Als ich neulich angerufen habe, bist du nicht drangegangen.»

«Kino.»

«Du warst im Kino? Mit wem?»

«Allein.»

«Nur Geisteskranke gehen allein ins Kino», sagte Javed. «Komm nach Navi Mumbai und geh mit mir ins Kino.»

Manju war plötzlich in Hochstimmung. «Im Ernst?», fragte er und hoffte, Javed würde noch mehr Gutes über ihn sagen. Er rückte näher an ihn heran.

Der Klang seines Gelächters kündigte Manju jedoch an, dass Javeds Laune sich geändert hatte und dass er sich in den anderen «J. A.» verwandelt hatte, den Widerling.

«A-ha, A-ha. Hey, Tendulkar. Such dir einen neuen Spiegel.»

«Warum das denn?», fragte Manju. «Was soll das heißen?»

«Es soll heißen, dass du nicht so toll aussiehst, wie du denkst. Du betrachtest dich dauernd im Spiegel. Ich wette, dass du dich sogar im Kino in jeder spiegelnden Fläche angeschaut hast. Stimmt's? A-ha, A-ha.»

Manju musste seine Halsmuskeln anspannen, um keine gehässige Antwort zu geben. Sein Gesicht und Hals fühlten sich genauso taub an wie nach Ohrfeigen von seinem Vater.

Sie gingen, anfangs noch schweigend, zum Bahnhof. Doch plötzlich veränderten sich Javeds Miene und seine Laune, und er war wieder zu Scherzen aufgelegt.

«Wirst du weitertrainieren, Kapitän? Sag schon.»

Manju schwieg.

«Ja?»

«Ja.»

«Nein, du trainierst nicht weiter, Kapitän.»

«Ich finde heraus, wie ich Chemie lernen und trotzdem Cricket spielen kann.»

«Nein. Es gibt noch einen Grund, Kapitän», sagte Javed.

«Ich musste Cricket noch aus einem anderen Grund aufgeben, und auch du musst das früher oder später tun, und zwar aus demselben Grund.» Javed kitzelte ihn zwischen den Rippen. «In Uttar

Pradesh hat mich mein Vater gefragt, ob ich mich gar nicht für Mädchen interessiere.»

Als sie die Straße überquerten, fuhr eine Autorikscha zwischen ihnen hindurch; Manju musste rennen, um Javed einzuholen.

«Und was hast du ihm geantwortet?»

«Ich habe ihm gesagt, und wenn nicht, wo ist dann das Problem, Daddy?»

«Und was hat er gesagt?»

«‹Mach, was du willst, Hauptsache, es kostet mich nichts.› Mensch, manchmal liebe ich meinen Vater.» Javed lachte: Manju roch Fett und Fleisch und Freiheit. «Einmal hat mich der Wickethüter von dieser Dadar-Schule gefragt, ob ich schwul sei. Manju. Hat dich das noch nie jemand gefragt?»

Diese Frage brannte die Sonne nieder und den gesamten Tag; Manju fühlte sich erniedrigt und düster, als sei ein Liter rosa Desinfektionsmittel in seinen Magen geflossen.

«Wieso … wieso sollten sie mich …?»

Er wünschte, er hätte es lauter gesagt. Er wünschte, Radha wäre hier, an seiner Seite. Doch der Einzige, der da war, war Javed, der grinste.

«Manju, hör auf, ein Sklave zu sein. Was ist schon dabei, wenn jemand sagt, du seist schwul?»

Manju spürte Schweißtropfen auf der Stirn.

«Ich weiß, dass du vor allem Angst hast, deshalb fang ich erst gar nicht an, mit dir über Sex zu reden. Aber warum siehst du dir alles bloß an? Das ist nicht normal. Tu was.»

«Leck mich am Arsch.»

Und jetzt lauf!

«Ich möchte wissen, wovor du Angst hast. Das ist alles ganz normal, Mann. Du darfst nicht zulassen, dass sie dein Gehirn steuern.»

Doch Manju stand teilnahmslos da: Javed lachte ihn aus, als hätte er seine Gedanken gelesen. «A-ha. A-ha.» Manju sah in Javeds heiserem Krächzen, in seinem breiten rosa Zahnfleisch, das über seinen Eckzähnen aufblitzte, nichts als die Verachtung von jemandem, der so viel mehr über die tierischen Wahrheiten der Sexualität und des Lebens wusste.

«Leck mich am Arsch.»

Ohne zurückzublicken, rannte Manju zum Vashi-Bahnhof, stieg in einen Zug und saß den ganzen Weg bis nach Chembur still da. Beim Abendessen sah er seinen Vater an und sagte:

«Von heute an gehe ich jeden Abend zum Crickettraining – bis zum Spielerauswahltag.»

Mohan Kumar seufzte.

«Und wie willst du deine Rasur rückgängig machen? Aber ich vergebe dir, Manju. Versprich mir nur eines, mein Sohn. Versprich mir und Lord Subramanya, dass du nicht lernst, wie man ein Auto fährt, sondern von nun an rein bleiben wirst und nur noch an Cricket denkst.»

Manju versprach alles.

***

Ihr Vater spielte ihr liebend gerne Streiche. Jeden April brachte er an einem Morgen einen Berg grüner Mangos ins Haus und ließ sie dann mit verbundenen Augen eintreten. Der Duft der unreifen Früchte raubte ihr die Sinne. Während Manju sich mit der Hand über den Bauch strich und den Haarflaum fühlte, der von seinem Unterleib heraufwuchs, dachte Manju wieder an ihre Kindheit. Nicht an seine, sondern an die seiner Mutter. Er lag mit geschlossenen Augen im Bett und dachte an die Geschichten, die seine Mutter ihm und seinem Bruder über ihr Leben im Haus ihres Vaters erzählt hatte. Manju hatte daraus erfahren, wie andere ihre Kindheit verbrachten. Seine Mutter hatte ihren Vater über alles geliebt. Er war groß, hellhäutig, gut aussehend – die Leute im Dorf nannten ihn immer ihren «europäischen Onkel», weil er so helle Haut hatte –, und er liebte sie ebenfalls. Immer wenn er auf den Markt ging, brachte er ihr Spielzeug mit, sagte jedoch nichts, sondern legte es nur, wie zufällig, auf den Esstisch oder auf den Boden – wenn sie es entdeckte, stieß sie Freudenschreie aus. Eines Tages fuhr sie mit ihrem Vater – nur sie beide, ohne die Schwestern und die Mutter – mit dem Bus einen Berg hinauf zu dem großen Tempel in Tirupati. Nur sie beide – Manju rieb sich immer noch seinen Bauchhaarflaum und kuschelte sich an sein Baumwollkopfkissen. Der einzige Ort, an dem er sich je vollständig sicher gefühlt hatte, war die Kindheit seiner Mutter.

***

In dem Bemühen, die forensische Wissenschaft für sich wieder attraktiv zu machen, saß Manju im Computerraum des Ruia-College vor einem Bildschirm und googlete Leichenhallen in Manchester, als der Lärm draußen losbrach und er sich nicht mehr konzentrieren konnte.

Es war Durga Puja: das Fest der Muttergottheit.

Mit drei Lehrbüchern unter dem Arm verließ er das College und ging dem Lärm nach – zu den behelfsmäßigen Holz-Pandals, von denen ein jedes mit einer vier Meter hohen Götterstatue von Ma Durga geschmückt war, die den pechschwarzen Büffeldämon erschlug. Vor ihr schlugen die Gläubigen Trommeln und zündeten Räucherwerk an.

Er blieb vor dem Matunga-Gymkhana stehen, um die Mädchen in ihrer weißen Tenniskleidung Tennis spielen zu sehen. Er betrachtete die hellbraun glänzenden Beine eines Mädchens, ihre rautenförmigen Wadenmuskeln und dann ihr enges T-Shirt, aus dem eine goldene Halskette hing.

«Das falsche Spiel, Tendulkar.»

Ein Honda City hatte neben ihm gehalten, und ein Mädchen hielt Manju die Tür auf.

«Tu doch nicht so, als würdest du mich nicht mehr kennen», sagte Sofia, als Manju hin- und herblickte. «Steig ein.»

«Ist Radha bei dir?»

«Wieso sollte er bei mir sein? Ich wollte gerade zum Ram Ashraya, einen Freund treffen. Steig ein, Manju, und mach dir keine Gedanken. Dein Vater ist nicht da. Dieser Mann hat versucht, mich im Ballard Estate umzubringen. Du tust mir leid. Steig ein.»

Die Tür stand immer noch offen, und der Wagen hielt den Verkehr auf; also stieg er ein, die Schulbücher mit der einen Hand an die Brust gedrückt, während er mit der anderen die Tür schloss.

Sofia lächelte. Er versuchte, ihre Gedanken zu lesen.

«Morgen ist dein großer Tag – die Mannschaft wird aufgestellt, stimmt's? Alle sind sehr nervös. Du auch?»

Als sie losfuhren, hatte Manju das Gefühl, dass sich ihm der Magen umdrehte.

«He. Ich hab dich gefragt, ob dich der Auswahltag auch so mitnimmt? Ich weiß, dass man dich dazugebeten hat, obwohl du ein Jahr jünger bist als die anderen.»

Er hätte am liebsten die Hand gehoben und Sofia verdeckt.

«Nein, ich bin nicht nervös.»

«Salim», sagte das Mädchen zu ihrem Fahrer, «der Junge hat keinerlei Blutdruck. Sieh nur, wie cool er einen Tag vor der Spielerauswahl ist.» Sie beugte sich zu Manju vor und flüsterte: «Manju, sag mir die Wahrheit. Ich bin auf *deiner* Seite, verstehst du?»

«Ja», sagte Manju.

Es herrschte starker Verkehr; auf der Ladefläche eines Lastwagens näherte sich eine gewaltige, sitzende Durga-Statue, umgeben von chantenden und singenden Gläubigen, von denen manche eigene, kleinere Statuen der Muttergöttin bei sich trugen.

«Salim», sagte Sofia und berührte die Schulter ihres Fahrers mit ihrem BlackBerry. «Weißt du, wer das ist, Salim? Das ist Radhas Bruder. Das sieht man nicht, was?»

«Nein, Ma'am.»

Eine Statue mit einer langen roten Zunge schrammte an der Windschutzscheibe vorbei, als die Gläubigen die Göttin von der einen Wagenseite zur anderen trugen.

«Übrigens mache ich bei einer bezahlten Marktumfrage mit, Amaze gegen Polo. Was gefällt dir besser? Entschuldige, du kannst ja nicht Auto fahren. Dein Vater erlaubt es dir nicht, stimmt's?»

Um sich zu beruhigen, konzentrierte sich Manju auf das Bildnis der Göttin Durga, die immer noch weit weg war.

«Radha hat sich das Fahren selbst beigebracht. Eines Tages lern ich's von ihm.»

Sofia schnalzte mit der Zunge: «Na, klar doch.»

«Du weißt ja, dass wir uns getrennt haben, Radha und ich, oder? Eines Tages hat er mich geschlagen, und ich hab ihm gesagt, ‹Tu das ja nie wieder›. Das ist Missbrauch. Verschwinde aus meinem Leben. Aber wir sind Freunde geblieben. Findest du das gut, wenn man nach einer Beziehung weiter befreundet ist?»

«Ja», sagte Manju.

Ihr magentarotes T-Shirt hatte ein Loch mit Goldrand um ihren Nabel, und darüber stand in großen Buchstaben: POW. Wie albern er in so etwas aussehen würde, dachte Manju; jeder würde albern darin wirken – außer Sofia. Sie kam damit durch, sie kam mit allem durch: Als reiches Mädchen in Mumbai kannte sie ihr Privileg, der Stadt, in der sie lebte, immer einen Schritt voraus zu sein.

Durch Sofia verstand er Javed besser. Als sie ihn zum allerersten Mal um etwas bat, klang ihre Stimme genauso irritiert; und wenn sie das Privatleben von jemandem erforschte, der nicht aus derselben Gesellschaftsschicht stammte, war sie ebenso gedankenlos wie Javed.

«Salim», sagte Sofia plötzlich, «Salim, pass auf, sonst überfahren wir noch jemanden. Sieh dir all die Verrückten an, die ihre Puja machen. All diese *Hindus*! Sind die alle einem Filmset entsprungen? Also, Manju, ich bin auf deiner Seite. Wir sind alle auf deiner Seite. Keinem gefällt, was dein Bruder über dich erzählt, okay?»

Manju merkte, dass das flaue Gefühl in seinem Magen immer stärker wurde. Frag sie, was dein Bruder über dich erzählt, sagte er sich. Frag sie das.

Sie wusste es. Wie seine Mutter und wie die meisten Frauen konnte Sofia Gedanken lesen.

«Hast du Angst vor mir, Manju? Hab keine Angst.»

Sie hatte diese Begegnung geübt, denn dass sie am College vorfuhr, als er gerade herauskam, war bestimmt kein Zufall gewesen.

«Die Leute reden viel über dich, weißt du das, Manju?», sagte Sofia schließlich. «Aber wir sind alle auf deiner Seite. Ich hab zu Radha gesagt, red nicht so über deinen Bruder. Es ist doch Manjus Entscheidung, wie er leben will, lass ihn doch sein, wie er will. Ich hab dich verteidigt.»

Dass man über ihn redete, ihn analysierte und über ihn tratschte, war ein Schock; und als Manju bei Sofia saß, spürte er ein Netz auf sich herabfallen. Aufgebrachte Durga-Anbeter quetschten sich an die Wagenfenster.

«Was sagt denn mein Bruder über mich?»

«Ich möchte doch nur mit dir befreundet sein, Manju», sagte Sofia und biss sich auf die Lippe, weil sie, wie sie sich eingestand, genau so klang wie die Männer, die immer näher an sie herankrochen, dabei jedoch behaupteten, sie wollten nur «ihre Freundschaft». Doch mit Manju zu reden war viel schwieriger, als jede Unterhaltung mit seinem Bruder, der schließlich ein schlichtes Gemüt war.

Es reichte. Sie beugte sich vor und brüllte über die Schulter des Fahrers:

«Salim, halt am Ram Asharaya. Tendulkar», sagte sie und berührte Manju an der Schulter, «entspann dich, okay? Wir leben im 21. Jahrhundert, und du gehst aufs Junior College. Sei du selbst. Sieh mich an. Neulich hab ich zu meinem Vater gesagt, Dad, ich bin im Meeresschildkröten- und Vogelschutzkomitee meines Colleges.

Wir gehen jeden Sonntag zum Crawford Market und befreien diese Tiere aus den Käfigen. Ich werde auch dich beschützen, Manju.»

«Mich beschützen?»

Gut. Um es ein für alle Mal klarzustellen: Sofia verhielt sich Manju gegenüber nicht wie viele Jungen ihr gegenüber. Sie hatte ein echtes, ernsthaftes Interesse daran, ihn zu beschützen, und kam direkt auf den Punkt. Sie sagte ihm, es sei völlig normal, hundertprozentig normal, viele seien heutzutage homosexuell, das sei keine große Sache mehr, im Xavier's College gebe es sogar einen Schwulen- und Lesbenclub, Himmelherrgott, wieso also mache er so ein Theater, nur, weil sein Bruder überall herumerzähle, er sei ein –

Als Nächstes hörte Sofia nur noch ohrenbetäubende Becken- und Trommelschläge, und ihr Fahrer musste scharf bremsen; denn die Wagentür war während der Fahrt geöffnet worden und jemand war hinausgesprungen und fortgerannt. Sofia griff sofort nach der Tür und machte sie zu.

***

Ziel auf die Off-Stumps-Linie, Bhai. Kaise bowling kar rahe ho? Neuer Ball hain, kaputt mat karo!

Warte, warte. Jetzt wird gebowlt.

Lavkar daud – Ramesh!

Manju war am Fort Vijay Club losgegangen und war dann gegen den Uhrzeigersinn um den Azad Maidan herum am Lord Northbrook Cricket Club vorbeigegangen und dann am Times of India Sports Club und am Bohra Cricketers Club, bis er vor dem Young Hindu Cricket Club stand. Wolken und Wind und unerträgliche Sonne. Eine leichte Brise, die nach Holzfeuer riecht. Spikesabdrücke im roten Lehm. Die Geräusche von Bällen, die geschlagen werden, von aufeinanderprallenden Körpern und sich überlagernden Matches. Endlich fand er, was er gesucht hatte. Seinen Bruder

Radha Kumar, der als Feldspieler in den Covers stand, die Finger ausgestreckt, den Blick aufs Wicket gerichtet.

Jemand schrie laut: Ein Feldspieler, der einem Ball seines eigenen Matches hinterherrannte, war von einem Ball, der von dem anderen Match herübergeflogen war, am Schienbein getroffen worden und mit einem Aufschrei zu Boden gestürzt. Auf der Erde waren Blutflecken zu sehen. Er stand mit zerrissener Hose und blutendem Knie auf und schnitt Manjunath eine Grimasse.

In der hintersten Ecke des Maidans standen zwei Verkehrspolizisten.

Manju beobachtete sie.

Als das Match endlich zu Ende war, kam Radha mit den anderen Jungen vom Spielfeld und warf dabei den roten Ball mit breitem Grinsen von einer Hand in die andere. Vor dem Zelt blieb er stehen.

Er ließ den Ball fallen und sah seinen jüngeren Bruder an.

«Radha», sagte Manju. «Was hast du über mich herumerzählt?»

Radha starrte zu Boden und biss in seinen rechten Daumennagel, riss ein Stück ab und und spuckte es aus.

«Radha. Was hast du über mich herumerzählt?»

Radha biss sich auch den Nagel des rechten Zeigefingers ab und betrachtete dann seinen Ringfinger, als wollte er auch diesen Nagel bearbeiten. Doch er drehte sich um und rannte weg.

Radha – dem Manju in T-Shirt und Jeans folgte – rannte in seiner weißen Cricketkleidung den ganzen Azad Maidan entlang, am Xavier's College vorbei und am Fußballplatz, hinter dessen mit Stacheldraht versehener Mauer der Lärm einer Marschkapelle zu hören war, und weiter zum Metro-Kino und durch Dhobi Thalao. Bei «Alfred», der Tanzbar, in der er erst letztes Wochenende mit seinen Freunden gewesen war, bog er links ab und rannte an der blau gestrichenen Parsi Dairy Farm vorbei die Brücke hinauf, an einem Korb geschälter Ananas vorbei, den ein Kuli auf dem Kopf trug, und an einer Überführung vorbei wieder hinunter, hinaus auf den

Marine Drive und bis an den Ort, wo die Tauben sich in dem lauten Kabootarkhana zusammendrängten, einem Metallgehege, in dem sie sich zur Fütterung versammeln konnten. Ein Mann in weißen Pajamas, der gerade einen Sack Körner vor ihnen ausgeleert hatte, betrachtete, die Handflächen aneinandergelegt, ihre vielversprechende Gefräßigkeit.

Radha blieb keuchend stehen: Von hier aus konnte er ein Cricketspiel sehen, das gerade im Gymkhana hinter dem Taubenschlag stattfand; und dahinter noch ein Cricketspiel und hinter diesem noch eines. Es gab kein Entrinnen.

Er drehte sich um und sah, dass Manju langsamer wurde.

Ein Zug fuhr mit einem langen Tuten in den Marine-Lines-Bahnhof ein.

Als Manju auf ihn zugerannt kam, verschränkte Radha die Arme und machte sich auf einen Fausthieb gefasst. Er blickte die Massen von Tauben an, die gefüttert wurden, die sich kräuselnde Menge smaragdfarbener Hälse und grauer pulsierender Körper, die nur auf ihre Gratiskörner achteten und warteten.

Nichts. Absolut gar nichts.

Manju war einen Schritt nach rechts gerückt. In seiner Miene lag etwas Neues: Sein Lächeln hatte etwas Niederträchtiges. Radha sah, wie er in den Kabootarkhana kletterte, seinen Schuh über eine fressende Taube hielt, die die Körner angurrte und die Gefahr über ihrem Kopf nicht bemerkte; er ließ seinen Fuß weiterhin dort schweben und ließ ihn dann auf die Taube niedersausen.

«Manju!»

Alle anderen Tauben flüchteten sofort.

Der Vogel lebte noch. Er war jetzt allein in dem Kabootarkhana und raste wie verrückt in hilflosen Kreisen über die ausgeschütteten Körner.

Radha schlug seinen Bruder.

Im Zug nach Chembur standen sie nebeneinander und sahen sich an.

Noch bevor der Zug anhielt, sprang Manju ab und rannte los; Radha folgte ihm und versuchte ihn, während sie am Subramanya-Tempel vorbei zum Tattvamasi-Gebäude rannten, zu fassen zu bekommen. Zu Hause angelangt, gingen sie zur Backsteinmauer im Hof und prügelten sich mit Händen und Fäusten unter den Augen der Nachbarn, bis sie erschöpft waren. Sie gingen die Treppe zum vierten Stock hinauf, tranken Wasser, das ihr Vater ihnen in Gläser eingeschenkt hatte, aßen zu Abend, wuschen sich das Gesicht, gingen ins Bett und knipsten das Licht aus.

Dann sah Manju eine Gestalt neben seinem Bett stehen. Er wandte das Gesicht ab, biss die Zähne zusammen und wartete darauf, dass es wieder losging.

Aber der Schlag blieb aus, und der Körper ließ sich auf Radhas Bett fallen. Im Dunkeln hörte Manju Schluchzer.

«Manju, es tut mir leid, dass ich diese Dinge über dich gesagt habe, aber Sofia hat immer wieder nach dir gefragt, immer wieder, und da bin ich wütend geworden und … Manju, du gewinnst immer, du bist der Golden Boy, aber was ist mit mir? Willst du, dass ich dir die Crickettasche trage?» Das Schluchzen wurde lauter. «Er hat gesagt, ich sei schlank, schlagkräftig und … Manju …»

Bei manchen passiert es langsam; sie versinken über Jahre hinweg allmählich in Paranoia und Angst – und bei manchen geschieht die Wirklichkeitsentfremdung in einem einzigen schneidenden Augenblick. Bei Radha war es am Netz geschehen: Es war in dem Augenblick passiert, als Tommy Sir ihn an der Schulter gefasst und gesagt hatte: Du bist schlank, schlagkräftig und großartig, mein Sohn.

Weil Tommy Sir ihn nie gelobt hatte, wenn er gut war.

«… er hat gesagt … schlank, schlagkräftig und …»

In einem einzigen, anstrengenden Kraftakt hatte Manju den feuchten, bedauernswerten Körper seines Bruders von seinem Bett gehoben.

«Du hättest trainieren sollen.»

Trainieren? Manju sah, dass das Wort Radha mitten ins Mark traf. Dass er zitterte.

Was hab ich denn sonst bis jetzt in meinem Leben getan?, musste er denken. Nichts, als Cricket trainiert. Radha sprang vom Bett auf, stellte sich vor seinen jüngeren Bruder und ballte die Faust: Er tat, als würde er sie direkt auf seinem Hals landen lassen, was Manju zum Grinsen brachte.

«Hey. Homo. Hör zu. Morgen musst du dein Wicket absichtlich aufgeben und früh ausscheiden. Morgen ist nämlich *mein* Tag. Wenn du nicht früh genug ausscheidest, bring ich dich um. Hast du gehört?»

Manju zappelte nur mit den Füßen.

Radha ballte die Faust noch fester, dann ließ er sie los, sank in sich zusammen und schluchzte.

«Tut mir leid, Manju. Du bist nicht schwul.»

Manju befahl ihm: «Sag es noch mal.»

«Du bist nicht schwul.»

Als er es ihn zum dritten Mal hatte sagen lassen, seufzte Manju: Der Streit war vorbei.

«Jetzt heul nicht wie ein Mädchen. Geh schlafen.»

«Ja, Manju», sagte Radha.

Obwohl er seinen Bruder neben sich schluchzen hörte und er selbst blaue Flecken im Gesicht hatte und sein Hals schweißbedeckt war, frohlockte Manju: Er dachte an den Moment, als er ganz bewusst auf den fetten Körper der Taube getreten war und sie mit dem Schuh festgehalten hatte. In Manjunaths Leben hatte etwas Neues begonnen: Er hatte die Macht geschmeckt.

***

Die schwarze Straße vom Metro-Kino bis zum Victoria-Terminus ist menschenleer, darüber pulsieren eine Reihe roter Ampeln. Das Municipal Corporation Building ist beleuchtet, doch der Bahnhof ist nur ein weißer Kreis mit Goldrand: nichts als eine Uhr, die 5:45 am Morgen zeigt. Die Leute schlafen, ganze Sippschaften schlafen auf dem Gehweg, doch an einem blauen Stand am Bahnhof stehen die ersten Tassen Tee bereit. Der junge Mann, der den Tee ausschenkt, kommt aus einem Dorf und ist so unerfahren, dass er nicht weiß, was gemeint ist, wenn man sagt «To go» oder «Zum Mitnehmen», auch «geben Sie mir den Tee einfach in einer Plastiktasse, ja?» versteht er nicht. Ein Polizist bläst jetzt in seine Trillerpfeife, und der Verkehr bewegt sich weiter. Der Himmel ist blasslila, und der berühmte, massige neogothische Bahnhof taucht wie ein Schlachtschiff auf, das die ganze Nacht dagelegen und gewartet hat. Auf den Dächern drängen sich Tauben, fliegen Loopings und kommen zurück, als würden sie ihre Bewegungen für den gesamten Tag proben. Vor dem Azad Maidan schläft ein Junge mit einer schwarzen Augenbinde und offenem Mund auf dem Bauch seiner Mutter. Eine städtische Straßenkehrerin mit blauem Mundschutz kommt mit ihrem Besen auf die beiden zu. In dem Chaos aus Schutt, Erde und Staub verkündet ein charakteristisches Geräusch den neuen Morgen: Ein Cricketschlagholz klopft auf den Erdboden. Hinter dem Zaun des Azad Maidan hat es den Anschein, als hätte ein Wirrwarr aus Papiermüll und herrenlosem Plastik sich erhoben und Menschengestalt angenommen: Hunderte von jungen Männern in Weiß bowlen und schlagen den Ball, und jede Minute werden es mehr.

Es ist endlich Spielerauswahltag.

SPIELERAUSWAHLTAG

Als Mohan Kumar aufwachte, stellte er fest, dass Manju nicht in seinem Bett lag. Er war jedoch erleichtert, dass sein Schlagholz und seine Cricketschutzkleidung ebenfalls fehlten. Der Vater der Champions ging in die Küche, machte das Licht an und suchte den irdenen Topf mit abgekochtem Wasser, den das Dienstmädchen jeden Abend neben den Kühlschrank stellte.

Von der Küche aus sah er Radha auf seinem Bett, all seine weißen Zähne zeigend, wie eine Katze schlafen.

Mohan setzte sich neben ihn und trank kleine Schlucke Wasser.

Radha schlug die Augen auf, rührte sich aber nicht.

«Ich habe mich die ganze Nacht gefragt, ob Lord Subramanya etwas verwechselt hat. Hat er dem einen Jungen Talent gegeben und dem anderen Begehren? Aber nein, so etwas passiert niemandem, der Gottvertrauen hat, Radha. Du wirst heute ganz sicher ausgewählt.»

Radha schwang sich aus dem Bett.

Er holte eine kleine Plastiktüte aus einer Schublade in seinem Zimmer, legte sie auf den Tisch und nahm den heiligen Crickethandschuh heraus. Er hielt ihn sich vors Gesicht und berührte erst sein rechtes und dann sein linkes Auge damit.

An diesem Morgen waren die Tore des Subramanya-Tempels gerade erst geöffnet worden, und es dauerte ein paar Minuten, bis der Priester das Notwendige auf Sanskrit heruntergeleiert und das dunkle Götterbild mit dem heiligen Feuer, der *Aarthi,* ins Leben gerufen hatte. Weil alle in der Nachbarschaft wussten, dass Auswahltag war, belebte der Priester eine südindische Tradition wieder; er hob eine Silberkrone hoch, Gottes eigene Krone, und drückte sie dem Cricketspieler dreimal aufs Haupt. Als sie Radhas Kopf zum dritten Mal berührte, hatte er eine Halluzination: Er sah den Cricketgott Subramanya, den Herrn der Westghats, vor sich auf seiner heiligen Schlange Vasuki stehen und mit einer Stimme, die jedem aus tausend Fernsehwerbespots vertraut war, nämlich mit Sachin Tendulkars Stimme, sagen:

«Mein Sohn, du bist nicht zum Scheitern geboren: Glaube an mich, besonders am heutigen Tage.»

Eine Stunde später eilte Radha Kumar zur Schlaglinie im Azad Maidan. Ein heiliger Handschuh, der einst Sachin gehörte, war in seine Hosentasche gestopft. Er stand an der Schlaglinie und richtete seinen SG-Sunny-Tonny-Schläger aus, echtes englisches Weidenholz.

Zu Beginn eines Durchgangs kann das Pech in millionenfacher Gestalt auftreten. Die leichte Berührung eines Balls, der sich wegdreht; ein angeschnittener Ball, der die Wicketstäbe trifft; ein Ball, der an den Beinschützern abprallt und vom Forward-Short-Leg-Feldspieler aufgefangen wird. Man muss die ersten zwanzig Bälle überstehen, dann ist man eingespielt. Wenn man fünfzig Bälle hinter sich hat, wird das Auswahlkomitee sehen: «Dieser Junge ist etwas Besonderes.»

Radha schlug die Bälle, wie man ihn das ganze Jahr über nicht hatte schlagen sehen. Die Bowler warfen erst kurze Bälle und dann volle. Die ersten schnitt er an, die anderen schlug er weit.

Als er zwanzig Bälle geschlagen hatte, richtete er sein Schlagholz erneut aus. Subramanya, Gott des Crickets, nur noch dreißig Läufe, dann bin ich gerettet.

Ein Ball aus einem anderen Spiel war in seine Pitch gerollt. Mit der natürlichen Anmut, die Radha in diesem Spiel zum ersten Mal an den Tag gelegt hatte, als er vier Jahre alt war, hielt er den Schläger mit nur einer Hand und hob den Ball mit der anderen in dem Moment auf, als ein Feldspieler angerannt kam, um ihn zu holen.

Radha schlug ihm den Ball zu, der andere Junge fing ihn auf und rief: «Danke, Mann!»

Radha winkte ihm zu und richtete seinen Schläger erneut aus.

Die Sonne schien auf das Municipal Corporate Building; weiter hinten auf dem Gelände ertönten Trommelschläge. Radha sah einen Stapel weißer Sandsäcke zu seiner Rechten und wunderte sich, warum sie da lagen. Eine Krähe stürzte herab.

Deennawaz Shah hatte Anlauf genommen.

***

Neunzig Sekunden später:

Obwohl der Junge den Kopf zwischen die Knie geklemmt hat und sich die Ohren mit seinen großen Handtellern zuhält, dringen die Worte doch zu ihm durch: «Du bist gehüpft. Ein Gewichtsverlagerungsproblem. So viele Jahre habe ich mit dir trainiert, und wieder hast du es getan. Ausgerechnet am Auswahltag.»

Radha schlug die Augen auf und sah Tommy Sir vor sich stehen. Er war wieder im Zelt am hintersten Ende des Maidans.

Sein Bruder Manju richtete jetzt den Schläger am Wicket aus.

«Ich habe monatelang trainiert, Tommy Sir. Sogar in der Regenzeit. Ich habe jeden Tag von halb acht bis elf und von drei bis halb sechs im Netz gestanden.»

Es war aus und vorbei. Deennawaz Shah hatte Radhas Schwäche aufgespürt: Sein erster Ball war kurz, traf Radha am rechten Schenkelschützer und fiel dann auf seinen Fuß. Während der Junge durch die Augenwinkel zusah, fand der Ball den Weg durch seine Gebete und durch fünfzehn Jahre währende Vormittage und Nachmittage ins Netz. Mohan Kumars erster Sohn sah die Bails herunterfallen.

«Dein Bruder hat auf mich gehört, Radha. Manju hat immer auf mich gehört, aber du …»

Radha schlug die Augen auf.

«Das Talent meines Bruders ist ein Gottesgeschenk, Alter. Du hast damit gar nichts zu tun.»

Radha holte Sachin Tendulkars Handschuh aus der Hosentasche und hielt ihn hoch: Haben ihn alle gesehen? Gut. Er versuchte, ihn mit den Händen zu zerreißen – dann mit den Zähnen –, und spuckte ihn dann auf den Boden. Danach ging er fort.

Tommy Sir starrte ihm hinterher.

Für den Fall, dass alles vorbei war, hatte Tommy Sir eine Rede parat: die Rede, die er hielt, wenn keine Hoffnung mehr bestand, dass der Junge ausgewählt wurde. Wenn der Junge wütend wird, seinen Mentor anbrüllen will: Warum haben Sie mich zum Cricketspielen gezwungen, Opa? In solchen Augenblicken legt Tommy Sir dem Jungen die Hand auf die Schulter und erwidert: *Wir hatten keine andere Wahl. Aber wenn du gelernt hast, in diesem absurden Spiel alles zu geben, dann wirst du das auch im Geschäftsleben oder in der Medizin oder anderswo können und dieses Leben meistern wie ein König.*

Doch dieser Radha – man sehe sich an, wie er davongeht –, was konnte man so einem Geschöpf sagen? Weil er einen trockenen Hals hatte, trank er eine halbe Flasche Bisleri, gurgelte zum Schluss und warf die Flasche auf den roten Lehmboden.

Manche Jungen gehen unter.

***

Radha saß, das Gesicht in die Hände vergraben, in einem Teeshop mit niedriger Decke, und Schweiß rann ihm über Stirn und Nase. Als er die Augen aufmachte, saß auf einmal am Tisch vor ihm ein Mann mit silbernem Polyesterhemd, Schmerbauch, Hennahaaren, und halb geöffnetem, schnaufendem Mund. Radha beobachtete den wie ein aufgezogenes Spielzeug unentwegt wackelnden Bauch. Er starrte ihn an, bis der Baucheigentümer sich vorbeugte und flüsterte:

«Bist du Sportler, mein Sohn? Sportler?»

Vier kleine Ventilatoren gingen gleichzeitig an, und die heiße Luft traf alle, die dort saßen.

Radha wandte den Blick von dem Bauch, der unter dem silbernen Hemd weiterwackelte, zum Gesicht des Mannes, das, gekrönt von seinem roten Haar, besorgt und eifrig wirkte.

«Du siehst müde aus, mein Sohn. Du hast sicher fleißig gespielt, was?»

Der Mann hielt seine Teetasse hoch, an der eine zähflüssige, braune Flüssigkeit klebte.

«Willst du meinen Tee probieren? Meinen guten Tee?» Er schnitt eine Grimasse, langte über seinen Bauch, stellte seine Tasse auf Radhas Tisch und schob sie dann mit einem Finger weiter.

Radha hatte Tränen in den Augen. Während er zusah, wie die Tasse immer näher zu ihm geschoben wurde, kaute er an seinen Fingernägeln.

Ein alter Mann, der im Teeshop bediente, lehnte an der Wand, zog die Wangen ein und kratzte mit dem linken Fuß den abbröckelnden Putz weg. Nach und nach gesellten sich drei weitere Kellner, die alle nackte Füße hatten, zu ihm: Sie wollten ebenfalls zuschauen und sich amüsieren.

«Mach dir keine Gedanken über den fetten Uncle hier», sagte der Kellner, der mit dem Fuß an der Wand kratzte. «Er ist harmlos. Uncle, hören Sie auf, den Jungen Tee auszugeben.»

«Warum soll der Sportler nichts von meinem Tee bekommen?», maulte der fette Mann. «Tee ist so was Gutes.»

Radha schlug mit der Faust auf den Tisch, sodass der Tee überschwappte, und sagte etwas zu dem fetten Mann – dessen Bauch jetzt nicht mehr wackelte. Die Kellner forderten den übergeschnappten Teenager auf, sofort zu verschwinden.

***

An den Rändern des Azad Maidans hämmerten überall kleine grüne Schreibmaschinen: Männer mit dicken Brillengläsern schlugen auf die Tasten und füllten Anwaltsformulare für ihre Kunden aus. Ein alter Mann rauchte eine Beedi und breitete sich auf dem Gehweg aus, vor sich ein Schild, auf dem stand:

HAND-/GESICHTSLESEN
SOFORTIGE LÖSUNG VON LEBENSPROBLEMEN
5 LEBENSPROBLEME: 150 Rs
SÄMTLICHE LEBENSPROBLEME: 500 Rs

«Willst du fünf Lebensprobleme für nur 75 Rs gelöst bekommen?» Er warf Radha, der das Schild betrachtete, einen kurzen Blick zu. «Deine Augen gefallen mir, mein Sohn.»

Radha wich zurück. *Sie auch?* Er sah den grinsenden alten Handleser an. *Sie auch?*

In den Slums am Rande des Maidans brodelten die Aluminiumtöpfe. Es war Mittagessenszeit. In dem dreieckigen Stück Rasen am Parkende sah Radha rote Flaggen im Zaun stecken. Hinter den Bäumen plärrte es:

«Kohinoor Baumwollspinnerei. Swan Baumwollspinnerei. Shree Ram Baumwollspinnerei. India United Mills No 1. Wo bleibt unsere Entschädigung? Wo bleibt die Gerechtigkeit? Wo ist unser Mumbai-Anteil?»

Radha rannte.

An den klappernden Schreibmaschinen vorbei, an den Männern, die Holz hackten, und zurück zum Azad Maidan, wo Manju mit dem Schlagholz vor den Männern angab, die die Spieler auswählten.

Radha kam zu dem Zelt, in dem sich alle Cricketspieler befanden, ging aber nicht hinein. Er war nicht imstande, ihnen noch einmal zu begegnen.

Zwei Obdachlose hockten in der Nähe und sahen sich das Spiel an. Eine schwarze Henne gackerte um sie herum und pickte zu Radhas Füßen, was ihn erschaudern ließ.

«Tut mir leid, dass du wegen mir ausscheiden musstest, Mann. War nicht böse gemeint.» Deennawaz Shah, der junge Temposchreck, war während des Spiels ausgerutscht und hinkte jetzt zum Zelt, wobei er seine weiße Hose hochkrempelte, um seine rote Schienbeinwunde freizulegen. Er lächelte Radha sanftmütig und geradezu schmeichlerisch zu und sagte: «Gib mir ein bisschen Wasser, Mann.»

Dann wandte er sich wieder dem Cricketspiel zu. Radha betrachtete das kleine Genick des Jungen von hinten.

Ein knallender Schlag. Bei dem Geräusch des Balls, der satt auf das Schlagholz traf, blickte Deennawaz mit offenem Mund auf.

«Dein Bruder ist heute nicht zu bremsen. Er schlägt gut gebowlte Bälle gekonnt auf die Leg-Side. Auch schnelle Bälle schlägt er so. Und das alles auf dem vorderen Fuß. Gibst du mir ein bisschen Wasser?»

Mit zusammengebissenen Zähnen dachte Radha an Javed Ansari, der an alledem schuld war. Alle wussten, dass *er* der Homo war.

Bei dem Gedanken an «J. A.» hatte er einen Kochtopf vor Augen, aus dem Dampf stieg, der das Gesicht seines kleinen Bruders einhüllte.

Radha stand jetzt direkt hinter Deennawaz: dicht genug, um zu erkennen, wo sich der Knochen in seinem Genick verdickte und wo die feinen Härchen begannen, die an seinem Rücken hinunterliefen. Er war ebenfalls Moslem, und das genügte.

Radhas Zunge rollte sich auf wie die eines Stiers und berührte seine Oberlippe; seine rechte Hand, die nicht mehr zum Cricketspielen taugte, wurde zur Faust.

Deennawaz wollte sich gerade umdrehen und nochmals um Wasser bitten, als er den Schlag ins Genick spürte, der ihn wie ein Vorschlaghammer traf und seine gesamte Wirbelsäule stauchte, sodass sein oberster Halswirbel beinah die Haut durchstieß.

Als die Spieler den Schrei hörten, unterbrachen sie das Cricketmatch.

***

Manju sagte zu seinem Vater, er solle einen Moment stillstehen, und unterschrieb dann für sie beide im Kontrollbuch des Wachpostens. Hinter einer Faltgittertür wartete der Aufzug. Es gab keinen Fahrstuhlführer, nur einen kalten Holzstuhl. Als sie den Aufzug betraten, hielt Manju seinem Vater die Gittertür auf.

Dann fuhr der Aufzug nach oben.

«Du wirst sehen, sobald wir zu Hause sind, werden wir erfahren, wo Radha steckt. Er wird anrufen und mir sagen, wo er ist.»

Eine kleine, kränkliche Gestalt, die sich das Zwerchfell aushustete, öffnete die Tür zu Anand Mehtas Wohnung im 13. Stock. Manju sah, dass das Zimmer hinter ihm dunkel war, bis auf eine Tischlampe, vor der Mr Mehta mit einem Glas saß, das mit einer goldfarbenen Flüssigkeit gefüllt war.

«Sie sind da, Anand», krächzte der Mann mit dem Hustenanfall.

«Kommen Sie herein. Rakesh, setzen Sie sich hierher. Ich regel das mit diesen Leuten.»

Manju musste seinen Vater ins Zimmer schubsen.

Anand Mehta stand auf, ging mit dem Glas in der Hand, an dem er immer wieder nippte, durchs dunkle Zimmer und schaute Manju und seinen Vater an; der Hustende, der ihnen die Tür aufgemacht hatte, saß auf dem beigefarbenen Sofa und strich mit den Fingern auf den Lederarmlehnen hin und her.

Manju und sein Vater mussten stehen.

«Wo ist der berühmte Schlägertyp und Terrorist, Ihr Sohn Radha Krishna? Die Polizei hat ihn noch nicht gefunden. Rakesh, das ist der jüngere von den beiden Brüdern, die gefördert werden. Er ist sicher auch kriminell. Pass auf dein Portemonnaie auf.»

«Sir, ich komme zu Ihnen als jemand, der sich beschämt und öffentlich gedemütigt fühlt, weil mein Sohn seinen Cricketkollegen angegriffen hat. In unserer Sprache gibt es das Sprichwort: Wer einen Elefanten stiehlt, ist ein Dieb, und wer eine Erdnuss stiehlt, ist auch –»

«Halten Sie die Klappe!» Anand Mehta zeigte mit dem Finger auf Vater und Sohn. Er stellte sein leeres Glas auf den stummen Fernseher, auf dem ein in Stoff eingewickelter Gegenstand lag. Anand Mehta wickelte ihn aus, überprüfte sein Handy und hüllte es wieder in den weißen Stoff. «Das hab ich von Ihnen, Sie Scheißer. Ich wickle mein Handy in ein Taschentuch ein. Damit ist es vor Keimen geschützt, haben Sie gesagt. Und was ist mit dem dicken fetten Keim namens Mohan Kumar? Wissen Sie, was Deennawaz Shahs Onkel von mir wollte? Fünfundsiebzigtausend Rupien Schmerzensgeld. Fünfundsiebzigtausend. Tommy Sir hat den Mann hierhergebracht und gesagt, bitte geben Sie ihm das Geld, sonst geht er zur Polizei und erstattet FIR gegen Radha, weil dieser seinen Neffen tätlich angegriffen hat. Deennawaz Shah musste ins Krankenhaus, so schwer hat ihn dein Junge aufs Rückgrat geschlagen – und dann auch noch versucht, ihn zu erwürgen, was ihm sogar gelungen wäre, wenn die anderen ihn nicht … Seit Jahren zahle ich für Leute wie Sie, und zahle und zahle.»

Mohan Kumar legte die Handflächen aneinander und versuchte, sich zu bücken und Anand Mehtas Füße zu berühren.

«Fassen Sie mich nicht an. Hauen Sie ab. Weg! Gehen Sie. Es kotzt mich an, von Ihnen verscheißert zu werden. Wie viel Geld habe ich Ihnen in all den Jahren gegeben. Verdammter mexikanischer Barmixer – bildet sich ein, die ganze Scheißbar gehöre ihm.»

Der kränkliche Mann auf dem Sofa knackte mit den Fingern.

Mohan drehte sich um und griff nach den Füßen des Mannes mit den lauten Fingerknöcheln.

«Verbeugen Sie sich nicht vor ihm, sondern vor *mir*», schrie Anand Mehta. «*Ich* bin der Barbesitzer.»

«Schreien Sie meinen Vater nicht an.»

«Was?» Mehta sah den Jungen an.

«Mein Vater hat sich in letzter Zeit nicht zum Bäume Ausreißen gefühlt. Was Radha heute getan hat, ist nicht die Schuld meines Vaters. Aber auch nicht die von Radha.»

«Sprichst du mit mir?» Anand Mehta legte die Hand auf Manjus Kopf und strich ihm übers Haar. Er ließ seine Hand dort liegen. «Sag noch mal, was du gerade gesagt hast. Sag es ein zweites Mal.»

Manju blickte auf den dunklen Teppich. Heftiges Husten, das vom Sofa herüberdrang, bewegte den Teppich hin und her.

«Hör mir zu, Golden Boy. Ich verhandele mit der Mafia in Dhanbad. Verstehst du? Rakesh hier ist der Sohn eines IAS-Beamten. Er hilft mir beim Umgang mit der Mafia. Ich möchte überhaupt nicht mehr an Cricket denken, auch nicht an Mumbai. Und wieso? Weil wir ein Kraftwerk bei Dhanbad besitzen, das wir wieder auf Vordermann bringen. Weißt du, was es für eine Leistungsfähigkeit hat? Vierhunderttausend Stromeinheiten pro Monat, und die momentane Leistung beträgt null. Wenn wir es generalüberholen, verdienen wir sechs Karor pro Monat. Weißt du, wie viel Geld das ist, du Scheißer? Und wegen dir soll ich hier meine Zeit verschwenden? Natürlich gibt es auch Probleme. Selbstverständlich. Der gesamte Bezirk steht Schlange für Schmiergelder. Sobald das Kraftwerk den Betrieb aufnimmt, wird das Telefon pausenlos klingeln. Guten Tag, ich bin Ihr Parlamentsabgeordneter. Ich schicke Ihnen fünfzehn Leute aus meinem Dorf. Stellen Sie sie ein, sonst bringe ich Sie um und ficke Ihre Frau. Ist dir klar, was das bedeutet? Wenn ich sage, spring, dann springst du gefälligst. Und ich sage jetzt, du und dein Bruder, ihr habt mich genug verarscht. Also, wo ist dieser kriminelle Pisser jetzt?»

Manju sagte: «Ich glaube, er ist auf dem Weg in unser Dorf, Sir. Die verstecken ihn vor der Polizei.»

«Scheiße.» Anand Mehtas Gesicht war düsterer und älter geworden. Es erinnerte Manju an die Nacht, als er in ihre Wohnung eingedrungen war.

«Sir», Manju konnte Anand Mehtas Alkoholfahne bis in die Magengrube riechen. Er musste es sagen oder sich übergeben.

«Sir. Sir. Sir. Ab morgen will ich nicht mehr Cricket spielen.»

Die Klimaanlage lief auf Hochtouren, und Manju rieb sich die Unterarme. «Ich habe das meinem Bruder heute angetan und will deshalb nicht mehr spielen. Ich will aufhören und forensische ...»

«Halt die Klappe!», sagten beide Männer gleichzeitig, woraufhin Anand Mehta Mohan Kumar mitteilte: «Ich bin derjenige, der in diesem Raum ‹Halt die Klappe› sagt.»

Der kränkliche Mann hustete ein bisschen; Anand Mehta zeigte mit dem Finger auf Manju. «Golden Boy: Noch eine Minute, dann sag ich dir, was du tun sollst, und genau das wirst du dann auch verdammt noch mal tun.»

Er öffnete einen Schrank, nahm eine Flasche heraus und schenkte zwei Gläser voll. Mohan nahm ein Glas, trank es aus und stellte es wieder hin. Anand Mehta zeigte mit dem Finger auf Manju und dann auf das zweite Glas.

Aber Manju sagte: «Nein.»

«Willst du, dass ich der Polizei sage, wo dein Bruder ist?»

Manju nahm das Glas, schloss die Augen und trank, während sich sein kleiner Körper krümmte.

Anand Mehta lächelte.

«So, und jetzt wird die Zeche bezahlt. Das war nämlich Scotch. Guter indischer Scotch. Für euresgleichen ist hier nichts mehr umsonst. Die Bar gehört mir. Also bezahlt mich.»

Mohan Kumar holte sein Portemonnaie hervor und hielt es ihm hin. Anand Mehta nahm einen Hundert-Rupien-Schein heraus – den einzigen größeren Schein.

***

Als es Mohan und Manju schließlich gelungen war, das Gebäude zu verlassen, sah Mohan, wie sein Sohn Manju sich vorbeugte, wie ein glücklicher Esel die Zunge herausstreckte und sich auf dem Gehweg übergab.

Das Tor hatte sich hinter ihnen geschlossen.

«Lass uns zur Polizei gehen, Appa. Lass uns jetzt sofort zusammen zur Polizei gehen», sagte Manju und wischte sich den Mund ab. «Er hat mich gezwungen, das Zeug zu trinken. Vor deiner Nase. Und du hast nichts unternommen.»

Mohan Kumar sagte nichts; sein Hemd klebte ihm am Leib.

Manju musterte seinen reglosen Vater aus der Nähe. Er sah keine Augen, keinen Mund, keine Gesichtszüge. Manju wurde bewusst, dass sein Vater all die Jahre ohne Gesicht gewesen war. All die Jahre hatte es keinen geheimen Vertrag mit Gott gegeben, keine wissenschaftliche Methode, keine Antibiotika und keine Weisheit aus alten Zeiten, sondern nur Angst.

Manju drehte sich um und blickte umher: Nicht ein Erwachsener, der hier durch die Nacht ging, hatte ein Gesicht.

***

«Als Erstes muss eines klargestellt werden: Hat Javed dir gesagt, dass dir genau das passieren wird, wenn du weiter Cricket spielst? Hat er es gesagt oder nicht?»

Manju hatte seinen Vater vor den Toren von Anand Mehtas Housing Society stehen gelassen und war über die Straße zu einem Lebensmittelladen mit einem gelben Münztelefon gegangen. Der Ladenbesitzer hatte ein zwischen Auge und Nase verlaufendes, schwarzes, tränenförmiges Muttermal und sah dadurch aus, als sei er von Geburt an betrübt. Er blätterte die *Mumbai Sun* durch, ohne Manju im Geringsten zu beachten, der neben ihm stand und ins Telefon schluchzte.

«… sei kein Arsch. Sag mir, was ich tun soll, Javed. Sag's mir.»

«Kein Arsch? Du nennst mich Arsch? Mit dir sollte ich kein Wort mehr reden. Ich hab dir gesagt, wenn du weiter Cricket spielst, dann red ich nicht mehr mit dir. Und ich halte mein Wort.»

«Javed, alles, was heute an Schlimmem passiert ist, was Radha getan hat, das ist alles meine Schuld. Du kennst die Geschichte nicht. Du kennst nicht mal die halbe Geschichte.»

«Manju – keiner ist schuld. Dein Vater treibt schon wieder seine Psychospielchen mit dir. Verlass ihn augenblicklich.»

«Und wohin soll ich gehen, Javed?»

«Komm hierher, nach Navi Mumbai. Ich habe jetzt eine eigene Wohnung – da bist du in Sicherheit.»

Manju hörte, wie Javed am anderen Ende der Leitung die Dunkelheit mit den Kiefern zermalmte.

Dort wäre er tatsächlich in Sicherheit. Javed würde ihn beschützen.

Der Ladenbesitzer blätterte weiter in der *Mumbai Sun*.

«Komm und wohn bei mir, Manju. Wie oft soll ich das noch sagen?»

Einen Moment lang herrschte Stille.

«Eines noch: Ruf mich erst wieder an, wenn du bereit bist, Cricket aufzugeben und hierherzukommen. Javed Ansari wird sein Wort nicht noch einmal brechen. Anrufe von dir werden nicht mehr entgegengenommen. Jeder in meinem Haus hat dazu Anweisung bekommen. Weil ich nämlich besorgt bin, dass du nach Navi Mumbai kommst und sagst: ‹Scheiß auf Cricket, ich bleib jetzt für immer hier›, und dann am nächsten Tag zu Daddy zurückgehst.»

Die Leitung war auf einmal tot. Manju legte den Hörer auf; der Ladeninhaber faltete die Zeitung auf dem Tisch zusammen und lächelte. Diese freundliche Geste belebte Manju, doch dann sah er den Artikel auf der letzten Seite:

Frau tötet Ehemann nicht ohne Grund, sagt die Polizei: *Die zweiunddreißigjährige Ehefrau eines Bauunternehmers, die, wie in dieser Zeitung berichtet wurde, ihren Mann gestern auf entsetzliche Weise ermordet hat, beging die Tat laut Polizeibericht erst, nachdem sie entdeckt hatte, dass ihr Mann eine Affäre mit einem anderen Mann hatte. Diese Hintergründe zwingen uns, so die Polizei, den grausigen Racheakt neu zu bewerten …*

«Alles in Ordnung?», fragte der Ladeninhaber.

«Alles in bester Ordnung», erklärte Manju und garnierte seine Verlautbarung mit einem leichten Lächeln.

***

Papageien hingen mit den Köpfen nach unten an den Telefondrähten am Straßenrand und kreischten ihm und den anderen Busfahrgästen in die Ohren.

Radha Krishna Kumar leckte sich über die Lippen, um den metallischen Geschmack loszuwerden. Er hatte das Gesicht beim Schlafen an die Fensterstäbe gedrückt, und jetzt tat ihm bei jeder Bewegung der Kopf weh, als hätte er sich den Hals verrenkt.

In der Ferne sah er die Berge, über denen der Tag anbrach. Der Bus hatte angehalten, und die Leute waren ausgestiegen und standen vor einem Mann Schlange, der Tee aus einem Edelstahlkessel ausschenkte.

Am Abend zuvor war Radha am Crawford Market in den Bus gestiegen, wie sein Bruder vermutet hatte. Er war unterwegs zu seinem Dorf, zum Haus seines Onkels Revanna, wo er eher in Sicherheit war als zu Hause: Sein Onkel würde ihn niemals der Mumbaier Polizei ausliefern.

Als der Motor wieder angelassen wurde, wimmerte ein Baby; Radha sah ein schwarzes, schluchzendes, nasses Gesichtchen, das sich vor ihm bis zur Busdecke erhob, wie etwas, das man gerade aus der Ursuppe gehoben hatte. Der Vater hatte das Baby ganz weit hochgehoben, damit es sehen konnte, dass es sich trotz des Lärms nicht zu fürchten brauchte: Jetzt blickte es umher und quiekte. Doch für Radha klang es wie ein Löwe im Dschungel. Mit Tränen in den Augen drehte er sich zu den Eisenstäben am Fenster. Mein Vater hat nie so etwas für mich getan; nie hat er mich hochgehalten, sodass ich über dem Lärm der Welt brüllen konnte. Er sah den nach unten hängenden Papageien zu. Er wollte in die rostigen Fensterstangen beißen, ja, beißen, und jede einzelne zerbrechen: Wie hätte er Gott sonst die Meinung sagen sollen? Darüber, dass er ihm einen Mann wie Mohan Kumar zum Vater gegeben hatte.

Das Licht des neuen Tages fand er unerträglich; denn was geht der Morgen einen Mann an, der nicht mehr für Cricket taugt?

«Mach die Augen zu, Radha», flüsterte eine Stimme, und er gehorchte. Im Dunkeln war ein Fingerschnalzen zu hören, und dann sah er unter einem rostigen Gitter schwarzes Wasser, das sich schäumend teilte, und ein Geschöpf mit einer Kuppel auf dem Rücken, das sich heftig strampelnd dem Licht entgegenstreckte.

Ein Stimmchen sagte leise: «Radha Krishna Kumar, älterer Bruder von Manjunath Kumar, der Morgen wird einen Mann wie dich immer etwas angehen.» Dann versank die Wasserschildkröte wieder in der Tiefe. Radhas besudelter, verkrampfter Körper entspannte sich sofort, und obwohl das Licht jetzt direkt in sein Gesicht fiel, schlief er ein.

***

Anrufen, obwohl man gesagt bekam, man solle nicht anrufen; die Wahlwiederholungstaste drücken, wenn aufgelegt wurde; mit dem Telefon neben dem Kopfkissen schlafen, in der Hoffnung, dass es einen mitten in der Nacht weckt: All das sind für einen Sechzehnjährigen neue Erfahrungen.

Seit zwanzig Tagen kein Wort. Morgen sind es drei Wochen.

Wenn du weißt, dass ich es bin, kannst du dann nicht mal abheben, Javed?

Manju saß mit Kopfhörern auf dem letzten Platz im Bus und scrollte durch die Songs auf seinem Handy, bis er Eminem fand. Um ihn herum saßen Mumbais vielversprechendste, von der Cricket Association ausgewählte Cricketspieler unter neunzehn Jahren; sie fuhren zum P. J. Hindu Gymkhana zu einem «Freundschaftsspiel».

Manju hatte eine Mauer aus Musik um sich herum errichtet, saß jedoch allen Blicken ausgeliefert nackt in der Mitte, Blicken, die wussten, welchen Schmerz die Jungen einander zufügen konnten.

Jemand drehte sich nach ihm um, und die Mauer bekam sofort Risse. Daher versteckte Manju seine tiefsten Sorgen hinter anderen Sorgen. Aus dem Dorf hörte man nur Schlechtes über Radha: Die Verwandten beklagten sich darüber, dass er dauernd in der Ecke saß und immer nur sagte: «bestraft mich». Und Manju sah jeden Morgen, sobald er die Augen aufschlug, als Erstes Anand Mehta, der ihm befahl, seinen Whisky zu schlürfen. Na? Zufrieden? Er funkelte den Jungen, der ihn anblickte, wütend an.

Freust du dich, dass ich Schwierigkeiten habe, die jemand wie du verstehen kann?

Er schloss die Augen und dachte daran, wie Javed ihn behandelte, nur weil er nicht alles hatte stehen und liegen lassen und nach Navi Mumbai gekommen war.

Ich bin kein Sklave, hatte er ihm sechs Mal gesimst. *Du bist nicht nett zu mir*. Vier Mal. *Ich komme, aber es dauert noch eine Weile*. Zwei Mal.

Keine Antwort.

Er wollte jetzt, dass Javed die Haare ausfielen. Er sollte ruhig immer größere kahle Stellen bekommen. Dieser moslemische Junge sollte ruhig hässlich werden und wünschen, er hätte Manjunath Kumar nie getroffen.

Der weiße Bus wurde langsamer, als er am Chowpatty Beach vorbeifuhr, und hielt dann vor dem P. J. Hindu Gymkhana. Manju öffnete die Augen und sah Tommy Sir vor dem Eingang stehen.

Er umklammerte seine Crickettasche, drängte sich aus dem Bus, blieb stehen und sah, dass der alte Talentsucher auf ihn gewartet hatte.

Tommy Sir sagte etwas zu ihm, doch Manju ging an ihm vorbei.

Tommy Sir fand ihn im Umkleideraum des Clubhauses, abseits stehend und immer noch mit Handy-Kopfhörern in den Ohren.

Tommy Sir zog ihm den einen Kopfhörer aus dem Ohr, steckte ihn in sein eigenes Ohr und nickte.

«Englische Musik? Gut. Die gefällt mir auch.» Er gab ihm den Kopfhörer zurück, legte jedoch die Hand auf den Schenkel des Jungen. «Manju. Wir müssen miteinander reden. Sieh mich an, mein Junge, sieh mich an. Wie geht es Radha? Ist bei ihm alles in Ordnung?»

Der Junge sah ihn an, als verstehe er kein Wort. Dann veränderte sich Manjus Miene.

«Ich weiß es nicht.»

«Manju. Sieh mich an. Beantworte meine Frage.»

«Ich weiß es nicht», sagte der Junge nochmals.

Tommy Sir fragte daher noch einmal, und zum dritten Mal antwortete Manju ihm in einem Ton, der unverkennbar verriet, dass er sich amüsierte:

«Ich *weiß* es nicht.»

Es dauerte eine Weile, bis Tommy Sir verstand, was vor sich ging.

Die anderen Jungen verließen den Umkleideraum.

In dem Versuch, Manju an der Schulter zu fassen und zu schütteln, damit er zur Besinnung kam, streckte Tommy Sir die Hand aus, hielt aber mitten in der Luft inne.

Manjunath Kumar starrte Tommy Sir an und sah dabei aus wie ein Dobermann, der im nächsten Augenblick den Metallzaun durchbrechen würde. Tommy Sir hatte nicht vergessen, was Manjus älterer Bruder Deennawaz Shah angetan hatte. Er dachte daran, dass diese Familie gewalttätig war, und hielt sich zurück. Doch hatte er noch nie in seinem Leben Angst vor etwas gehabt – und in einem Umkleideraum für Jungen würde er ganz bestimmt keine Angst bekommen.

«Manju», sagte er, «das Auswahlmatch ist ja neulich von deinem Bruder unterbrochen worden, deshalb sind jetzt alle ein bisschen nervös wegen der beiden Kumars, und das Auswahlkomitee will nur sicherstellen, dass bei dir alles in Ordnung ist. Deswegen musst du morgen zum Shivaji-Park kommen und zeigen –»

Tommy Sir hielt den Atem an, weil Manju ein finsteres Gesicht machte und noch böser wirkte.

«Du verdammter, übergeschnappter …» Tommy Sir wollte dem Jungen zuerst einen kräftigen Klaps auf den Kopf geben, überlegte es sich dann aber anders und erwog, sich würdevoll zurückzuziehen, drehte sich aber letztlich einfach um und entfloh.

***

Wie ein Hollywood-Filmheld hatte Tommy Sir den rechten Fuß auf die Hafenmole des Marine Drive gestützt, und ließ den Blick aufrechten Hauptes übers Meer schweifen; sein weißes Haar bebte in der Brise, und er dachte, ‹Wenn ich jetzt keine Zigarette rauche, platzt mir der Kopf›.

Um sich vor Manju in Sicherheit zu bringen, war er, nachdem er den Gymkhana verlassen hatte, über die Straße und dann auf die andere Seite des Marine Drives gegangen, sich immer wieder umblickend, ob er auch nicht verfolgt würde, und war dann, um sein Sicherheitsgefühl zu stärken, noch ein Stück weiter gegangen und dann stehen geblieben, als ein Ozeandampfer in die Back Bay einfuhr. Obwohl er sich seit jeher an die Regel hielt, nie in der Öffentlichkeit zu rauchen, wo ihn ein leicht zu beeinflussender Junge sehen konnte, holte Tommy Sir jetzt ein Päckchen Zigaretten heraus und klopfte leicht darauf.

Erst beschuldigte ihn Radha und jetzt Manju. Nach allem, was er für sie getan hatte. Er zündete sich eine Zigarette an.

Tommy Sir blies den Rauch aus, entspannte sich und betrachtete den Vergnügungsdampfer am Horizont, das ausländische Schiff. Zum Bersten voll mit Turteltauben. Diese jungen, unzertrennlichen Paare reisten um die ganze Welt, nach Italien, Schottland, Russland, vielleicht sogar zu diesen pazifischen Inseln, auf denen es noch rauchende Vulkane gibt. In solchen Momenten musste Tommy Sir an seine kürzlich verstorbene Frau denken, mit der ihm solche Vergnügungen nie vergönnt gewesen waren.

Ist das denn zu glauben?, wollte er den jungen Turteltauben auf dem Kreuzschiff zurufen: Da findet man den neuen Tendulkar, und er will nicht Cricket spielen!

Als er eine halbe Stunde später denselben Weg zurückging, wieder den Marine Drive überquerte und zum Gymkhana zurückkehrte, sah er zwei Straßenkinder, die neben den geparkten Wagen Cricket spielten. Einer nahm Anlauf und bowlte einen eingebildeten Ball. Der andere holte mit einem nicht vorhandenen Schlagholz zum Schlag aus.

«Mach es wie Manju, Yaar!», rief der Bowler.

Tommy Sir blieb stehen.

«Mach was wie …?»

Das letzte Stück zum P. J. Hindu Gymkhana sprintete er.

An der Mauer scharten sich Männer. Männer, die die ganze Nacht hindurch gearbeitet hatten und noch eine Stunde Fahrt nach Govandi oder Thane vor sich hatten, aber zuerst hierherkamen, um sich ein paar Overs anzusehen; zwei indische Paare; ein europäisches Paar: Beide trugen Mützen und saßen mit dem Rücken an den Kontrastschirm gelehnt da, um etwas in ihrem Reiseführer nachzulesen. Jetzt rennen vier blasse Beine mit einem Aufschrei davon: Ein harter roter Ball kommt direkt auf den Kontrastschirm zu.

«Dieser Bursche, dieser Kumar, der kann den Ball echt schlagen, was?»

«Der wird für Mumbai spielen.» «Für Indien! Im World Cup!»

Zwei Züge fuhren an der Marine-Lines-Haltestelle aneinander vorbei; ihre Metalldächer kamen zur Deckung.

Zum ersten Mal seit vierzig Jahren rauchte Tommy Sir vor dem Mumbaier Cricketpublikum – vor aller Augen. Mit einer Zigarette in der Hand beobachtete er Manju. Der Junge spielte so gut wie nie zuvor. Hatte er früher den Ball aus Liebe zum Schlagen angeschnitten und mit einer kurzen Drehung des Handgelenks gespielt, so tat er es jetzt aus Hass. Seine Schläge waren schnell und präzise geworden, und seine Fußtechnik ebenso. Was in den letzten paar Tagen vorgefallen war, spiegelte sich in jedem einzelnen Ball wider, den er spielte. Jede Drehung seines Handgelenks sagte: ‹Wissen Sie, wie sehr ich Sie hasse, Anand Mehta? Weißt du, wie sehr ich dich hasse, Mohan Kumar? Und Sie, Narayanrao Sadashivrao Kulkarni, wollen Sie wissen, was ich von *Ihnen* halte?›

«Genau das habe ich in den ganzen zweiundvierzig Jahren nicht verstanden», sagte sich Tommy Sir. «Der Nebel hat sich gelichtet: Nur dieses eine hatte dem Jungen noch gefehlt, um ein berühmter Schlagmann zu werden. Er musste das Spiel hassen.

Wenn die *Mumbai Sun* an meinem 75. Geburtstag einen Reporter schickt, der Manju interviewt, dann soll er ruhig sagen, Tommy Sir war ein Monster. Er hat mein Leben zerstört und mir das Blut ausgesaugt. Und wenn man mich danach fragt, dann sage ich, jeder große Sportler ist eine Art Ungeheuer. Dieser hier war endgültig die letzte Entdeckung in meiner langen Laufbahn als Talentsucher.»

***

«Warum willst du nicht über das Match reden, mein Sohn? Ein Zeitungsreporter hat mich angerufen und mir gesagt, du seist großartig gewesen.»

Mohan hatte sich wie ein Vogel auf dem Bett unter dem schnellen, altmodischen Deckenventilator niedergelassen. Er hatte nasse Haare. Er drehte den Kopf hin und her.

Manju saß vor seinen Notizen über organische Chemie. Die Schutzkleidung und das Schlagholz waren in einer Zimmerecke verstaut.

«Sie lassen ihn auf den Feldern arbeiten. So wird ein Sohn von Mohan Kumar, ein Großstadtjunge, im Dorf behandelt.»

Mohan schaltete den Deckenventilator aus, erhob sich vom Bett, beugte den Kopf und rieb sich mit einem dicken weißen Tuch die Haare trocken.

Manju blickte jetzt auf.

«Warum unternimmst du denn nichts? Schreib Onkel Revanna, dass er Radha zurück nach Mumbai bringen soll.»

Mohan hatte aufgehört, sich die Haare trocken zu reiben; er blickte auf dem Boden umher, als lägen die Worte, die er benötigte, dort unten und als bräuchte er sie nur aufzuheben.

Es ist lange her, dachte Manju, seit dieses Männlein versucht hat, mich zu schlagen. Er musste sich anstrengen, um die leisen Worte seines Vaters zu verstehen.

«In den Dörfern wird jetzt mit dem Worfeln begonnen. Das habe ich vor einer Stunde von Revanna gehört. Das war einst meine Arbeit. Das macht einem den Rücken kaputt. Stell dir vor, wenn sie es in unserem alten Viertel herausfinden, in Dahisar. Ramnath kriegt einen Lachanfall und vergisst einen ganzen Tag lang zu bügeln. Und anschließend gibt er uns dann vier Rupien Almosen.»

Mohan Kumar legte die Hände links und rechts neben die Liege, als wollte er sein eigenes Bett zerquetschen.

Manju saß mit dem Gesicht zur Küche. Das Dienstmädchen machte Chapatis und stapelte sie auf einen Blechteller. Er stellte sich vor, dass sie jahrelang so weitermachte und der Stapel in den Himmel wuchs.

Mohan Kumar versuchte immer noch, sein Bett zusammenzudrücken. «‹Auf dem Weg in die Stadt hat sich der Schimmel des Königs in einen Esel verwandelt.› Ein goldenes Sprichwort. Ich habe mir Illusionen über meine Söhne gemacht, deswegen haben wir alle gelitten. Wenn du es ins Ranji-Team schaffst, genügt das. Dann verdienst du eins Komma fünf Lakh pro Monat; erst müssen wir Anand Mehta seine 75 000 Rupien zurückgeben, mit denen er deinen Bruder vor der Polizei gerettet hat. Dann müssen wir ihm die 50 000 Rupien Darlehen für die Wohnung wiedergeben. In zwei, drei Jahren ist er weg, glaubst du nicht?»

«Was ist, wenn ich versage? Tommy Sir hat gesagt, Radha werde es schaffen, jetzt sagt er, ich werde es schaffen – wer kann ihm da noch glauben?»

«Wer, Manju? Wer versagt im Cricket? Alle Cricketspieler werden glücklich. Und du bist der Beste.»

«Ich bin nicht der Beste. Ich will gar nicht der Beste sein, so wie T. E. Sarfraz, und wenn du mich zwingst, weiter Cricket zu spielen, werde ich nur ein …»

Mohan Kumar seufzte und kratzte sich. «Auch wenn du ein Schwindler bist, bist du immer noch mein Sohn. Du kannst immer noch in Bangladesch spielen. Dort gibt es auch eine IPL. Du kannst mir das Geld per Post schicken. Die haben doch sicher ein Postamt? Und die Hälfte deines Verdienstes geben wir Anand Mehta Sir. Ich habe das hier im Namen unseres Familiengottes unterschrieben, und in der Deepa Bar soll keiner je sagen können, dass ich zu der Sorte gehöre, die ihr Wort bricht.»

Er schloss die Augen und sagte auswendig auf, was er von dem Vertrag im Gedächtnis behalten hatte: «… *wird das rechtliche Eigentum von Shri Mehta sein, als Gegenleistung für seine engagierte … Möge Gott unseren Mund mit Würmern füllen, wenn einer von –*»

«Hab ein bisschen Selbstachtung, Vater. Bitte hör auf damit.» Als Mohan Kumar die Augen wieder öffnete, sah er, dass Manju finsterer und kleiner wirkte, als hätte er lebensnotwendige Öle verloren. Er klatschte in die Hände.

«Ach, das habe ich ja völlig vergessen, Manju. Völlig vergessen. Ein Mann vom MIG-Club war hier. Er hat das hier für dich gebracht. Ein Geschenk von Tommy Sir. Damit du morgen im Shivaji-Park den Ball gut schlägst. Hier, lies das, dann fühlst du dich besser. Du hast doch immer viel und gern gelesen.»

Es war eine alte Zeitschrift mit Schwarz-Weiß-Fotos, «Klassiker des Modernen indischen Crickets», mit einem Foto des Nawab von Pataudi auf der Titelseite. Daran war eine gelbe Notiz geheftet, auf der mit der Hand geschrieben stand: «Für Manju Sir. Eines Tages wirst du einer von ihnen sein.» Manju starrte die Zeitschrift an, dachte dabei aber an einen wissenschaftlichen Dokumentarfilm der BBC, der zeigte, wie eine Amöbe auf einen Tropfen verdünnte Salzsäure reagierte: indem sie sich zu einer fast menschlichen Grimasse verzog und das Weite suchte. «Reizbarkeit ist charakteristisch für jede Form des Lebens», hatte der Begleitkommentar gelautet. So fühlte er sich momentan: wie eine farblose Amöbe, die über alles und jeden ringsum verdammt ungehalten war. Er biss die Zähne zusammen und blätterte die Zeitschrift durch.

Mohan Kumar ging zum Waschbecken und drehte den Wasserhahn auf. Er beugte sich vor und hielt sein Haar unter das schnell fließende Wasser. Als er mit einem Handtuch um den Kopf wieder auftauchte, traf er auf Manju, der die Zeitschrift im Schnellverfahren durchlas und dann innehielt und eine Seite herausriss. Es war ein anderes Foto des Nawab von Pataudi. Manju warf den Rest der Zeitschrift in den Papierkorb, schob seinen Vater beiseite und ging zur Toilette.

«Warum nimmst du denn das Foto mit aufs Klo?», fragte sein Vater.

Der Junge brüllte durch die geschlossene Toilettentür: «Dreimal darfst du raten.»

Sein Vater legte die Hände an die Toilettentür und winselte wie ein Hund. «Manju, das ist unmoralisch, er war unser größter Cricketkapitän, tu da drin nichts ... nichts ... Unmoralisches mit dem

Nawab von Pataudi. Was sollen die Nachbarn sonst von deinem Vater denken?»

«Halt die Klappe!», schrie der Junge aus der Toilette. «Das ist wie beim Cricket. Ich muss mich konzentrieren. Lass mich mal für drei Minuten in Ruhe.»

***

Mohan Kumar träumte vom Lateritbogen im Wald, der sich vom hellen Sternenhimmel abhob und wo die Ochsenfrösche ringsum quakten …

… er hob den Kopf vom Kissen, und der Bogen und die Sterne und die Frösche waren plötzlich verschwunden: Es war Morgen in Mumbai.

Er ging zu Manjus Bett, doch es war leer. Mohan berührte das Bett überall.

Ohne gefrühstückt oder sich gewaschen zu haben, verließ er die Wohnung und ging zum Tempel. Er war noch verschlossen, daher setzte er sich unter den Banyanbaum daneben und betrachtete die dunklen Blättchen. Plötzlich leuchteten all diese Blätter auf: Mohan Kumar war nämlich gerade eingefallen, dass die Deepa Bar frühmorgens geöffnet hatte.

Er nahm eine Autorikscha zum Bahnhof und betrat eine Stunde später die Bar, deren Geschäftsführer, Mr Shetty, ihn lächelnd erkannte.

Mohan setzte sich an einen Tisch. Der einzige andere Gast war ein Dörfler mit kurz geschnittenem grauen Bart und schlauem Bauernblick, ein Mann, der aussah, als würde er demnächst seine eigene Schwiegertochter ins Bett zerren. Er kaute Anissamen, während Mr Shetty, der die Arme über seinem weißen Hemd verschränkt hatte, mit ihm über Immobilien sprach.

«In Udipi geht es schon irre genug zu. Das kleine Grundstück meines Onkels wurde für fünf Lakh verkauft. Und Mangalore –

vergessen Sie's. Das große Geld ist heutzutage dort draußen, nicht hier.»

Mohan Kumar fing an zu trinken. Nach einer Weile wurde er angenehm überrascht: Sein alter Nachbar Ramnath, der Bügler, war mit einer Schachtel Süßigkeiten und großen Neuigkeiten in die Bar gekommen.

«Meine Tochter hat es geschafft», sagte er und reichte Mohan Kumar die Schachtel mit den Süßigkeiten.

Sie hatte einen Studienplatz am Illinois Institute of Advanced Technology bekommen, einer berühmten amerikanischen Hochschule. Ein Lehrer hatte die Formulare für sie ausgefüllt; sie hatte zwei Jahre lang für die Aufnahmeprüfung gelernt. Und das Beste war, dass dieses Illinois Institute of Advanced Technology für ihr Studium bezahlte. Sogar das Flugticket bezahlte es.

«Wunderbar, ganz wunderbar. Vielen Dank, ich esse keine Süßigkeiten. Aber noch einen Whisky.»

Sein Leben lang hatte Mohan Kumar seine Söhne davor gewarnt, dass andere begabte Jungen ihnen gefährlich werden könnten. Er hatte vergessen zu erwähnen, dass von den Normalen und Durchschnittlichen eine viel größere Bedrohung ausging: Beispielsweise von diesem selbstgefälligen Hemdenbügler aus dem Shastrinagar-Slum. Leute wie er hatten Radha zerstört: sie und ihre normalen Söhne, die ihn mit Drogen und Rasierzeug und Sexsachen verführt hatten.

Mohan Kumar wickelte sein Telefon aus dem weißen Baumwolltaschentuch und sah, dass Tommy Sir anrief.

«Guten Morgen», sagte Mohan Kumar und hielt dabei das Telefon vor den Mund und erst dann ans Ohr.

«Wo ist er?», fragte Tommy Sir. «Wo ist Ihr zweiter Sohn jetzt, in diesem Moment?»

«Beim Cricket. Oder etwa nicht?»

Jetzt klang Tommy Sirs Stimme erregter: «Nein. Er ist nicht im Shivaji-Park. Ich hab ihm gesagt, er muss kommen und sich den

Männern zeigen, die die Spieler auswählen, damit sie nicht auf die Idee kommen, dass er genauso übergeschnappt ist wie sein Bruder.»

Mohan Kumar legte auf. Das Sonnenlicht war erschlagend; er wollte die Deepa Bar nicht verlassen.

Das Telefon klingelte erneut. Mohan Kumar nahm wieder ab, sagte «Ja» und hielt es sich ans Ohr.

«Der Junge hat sein Handy ausgeschaltet.» Tommy Sir sprach mit schwacher, angespannter Stimme. «Das Match fängt jetzt an.»

Mohan Kumar hielt sich das Telefon ans andere Ohr.

«... ähhm ... ähhmm ... mmmh ... mmmmh ... ähm ...», sagte er.

Nach einer Pause fauchte Tommy Sir ihn an: «Gratuliere. Auch dieser Junge ist weggelaufen.»

Tommy Sir fluchte, und dann war die Leitung tot.

Mohan Kumar wickelte sein Handy wieder in das Taschentuch. Er blieb stundenlang in der Bar. Am späten Nachmittag fällt das Sonnenlicht direkt auf die Tische, und Keime und Schleim beginnen allmählich zu schimmern. Die Dunkelheit säubert die Bar, doch jetzt bleibt nichts mehr im Verborgenen. Das Leben, das man sich zurechtgemacht – und vor sich selbst versteckt hat –, ist für jedermann sichtbar.

Er fing an, mit der Speisekarte zu spielen. Auf der Rückseite der laminierten Karte war eine mit Matritze erstellte Reklame, die aussah, als sei sie viele Jahrzehnte alt:

«Verbessert Gedächtnis, innere Kraft und Charakter»
Lernen Sie Schach! Spielen Sie Schach! Lieben Sie Schach!!!
Spiel der Könige und König der Spiele!
Das faszinierende Spiel von internationalem Ansehen.
1. Schach trainiert methodisch präzises und logisches Denken.
2. Schach fördert Kreativität und wahre Vorstellungskraft.
3. Schach zeigt, dass es keinen Ersatz für harte Arbeit gibt.
Eine Untersuchung zur Ermittlung des Anteils harter Arbeit

am Erfolg hat ergeben, dass harte Arbeit 75% des Erfolges ausmacht, die übrigen 25% verdanken sich anderen Eigenschaften, wie Intelligenz, Beharrlichkeit, Entschlossenheit, «Mumm» etc.

4. Schach trainiert das Gedächtnis. Aus der Vorbereitung von heute ergibt sich die Leistung von morgen. Verschwenden Sie nicht den Verstand Ihres Kindes. Lassen Sie es spielen und ihn benutzen.

Bitte wenden (Forts. folgt)

Mohan drehte die Speisekarte immer wieder um. Warum ausgerechnet Schach auf der Karte einer Bar? Vielleicht wegen der bemerkenswerten Konvergenz zwischen Langzeitalkoholismus und den Vorteilen des Schachs, sagte er sich und musste kurz lachen. Oder vielleicht auch, weil es in Bombay kein «Weil» mehr gibt. Die Dinge widerfahren Mohan Kumar und seinen Söhnen einfach. Ohne jeden Grund. Ohne Bedeutung. Ohne ein «Weil».

Mit einem Kompliment für die bemerkenswerte Speisekarte bezahlte Mohan Kumar seine Rechnung beim Geschäftsführer und verließ die Bar.

Während er am Bahnsteig auf den Zug wartete, hob er die ausgestreckte Hand, drehte sie nach links und ließ sie vibrieren. Früher löste man so Probleme: Komm her, Manju. Komm her, Radha. Er nahm die Hand herunter und betrachtete sie mit Abscheu, während er sich fragte, wie viele Millionen gramnegative Bakterien sich in der schmutzigen Bar auf seiner Haut angehäuft hatten. Wie, O Vater, kannst du erwarten, dass deine Söhne in dieser septischen See, in die du sie geworfen hast, keinen Schaden erleiden?

Es verging mehr als eine Stunde, bevor Mohan Kumar sich mit gewaschenen Händen ins Bett legen konnte. Er machte die Augen zu und dachte an den Moment, als seine Frau ihn und die beiden Jungen vor vielen Jahren im Slum von Dahisar verlassen hatte; als er sich aufs Bett gelegt und gedacht hatte, jetzt verspotten mich alle anderen Männer, mein Leben ist vorbei. Doch wie einfach war es damals gewesen, sein Schicksal mit den Fingern schnalzen und befehlen zu hören: «Steh auf, Mohan. Geh zur Arbeit.» Damals, als das Versagen noch etwas Unschuldiges hatte. Als er die «Deepa Bar» verließ, hatte ihn etwas an der Schulter berührt: ein seniles Wesen, bleich und zittrig, sämtliche bekannten Arten kaputter, männlicher Inder in einer einzigen alten Verpackung, mit Bierfahne. In Fünf-Zentimeter-Etappen versuchte es, aus der Bar zu entkommen. «So werde ich einmal enden», sagte sich Mohan. «Wahnsinnig und allein werde ich sterben.» Nein: Er ballte beide Fäuste, holte Luft und lud Lord Yama, den Gott des Todes, ein, ihm die Schlinge zuzuziehen, solange er noch ein Mann war.

Minuten vergingen, und er war immer noch am Leben, weshalb er beschloss, sich einem Gott anzuvertrauen, den er besser kannte. Mit dem Portemonnaie in der Hand ging er zum Gebetsraum, wo sich in einem kleinen, mit einer Ölschicht bedeckten Edelstahlaltar das Bild von Lord Subramanya befand.

Mohan Kumar legte mehrere Münzen untereinander, sechs Rupien insgesamt, und schob sie vor Lord Subramanya. Es war eine Spende: ein neuer geheimer Vertrag, den er dem Gott anbot. Mohan Kumar führte das «Weil» wieder ein. Weil ich Ihnen dieses Geld gebe, O Herr und Gott, müssen Sie aus meinen Söhnen Cricketspieler machen, O Herr und Gott.

Mohan sah die Münzen an, zählte sie noch einmal leise nach und steckte drei davon zurück in die Tasche.

Diesmal nur für einen Sohn.

KURZ NACH DEM AUSWAHLTAG

«Wach auf.»

«Hm.»

«Steig aus. Wir sind da.»

Manju saß im Frühzug und war die ganze Fahrt über wach geblieben, doch kaum sah er Navi Mumbai auf der anderen Seite des Thane Creek leuchten, fielen ihm die Augen zu. Dann ein dunkler Bahnhof mit Riesensäulen; eine anonyme Menschenmenge; und dann sah er klopfenden Herzens, abgehoben von allen anderen, Javeds dunkelhäutiges Gesicht. Er legte seinen kräftigen Arm um Manju und führte ihn zum Parkplatz hinaus. Sie stiegen in einen Wagen, und Manju schlief sofort ein.

«Wir sind da, Mann. Wach auf», sagte Javed jetzt und schüttelte ihn an der Schulter.

Manju stieg aus und folgte Javed in ein Gebäude, in dem ein Mann in Khaki vor ihnen salutierte. Eine alte Frau öffnete die Tür zu Javeds Wohnung, und sie traten in ein sonniges Zimmer, das nach einem neuen roten Sofa roch. Manju setzte sich auf einen harten Stuhl gegenüber vom Sofa und zog sich die Schuhe aus.

«Wer wohnt hier noch?», fragte er.

«Ich hab dir doch gesagt, dass das meine Wohnung ist. Wenn ein Cousin zu Besuch kommt, schickt Dad ihn hierher. Ansonsten wohne nur ich hier.»

Javed führte Manju in ein Zimmer, in dem ein Bett stand, öffnete einen Kleiderschrank und zeigte ihm, was darin war: ein Stapel Hemden.

«Das sind meine. Die kannst du alle anziehen.»

Dann zeigte Javed auf das Bett, das mit einem goldenen Laken überzogen war.

«Das ist deins.» Dann ging er ins Badezimmer und machte die Tür hinter sich zu. «Ich muss mir die Zähne putzen. Es dauert nur eine Minute. Du kannst jetzt schlafen gehen.»

Da Manju Angst hatte, das makellose Laken zu zerknittern, legte er sich ganz langsam hin und streckte die Beine aus.

«Javed», rief er. «Schläfst du auch hier?»

«Nein», dröhnte es aus dem Bad zurück. «Mein Vater hat gesagt, du kannst hier wohnen, aber nur, wenn ich in der anderen Wohnung übernachte. Bei meinem Vater. Er will nicht, dass ich schwul werde. Ändert laufend seine Meinung zu diesem Thema. Einmal ist er sogar in einen Laden gegangen, hat Kondome gekauft und sie mir auf den Tisch gelegt. Dann wieder droht er, mich nach Aligarh zurückzuschicken. Als gäbe es da keine Schwulen. Ha!»

Javed kam aus dem Bad und kämmte sich mit den Fingern durchs nasse Haar. «Irgendwann nehm ich dich zu einem schwulen Mullah mit, Manju. Du solltest diese Burschen in Uttar Pradesh sehen. Sie sind einfach … umwerfend.» Javed biss sich auf die Unterlippe; sichelförmige Grübchen erschienen auf seinen Wangen. «Die Hälfte der Mullahs ist schwul. Die Hälfte. Du brauchst bloß in eine Madrasa zu gehen: Der Mann mit dem Wallebart heißt die Jungen, sich neben ihn auf den Boden zu setzen, und ruft sie dann immer näher zu sich, während er den Mädchen sagt, setzt euch weit weg.»

Zum ersten Mal in seinem Leben zog Manju ernsthaft in Betracht, zum Islam zu konvertieren. «Sehen alle schwulen Mullahs aus wie der Nawab von Pataudi?»

«Nein, nur ich. Idiot.»

Javed saß neben dem Bett und roch nach nassen Haaren und einem leichten Moschusrasierwasser; Manju lächelte und schloss die Augen. Er rückte näher an Javed heran, näher an das Rasierwasser. Dann ließ er seinen Finger vom Hals seines Freundes bis zu dessen Brust gleiten.

«Lass das.» Javed stieß ihn weg und stand auf; er schnalzte mit der Zunge. «In zwei Minuten überlegst du es dir anders, das weiß ich genau.»

Manju öffnete die Augen. «Nein, tu ich nicht.»

Javed betrachtete ihn mit gerunzelter Stirn und sah dann weg.

«Jedenfalls musst du dich als Erstes vom Cricket verabschieden. Ich hab einen Plan.»

Manju seufzte. «Und der wäre?»

Ganz einfach: Manju würde Navi Mumbai heute unter keinen Umständen verlassen. Die Cricketleute würden ihn nicht zu fassen bekommen.

Bevor Javed Manju schlafen ließ, bat er ihn, ihm sein Handy zu geben. Sechzehn Anrufe in Abwesenheit und zwölf Mitteilungen.

«Ist das Tommy Sirs Nummer?»

Manju sagte nichts.

«Du kannst nicht mit Tommy Sir reden, sonst wäscht er dir den Kopf und zwingt dich, zurückzugehen.»

«Wenn ich Tommy Sir je wiedersehe, bring ich ihn um. Im Ernst.»

«Reg dich ab, Alter. Du bist müde und durcheinander. Du redest wirres Zeug.»

Der junge Cricketspieler konnte nicht einschlafen und warf die Beine auf dem goldenen Bett hin und her, bis er Javed sagen hörte:

«Da drunter liegt was. Fühl mal nach.»

Manju steckte die Hand unters Bett und zog einen Comic hervor.

Als er im Bett lag und *Die fantastischen Vier* las, kam ein Spatz ins Zimmer geflogen und setzte sich auf die Ventilatorflügel. Der gedrungene Deckenventilator bebte, als der Vogel von einem Flügel zum nächsten hüpfte. Während Manju diesen alten Ventilator betrachtete, der ihm so vertraut vorkam, hatte er das Gefühl, schon seit Jahren in diesem Zimmer zu leben.

Er legte sich den Comic übers Gesicht und atmete ein und aus, immer noch mit offenen Augen. Er war es so leid, aus Wut den Ball zu schlagen, aus Wut zu atmen, zu leben und einzuschlafen, alles aus Wut.

***

Etwa um elf wachte Manjunath auf, eingewickelt in ein goldenes Laken. Javed saß am Bett und überprüfte grinsend sein Handy.

«Seit du hier bist, hat Tommy Sir dich zweihundertundzweiundvierzig Mal angerufen», sagte er kichernd. «Er ruft dich immer noch an. Du kannst immer noch zurück.» Javed hielt ihm das Handy hin, das wieder klingelte.

Manju schüttelte den Kopf. Der Spatz saß immer noch auf dem Deckenventilator. «Bist du sicher?»

«Ja», erwiderte Manju. Er überließ Javed sein Handy und sagte: «Ich hab *Die fantastischen Vier* fertig gelesen. Hast du *X-Men*?»

***

Am nächsten Tag war Freitag. Beim Zähneputzen sagte Javed, klar könne er nach Mumbai gehen, jetzt ginge ja von Cricket keine Gefahr mehr aus.

Er nahm den Zug zum Matunga-Bahnhof. Im Ruia-College wurde er ins Büro des Direktors gerufen; Tommy Sir hatte ihm mitgeteilt, dass Manju weggelaufen sei.

«Ich wohne nicht mehr bei meinem Vater, Sir. Ich bin sechzehneinhalb Jahre alt.»

Der Direktor kniff seine Nasenflügel zusammen und schüttelte den Kopf.

«Mein Vater ist ein gewalttätiger Mann, der mich früher geschlagen hat», sagte Manju zu ihm. «Das versucht er vielleicht wieder. Außerdem ist er nicht sehr intelligent, und deshalb ist ihm nicht klar, dass ich jetzt stärker bin als er, und ich könnte ihn versehentlich verletzen oder sogar töten. Und in dem Fall würde ich einzig und allein bedauern, dass ich wegen einem Mann wie meinem Vater den Rest meines Lebens im Gefängnis verschwende.»

Der Direktor hielt sich immer noch die Nase zu und öffnete jetzt den Mund.

Manju fuhr mit dem Zug zurück nach Vashi und ging die Straße zu Javeds Wohnung hinunter, vorbei am Golden-Punjab-Restaurant. Er wollte ihm die erfreuliche Nachricht überbringen: Das College war damit einverstanden, dass er von seinem Vater getrennt lebte.

Doch als er wieder in Javeds Wohnung war, saß ein anderer Teenager auf dem Bett mit dem goldenen Laken und teilte sich mit Javed eine Zigarette.

«Manju, das ist mein Freund Ranjith», sagte Javed und streckte die Hand nach dem Neuankömmling aus. «Lieber Big Boss, das hier ist Manju.»

«Sieh einer an», erwiderte Ranjith. «Wo hast du den denn aufgegabelt, Javed?»

«Beim Cricket», sagte Javed.

Manju und der Junge auf dem Bett musterten einander. Unter Ranjiths Unterlippe wuchs ein Büschel blonder Haare. Er trug eine Zahnspange, hatte jedoch auf seinen beiden unbehaarten Armen blaue Tätowierungen und roch halb nach Tabak oder Gras, halb nach einem erlesenen Rasierwasser.

Manjus Nase sehnte sich plötzlich nach zu Hause. Er wedelte den Zigarettenrauch weg.

Ranjith zog ein letztes Mal an der Zigarette und schnippte sie dann aus dem Fenster.

«Dort findet man sie am häufigsten, was? All die schicke weiße Kleidung – sehr romantisch.»

Manju hatte Javed noch nie so erlebt: Bei allem, was Ranjith sagte, nickte er schüchtern und krümmte sich mit verschränkten

Armen und angespanntem, gespitztem Mund nach vorne, fast, als hätte er Angst vor dem Jungen mit dem blonden Barthaarbüschel.

Ranjith schlug ihm auf den Rücken: Javed erbebte.

«Mein Freund», sagte Ranjith, «wir müssen alle zum Mad-Max-Rennen in Powai gehen. Hast du dem kleinen Cricketspieler von dem Motorradrennen erzählt? Hey, Cricketspieler, weißt du was, wir nehmen alle unsere Motorräder – du hast doch eins, oder? – und fahren nonstop von Powai nach Bandra. Soll die Polizei uns ruhig hinterherfahren, wir halten nicht an. Weil wir nämlich keine Angst vor der Polizei haben oder vor irgendwem, stimmt's, Javed?»

«Nein, wir haben keine Angst», sagte Javed und lachte beinah gequält.

Manju hatte es jetzt verstanden: Javeds Lügen ließen alle Luft aus ihm entweichen. Er hatte Angst vor der Polizei. Und auch vor diesem Jungen, Ranjith, hatte er Angst.

Als Ranjith fragte: «Javed, bist du bereit für die Herausforderung am nächsten Dienstag?», setzte sich Manju zwischen die beiden auf das Bett.

«Javed geht nicht mehr zu Mad Max», erklärte Manju. «Diesmal kannst du dich alleine erwischen lassen. Bring uns nicht in Schwierigkeiten.»

Ranjith starrte ihn an. Manju hörte hinter sich Javeds Stimme.

«Sprich nicht in diesem Ton mit ihm. Er ist mein Freund.»

Ranjith lächelte über Manjus Kopf hinweg. «Mad Max am Dienstag, Javed?» Er stand auf.

«Ja.»

«Bring keine Typen mit, die keine Ahnung haben.»

«Nein.»

Die Tür fiel ins Schloss.

Manjus Gesicht war taub geworden, so wie früher, wenn ihn sein Vater geschlagen hatte: Er hatte Tränen in den Augenwinkeln, als er das goldene Laken betrachtete, auf dem Ranjiths Hintern einen Abdruck hinterlassen hatte. Vielleicht hatte Javed ihn nur nach Navi Mumbai geholt, um vor Ranjith und seiner Rockerbande mit ihm anzugeben. Hier ist der Junge, den ich vom Cricket weggeholt habe. Hier ist mein Fang. Und in ein, zwei Tagen, nachdem es vorbei war mit seiner Cricketkarriere, würde das Dienstmädchen die Tür öffnen und sagen: «Verschwinden Sie.»

Manju spürte Javed neben sich auf dem Bett. Würde er jetzt anfangen zu protzen? Würde er Manju aufziehen, weil er noch Jungfrau war? Er blickte Javed an, konnte ihn aber nicht sehen. Javed war der einzige Mensch auf der Welt, dessen Gedanken er nicht lesen konnte: Denn was wir entdecken, wenn wir meinen, wir könnten die Gedanken eines anderen lesen, sind nur unsere eigenen, abgeschwächten Erwartungen an sie. Und Manju brachte es einfach nicht fertig, eine abgeschwächte Version dieses schnabelnasigen Jungen zu erschaffen.

«Was ist? Worüber bist du diesmal böse?» Mit jeder Sekunde, die Ranjith fort war, verwandelte sich Javed merklich, saß wieder aufrechter und schien mehr er selbst zu sein. «Ich gehe nicht zu Mad Max. Freut dich das, Sir Manju? Ich hab es nur gesagt, damit Ranjith Ruhe gibt. Wer will schon nach Powai? Ich will hierhin, schau.»

Javed malte ein «V» in die Luft.

Er hatte alles genau geplant. Sobald die Ferien kamen, würden Manju und er sich ein Motorrad leihen und damit von Bangalore nach Alur fahren, dort Radha besuchen, dann nach Mangalore weiterfahren, und dann – Javed malte das magische «V» zum dritten Mal in die Luft, das die gesamte indische Küste darstellen sollte – mit Höchstgeschwindigkeit bis nach Kanyakumari hinunter an die Spitze des Subkontinents, wo sich der schwarze Fels befand, auf dem Swami Vivekananda mit verschränkten Armen gestanden hatte. Sie würden in derselben Macho-Pose Selfies machen und sehr erleuchtet werden und einen Haufen Ganja rauchen. Manju hatte doch schon mal Gras geraucht, oder?

«Mit welchem Motorrad fahren wir denn?», fragte Manju.

Also zeigte Javed ihm die schwarze Royal Enfield, die an der Mauer des Housing-Society-Geländes stand und früher seinem Vater gehört hatte.

«Kann ich mich mal draufsetzen, Javed?»

«Ja, natürlich! Kapitän – sei kein solcher Esel!»

Manju saß also zum ersten Mal auf einem Motorrad, berührte die Metalloberfläche, umfasste die Lenkergriffe und lächelte.

Er stieg wieder ab, und da er nicht wusste, wie man den Ständer benutzte, lehnte er das Motorrad gegen die Mauer; dann rammte er Javed den Ellenbogen in die Seite und schubste den größeren Jungen ein bisschen.

«Nenn mich nicht Kapitän. Nenn mich nie wieder Kapitän.»

Javed kicherte.

Sie spielten drei Stunden lang mit dem Motorrad, und Javed zeigte Manju auf dem Gelände der Housing Society, wie man damit fuhr. Morgen konnten sie dann auf der Straße fahren.

***

«Oh, ich lese schon manchmal indische Romane. Aber wissen Sie, Ms Rupinder, wir Inder verlangen von der Literatur ja nichts Literarisches, zumindest nicht von der, die auf Englisch geschrieben ist, sondern Schmeicheleien. Wir wollen beseelt, sensibel, tiefgründig, heldenhaft, verwundet, tolerant und lustig dargestellt werden. Das ganze Jhumpa-Lahiri-Zeug. In Wirklichkeit sind wir jedoch nichts dergleichen. Aber was sind wir dann, Ms Rupinder? Wir sind Tiere aus dem Dschungel, die die Kinder ihrer Nachbarn in fünf Minuten verschlingen und ihre eigenen in zehn. Denken Sie daran, bevor sie in diesem Land Geschäfte machen.» Anand Mehta nippte an seiner Cola light.

Die junge Ms Rupinder, im grauen Businesskostüm und mit einem Glas Sprudelwasser in der Hand, lächelte beherrscht und fragte: «Haben Sie einen schlechten Tag gehabt?»

«Das kann man wohl sagen», erwiderte Anand Mehta lächelnd. «Ich hatte den ganzen Tag nur mit Hipstern zu tun. Alles Söhne meiner Klassenkameraden. Alles Börsenmakler wie ihre Daddys, aber gleichzeitig Hipster.»

Die junge Punjabi-amerikanische Geschäftsfrau musste wieder gegen ein Lachen ankämpfen. «Hipster? Hier in Indien?»

«Oh ja, Ms Rupinder. Unsere Züge fahren nicht, unsere Straßen sind voller Schlaglöcher, aber in unseren Städten wimmelt es nur so von Hipstern. Ohne den Kapitalismus zu kapieren, haben wir uns direkt zur postkapitalistischen Dekadenz aufgeschwungen.» Mehta verwandelte seine Handfläche in ein Flugzeug. «Direktemang. Was ist denn ein Inder letztendlich? Stellen Sie sich einen jungen Mann von heute aus Mumbai oder Delhi als Geier über den Ländern vor, der seine Identität sucht. Er sieht etwas Hübsches in Dubai und nimmt es mit nach Hause; er sieht etwas Hübsches in Williamsburg, Brooklyn, und bringt auch das nach Hause. Eines Tages betrachtet er sein Leben, findet, dass es ohne jeden Sinn ist, und wendet sich der Religion zu. Also, Ms Rupinder, ich würde Ihnen gerne mein Portfolio geben, mit Informationen über meine beiden visionären Unternehmen ...»

Paradoxographien sind von Mönchen des Mittelalters illuminierte Bücher, wie sie Anand Mehta während seiner New Yorker Jahre einst zuhauf unter Glas in der Morgan Library gesehen hatte: Auf jeder Seite leuchteten unmögliche Geschöpfe – Zentauren, Einhörner, Fischmenschen, Kreaturen mit Fangzähnen, die durch die Berührung von Heiligen gezähmt wurden, und dergleichen mehr. Mehta stand in der glitzernden Empfangshalle des Grand Hyatt Hotel und hatte das Gefühl, sich in einer Paradoxographie zu befinden, umgeben von einem Bestiarium von Finanzanalysten, Börsenmaklern und Bankern, die sich von der Taille abwärts in Mutter Teresa verwandelt hatten. Offiziell handelte es sich um eine Versammlung von Social Entrepreneurs aus aller Welt, die in Indien tätig werden wollten. Einer, ein ehemaliger Lehman-Banker, leitete jetzt eine Beratungsfirma für unternehmerische Sozialverantwortung; der da drüben, der mit Bill Miller bei Legg Mason gearbeitet hatte, hatte eine Software entwickelt, die Firmenspenden für die Grundschulausbildung um 25 Prozent erhöht hatte; und dieser andere Weiße, der einst mit hochverzinslichen Risikoanleihen handelte, kümmerte sich plötzlich um Windräder. Von ihm lernte Mehta, dass Reisspelzen kein großer Faktor mehr in der indischen Biogas-Gewinnung waren. «Heute dreht sich alles um Elefantengras. Wir haben bereits drei Felder in Assam. Was stellen Sie sich da vor?»

Und die junge Ms Rupinder, der er gerade alles über das Börsenmakeln authentischer Gujarati-Hipster erzählt hatte, vertrat einen Risikofonds in Iowa City, der «in Indien sowohl erfolgreich war, als auch Gutes tat». Ganz mein Fall, liebe Dame: Anand Mehta nahm noch einen Schluck Cola light, während die junge Punjabi-amerikanische Frau, die ihn in mancher Hinsicht an seine Frau Asha erinnerte, als sie noch dünner war, sich die Broschüren in seiner Mappe ansah.

«Das interessiert mich nicht besonders», sagte die Amerikanerin und schnalzte bei einer Broschüre mit dem Finger. «Alte Kraftwerke. Aber das hier», und diesmal schnalzte sie mit dem anderen Finger, «erzählen Sie mir mehr darüber.»

«Es hält sich eng an die College-Förderprogramme für Athleten», sagte Anand Metha und erzählte ihr alles über den jungen Manjunath Kumar, den von ihm gesponsorten kleinen Superman.

«Bis auf die Tatsache», sagte Ms Rupinder und gab ihm die Mappe zurück, «dass Sie vielleicht etwas Illegales tun? Zumindest in Amerika wäre es illegal: Jungen unter achtzehn dürfen nicht bestochen werden, damit sie Football oder Basketball spielen. Dieses Gesetz wird sehr streng gehandhabt. Alle naselang wandern deswegen College-Trainer ins Gefängnis.»

«In Indien ist *nichts* illegal», antwortete Anand Mehta lächelnd. «Und zwar weil in Indien *alles* illegal ist. Verstehen Sie, wie das läuft, Ms Rupinder?»

Er hatte sich nicht getäuscht: Diese Frau erinnerte ihn wirklich an Asha. Für alle Fälle gab er ihr seine Visitenkarte.

Eine Stunde später war er fertig mit den Paradox-Leuten und ihrem Mist und verließ das Hotel, ein wenig angeschwipst von all dem indischen Gratis-Sekt (er hatte Asha, die Angst hatte, er würde «psychotisch», versprochen, einen Monat lang nichts zu trinken – doch Gratis-Drinks zählten natürlich nicht). Er stieg in eine Autorikscha und sagte «Bandra-Kurla-Komplex». Ein ganzes Stück, bevor sie zum Finanzzentrum kamen, sagte er dem Fahrer, er solle an der Brücke anhalten, von der aus man den Mithi-Fluss sah, und stieg aus. Eine Farbschattierung zwischen Grau und Schwarz, von den unerschrockenen Bäumen am Ufer leicht dunkelgrün getönt, wälzte sich der schwer gezeichnete Mithi, in den alle Abwässer und alle Scheiße ungeklärt flossen, langsam, träge und unentschlossen in Richtung Meer, in seiner Fortbewegung ganz wie ein Mensch, dachte Anand. In der Mitte des Flusses steuerte ein Mann ohne Hemd und in einem blauen Lungi ein Boot mit nur einem Ruder und suchte etwas in dem trüben Wasser. Was, verdammt, willst du da angeln? Nichts lebt in diesem toxischen Fluss von Mumbai. Als erklärte der alte Mann sich mit Mehtas Einschätzung einverstanden, drehte er sein Boot um und begann, es ans Ufer zu ziehen. Nun änderte sich Anand Mehtas Maßstab plötzlich. Er sah, wie der alte Mann sich mit seinen dünnen zähen Armen abmühte, das Boot gegen die Strömung zu manövrieren. Gemessen an menschlicher Kraft war der sterbende Fluss noch immer ein mächtiger Gegner. «Machen Sie es gut, und leben Sie wohl», sagte Mehta laut und lächelte. Vor zehn Jahren, als er nach Indien zurückkam, hatte er sich vorgestellt, dass alles ganz einfach sei, wie Dinge, die den Fluss hinunterflossen. Ja, er würde ein gutes Leben führen – Dienstboten, eine große Wohnung, eine Frau, hausgemachtes Essen, Wochenendvögeleien in klimatisierten Hotels neben technischen Hochschulen –, doch er würde für sein Heimatland auch *Gutes* tun. Er hatte sich vorgestellt, dass es ganz einfach sein würde.

Es würde vor Rotary-Clubs und Blutbanken nur so wimmeln – man bräuchte nur sonntagmorgens aufzutauchen; eine moralische Ausstrahlung würde ein zusätzlicher Vorteil sein, wenn man in Indien lebte. Während Anand Mehta beobachtete, wie der alte Mann beim Rudern die Muskeln anspannte, fragte er sich: Was ist, wenn Gutes-in-Indien-Tun *Gegen den Strom schwimmen* bedeutet? Hier auch nur eine Rupie zu verdienen ist schwierig, und wenn du sie verdienst, läufst du Gefahr, nebenbei genau die Leute über den Tisch zu ziehen, denen du in deiner freien Zeit ein bisschen helfen wolltest. Das Boot wurde mühsam an Land gezogen; und Anand Mehta träumte von New York.

Als der Gestank des Flusses überwältigend wurde, nahm er eine Autorikscha nach Mahim und dann ein Taxi über die Sea-Link-Brücke bis zum Cricket-Club. Dort setzte er sich an seinen liebsten Tisch auf der Veranda und bestellte Tee und Toast – genau in dem Augenblick, als die Bombe platzte.

Tommy Sir rief ihn an und sagte es ihm.

Manju war nicht mehr da. Nach drei Jahren und zwei Monaten war das Cricketförderprogramm vorbei. Der Tisch bebte; das Tischtuch war voller Brotkrumen und verschüttetem Tee.

«Nicht mehr da?», fragte Mehta Tommy Sir. «Aber wohin ist er gegangen? Und wieso? Was zum Teufel erzählen Sie da? Ich bin womöglich kurz davor, eine Frau von einem Risikofonds dazu zu bekommen, mir den Jungen abzunehmen – wie kann er da verschwunden sein?»

«Der Golden Boy ist weg», sagte Tommy Sir ruhig. «Er ist weggelaufen. Er ist nicht zum Auswahlmatch in den Shivaji-Park gekommen. Seine Karriere ist vorbei.»

«Wo ist er jetzt? Bei seinem Bruder? Dem anderen Verbrecher?»

«Nein. Er ist in Navi Mumbai.»

«Warum das denn?»

Doch Tommy Sir hatte aufgelegt.

In den nächsten Minuten äußerte Anand Mehta die folgenden

Beobachtungen über das Cricketspiel: Es ist Betrug, und zwar von Grund auf. Nur zehn Länder spielen dieses Spiel, und nur fünf davon spielen es gut. Wenn wir auch nur die geringste Selbstachtung hätten, würden wir endlich ein Volk werden und Fußball spielen. Aber nein: Statt uns echtem Wettbewerb auszusetzen, fühlen wir uns sicherer in einem «World Cup» gegen St Kitts und Bangladesch. Wir sind von uns selbst besessen, ohne an uns zu glauben – das ist genau die Definition der indischen Mittelschicht, die diesen Betrugssport eben deshalb so sehr liebt.

Bereit, noch mehr Tiefsinn über das Gentleman's-Spiel von sich zu geben, hörte Mehta:

Was für ein Schlag! Verdammt guter Schlag!

Auf der Veranda des Cricket-Clubs bebte der blaue Netzschirm, der die Clubmitglieder vor den Bällen der im Brabourne-Stadion stattfindenden Matches schützte, und zwei junge Männer in weißer Cricketkleidung stürzten sich auf den dunkelroten Ball, der am unteren Ende des Netzschirms herumrollte.

Als Mehta einen Augenblick lang mit den Geräuschen und Gerüchen eines realen Cricketspiels konfrontiert war, sah er seine gewaltigen Beobachtungen zu Asche zerfallen.

Nach einer Telekonferenz mit Rakesh, dem Sohn des IAS-Beamten (dessen Husten zum Glück besser geworden war), buchte Mehta abends einen Flug nach Delhi, um einen politischen Kontaktmann zu treffen und dann mit dem Zug nach Dhanbad zu fahren und sein Not leidendes Kraftwerk voranzutreiben. Er schien gut gelaunt zu sein. «Wir müssen dort draußen um unser Kraftwerk kämpfen, Rakesh», verkündete er, «also: auf in den Kampf.» Doch in Wirklichkeit hatte das Ende seines Cricketförderungsprogramms Anand Mehta mehr erschüttert, als er sich selbst eingestand, und wenn er nach Mumbai zurückkam, würde er einen langen Urlaub brauchen.

Denn auch das ist die Hölle: Zu wissen, dass man *nie* und nimmer so gut sein kann, wie man will.

***

In Navi Mumbai, auf der anderen Seite des glitzernden Flusses, wurde Manjunath gerade wach. Gähnend und sich auf die Wangen schlagend, stand er auf und sah den Spatz, der immer noch auf dem Deckenventilator saß.

Kann das tatsächlich mein neues Zuhause sein?, fragte er sich. Kann das tatsächlich mein neues Bett sein?

Etwas in ihm fing an, es zu glauben. Es war Manjus dritter Morgen in Javeds Wohnung, und er gewöhnte sich allmählich daran, mit einem Comic unter dem Bett und mit Blick auf einen Vogel aufzuwachen, der über die Flügel des Deckenventilators hüpfte. Mit jedem neuen Morgen gewann sein neues Leben ohne Cricket an Wirklichkeit.

Abgesehen von dem Tag, an dem es morgens klingelte und Manju, der mit Javed und dem Frühstück gerechnet hatte, die Tür öffnete und stattdessen einem fremden Mann gegenüberstand, der ihn von Kopf bis Fuß musterte.

«Javed ist nicht mitgekommen – er ist zur Shoppingmall gegangen, Kinokarten kaufen. Da habe ich mir gedacht, es wird Zeit, dass ich vorbeikomme und dich treffe.»

Mr Ansari war kahl, hatte einen Schnauzbart, trug leuchtende Baumwollkleidung und hatte die für die Familie charakteristische Schnabelnase; doch seine geschlitzten Schlupflider erinnerten Manju an einen usbekischen Krieger, den er einmal in einer Sendung im History Channel gesehen hatte.

Als das Dienstmädchen hereinkam und den Frühstückstisch deckte, spürte Manju die Blicke aus einem Paar usbekischer Augen, die ihn sehr gründlich inspizierten.

«Mr Manjunath. Mein Sohn redet immerzu von einem Mr Manjunath. Jetzt treffe ich endlich Manju und seine berühmten Unterarme.»

Sie bekamen Curry und warmes Brot serviert, ein Frühstück, das die exzentrische Familie Ansari den Parathas vorzog.

«Weißt du, dass ich auch mal Cricket gespielt habe?» Mr Ansari bowlte Manju ein paar angeschnittene, imaginäre Bälle zu. «1976 bin ich dank der Cricket-Quote auf die Aligarh-Uni gekommen. Ein linkshändiger Spinner und rechtshändiger Schlagmann. Cricket ist der Traum jedes indischen Jungen, aber nicht der meines Javed. Cricket und Korruption: ein altes Lied, das ihr beiden Jungs nicht erfunden habt. Javeds Onkel Imtiaz hat dasselbe gesagt, als man ihn nicht für die Nationalmannschaft ausgewählt hat. Das kann passieren. Derjenige, der die Spieler für die Mannschaft auswählt, kann seinen Sohn dort unterbringen, das schon, doch sobald dieser Sohn an der Schlaglinie steht, fliegen alle drei Wicketstäbe zu Boden. Nicht das beste Spiel, auch nicht das schönste, aber letztlich das ehrlichste. Hast du mich übrigens je auf BBC Hindi Service gehört? Ich habe noch ein paar alte Tonbänder. Aber iss jetzt erst mal in Ruhe. Wir können später reden.»

Als sie fertig gefrühstückt hatten, forderte Mr Ansari ihn auf, in seinen Wagen einzusteigen, und dann fuhren sie zu seinem Büro und gingen in eine Halle im Untergeschoss, an einem Schild vorbei, auf dem stand: «Naturwissenschaftliche Lehrbücher en gros».

«Wusstest du, dass alle Linkshänder brillant sind, so wie Leonardo da Vinci?», sagte Mr Ansari plötzlich.

«Ja, Sir.»

«Mein Javed ist ein Genie. Wenn er im Cricket versagt – übrigens weißt du hoffentlich, dass er nur ausgeschieden ist, weil er es *wollte* –, dann wird er eine große Firma gründen, wie Mister Steven Jobs. Ich werfe dir also nichts vor, Mr Manjunath, bestimmt nicht.»

Mr Ansari, Importeur naturwissenschaftlicher Lehrbücher, öffnete eine Tür und führte Manju in sein Reich, eine unterirdische Halle voller Lehrbücher, von denen manche noch in halb geöffneten Kartons lagen, andere sich bereits in leuchtend bunten Stapeln türmten, die zum Teil über einen Meter hoch waren. Ein paar Männer brachten gerade noch mehr Kartons in die Halle. Manju zählte die Kartons und entschied, dass er sich nie wieder Gedanken über die Kosten von Schulbüchern machen musste.

«Weißt du, wie ich meinen Sohn Javed nenne?»

«Die Krankenschwester», sagte Manju.

Mr Ansari blickte unvermittelt auf. «Er erzählt dir alles. Ja, geh in ein Krankenhaus, dann wirst du feststellen, dass alle Krankenschwestern aus Kerala kommen. Mein Javed hat eine Krankenschwester in sich – eine dicke fette Malayalee-Krankenschwester. Nur so kann er sich um sich selbst kümmern: indem er sich um andere kümmert. Das tut er nicht aus Nächstenliebe, sondern aus Selbsterhaltungstrieb. Indem er sich verliebt. Erst hat er mich geliebt. Jetzt liebt er dich. Aber ich mache dir keinerlei Vorwürfe.»

Das tun Sie sehr wohl, dachte Manju. Sie geben mir die Schuld für alles. Aber seit Ihr anderer Sohn sich umgebracht hat, haben Sie Angst, Javed zu sagen, was er tun oder mit wem er Umgang haben soll.

Manju verstand jetzt, warum Javed seine Cricketkarriere abgebrochen hatte – um diesem sanft manipulierenden Vater zu beweisen, dass er, Javed, recht hatte. In Javeds Vorstellung erhob ihn das höher als alle, die er kannte. Doch bald würde er es noch einmal tun müssen, würde sich wieder zerstören müssen, um dann noch höher auf diesem Wrack zu stehen (vielleicht bekäme das nachste abgelegte Ich die Aufschrift «Oberschüler, der wie Harsha Bhogle redete», und das danach «Gitarrenspieler, der wie der Rockstar Freddie Mercury klang», und das nächste Ich dann …) – bis ihn der Stapel alter toter Ichs von allen anderen Menschen trennte. Und wenn er dort ankäme, an diesem hohen, arroganten Ort, wäre er für niemanden mehr empfänglich. Außer für mich, dachte Manju. Ich werde ihn immer erreichen können.

Mr Ansari brüllte den Männern etwas zu, die noch mehr Pappkartons brachten, und wandte sich dann wieder Manju zu.

«Meinst du, ich wüsste nicht, dass Javed mit dir durchbrennen will, nach Kanyakumari und wer weiß wohin? Sieh mich an, wenn ich mit dir rede, Mister Manjunath. Der Junge *spinnt* manchmal.

Doch etwas in mir sagt mir: Er ist siebzehn, er ist jung, für ihn ist es der richtige Zeitpunkt zum Durchbrennen. Dies ist die wichtigste Zeit in eurem Leben ... Mit siebzehn und achtzehn kann man die Welt noch retten, verstehst du? Wenn die Tür erst einmal zu ist ... Hörst du mir eigentlich zu, Mr Manjunath?»

Die Arbeiter waren gegangen, und die beiden waren allein im Raum. Manju verschränkte die Arme, den Blick auf die Lehrbücher gerichtet, und Mr Ansari fand schweigend den Weg durch die Kisten und Kartons bis ans andere Ende des Raumes. Manju fragte sich, ob er gehen konnte. Der Lehrbuchverkäufer kratzte sich am Kinn.

«Sieh mich an, wenn ich mit dir rede, Manju. Gut. Ich habe Javed gesagt, sei bitte vorsichtig bei dem, was du tust, ich will nicht, dass die Nachbarn oder die Verwandten tratschen. Verhalte dich ruhig. Sei vorsichtig. Mehr verlange ich gar nicht.» Er kniete sich auf ein Knie, riss einen Karton auf und redete weiter, obwohl er vor Anstrengung keuchte. «Er hat keinerlei Selbstdisziplin. Weder Selbstdisziplin noch Sebstbeherrschung. Die einzige Disziplin, die er kennt, ist äußerst ehrliche und aufrichtige Liebe.»

Mr Ansari stand auf, wischte sich die Hände an der Hose ab und drang tiefer in das Lehrbuchlabyrinth, wo er zwischen den Kartons suchte, als hoffe er, einen verlorenen Kodex zu finden.

Manju war sich nicht mehr sicher, ob er Mr Ansaris Gedanken lesen konnte, auch nicht, ob dieser kahlköpfige Mann mit den listigen Augen nicht einfach nur eine subtilere Version der vertrauten Figur war.

Irgendwo dort draußen, dachte Manju mit tiefem Bedauern, das er bis an sein Lebensende empfinden würde, musste es Typen geben, die richtig stolz auf ihre Väter waren.

***

Javed Ansari saß mit einer Coca-Cola in der rechten Hand an einem Tisch auf der höchsten Ebene der Shoppingmall in Vashi und blätterte ein Juralehrbuch durch: «Das indische Strafgesetzbuch für die Auswahlprüfungen». Es war eine billige Taschenbuchausgabe, die ein alter Mann auf dem Gehsteig vor der Mall verkauft hatte, wahrscheinlich ein Raubdruck. Javed hatte das Buch gekauft, als er auf Manju wartete, und blätterte jetzt darin und schaute gleichzeitig auf sein Handy.

Er schlug eine leere Seite am Ende des Lehrbuchs auf und schrieb ohne Stift, nur mit dem Finger: *Wonach suchen wir denn, im Alkohol und in der Tiefe?* Der Satz war ihm vor zwei Nächten eingefallen, als er betrunkene Männer durch Vashi torkeln sah. Warum taten sie das nur Abend für Abend?

Er holte einen Kugelschreiber aus seiner Lederjacke und schrieb das Gedicht zu Ende:

Wonach suchen wir denn, im Alkohol und in der Tiefe?, fragt Javed./

Ein Stern fiel zur Erde, und wir suchen nach ihm im Müll der Welt./ Der Stern trägt den Namen Liebe.

Er verzog den Mund. Nein, das Gedicht taugte nichts. Er strich die drei Verse durch und legte den Stift weg: Nichts, was er kürzlich geschrieben hatte, taugte etwas. Vielleicht sollte er aufhören, Gedichte zu schreiben, und lieber Gitarre spielen. Eine Band gründen, mit Ranjith und den anderen. Er las wahllos weiter im Strafgesetzbuch. Paragraph 120-B: Besitz von Vermögenswerten, die im Vergleich zur Einkommensquelle unverhältnismäßig sind. Er ergänzte mit Bleistift: «Paragraph 120 (B), angewandt auf den Dichter: Besitz von Zielen und Ambitionen, die im Vergleich zur Begabung unverhältnismäßig sind.»

Er klappte das Lehrbuch zu.

Manju, wo zum Teufel steckst du? Javed nahm einen Schluck aus der Coladose und schaute wieder auf sein Handy. Nichts. Nicht einmal «Tut mir leid, Javed, ich komme etwas später». Erzähl mir jetzt nicht, dass der Junge immer noch überlegt, ob er zum Cricket zurückkehrt. Doch, das tut er offensichtlich. Javed biss die Zähne zusammen. Er kannte Manju nämlich mittlerweile: Er kannte dessen Taktik, Verletzlichkeit an den Tag zu legen, die andere – Jungen ebenso wie Mädchen – anzog, und sich dann von ihnen zurückzuziehen, was die Jungen und Mädchen verärgerte, weil sie nicht wussten, dass er ihre Gedanken gelesen und seine Verletzlichkeit bewusst eingesetzt hatte, um sie anzulocken. Manjus Schwachstelle bestand darin, dass er sich, ohne dass es ihm bewusst war, entzog, sobald sich ihm jemand näherte, und dieser notwendige Anteil von Perversion in seinem Charakter machte ihn, der im Slum aufgewachsen war, innerlich stahlhart.

Wieder schlug er das Lehrbuch auf, blätterte zur letzten Seite und schrieb: «Gedanken sind wie Politiker, die zwischen unsere Körper geraten.»

Ob das einen Sinn ergab? Er konnte ein Rülpsen gerade noch unterdrücken und steckte die Hand unter die Jacke, um sich die Brust zu reiben. Grässliches Zeug, diese Coca-Cola. Blies ihm wahrscheinlich das Hirn weg. Vielleicht fielen ihm auch die Haare davon aus, dachte er und fuhr sich mit den Fingern über die Stirn. Dann streckte er die Arme über den Kopf, blickte zur Decke hinauf, fragte sich, ob er Manju anrufen sollte – oder lieber Ranjith, mit dem er über die Gründung der Rockband reden wollte. Er würde noch fünf Minuten auf Manju warten. Während er mit der rechten Hand die Coladose hin und her schwenkte, blätterte er weiter in dem Juralehrbuch, bis er zu Paragraph 377 ‹Widernatürliche strafbare Handlungen› kam: «Wer freiwillig Geschlechtsverkehr wider die natürliche Ordnung mit einem Mann, einer Frau oder einem Tier hat, wird mit einer lebenslangen Freiheitsstrafe bestraft, oder mit einer zeitigen Freiheitsstrafe bis zu zehn Jahren, und unterliegt einer Geldstrafe.»

Javed nahm seinen Stift und zeichnete einen riesigen Penis über die Seite, den er mit angemessen großen Eiern und Schamhaaren verzierte.

***

Angst: dringt wieder in deine Welt, wie die kühle, dunkle, köstliche Strömung, die unter der sonnenerwärmten Oberfläche eines Bergbachs dahinplätschert.

Bist du sicher, dass Cricket für dich erledigt ist, Manju? Erinnerst du dich nicht mehr an dein Innings gegen die Fatima-Schule und das sogar noch bessere gegen die Ambani-Schule … Bist du ganz sicher, dass du mit Cricket aufhören und hier in Navi Mumbai bleiben willst?

Statt zu Javed in die Mall zu fahren, nachdem er sich von Mr Ansari verabschiedet hatte, war Manju in die Wohnung zurückgegangen, hatte die Tür mit seinem Zweitschlüssel aufgeschlossen und war ins Schlafzimmer mit dem goldenen Bett gegangen. Zum ersten Mal seit Tagen dachte er wieder an Cricket und tat zunächst so, als sei das, was Mr Ansari ihm gesagt hatte, dafür verantwortlich. Doch in seinem tiefsten Inneren wusste er, dass nicht Cricket ihm Herzklopfen bescherte, sondern etwas anderes: Angst.

Er öffnete den Schlafzimmerschrank, ließ die Finger durch Javeds aufgestapelte Hemden gleiten und hielt die Nase daran. Während er an den kühlen, schönen Hemden roch und ihm das Wasser im Mund zusammenlief, stieß er auf ein blau gerandetes, mit Zitrusduft parfümiertes Taschentuch und legte es sich übers Gesicht.

Alles Warmherzige an Javed berührte sein eigenes Herz und beruhigte es. Jetzt, da er zu Javed in die Wohnung gekommen war und auf seinem goldenen Bett geschlafen hatte, würde Radha ihn als schwul bezeichnen. Alle Jungen würden das tun. Sofia würde lächeln und sagen: «Ich werde dich beschützen, mein Freund. Mein schwuler Freund.»

Als das Telefon zu klingeln anfing, erschrak er.

Er sah, dass es Sofia war, und ging nicht an den Apparat.

Es klingelte weiter. Und weiter.

Manju durchsuchte Javeds Kleiderschrank. Er sah die leuchtenden Hemden durch, dann reihenweise Schuhe in Größe 46 und Turnschuhe und Gummischlappen, die noch größer waren, und entdeckte unter dem Schuhwerk einen alten blauen Crickethelm mit den goldenen Initialen «J. A.». Er hob ihn mit beiden Händen hoch und hielt ihn sich ganz nah an die Stirn, bis er die Initialen berührte. Manju fröstelte, als das kalte Metallvisier ihn berührte, das dem Schlagmann als Mundschutz diente.

Den Helm an die Stirn gedrückt, setzte er sich auf den Boden.

Javed verlassen? Nein, das ging jetzt nicht. Wenn er wieder zum Cricket zurückging, würde Javed mitkommen. Er würde Gedichte auf ihn verfassen. Die anderen Jungen würden tratschen.

Navi Mumbai wieder zu verlassen, dachte er, und legte den Helm zurück in den Schrank, würde genauso viel Vorbereitung brauchen, wie es ihn gekostet hatte, um dorthin zu gelangen.

Wieder klingelte das Telefon.

Manju stellte sich ans Fenster und versteckte sich hinter dem Vorhang. Ab und zu blickte er zu dem leuchtenden Handy hinüber, das auf dem Bett lag.

Unten raste ein Teenager auf einem kanariengelben Motorrad durch die geschäftige Straße vor dem Haus. Manjunath Kumar stand hinter dem Vorhang und sah zu: Der größte Idiot auf einer Vespa war freier, als er je sein würde.

***

Das Brot, das man in der Stadt bekommt, wird in den Dörfern der Westghats nicht gegessen; auch nicht Raita, Pulao, Biryani, Basmatireis oder sonst irgendein Gericht, das man in der Stadt bekam. Man sitzt auf dem Boden und isst *Raagi Mudde* wie alle anderen.

Einmal pro Woche gibt es Hühnchen und einmal pro Woche Hammel.

Iss, mein Sohn.

Radha Kumar hatte sich immer noch nicht an den dunkelvioletten Raagi-Kloß gewöhnt, der in einer dunkelbraunen Suppe mit Zwiebelstücken und Kohl schwamm.

Er träumte von weißem Reis. Er sprach mit sich selbst.

Von acht Uhr morgens an hatte er die Felder gefegt, auf denen der Weizen geworfelt wurde, und hatte geflucht und gemurmelt und lange, bittere Selbstgespräche geführt, die seine Cousins amüsierten. Er musste nicht auf den Feldern arbeiten. Das hatte sein Onkel klargestellt, denn alle erinnerten sich an ihren Crickethelden Radha, und für die Dorfbewohner würde er immer die Augen eines Filmstars haben. Doch Radha *wollte* arbeiten: Er wollte nicht plaudern oder Karten spielen oder ins Kino gehen.

Er brachte sie dazu, ihn acht, achteinhalb, neun Stunden pro Tag arbeiten zu lassen.

Am Abend wusch er sich mit kaltem Wasser und ging dann in den Essraum, wo seine Cousins bereits im Schneidersitz auf dem Boden saßen und ihren *Raagi Mudde* aßen, während sein Onkel Revanna in sein Handy sprach und die Preise für Weizen oder Mais festlegte oder für etwas anderes, was mit Dünger wuchs.

«Telefon für dich.» Onkel Revanna rieb das Nokia an seinem Hemd ab und hielt es ihm hin. «Telefon für dich. Aus Mumbai. Er hat heute Morgen schon einmal angerufen.»

Radha sprang auf, riss das Handy an sich, und ohne sich auch nur zu vergewissern, ob jemand am anderen Ende der Leitung war, schrie er: «Manju, Manju! Warum wird das kochende Wasser als Erstes zu Eis?»

Es herrschte langes Schweigen, und Radha hob den rechten Daumen an die Zähne, doch dann hörte er, dass sein Bruder in Gelächter ausbrach, so wie im Schlafzimmer, wenn es dunkel war und er einen Witz über ihren Vater machte.

«Manju, Manju», sagte er wieder und drückte das Handy so fest ans Ohr, dass sein Ohrläppchen heiß wurde. «Wie ist es in Navi Mumbai, erzähl – du musst mir alles erzählen.»

Radha hatte die Augen geschlossen und merkte Manjus Worten und seiner Unentschlossenheit an, dass er um sich blickte, um sich zu vergewissern, dass Javed nicht zuhörte.

«Manju, du spinnst. Schlag dir das aus dem Kopf. Geh nicht zu diesem Mann nach Chembur zurück. Bleib bei Javed in Navi Mumbai. Bleib dort zwei, drei Jahre. Hör ein einziges Mal auf deinen Bruder.»

Stille am anderen Ende der Leitung. Auf dem Boden leckten Radhas Cousins sich immer noch den Raagi von den Fingern. Radha blendete sie aus, um sich auf das zu konzentrieren, was er seinem Bruder sagen wollte.

«Manju, ich denke jeden Tag an dich, wirklich jeden Tag. Ich kenne dein Problem. Du hast schon immer gerne gelitten und gedacht, du müsstest den Schmerz uns zuliebe aushalten. Weißt du noch, wie du dir den Daumen gebrochen und weiter den Ball geschlagen hast? Tu das nicht mehr.»

Als er hörte, dass Manju jetzt über ihren Vater sprach, über dessen Gesundheit, rief Radha: «Seine Gesundheit? Hoffentlich fallen ihm die Eier ab und die Finger, hoffentlich wird er blind und bekommt Zungenkrebs, hoffentlich schickt man ihn in eine Nervenheilanstalt und verprügelt ihn dort einmal am Tag.» Radha war sich bewusst, dass sein Bruder ihn fragte, ob er übergeschnappt sei, und schrie deshalb wieder: «Nein, nein. Nur, weil ich so über diesen Mann rede, bin ich noch lange nicht übergeschnappt. Wenn ich *nicht* so über ihn reden würde, *dann* würde ich überschnappen.»

Radha sah seine Cousins an, die sich mit schmierigen Raagi-Klößen vollstopften, die Münder verfärbt und die Blicke benommen von den ländlichen Kohlenhydraten, und er holte Luft:

«Manju, Onkel Revanna hier sagt, dass er weiß, wo unsere

Mutter ist. Er sagt, sie sei am Leben. Sie ist immer noch in Mumbai, Manju. Vor zehn Jahren hat sie Onkel Revanna einen Brief geschrieben und sich nach dir und mir erkundigt – er hat ihn mir gezeigt. Es steht auch eine Adresse darauf: ‹Virar›. Vielleicht lebt sie noch. Vielleicht kann ich zu ihr gehen und sie um Geld bitten. Nein. Danach hat sie nie mehr geschrieben. Nein? Warum nicht? Du hast recht, Manju, du hast ja recht. Sie ist entweder tot, oder will nichts mit uns zu tun haben, und dann wollen wir auch nichts mehr mit ihr zu tun haben. Hör zu: Ich glaube, ich weiß jetzt, was mit meinem Backlift nicht stimmt. Ich hab hier auf den Feldern trainiert. Wir müssen Anand Mehta die 75000 Rupien zurückgeben, und dann lässt er mich wieder spielen. Falls du wirklich zurückgehst, sagst du ihnen dann bitte, sie sollen mir noch einmal eine Chance geben, für Mumbai zu spielen?»

***

Direkt vor Tommy Sirs Haus in Kalanagar wuchs eine Kokospalme: Die Kokosnüsse mussten gepflückt werden, damit sie keinem Passanten auf den Kopf fielen, und der Südinder, der dafür zuständig war, holte sie auch in diesem Jahr herunter. Gesichert durch ein Seil um die Taille und eines um die Beine, war er mit bloßem Oberkörper und einem sichelförmigen Messer hinaufgeklettert und hackte damit auf die Kokosnüsse ein, die wie Artilleriegeschosse auf den Gehweg prasselten.

Als der Mann mit der Arbeit fertig war, wischte er sich sein Gesicht und den glänzenden Oberkörper mit einem Tuch ab und belohnte sich: Er schlug die letzte Kokosnuss mit dem Messer auf, warf den Kopf zurück, hob die Kokosnuss hoch, hielt den Mund unter den Kokoswasserstrahl und trank. Es war wie ein Bild des Triumphs nach vollendeter Arbeit.

Tommy Sir seufzte, ließ den Vorhang wieder über das Fenster fallen und ging zurück an seinen Schreibtisch. Daneben stand ein

Papierkorb, der mit den Überresten eines zerrissenen Manila-Umschlags vollgestopft war. Tommy Sir war jetzt dabei, seine unvollendeten Aufzeichnungen über die dritte Schlacht von Panipat zu zerreißen. Die geologischen Aquarelle waren bereits am Morgen vom Kabariwala mitgenommen worden. Er erinnerte sich, dass er seine Ausstellung in der Jehangir Art Gallery absagen musste. Manjunath Kumar war fort, und seine lebenslange Tätigkeit als Cricket-Scout war vorbei. Er hatte die Redakteure der *Mumbai Sun* per E-Mail gebeten, seine Kolumne einzustellen. Sie hatten ihm gesagt, dass «Manche Jungen steigen auf, manche gehen unter» fortgesetzt würde, mit oder ohne ihn – sie besäßen nämlich die Rechte. Von jetzt an würde Pramod Sawant die Kolumne schreiben.

Manjunath Kumar war fort. Und er würde nie wieder einen Jungen wie ihn finden: Punkt sechs, zweiter Teil seines Ehevertrags.

***

Tommy Sir musste ins Lilavati-Hospital gehen, um seine Werte überprüfen zu lassen: Blutzucker, Blutdruck und Cholesterin. Auf dem Weg dorthin rauchte er eine Zigarette.

An der Kalanagar-Ampel blieb er stehen und betrachtete das Werbeplakat, auf dem einst gestanden hatte: «Als Sachin Tendulkar davon träumte, der größte Schlagmann der Welt zu werden, da träumte auch …». Jetzt war dort Reklame für Coca-Cola, von der sein Blick zu der im Zickzack verlaufenden metallenen Fußgängerbrücke hinaufwanderte, die verschiedene Stellen des Viertels mit dem Bandra-Bahnhof verband. Hinter dem Metallgitter gingen Männer hin und her. Tommy Sirs Augen ermüdeten. Er hatte das Gefühl, dass dort oben auf dieser endlos wirkenden Brücke zweifelhafte Gestalten zu obskuren Orten unterwegs waren oder vielleicht auch nur an ihren Ursprungsort zurückkehrten, wie in einer Zeichnung von M. C. Escher, der die Unendlichkeit architektonisch darstellte. Die Hölle ist eine Wahl, die Millionen täglich von Neuem treffen, dachte Tommy Sir, während er langsam atmend zusah, wie dieser Käfig in luftiger Höhe jede Minute mehr zur Hölle wurde.

***

Sie nahmen eine Autorikscha zum Bahnhof, kamen aber in den belebten Straßen nur langsam vorwärts. Manju spürte Javeds kräftigen Körper an seiner Seite, seine kompakten Schultern.

«Ich weiß, dass du dir um Radha Sorgen machst», sagte Javed. «Aber tu nichts Überstürztes.»

Seine Stirn hatte sich verfinstert, und zwei Adern traten hervor: Der Anblick war von so eindrücklicher Wirklichkeit, dass alles Leben aus der unglückseligen Menschenmenge ringsum entwich. Gewöhnliche Menschen, blutleere Menschen. Wenn Manju nach Mumbai zurückging, würde er auch so werden. Wenn er hierblieb, würde er werden, was Javed war, was immer das sein mochte. Zwischen diesen beiden Möglichkeiten konnte er wählen.

«Manju. Weißt du, wie glücklich ich war, als du angerufen und gesagt hast, du würdest nach Navi Mumbai kommen? Am Bahnhof habe ich in jeden einzelnen Zug geschaut, um zu sehen, ob du drinsitzt.»

Die Autorikscha rammte Bodenschwellen und fuhr über Schlaglöcher, und Javed sagte jedes Mal «Scheiße».

«Was findest du an mir?», fragte Manju. «Das Einzige, wozu ich tauge, ist Cricket.»

Javed drehte das Gesicht weg und sagte: «Ich werde jetzt keine Lobeshymnen auf dich singen, Kapitän. Javed ist nicht diese Sorte Mensch. Manju, komm, glaub nicht all den Mist, den dein Vater dir in den Kopf gepflanzt hat. Denk mal nach.» Javed drehte sich um, damit Manju sah, dass er sich an seine Stirnader klopfte. «Was könnte jemand wohl an dir mögen? *Denk nach.*»

Manju versuchte es.

***

Vor dem Hintergrund leuchtend grüner Berge flogen nacheinander Teiche und mit Wasser gefüllte Reisfelder an den Gleisen vorbei, Seidenreiher, die dort staksten, und Büsche, an denen zum Greifen nahe wilde Blüten funkelten. Dann kamen Städte, die sich in geometrischen weißen Rastern vor den grünen Hügeln abhoben. Für Manju sprach Javed den Namen jedes Ortes aus, an dem der Zug hielt.

Belapur. Man-a-sa-ro-var.

Dann und wann verschwand die Sonne, und wenn sie wieder hervorkam, fiel Manju jedes Mal von Neuem auf, wie sehr Javeds Haar sich lichtete. Bald würde er eine kahle Stelle auf dem Scheitel haben. Er hielt die rechte Hand hoch, um die Sonne abzuschirmen, die sonst Javeds Kopfhaut versengt hätte.

«Ich freu mich wirklich, dass dein Bruder gesagt hat, du kannst machen, was du willst. Jetzt bist du frei», sagte Javed.

An jenem Morgen standen sie abseits von allen anderen: zwei Jungen, die älter waren, als sie an Jahren zählten, älter und weiser als alle, die mit diesem Bummelzug fuhren.

Ein Mann in einem grauen Safarihemd steckte sich eine Zigarette an und rauchte; wenn er sich zwischen den Lungenzügen räusperte, klang der Schleim wie fünfhundert Jahre Menschheitsgeschichte. Der Glanz in Javeds Augen blitzte Manju spielerisch an. Dann hievte ein Passagier sein Gepäck zur Tür und stellte sich zwischen die beiden, und bis zum Panvel-Bahnhof mussten sie sich um seinen schwitzenden Körper herum unterhalten.

Als der Zug endlich hielt, rannten sie los. Sie waren so lange mit diesem Zug gefahren. Sie rannten ans Bahnsteigende und die

Treppe hinauf, und dann lehnte Manju sich über das Brückengeländer, um den Zug unter ihnen zu sehen. «Lies mal, was auf dem Zug steht: Nethravati Express.»

Javed drückte sich an ihn und blickte auf den Zug hinunter.

«Und?»

«Das ist der Zug. Mit dem fahren wir jeden Sommer, wenn wir in unser Dorf gehen.»

Javed zwickte in Manjus Kragen. «Welche Hemdgröße hast du? Wir kaufen dir ein Hemd.»

«Warum? Ich will kein Hemd.»

«Wenn du hier Kleider hast, verschwindest du nicht so leicht.»

Manju nickte. Er ging neben Javed zwischen den Kleiderverkäufern herum und tat, als suche er ein Hemd, bis er gefunden hatte, was er wollte: eine Baseballkappe. Ein Geschenk für Javed. Er setzte sie seinem Freund auf den Kopf und fand, dass der schwindende Haaransatz auf diese Weise ziemlich gut verdeckt wurde.

Javed schlug sich die Kappe vom Kopf. «Ich kriege keine Glatze. Das ist nur die Coca-Cola, die ich dauernd getrunken habe. Und selbst wenn, dann ist Javed Ansari nicht der Typ Mann, der etwas versteckt. Hast du verstanden?»

Sie standen am Rand der Freitreppe, die vom Bahnhof hinabführte, und Javed rannte die Stufen hinunter. Auf der Treppe wurden in geflochtenen Körben Orangen und Chikoos verkauft, und vier moslemische Bettler, denen jeweils unterschiedliche Körperteile fehlten, saßen auf vier Treppenstufen übereinander.

Manju ging hinter Javed und mied die Bettler. An den Rändern der Stufen, die glatt und abgetreten waren, lag Stroh, und Javed hatte Schuhgröße 46. Manju sah es kommen, doch bevor er ihn warnen konnte, hatte Javed den Halt verloren und fiel mit fuchtelnden Armen drei Stufen hinunter. Manju sprang zu ihm und half ihm auf. Er hatte sich gerade noch rechtzeitig am Geländer festhalten können und so einen schlimmen Unfall verhindert. Beide blickten auf die Stufen; Javed zuckte zusammen und streckte den rechten Fuß aus.

«Mann», sagte Manju, «das muss wehtun, Mann.»

Und einen Moment lang konnten sie sich ganz offen und unbesorgt umarmen, wie arme Jungen, die ungestraft davonkamen, was in ihrer eigenen Gesellschaftsschicht nicht möglich war.

Hand in Hand gingen die beiden weiter die Treppe hinunter.

Doch kaum waren sie unten angelangt, war Manju plötzlich verschwunden. Zwischen Stapeln von Jeans und Schuhen und T-Shirts hatte er einen Mann gesehen, der grüne Aufziehfrösche verkaufte, die über den Boden krochen. Javed sah zu, wie Manju den lauten Spielzeugfrosch immer wieder mit dem Schuh umdrehte. «Complex Boy», sagte Javed.

Manju ließ von dem Frosch ab, der weiter im Kreis kroch, bis der Kleiderverkäufer ihn an sich nahm.

«Wenn du zu ihm zurückgehst, dann verheiratet dein Vater dich, Manju. So einfach ist das.»

«Nein», sagte Manju, und dann immer emphatischer: «Nein. Nein. Nein.»

«Doch. Und noch was, Manju. Du wirst auch deinen Vater heiraten und dich wie eine Ehefrau um ihn kümmern müssen. All das weißt du – und du willst trotzdem zurückgehen?»

Manju zuckte die Schultern, als sei ihm alles gleichgültig.

«Mein Leben ist nicht auf deine Vorstellungskraft beschränkt», sagte er.

«Gut», sagte Javed. «Gut. Sag ihnen das.»

Manju rückte von Javed ab, kniff die Augen zusammen und hielt wieder nach dem Nethravati Express Ausschau, den er unter den Zügen hinter ihm entdeckte. Doch als er sich umdrehte, um ihn besser zu sehen, war das Zugdach plötzlich in Glas verwandelt, und Manju sah die vertrauten Gesichter seiner Verwandten in den Abteilen sitzen, Cousins und Cousinen und Dorfnachbarn: Alle trugen sie Baumwollhemden und weiße Dhotis, genau wie sein Onkel Revanna, plauderten in ihrem lauten Dialekt und rochen nach ländlichem Curry, so als sei das gesamte Dorf nach Mumbai gelangt. Plötzlich wurden alle in dem gläsernen Zug still und starrten Manju an, als seien sie nur hergekommen, um ihm eine einzige Frage zu stellen. Dann verflüchtigte sich die Halluzination – das Zugdach verwandelte sich wieder in Metall; etwas kitzelte Manju am Knöchel. Er sah nach und erblickte einen weiteren lauten Aufziehfrosch, der sich auf seinen Schuh stützte, als wollte er sein Bein hinaufkrabbeln; er drehte ihn mit dem Fuß um und kickte ihn zu seinem Verkäufer zurück.

«Javed», sagte er. «Javed.»

Als er um sich blickte, war Javed verschwunden.

Manju rannte in die Menschenmenge, um ihn zu suchen. Er rannte Treppen hinauf und hinunter, verließ den Bahnhof und brüllte: «Ich verlass dich nicht! Ich geh nicht zu ihnen zurück!»

«Manju.»

Er drehte sich um und sah Javed, der ihm zuwinkte.

«Du bist übergeschnappt. Ich war doch nur kurz draußen und hab mir eine Kokosnuss besorgt. Du bist völlig übergeschnappt, weißt du das?»

«Ich dachte, du hättest mich verlassen.»

Javed schüttelte den Kopf. «Wieso sollte *ich* dich verlassen?»

Der Kokosnussverkäufer beobachtete sie, und trotzdem legte Manju den Arm um Javed.

Abwechselnd tranken sie das Wasser der grünen Kokosnuss.

Bevor Javed fertig war, schlug Manju sie ihm aus der Hand.

«Kambli!»

«*Du* bist Kambli!»

«Nein, du!»

Die beiden jagten einander die Straße hinunter. Sie hörten, wie der Kokosnussverkäufer ihnen etwas hinterherbrüllte, und blieben stehen.

«Mist, wir haben nicht bezahlt.»

«Dann sollten wir zurückgehen.»

«Nein! Rennen wir weg. Er kann uns nicht einholen.»

«Er kommt uns aber hinterher! Er kommt uns hinterher!»

Manju hielt Javeds Hemd fest, und sie rannten, und dann rannte er voraus, und Javed rannte hinter ihm her und hielt Manju am Hemd fest; so stürmten sie, einander festhaltend, kreischend und lachend die unasphaltierte Straße hinunter, die in die Innenstadt von Panvel führte.

***

Als Manjus Mutter ungefähr zehn Jahre alt war, entdeckte sie eines Morgens, dass der Mensch, den sie über alles in der Welt liebte, ihr Vater, ein Spielzeug aufs Bett ihrer jüngeren Schwester Prema gelegt hatte. Ihr hatte er dort noch nie etwas hingelegt. Sie ging auf den Hof hinaus und fand die rostige Säge, mit der ihre Mutter Jackfruits aufsägte. Sie ging auf Zehenspitzen zurück ins Schlafzimmer und schlug Prema, bis sie wach war. Zweimal. Dreimal. Dann hielt sie ihr die Säge direkt an die Kehle. «Wenn du mir diese Liebe wegnimmst … Wenn du auch nur daran denkst, mir diese Liebe wegzunehmen …» Ihre Schwester Prema schrie Zeter und Mordio, und ihr Vater kam ins Schlafzimmer gerannt: Manjus Mutter ließ die Säge sofort fallen und versuchte, sich zu erklären, doch ihr Vater gab ihr zum ersten und letzten Mal eine Ohrfeige und brachte sie zum Verstummen.

***

Manju schlug die Augen auf: Jemand hatte direkt vor ihm in die Hände geklatscht.

«Wie viel Zeit verträumst du eigentlich jeden Tag?»

Manju erfasste die Situation: Er lag auf dem goldenen Bett und hatte wieder einmal von der Kindheit seiner Mutter geträumt.

Nach dem langen Tag in der Hitze stand Javed jetzt geduscht und duftend da und trocknete sich das Haar mit einem dünnen Baumwollhandtuch.

«Jetzt bist du dran», sagte Javed und warf Manju das nasse Baumwollhandtuch zu.

Manju band es sich ums Gesicht und steckte es sich wie ein maskierter Bankräuber hinter die Ohren, sodass Javed lachen musste.

Manju atmete den Duft von frisch gewaschenem Haar ein und fragte durch seine Maske: «Javed. Wann musst du wieder zu deinem Vater zurück?»

Javed zuckte die Achseln. «Vor der Dunkelheit. Mein Vater glaubt, das sei die Zeit, zu der ich was mit dir anfangen könnte.»

Manju riss sich das nasse Handtuch vom Gesicht, warf es aufs Bett und machte einen Schmollmund. Dann leckte er sich von innen die Lippen und sagte: «Javed.»

«Ja?»

«Geh nach unten und besorg uns Kondome», sagte er. «Wir haben noch drei Stunden.»

Javed sah ihn stirnrunzelnd an. «Kondome?»

«Ja. Besorg welche. Es wird Zeit», sagte Manju. «Ich dusche währenddessen.»

«Du willst, dass ich Kondome besorge?», fragte Javed, der zu begreifen versuchte.

«Ja. Ich bin schüchtern. Geh du, und kauf sie in der Drogerie», sagte Manju.

Das war alles: Es würde jetzt stattfinden.

Als Javed gegangen war, öffnete Manju den Kleiderschrank, um seine Entscheidung zu bekräftigen. Der Helm wartete auf ihn.

Er beugte sich vor, holte ihn heraus und hielt sich das Metallvisier an die Augen; er lugte in die drei runden Löcher, die in den Helm gebohrt worden waren, um ihn leichter zu machen, und drehte den Helm dann um. Er roch Javeds Kopfschweiß und sah die Abdrücke in der Schaumstoffpolsterung, von denen sein Blick sich in die Schwärze des Helms richtete; die dunkle Wölbung und das sich kalt anfühlende Metallvisier erinnerten ihn an das rostige Metallgitter auf dem Brunnen in Dahisar, in dem goldglitzernde Wasserschildkröten herumschwammen, und während er die Nase immer dichter an den Geruch von Javeds Kopf hielt, fiel er durch das rostige Gitter in den dunklen Brunnen hinunter in etwas noch Tieferes – in die Angst, die gesamte Angst, die je in der Welt entstanden ist, die Angst seines Bruders, die Angst seiner durchgebrannten Mutter, die Angst von Mohan Kumar, die Angst seines Dorfes, die Angst aus einer Zeit vor seiner Geburt, die hinter den Gebeten seines Vaters lag, und dann sah Manju statt Schildkröten die Gesichter von Mohan Kumar, Radha, Tommy Sir und Anand Mehta, die zu einem einzigen Tier verschmolzen – das ihn anbrüllte: «Weißt du, wie wir dich nennen werden, wenn du bei Javed bleibst?»

Ja, das weiß ich.

Manju war übel; er ließ den Helm fallen und stieß die Schranktür mit dem Fuß zu. Er schwitzte: Das war nur der Anfang. Es würde ihn ein Leben lang begleiten. Die Verwirrung in ihm würde zu Wut werden: Und diese Wut – gegen die Welt, wie sie war – würde immer weiter wachsen, bis sie alle Alternativen zum Status quo zerstört hatte.

Er setzte sich ins Wohnzimmer auf den Boden. Er zwirbelte eine Haarlocke und malte mit dem anderen Finger «Vs» in die Luft. Die «Vs» brannten und verschwanden, und er sah Finsternis.

Kattale. Er nannte sie bei ihrem ältesten Namen: *Kattale*.

Er stand auf. Schrittchenweise ging er zum Schrank zurück; und währenddessen konnte er bereits sehen, dass er Jahre später auf diesen Augenblick und diese Schritte zurückblicken würde und sie als die letzten Augenblicke und Schritte sehen würde, bei denen er noch eine Wahl gehabt hatte; doch im Grunde seines Herzens würde er wissen, dass es diese Wahl nie gegeben hatte. Er öffnete den Schrank. Der Helm wartete und fragte: Da du dir nun einmal eine Maske aussuchen musst – warum wählst du nicht mich?

Als er ihn anlegte, hörte er, wie die Tür aufging und Javed zurückkam.

«Manju.»

Mit dem Helm auf dem Kopf und zusammengepressten Lippen drehte Manju sich um. Javed starrte ihn an. Eine braune Papiertüte fiel zu Boden, und Manju sah die Kondome.

«Warum hast du meinen Helm auf?»

«Hast du die Kondome?», fragte Manju.

Javed nickte.

«Gut.» Manju deutete auf die Tüte am Boden. Dann sah er Javed in die Augen: «Warum nimmst du dir nicht eins, streifst es über und fickst dich selber?»

Er zog den Helm aus und schleuderte ihn so heftig auf den Boden, dass er einmal aufsprang und dann an die Wand knallte. Javed stand bloß da. Er zeigte sein anderes Gesicht – das kleine, das ängstliche.

Um zur Tür zu gelangen, machte Manju einen Bogen um ihn und blieb dann kurz stehen. Und um ganz sicherzugehen, dass all dies nicht umsonst gewesen war, dass es endgültig war und er dieses erbärmliche Gesicht am nächsten Morgen beim Crickettraining nicht sehen musste, flüsterte er das Wort, das er und sein Bruder drei Jahre zuvor auf Javed Ansaris Brustschutz geschrieben hatten:

«Du *Homo*.»

Mit diesen Worten verließ er die Wohnung und ging so schnell wie möglich zum Bahnhof.

***

Das Flugzeug landete um 11:45 Uhr und spie neben den üblichen Massen von Männern und Frauen, die sich zwischen Delhi und Mumbai hin und her schoben, auch einen Geschäftsmann aus, der gezwungenermaßen wieder einmal feststellen musste, dass die (sogenannte) Republik Indien, dieser Atavismus unter allen Ländern, verdammt übervoll von unterdrückten, deprimierten und gefährlichen Menschen war.

Anand Mehta war zwei Tage später als geplant zurückgekommen. Wieder war er gescheitert. Was war nach dem vielen Geld, das er in die Sanierung des Kraftwerks gesteckt hatte und in die Beziehung zu Rakesh, dem Sohn des IAS-Beamten – was war am Ende dabei herausgekommen? Rakesh hatte sich als äußerst gehemmter Charakter entpuppt und der Anwalt vor Ort als inkompetent, und diese geballte Ladung Zweitklassigkeit hatte, obwohl Bestechungsgelder an die Politiker und Bürokraten geflossen waren, sichergestellt, dass der Sohn eines anderen IAS-Beamten (ganz und gar nicht gehemmt), der mit einem anderen Unternehmer-Kuli aus Mumbai Hand in Hand arbeitete, eines Morgens das Kraftwerk eiskalt besetzte; und sobald diese Typen auf dem Kraftwerksgelände waren und ihr Schloss am Tor angebracht hatten, hatte die Polizei – wie immer in Indien auf die Verfassung vereidigte Verteidiger der ersten und schnellsten Eindringlinge – sich auf ihre Seite geschlagen und zu Anand Mehta gesagt, er könne sich glücklich schätzen, Dhanbad als freier Mann zu verlassen.

Als Mehta vom Flughafen nach Hause fuhr, sah er ein düsteres neogothisches Gebäude mit komplizierten weißen Fenstern und hatte das Gefühl, man hätte ihm all dieses Filigranwerk aus dem neunzehnten Jahrhundert an die Brust geknotet.

Jetzt musst du wieder deine Klassenkameraden um Geld anbetteln, Kumpel.

«Bier», sagte er und fasste seinen Fahrer an der Schulter.

Vor dem kleinen gelben Vordach des Café Ideal am Chowpatty Beach stieg er aus dem Wagen.

«Tuborg», sagte er zum Kellner und setzte sich ans Fenster mit Blick auf Meer und Strand. Dann wollte er wissen: «Kostet das genauso viel wie indisches Bier?»

Er leerte ein großes grünes Tuborg und eine halbe zweite Flasche.

Vom Meer wehte ein Lüftchen durch die offenen Fenster. Hier sitze ich also in der heißen Sonne mit meinen unverbesserlichen Fehlern. Gut gemacht, mein Sohn. Bravo. Wieder ein Flop. Anand Mehta wischte sich die Tränen ab. Ach, scheiß drauf. Die ganze Welt ist ein einziges Scheitern. Amerikas Staatsverschuldung beträgt 19 Billionen Dollar. Das Land ist am Arsch. Alles ist am Arsch. Deswegen beschloss Anand Mehta in diesem Moment, als Nächstes den gesamten S&P-500-Index, den FTSE-100-Index, die europäischen Aktien und Obligationen leerzuverkaufen. Ich wette gegen alle dort draußen. Bei einem Börsenkrach, dachte Mehta und winkte den Kellner herbei, verdiene ich einen Riesenhaufen Geld. Wenn die Welt untergeht, mache ich einen Riesengewinn.

«Möchten Sie noch ein Tuborg, Sir?»

***

Sechs Biere! Das reicht wirklich. Mehta verließ das Café und ging mit Mühe die Brücke zum Chowpatty Beach hinauf. Seine Gedärme meldeten sich, und er überlegte, ob er eine Toilette suchen sollte. Machen Sie sich keine Sorgen um mich, Sir, mir geht es gut. Meine Leber ist eine Laune der Natur, Sir: Sie ist größer als Pfizer. Machen Sie sich keine Sorgen um mich, das ist wirklich nicht nötig, Sir. Eine verirrte *Mumbai Sun* flog umher; er bückte sich, hob sie auf und suchte nach der Seite in der Mitte, wo zu erfahren war, welche Schauspielerin was … und mit wem …

Als er zur Sportseite kam, hörte er auf zu blättern.

Je zwei Jungs vom Ruia-College und vom Jai-Hind-College in Mumbaier Unter-19-Mannschaft gewählt. T. E. Sarfraz, Rekordhalter, ist der Kapitän.

Auf dem Foto unter dem Artikel waren fünf Jungen zu sehen. Da – Mehta legte den Finger rechts unten auf das Foto. *Dieser*

Junge. Derjenige, der das Schlagholz wie ein Held geschultert hatte und übers ganze Gesicht lächelnd auf der Steinwalze saß. Dieser Junge. Ich kenn dich doch, kenn dich doch. Anand Mehta blätterte zurück und las den Artikel noch einmal. Dann holte er sein Handy heraus und suchte in seinem Adressbuch nach dem Buchstaben «T».

«Wer ist da?», fragte eine schroffe Stimme.

«Anand. Anand Mehta. Erinnern Sie sich nicht mehr an mich?»

Nach fast hörbarem Zögern sagte Tommy Sir: «Doch. Ich erinnere mich.»

«Unser Junge hat es geschafft. Ich habe den Artikel in der Zeitung gesehen. Er hat es in die Mumbaier Unter-19 geschafft. Unser Junge. Manjunath Kumar.»

Woraufhin Tommy Sir antwortete: «Lassen Sie ihn in Ruhe.»

Anand Mehta, der sich plötzlich für den Bruchteil einer Sekunde in Hernshead im Central Park befunden hatte, war wieder in Mumbai und sagte: «Lassen Sie ihn in Ruhe …? Was fällt Ihnen ein? Was glauben Sie, wer Sie sind?»

Seufzend akzeptierte Tommy Sir das Unvermeidliche: «Ja, er hat es geschafft. Aber was für ein Drama. Es war zu viel Stress, sage ich Ihnen. Viel zu viel. Deshalb ist der Junge in letzter Minute nach Navi Mumbai abgehauen.»

«Das weiß ich, Tommy Sir. Aber er ist zurückgekommen?»

«Ja, Mr Anand. Wissen Sie: Meine Tochter Lata hat mir heute Morgen aus heiterem Himmel erklärt, sie würde von jetzt an das Licht in der Küche abends ausschalten. Damit ist die Hälfte meiner Sorgen beseitigt. Es ist wie ein Van-Gogh-Szenario; ich möchte mir eine Leinwand nehmen und einen Sonnenuntergang malen. Warum? Weil sich die andere Hälfte meiner Sorgen vor vier Tagen in Luft aufgelöst hat. Was ist passiert? Vor vier Tagen ruft mich Sofia an, die früher mit Radha liiert war, und sagt völlig gelassen: ‹Er ist wieder da. Und ich bin seine neue Freundin.› Reicht dann das Telefon an Manju weiter, und Manju sagt, Tommy Sir, ich werde nie wieder weglaufen. Ich werde nie wieder nach Navi Mumbai gehen. Haben Sie das alles verstanden, Mr Anand Mehta? Und er hat jetzt eine *Freundin*.»

Mehta sagte erst eine Weile nichts und dann: «Ich hab's gewusst.»

«Ich habe persönlich mit Srinivasan Sir gesprochen. Ich habe persönlich mit jedem einzelnen Mitglied des Auswahlkomitees gesprochen. Habe sie persönlich angelogen und gesagt, der Junge habe einen Krankheitsfall in der Familie. Neun von zehn Malen haben sie mich zur Hölle geschickt. Doch dieser Manju ist ein Golden Boy, zum Glänzen geboren; der weiß nicht einmal, was Verlieren ist. Ich habe ihn in die Mannschaft des Policeman's Invitation Cup gebracht. Das Auswahlkomitee ist gekommen, um ihn zu sehen. Ich sage Ihnen, Manju hat den Ball brillant geschlagen. Ja, er ist jetzt in der Mumbaier Unter-19. Wie ich immer gesagt habe: Manche Jungen steigen auf.»

«In den Slums zeigen sie also durchaus Charakter, Tommy Sir. Immer noch. Und mein Geld? Was ist mit dem Stipendium?»

«Manju hat versprochen, dass Sie Ihre 75 000 Rupien bekommen, Mr Anand. Vom ersten Geld, das der Junge verdient, wird er Ihnen den Betrag zurückgeben. Sie müssen jedoch seinen Bruder nach Mumbai zurückkehren und hier spielen lassen. Gehen Sie nicht zur Polizei und machen Sie keinen Ärger.»

«Hat der Junge das College abgebrochen? Sie haben immer gesagt, das sei wichtig.»

«Ja, das hat er. Ich habe ihm gesagt, es gehe nicht anders. Und er ist zum Direktor und hat abgebrochen.»

Anand Mehta schlug sich auf die Wangen und zog an seinem Schnurrbart. «Fantastisch. Sie sind übrigens gefeuert, Tommy Sir. Ich übernehme von jetzt an das Ruder. Ich verhandele direkt mit dem Golden Boy.»

Bevor der alte Mann antworten konnte, legte Anand Mehta auf. Die Zeitung war auf den Brückenboden zurückgeweht. Mehta bückte sich danach und umrandete das grinsende Gesicht des Jungen auf dem Foto mit dem Daumennagel … Nein: Er war kein *Junge* mehr.

Manjunath Kumar: «eine unserer größten Hoffnungen».

Ananda Mehta richtete sich auf. Fast kamen ihm die Tränen. Hatte Jo-Jo Mistry je so etwas vollbracht? Oh, es hatte Größe. Es war noch größer als die Ardennenoffensive. Erinnern Sie sich noch, wo dieser Cricketspieler und sein Bruder und sein Vater gewohnt hatten, als alles begann? In Dahisar. Einem Slum, einem Slum, wie er im Buche steht, mit riesigen Ratten, die über die Dächer rannten. Und jetzt: Autos, Lifestyle, Wohnung, Stars und Sternchen, die hinter ihm herlaufen, alles, was er will. (Wir sollten uns sofort mit Pepsi und Adidas in Verbindung setzen.) Als Gegenleistung braucht der kleine Bursche mit den kräftigen Unterarmen die nächsten zwanzig Jahre nichts weiter zu tun als was? Als etwas, was er liebend gerne tut, was alle lieben, Crick… Cri…

Er wankte den Chowpatty Beach hinunter. Er musste seine Frau anrufen und es ihr sagen. Asha. Asha! Es hat funktioniert. Mein Plan hat funktioniert!

Anand Mehta ging aufs Wasser zu, beobachtete, wie es zurückwich, beobachtete, wie die Stadt mit jedem seiner Schritte größer wurde.

Ich habe einen Menschen befreit, schrie er den Wellen zu.

Ich habe einen Menschen in *Bombay* befreit.

TEIL ZWEI

ELF JAHRE NACH DEM AUSWAHLTAG

Seine Augen wurden von Jahr zu Jahr kleiner. Als er sein Gesicht an seinem Geburtstag im Spiegel musterte, war er sich dessen sicher. All die Veränderungen, die alternde Frauen ereilen: die Nase wird größer, ebenso die Augen …

Heute wurde er siebenundzwanzig Jahre alt.

Er saß rittlings in der Toilette des Cricket Club of India auf einer Bank und las Zeitung. In seiner Hosentasche befand sich ein Scheck mit einer Abfindungssumme.

Ein Mann namens Karan von der SwadeshSymphony, der Public-Relations-Firma, die gemeinsam mit dem Cricket Board die Celebrity Cricket League leitete, hatte ihm den Umschlag samt der guten Nachricht überbracht.

Zwei Monate. Außerdem hatten sie ab sofort einen neuen Job für ihn.

Manjunath summte einen Filmsong, blätterte die Zeitung durch und musste unwillkürlich lächeln:

12. Mai
Das Prime Minister's Office hat bekannt gegeben, dass eine Person namens V. V. Cherrinathan, die vorgibt, «des Premierministers Sonderberater für Meeresbiologie» zu sein, und sich häufig in Mumbai aufhält, weder für das Amt des Premierministers arbeitet noch für eine sonstige Behörde. Der Mann ist kein anerkannter Experte für Meeresbiologie, Meteorologie, Plattentektonik, Politische Therorie oder private Finanzen. Sollte diese Person irgendjemanden um Geld

angehen, so wird gebeten, polizeilich Anzeige zu erstatten.

(Press Trust of India)

Er riss den Artikel aus der Zeitung und steckte ihn zu dem weißen Umschlag in seiner Hosentasche. So etwas brachte er Radha gerne aus der weiten Welt mit – sie würden etwas zu lachen haben, und der Augenblick, da er seinem Bruder die schlechte Nachricht überbringen musste, würde hinausgezögert.

Er blickte um sich und merkte, dass er allein auf der Männertoilette war.

Also beugte er sich vor und leckte sich wie eine Katze immer wieder die Unterarme. Und wenn jemand hereinkam? Sollen sie ruhig kommen und schreien. Die Sicherheitsleute rufen und mich hinauswerfen. Er war sein letztes Mal im Cricket-Club. Nie wieder würde er diese Rüstung tragen müssen – die Unterschenkelschützer, den Brustschutz, Armschutz, den Unterleibsschutz, der richtig sitzen musste –, nie wieder würde dieser zweite Körper aus Schaumstoff und Plastik seinen eigenen Körper verdecken. Er war frei.

Wie war's?

Sein Handy piepste sechsmal hintereinander, und die Nachricht war immer dieselbe:

Wie war's?

Es war natürlich sein Vater.

Sie haben mich rausgeschmissen, simste er zurück.

Als er das Gebäude verließ, standen zwei Schuljungen in weißer Cricketkleidung dicht nebeneinander, den Blick auf ein Handy gerichtet. Der eine blickte auf und sagte sofort:

«Können Sie mir ein Autogramm geben?» Er hielt Manju einen kleinen Notizblock hin. «Und ein Selfie?»

«Wisst ihr denn, wer ich bin?», fragte Manju.

Der Junge lächelte. «Ein Cricketspieler.»

Vermutlich war es kein sehr ergiebiger Tag für sie gewesen.

Manju, der immer noch nicht mehr als 155 Zentimeter maß, sah, dass die beiden Schüler fast so groß waren wie er. Er wusste jedoch, dass eine kleine Körperstatur einen Cricketspieler nur noch geheimnisvoller macht.

Mit demselben ironischen Lächeln, mit dem Ravi Shastri seine Bewunderinnen beglückte, fragte er: «Wie heiße ich denn?»

Die beiden Jungen blickten sich an.

Manju sagte: «Ich habe für die Indien-Unter-19 gespielt und für Mumbai drei Saisons beim Ranji. Vielleicht habt ihr mich in der Celebrity Superstar Cricket League gesehen? Ich war einer der Non-Celebrities unter den Schlagmännern. Einmal war ich gemeinsam mit dem Schauspieler Sanjay Khanna Schlagmann. Ich halte den Rekord für den weitesten Sechser eines Non-Celebrity in der Geschichte der Celebrity Cricket League. Wisst ihr, wie weit der Ball flog?»

Bevor die Jungen es sich anders überlegen konnten, nahm er den Autogrammblock in die Hand und schrieb seinen Namen darauf.

Manjunath Kumar

Schlagmann

Alle weiteren Fragen konnte er den Jungen an den Augen ablesen.

Haben Sie wirklich den weitesten Sechser in der Celebrity League erzielt?

Sie?

Keiner hat es je geglaubt.

«Ja, das war ich», sagte er, noch bevor die Jungen ihn danach gefragt hatten.

Vor dem Club drängte er sich an den schmutzigen weißen Kleidern der Cricket spielenden Teenager vorbei und an den makellosen weißen Uniformen von deren erwachsenen Dienstboten (Chauffeuren, Lieferanten, Peons). Manju warf einen kurzen Blick auf sein T-Shirt, das passenderweise beigefarben war.

Die beiden Teenager waren ihm möglicherweise wegen eines zweiten Autogramms gefolgt, doch sobald sie sahen, dass er sich am Marine Drive hinsetzte, machten sie kehrt. Kein Junge will sehen, dass ein Cricketspieler die Einsamkeit genießt – das widerspricht ihrer Fantasie des Helden.

Ein klarer Sommerabend. Wenn Manju nach Süden blickte, sah er die Wolkenkratzer von Nariman Point in niedrige und beinah identische Gebäude übergehen – in Navy Nagar –, und dahinter, vor dem Arabischen Meer, ein letztes Glitzern, einen Punkt ... den Leuchtturm am äußersten Ende von Mumbai.

Rechts von ihm lag ein Paar kleine, mit Glassteinen verzierte Slipper neben zwei schweren schwarzen Schuhen; von den Betonsteinen weiter unten, die die Stadt vor dem Meer schützten, hörte er Frauengelächter. Er betrachtete wieder die Slipper und ertrug plötzlich das Sonnenlicht auf den billigen Glassteinen nicht mehr.

Als er am Santa-Cruz-Bahnhof ausstieg, dämmerte es bereits. Wie jedes Jahr an seinem Geburtstag ging er zur Mafia Bar, die sich in einer überfüllten Einkaufsstraße befand.

Zwischen dem Namen und der Einrichtung bestand keinerlei Verbindung (doch das ist schließlich Mumbai). Die niedrige Holzdecke der Bar war wie eine buddhistische Ajanta-Höhle gerippt, und der rote Samt auf den acht leeren Tischen war so alt, dass man seine Verwesung in der Klimaanlagenluft riechen konnte. Nach ein paar Stunden bekam man davon eine belegte Zunge, und alles schmeckte leicht bitter.

Ein schwarzer Balken trennte die Bar; vier Tische auf der einen Seite, vier auf der anderen. Direkt hinter dem Balken saß jemand.

Radha suchte sich diese Bar immer aus, weil man von den Plätzen hinter dem schwarzen Balken aus den kleinen Fernseher unter der Zimmerdecke nicht richtig sehen konnte. Radha meinte, er wolle sich seinen Drink nicht von Cricket vergiften lassen.

Radha hielt ein Glas Rum in die Höhe, blickte um den schwarzen Balken herum und lächelte seinen Bruder an. «Du bist im Fernsehen. Dreh dich um.» Zwar wusste Manju, dass sein Bruder ihn verkohlte – was ausgerechnet an diesem Tag geradezu boshaft war –, drehte sich aber trotzdem hoffnungsvoll zum Bildschirm.

Natürlich war er nicht im Fernsehen. Zu sehen war dort Ashvin Trivedi als Schlagmann bei einem eintägigen Match. Vielleicht aus der jüngsten Serie Indien gegen Namibia? Nein, es war die Wiederholung einer älteren Serie gegen Puerto Rico. «Legendäre Begegnungen im indischen Cricket». Ashvin Trivedi, der zur Mumbai-Mannschaft gehörte, seitdem Manju ausgeschieden war, war also bereits eine moderne Legende.

Als der Kellner kam, bestellte Manju eine Coca-Cola.

«Du hast heute Geburtstag», sagte sein Bruder. «Probier doch mal was Neues.»

Radha hatte das gehobene gute Aussehen eines Lebemanns, der permanent arbeitslos ist: Mit dem Silberring im linken Ohr und seinem langen, schwarzen, gegelten Haar, das zurückgekämmt war und sich im Nacken nach oben wellte, wirkte er wie ein Prinz aus einer Sanskrit-Romanze. Seine wunderschönen Iriden, seine Filmstar-Augen, waren vom Alkohol ramponiert, doch Manju erkannte immer noch ihre alte Farbe.

«In Ordnung, bleib bei deiner Cola. Herzlichen Glückwunsch, jedenfalls.»

Manju hob sein Glas Wasser und prostete seinem Bruder zu.

Manju war immer noch wesentlich kleiner als Radha, jedoch besser gebaut. Er hatte stark behaarte, geäderte Unterarme, und sein kurz geschnittenes Haar wurde bereits grau, wodurch er allmählich so aussah, als sei er der Ältere von beiden.

Die Tür ging auf, drei Männer kamen herein, und dann noch drei, und dann war das Lokal voll, wie es sich für eine so kleine Bar gehörte.

Die Mafia Bar war eine von den Viertel-Bars, wie Manju sie nannte, von denen es östlich des Santa-Cruz-Bahnhofs viele gab. Ein mit Schablone erstelltes Logo an der Wand («Wir schenken

Viertel aus») gab an, dass Stammgäste den Alkohol als beachtliche «180-ml-Viertel» serviert bekamen (auch wenn 60 ml nachgeschenkt werden durften), während sie ausdruckslos auf einen Fernsehbildschirm starrten, auf dem Cricket gezeigt wurde, indisch oder international, live oder aus der Konserve: Viertel-Männer, Viertel-Sport.

Vor drei Jahren waren sie auf Sofias Vorschlag hin zum ersten Mal hierhergekommen. («Warum trefft ihr beiden euch nicht, wenn ihr Geburtstag habt, wie ganz normale Leute?»)

Hinter dem Schreibtisch des Geschäftsführers war eine Standuhr, deren Pendel sich schwerfällig hin- und herbewegte. Ein an einem langen Kabel hängender Lampenschirm leuchtete auf den bebrillten Geschäftsführer hinunter, der ganz bei seiner Buchhaltung war, wie eine viktorianische Allegorie des Fleißes in einer Lasterhöhle. In seiner Brusttasche steckte ein silberner Stift.

«Sieh mal, Papa ist gerade gekommen.»

«Papa» war ein alter Mann, der jeden Abend in die Bar kam. Zu seinem Whisky bestellte er immer einen Teller Pommes frites, die er einzeln aufaß. Das tat er laut Radha seit neun Jahren, und davor war er achtzehn Jahre lang in die Bar gegangen, die früher dort war.

«Die Kellner sagten, er sei selbst während der Babri-Masjid-Ausschreitungen in die Bar gekommen, Manju. Aber wie ich sehe, schaust du dir wieder deine Leute an, stimmt's?»

Seine Leute. Fünf Schwule mittleren Alters, die Manju vom letzten Jahr kannte, saßen in einer Ecke an einem Tisch und sprachen über den neuen Shah-Rukh-Khan-Film. Zuerst verkündeten alle fünf gemeinsam ihr Urteil, «Fantastisch!», «Erstaunlich!», dann räusperten sie sich, und jeder am Tisch erklärte, persönlich «ganz anders» zu urteilen, analysierte den Film dann und meinte zum Schluss, dass er tatsächlich entweder «fantastisch» oder «erstaunlich» sei.

Nun sagte einer: «Jetzt aber genug von Filmen. Für heute habe ich ein anderes Gesprächsthema. Ist euch schon mal aufgefallen, dass jeder Junge in Mumbai heute Aryan heißt?»

«Und was beunruhigt dich daran?»

«Dass diese Jungen namens Aryan im Ausland studieren werden, und dass die Amerikaner dann denken, alle Inder seien Nazis.»

Gelächter.

«Sind wir denn nicht alle Nazis?»

Noch mehr Gelächter.

In der Bar ging das Licht aus, und sofort herrschte völlige Stille. Radha und Manju fühlten sich ertappt – fünf dunkle Silhouetten, die sich einer nach dem anderen nach ihnen umdrehten.

Das Licht ging wieder an, und alle waren wieder froh und heterosexuell. Der Fernseher lief wieder, doch das Programm war nicht mehr dasselbe: Ein Chamäleon rollte seine Zunge in Zeitlupe aus. «Papa», der während des Stromausfalls seine Pommes frites gegessen und den Fernseher angestarrt hatte, schien das nicht zu stören.

Radha bestellte noch eine viertel Flasche Rum.

«Javed war heute in der Zeitung», sagte er.

«Das will ich gar nicht wissen.»

«Warum nicht?», fragte Radha.

Manju sagte: «Ich habe Javed seit elf Jahren nicht gesehen. Ich will's nicht wissen.»

Doch Radha beharrte darauf, ihm zu erzählen, warum in den Zeitungen etwas über Javed gestanden hatte, und Manju blickte zu Boden und biss sich auf die Lippe.

«Du musst dir einen Job suchen, Bruder. Einen, mit dem du geregelt verdienst. Mein Vertrag ist heute aufgehoben worden», sagte Manju plötzlich, um es Radha heimzuzahlen. «Sie haben gesagt, es richte sich nicht gegen mich persönlich. Ich sei ganz gut in Form. Sie hätten nur zu viele andere IPL-Aussteiger, die alle in der Celebrity League spielen wollen.»

Manjus Bruder streckte die Hand aus und zog den weißen Umschlag aus Manjus Hosentasche.

«Wie viele Monate hast du gekriegt?»

«Zwei.»

«Gratuliere.» Radha tätschelte den weißen Umschlag, der sich jetzt in *seiner* Hosentasche befand. «Du hast also richtig Geburtstag. Kein Cricket mehr. Du hättest schon vor Jahren aufhören sollen, bevor sie dich rauswerfen konnten.»

Er erhob sein Glas auf Manju, der sagte:

«Nein.»

Radha flüsterte grinsend: «Du trinkst nicht, und du vögelst nicht. Du bist ein Ungeheuer, weißt du das? Geh an den Tisch dort, und stell dich den Männern vor. Zeig ihnen deine Unterarme, kleiner Bruder.»

«Gib mir den Umschlag zurück», erwiderte Manju.

Doch Radha nahm nur den Zeitungsartikel über den Naturwissenschaftler heraus. Während er an seinem Rum nippte, las er ihn und lachte plötzlich schallend, sodass Manju mit Alkohol besprüht wurde.

«V.V. Cherrinathan: was für ein Name – was für ein Schwindler. Erzählt den Frauen, er sei Wissenschaftler und arbeite für den Premierminister. Dann bittet er sie um Geld. Fast wie du, Manju, was? Ich hab übrigens ein Geschenk für dich», sagte er und griff in seine Hosentasche. «Ein Geburtstagsgeschenk. Ein Mann in Versova hat mir das vorgestern Abend gegeben.»

Manju blickte auf den Lebenslauf eines Schauspielers, auf dem ein Schwarz-Weiß-Schnappschuss von einem trübsinnigen, pausbäckigen Mann mit einer Frisur aus den 1990er-Jahren zu sehen war:

Asif K. Jamal
Cintaa (Mitglied auf Lebenszeit)
Geborener Schauspieler: Mime (Naturtalent): freiwillig international.
GD: 23.10.1982
Alter: 28 Jahre

Größe: 155 cm
Sprachen: Hindi, Englisch, Bhojpuri, Urdu, Arathi (plus alle bekannten südindischen Sprachen und die von Sri Lanka)
Zuletzt gespielte Rolle: Eunuch im letzten Shah-Rukh-Khan-Film «Dance Baby Dance!»
Erwähnt und genannt in: *Times of India, Mumbai Times, Mumbai Sun*, Hollywood-Reporter der USA
Bitte beachten: Ich habe 18 sehr schwierige Rollen gespielt, unter anderem
eine Frau
einen geistig Behinderten
einen Epileptiker
einen Schwulen
einen Eunuchen
einen Zombie
einen Blinden
einen blinden Behinderten
einen blinden, taubstummen Behinderten (alles in einer Rolle)
einen «Glöckner-von-Notre-Dame»-Typen, der körperlich an neun einzigartigen Stellen deformiert ist (zum ersten Mal in Indien)
einen frustrierten, impotanten Mann

«Warum zum Teufel hat er dir das gegeben?»

«Er hat mich gebeten, seine Karriere ‹voranzutreiben›.»

Manju revanchierte sich mit einem Blick und einem Wort. Er blickte auf das Bein seines Bruders und fragte:

«Dich?»

«Ja, mich. Weil ich ihm gesagt habe, ich hätte einen Bruder, der professioneller Cricketspieler ist.»

Eins zu null für dich, dachte Manju und sah sich den Lebenslauf genauer an.

«Er kommt sicher aus einem Dorf. I-m-p-o-t-a-n-t. Wie du,

Manju. Genau wie du.» Radha zwinkerte. «Sofia würde dich sofort heiraten. Du hast sie schlecht behandelt, aber du weißt, dass sie ihren Mann für dich verlassen würde. Wie viel Geld hat sie dir bisher gegeben? Sie ist deine neue Sponsorin. Sei doch ein bisschen nett zu ihr, hüpf für sie auf und ab, wie du es für den alten Sponsor getan hast. Und sie ist nicht mal die Einzige, oder? Du vögelst sie nicht, aber sie tun einfach alles für dich.»

Bevor Manju «Halt die Klappe» sagen konnte, zerbrach ein Glas.

Ein Kellner kam mit einem Besen und kehrte die Scherben zu dem schwarzen Balken. «Wir wollen hier keine Glasscherben», protestierte Manju.

Plötzlich war die Bar voller Rauch. Der Geschäftsführer vollzog ein Ritual, das entweder religiös war oder der Ausräucherung diente: Er ging mit einem schwarzen Topf voll brennender Kohlen um seinen Tisch, und dann trug er den rauchenden Topf zu allen anderen Tischen. Den Anfang machte er mit demjenigen, an dem Manju und Radha saßen. Wenn eine Viertel-Bar es darauf angelegt hatte, zu ihren Gästen möglichst widerlich zu sein, dann war kein Ende abzusehen.

Auf der Westseite des Santa-Cruz-Bahnhofs lagen gute Wohnviertel mit gut geplanten Häuserblocks; im Osten war nichts als ein Menschenmeer.

Als die Brüder aus der Bar kamen und sich in dieses Meer hineinbegaben, standen sie einer Bettlerin gegenüber. Eine Frau ohne Beine saß auf einer Holzrampe; zuerst bat sie flehentlich um Geld, hörte jedoch auf, als sie Radhas Gang bemerkte, und seufzte.

Manju hatte sich nie daran gewöhnen können, dass sein gut aussehender Bruder seit Jahren hinkte und an seinem linken Fuß einen grotesken, maßgeschneiderten Schuh tragen musste. Als sie aus der Bar kamen, wandte er den Blick von Radha ab und tat, als würde er die Fußgängerbrücke betrachten. Sie stand in der Straßenmitte auf riesigen Säulen, hatte einen glänzenden Metallrahmen, eine leuchtend blaue Überdachung und wirkte wie ein zum Teil demontiertes und dann verlassenes Riesen-UFO, das sich über Santa Cruz erstreckte. Die Verkehrslichter beleuchteten die Unterseite der Brücke, sodass Manju die Plakate an den Säulen lesen konnte: «Ein Anruf kann Ihr Leben ändern. Rufen Sie Rita Mam oder Sanjay Sir an. 25 000 – 40 000 Rupien pro Monat. Garantiert.» Mindestens die Hälfte der Plakate standen auf dem Kopf.

Die Brüder bahnten sich einen Weg durch Bettler, Betrunkene, Pendler und Straßenhändler und gingen in Richtung Milan-Subway, eine der Unterführungen, die zum westlichen Teil von Santa Cruz führten.

Sie kamen an einer Schmiede unter freiem Himmel vorbei, wo maskierte Männer mit Gasschweißflammen Metall schnitten und die Funken ungehindert zu den Passanten flogen. Manju packte seinen Bruder, um ihn vor den Funken zu schützen. Er war nur 1,57 m groß, hatte jedoch immer noch die stärksten Unterarme von ganz Bombay. Er wollte Radha vor allem beschützen: vor den mit Schlaglöchern übersäten Gehsteigen, den Autos mit den Betrunkenen am Steuer, den Autos mit den kaputten Scheinwerfern, dem unbeschnittenen Baum mit den spitzen Ästen, die jeden Moment herunterfallen konnten, dem lähmenden Leichtsinn des Lebens in Mumbai … doch der Funkenflug war zu stark. Der Autorikscha-Fahrer hatte mit seinem Handy telefoniert, als er vor acht Jahren über Radhas linken Fuß gefahren war.

«Manju.»

«Was?»

Radha schlug ihm mit der Faust auf den Rücken.

«Du Wissenschaftler. Mein kleiner Wissenschaftler.»

Manju zuckte zusammen: Er wusste, was als Nächstes kam. Radha würde ihn damit aufziehen, dass er immer noch Jungfrau war.

«Kleiner Bruder, hast du je … Gruppensex ausprobiert? Das wollte ich nur wissen.»

«Ja, großer Bruder», erwiderte Manju. «Einmal habe ich beide Hände benutzt.»

Radha Krishna Kumar beherrschte sich kurz, doch dann musste er laut loslachen.

«Alles vergeudet, Manju. Deine Eier und dein Grips.»

Sie gingen hinkend als ein einziger Körper: Manju hatte den Arm um Radha gelegt – Beigefarben hielt sich an Blau fest.

Sie befanden sich jetzt direkt neben der Western Expressway. Die Autos flitzten eine Auffahrt zum Flughafen hinauf und hinterließen bei den Brüdern den Eindruck, als führen sie in eine Unterstadt hinab. Ringsum wurde ehrlich gearbeitet: Werkstätten, die Grabsteine mit Inschriften auf Urdu und Arabisch verkauften, sonderten schrille Bohrgeräusche und feinen Marmorstaub ab, der die Brüder einhüllte. Manju wusste, dass Radha irgendwo in der Nähe wohnte, weil er ihn einst um ein Darlehen für eine Marmor-Steinmetzwerkstatt gebeten hatte. Radha hatte ihren Vater seit zehn Jahren nicht gesehen.

Als sie wieder aus der Milan-Subway auftauchten, schrie ein alter Mann in Anzug und Krawatte ihnen etwas von der anderen Straßenseite zu.

«Ihr da!», brüllte er. «Ihr beiden – Egypt wird sabbern wie ein Betrunkener, der sich aufs Hemd gekotzt hat. Es steht geschrieben …»

Anscheinend kannte Radha den alten Mann von früher.

«Er ist ein Telugu sprechender Christ aus dem Dharavi-Slum. Er predigt neben der Pipeline in Vakola, auch wenn keiner da ist. Vielleicht will er ja das Erdöl bekehren.»

Manju runzelte die Stirn. «Wer ist Egypt?»

«Egypt», antwortete Radha, der nach seinem Unfall ein Jahr lang in die Kirche gegangen war, «nennt man jemanden, der reich und mächtig ist.»

«Aber warum schreit er dann uns an?»

Der alte Mann brüllte weiter. Ein vorbeikommendes Motorrad

wurde langsamer, und der Fahrer sagte etwas zu ihm; dann kam leichter Wind auf, und der Gestank nach Scheiße breitete sich überall aus: Der nicht darstellbare Wahnsinn der nächtlichen Stadt hüllte sich um die Kumar-Brüder.

Manju lauschte der Predigt des verrückten Priesters und musste lachen: Wenn ich auch in der Welt nicht zu Hause bin, dachte er, so bin ich doch auf der Straße zu Hause. Er hatte das Gefühl, ewig weiter durch Mumbai wandern zu könnnen.

Doch als er sich umdrehte, sah er, dass Radha an seinen Fingernägeln kaute.

Plötzlich konnte er Radhas Gesellschaft nicht mehr ertragen und wünschte, er wäre nie hergekommen. Ich bin nicht wie andere Leute, dachte er. Wenn Sofia ihn das nächste Mal bat, sich mit Radha zu treffen, sollte er ihr einfach sagen: «An meinem Geburtstag will ich allein sein, genau wie jeden Tag.» Seine Vortrefflichkeit und Einzigartigkeit lag nicht, wie er herausgefunden hatte, im Cricket oder im Schlagen des Balls, sondern in seiner Fähigkeit, sich zu entziehen. Wie das Meer konnte er sich von den Menschen zurückziehen. Und darin bestand sein Vertrag mit Gott: Manjunath Kumar würde nie mit jemandem Kompromisse eingehen müssen – weder mit einem Mann noch mit einer Frau – und würde nie wieder für irgendwen das tun müssen, was er für seinen Vater getan hatte. Nie wieder. Wenn morgen die Welt unterging, würde Manjunath Kumar es kaum merken. Hatte nicht Sofia all das gewusst? Hatte sie nicht mehr als einmal gesagt: «Du bist der Einstein des Alleinseins?» Lasst mich also meine Vortrefflichkeit beibehalten: Lasst mich allein sein!

Doch als er zum Himmel aufblickte, sah er einen weißen Mond, der hell und stark über Mumbai schien.

Der Anblick war atemberaubend und schien wie geschaffen für einen Dichter.

«*Kattale*», sagte Manju und hielt sich die Hand über das rechte Auge, als wollte er die Geräusche und Gerüche seiner Stadt ausblenden. Doch dann musste er an die Überraschung denken, die er für Radha aufgehoben hatte, und begann unter seiner Maske zu lächeln.

Manju zog seinen Bruder auf, indem er die ausgestreckte Hand hob und senkte, als würden sie ein Kinderspiel spielen, und jetzt erlaubte sich Radha ein Lächeln; denn durch die seltene körperliche Nähe war in beiden Kumars der Glaube daran gestärkt worden, dass man ihnen ihr gemeinsames Schicksal doch nicht geraubt hatte.

«Das hier wollte ich dir zeigen», sagte Manju zu Radha.

Hinter einem drei Meter hohen Stahlringzaun befand sich ein in Flutlicht getauchter, kreuz und quer mit gelben Linien versehener Asphalthof, der an die Höfe in Filmen erinnerte, auf denen amerikanische Kinder Basketball spielen – nur dass die Jungen hier Cricket trainierten: Dutzende von Teenagern mit Helm und Schutzausrüstung saßen auf den Bänken oder standen innerhalb der Netze, während erwachsene Männer ihnen Tennisbälle zuwarfen.

Radha und Manju drückten die Gesichter an den Stahlringzaun.

«Das werde ich von jetzt an auch machen. Es gehört zur Abfindungsübereinkunft.»

«Sieht nach Cricketfabrik aus.»

«Es ist gerade eröffnet worden und gehört SwadeshSymphony. Die Jungen kommen nach der Schule hierher und trainieren für die IPL. Es schließt erst um elf Uhr nachts. Bezahlt wird immer vierteljährlich, und man arbeitet mit Trainern, die einem helfen, besser zu bowlen und zu schlagen.» Manju steckte die Finger durch die Stahlringe und versuchte, an dem Zaun zu rütteln. «Ich kriege fünfundachtzigtausend und außerdem Prämien, wenn ich neue Talente finde.»

Wie immer, wenn er hell strahlende Flutlichter und dunkle Schatten sah, reagierte Manju mit leuchtenden Augen: Er wollte sofort dorthin gehen, sich ein Schlagholz schnappen und einen Sechser schlagen – den umwerfendsten Ball in der Geschichte des Crickets.

Radha drehte sich zu seinem Bruder um. «Du willst Trainer werden? Und so enden wie Tommy Sir?»

«Mach dich nicht über ihn lustig», sagte Manju. «Er ist tot.»

Aber Radha machte sich über niemanden mehr lustig; seine Stimme klang gefühlvoll. Er steckte die Finger durch die Metallringe des Zauns. «Warum heiratest du nicht?», fragte er.

Radha sah die Furche auf Manjus Stirn, das flammengleiche, nach links verlaufende Mal, an dem er sehen konnte, dass sein kleiner Bruder entweder wütend war oder sich schämte oder (lang war es her) nachdachte.

«Nein», sagte Manju. «Ich bin vielleicht alles Mögliche, aber kein Schwindler.»

«Was denn sonst, verdammt noch mal? Bist du dir überhaupt sicher, dass du keine Frauen magst? Du stirbst und kommst in den Himmel, und nicht mal Gott weiß dann, ob du ein Homo bist oder nicht. Weißt du eigentlich, dass du alle anstarrst, die Hand in Hand gehen? Sogar wenn zwei Esel miteinander glücklich sind, bleibst du stehen und glotzt. Ich weiß nicht, was du eigentlich willst, aber ich weiß, dass jegliche Paarbildung dir ein großes Rätsel ist. Aber da gibt es nichts zu rätseln, es ist ganz einfach. Heirate. Alle möglichen Frauen laufen dir nach. Warum, ist mir nicht klar. Oder warte, ich weiß noch was Besseres: Weißt du, was du tun solltest? Nimm den Zug nach Navi Mumbai, jetzt sofort. Das würdest du sofort tun, wenn du je betrunken wärst, und deshalb traust du dich nicht, was zu trinken.»

Man hörte das laute Krachen von Holz: Ein Junge am Übungsnetz hatte seinen Schläger zerbrochen.

«Du klingst jetzt wirklich wie er», sagte Manju.

«Er spricht noch?», fragte Radha. «Ich dachte, er vegetiert nur noch vor sich hin.»

«Oh, er ist stärker als du und ich zusammen. Manchmal versucht er immer noch, mich zu schlagen, kannst du dir das vorstellen? Heute hat er mir zehn SMS geschrieben. ‹Wie hoch war die

Abfindung? Wie hoch?› Zehn Mal, obwohl er die Hand kaum noch heben kann.»

Was Söhne tatsächlich von ihren Eltern halten, ist ihnen ins Gebiss gemeißelt. Bei dem Gedanken an Mohan Kumar hatte Radha so oft mit den Zähnen geknirscht, dass seine oberen Schneidezähne unter dem Druck nachgegeben und Lücken hinterlassen hatten, die sein einstmals vollendetes Lächeln verunstalteten (noch etwas, was er seinem Vater zum Vorwurf machte). Auch jetzt biss er die Zähne zusammen.

«Wieso bist du dann hergekommen?», schrie er Manju an, als er wieder sprechen konnte. «Warum treffen wir uns einmal im Jahr? Bleib nächstens an deinem Geburtstag bei unserem dahinvegetierenden Vater.»

Radha sah, dass es keine Hoffnung für seinen Bruder gab, der mal Frauen, mal Männer begehrte und wie ein gehetztes Tier zwischen diesen beiden Begierden lebte – ein Tier, das sich am Ende zu ihrem Vater geflüchtet hatte.

«Wieso bist du hergekommen?», fragte Radha noch einmal. «Wieso?»

«Ich bin nicht hier», sagte Manju und griff in den Zaun. «Und du auch nicht.»

Doch dann musste er an das denken, was sein Bruder gerade zu ihm gesagt hatte: Nimm den Zug nach Navi Mumbai und geh zu Javed. War das noch ohne Weiteres möglich?

Unterdrückung mag eine glühend heiße Verzerrung der Wahrheit sein, doch darauf folgt Akzeptanz, wenn jemand in sich geht und dann sagt: Das muss ich teilweise oder ganz und gar gewesen sein. Doch Befreiung kann man das kaum nennen. Wenn man sich nicht mehr selbst belügt, ändert sich nicht viel. Einen Moment lang ist man erleichtert, das schon, man hat das Gefühl, eine schreckliche Last losgeworden zu sein – doch dieses Gefühl ist nicht von Dauer. Manju hatte längst akzeptiert – eines Abends im Umkleideraum des Wankhede-Stadions war ihm das nach einem besonders guten Innings in den Sinn gekommen –, dass er für Javed das empfunden haben musste, was die Filmsongs Liebe nannten, und dass seine Angst davor ihn aus Navi Mumbai verjagt und zurück in die Arme des Crickets getrieben hatte. Nachdem er sich die Haare vor dem Spiegel befeuchtet und mit den Fingern gekämmt hatte, dehnte er den Hals nach rechts und nach links und akzeptierte, dass er sich zu Männern ebenso wie zu Frauen hingezogen fühlte. Doch dies zu wissen und zu akzeptieren hatte letztendlich nicht viel bedeutet. Aus leidenschaftlichem Leugnen war eisige Anerkennung geworden. Manju verachtete sich für seine Lügen und seine Feigheit (aber was hätte er damals denn anderes tun sollen?) – doch noch mehr als sich selbst verachtete er eine Welt, die ihm nie einen klaren Weg in die Liebe und Sicherheit gewiesen hatte.

Es reichte allmählich, fand er manchmal, er hatte genug Wut in sich – sie reichte aus, um ihn sein Leben lang zu nähren.

Nur sah er manchmal den Mond und hörte manchmal ganz deutlich dieses Lachen: «A-ha. A-ha.» Selbst jetzt noch konnte er sich an den Morgen entsinnen, an dem er Javed zum ersten Mal richtig wahrnahm – war es morgens oder nachmittags gewesen? –, wie er mit den anderen dummen Cricketspielern im Kreis gesessen hatte, der Einzige, der kein Sklave war und den keiner beherrschte, mit seiner Schnabelnase, seinen Gliedmaßen eines schwarzen Panthers und den sichelförmigen Grübchen, der wie die Krone der Schöpfung wirkte.

O Tiger-König!

Manju kontrollierte seine Atmung, regulierte seinen Puls, tat alles, was er als Profisportler gelernt hatte, doch sein Herzklopfen legte sich nicht. Dennoch bekam er sich mit jedem Schritt mehr in den Griff – ihm fiel ein, dass Javed wieder in der Zeitung gewesen war –, und jetzt kam es ihm vor, als könnten leicht weitere elf Jahre vergehen, bevor sie sich wiedersahen. Falls sie sich überhaupt wiedersehen würden.

Radha stand neben seinem Bruder und versuchte, dessen Gedanken zu lesen. Warum hatte er Javed nur verlassen und wieder mit Cricket angefangen? Hatte er sich vorgestellt, alle retten zu können, indem er zurückkam? Radha erinnerte sich, was sein Vater früher immer gesagt hatte: Eine Schlange würde die Familie vor Javed Ansari retten müssen. Aber die Schlange, die Manjunath biss, kam aus seinem eigenen Herzen. Eigentlich hätte er der Held der Geschichte sein sollen. Und was war aus ihm geworden?

Feigling!

Auf dem Hof blies jemand in eine Trillerpfeife: Das Crickettraining war für heute vorbei. Die Jungen in Weiß gingen bereits samt ihrer Schutzausrüstung fort, und Arbeiter sammelten auf dem Gelände Abfall auf. Einer hatte einen Plastikeimer mit Wasser dabei, das er auf den Asphaltboden spritzte.

«Ich hab dir doch gesagt, du sollst am Auswahltag dein Wicket absichtlich aufgeben.» Radhas Stimme wurde lauter. «Ich hab's dir doch extra gesagt. Wenn du das getan hättest, dann wäre ich nicht wütend geworden, hätte Deennawaz nicht geschlagen, und man hätte mir eine zweite Chance im Cricket gegeben. Und du hättest Ingenieur oder Wissenschaftler werden können und wärst jetzt schon in Amerika. Von dort hättest du mir Geld schicken können, anstatt –»

Er warf Manjus Umschlag auf den Boden.

«Du bist betrunken, Radha. Vor elf Jahren hatte ich keine andere Wahl. Wie oft muss ich dir das noch sagen?»

«Dann bekomm Kinder und sorg dafür, dass die die richtige Wahl treffen. Du weißt ja, dass mir das verwehrt ist.»

Kinder? Als Radha sich wankend nach dem Umschlag bückte, sah Manju wie so oft in all den Jahren ein altes Fernsehbild aus einer Wissenschaftssendung vor seinem inneren Auge: einen Strang rot-blauer menschlicher DNA, der sich unentwegt drehte wie ein sich abspulender Plastikstreifen, der geheime, von unseren Vätern ererbte Strang DNA. Und in diese rot-blaue Helix ist die Botschaft Mohans an seine Söhne und Enkel eingeschrieben: Das Leben, wenn es denn gelebt werden soll, kann nur ein schlechtes Leben sein; wird nichts als ein Abkommen mit der Hölle sein; wird, falls Feuer und Licht überhaupt vorgesehen sind, nichts dergleichen haben, sondern nur Wut und Reue. Manju steckte die Hand durch einen Zaunstahlring und fing den DNA-Strang zwischen Daumen und Zeigefinger, sodass er sich nicht mehr drehte: nie wieder Cricketspieler.

«Nein.»

«Tommy Sir», lachte Radha. «Hab ein bisschen Selbstachtung, kleiner Bruder. Mach was anderes. Geh betteln. Aber geh nicht zum Cricket zurück. Werd nicht Tommy Sir.»

Manju holte tief Luft. «Ich hab dir doch gesagt, du sollst dich nicht über ihn lustig machen. Er lebt nicht mehr. Gleich nachdem ich für die Mumbai-Mannschaft ausgewählt worden bin, hatte er einen Schlaganfall. Er war auf einer Bergwanderung, heißt es, und als man ihn ins Krankenhaus brachte, sagte er immer wieder, ‹ich muss noch am Leben bleiben, damit ich sehen kann, wie dieser Junge für Mumbai schlägt›. Das wäre meine einzige Genugtuung gewesen: Wenn er mit eigenen Augen gesehen hätte, wie ich scheitere.»

Manju entfernte sich ein paar Schritte von dem Metallzaun und bildete mit den Händen eine Schale, in die er hineinblickte.

Radha hielt sich immer noch am Zaun fest.

«Aber es war doch nicht seine Schuld, Manju. Tommy Sir hat sich nie etwas zu Schulden kommen lassen.»

Manju stand wie erstarrt in einer seltsamen Pose da. Radha vermutete, dass sein jüngerer Bruder von den Geräuschen und Gerüchen des Live-Crickets erregt war und sich vorstellte, wieder einen Crickethelm in der Hand zu halten. Radha knirschte mit den Zähnen. Der Junge war gerade gefeuert worden und träumte schon wieder davon, weiter Cricket zu spielen. Jeder muss sich für etwas aufopfern: Wir aber haben uns für die Mittelmäßigkeit geopfert.

Radha nahm eine Hand aus den Metallringen, zwickte Manju in

die rechte Schulter und sagte: «Ich will wieder mit dir raufen. Bis einer von uns hinfällt. Und zwar hier.»

«Nein.»

Radha zwickte ihn fester.

«Nein.»

Immer fester zwickte er ihn, bis Manju schließlich schrie:

«Ja!»

ARAVIND ADIGAS CRICKET-GLOSSAR

Angst: Der Unterschied zwischen Straßencricket, das normalerweise mit einem Tennisball gespielt wird, und dem echten Spiel, bei dem ein harter, roter Lederball benutzt wird, der einem Schlagmann mit neunzig Stundenkilometern ins Gesicht oder an die Brust fliegen kann. Wenn man von einem Cricketball getroffen wird, kann das tagelang schmerzen – und wenn man am Kopf oder am Hals getroffen wird, kann man bewusstlos werden. Deshalb muss der Schlagmann sich dicke Lederhandschuhe anziehen, sich Schaumgummipolster um Beine, Brust, Unterarme und Leisten schnallen und einen Schutzhelm mit Visier aufsetzen, der seine Ähnlichkeit mit einem mittelalterlichen Ritter vervollständigt.

Batting – Schlagen: Der Spieler mit dem Schlagholz, der vor den drei hölzernen Wicketstäben steht, wird *batsman* genannt, Schlagmann. Er kann, wie beim Baseball, Rechts- oder Linkshänder sein; Letzterer hat einen unfairen Vorteil. Der Schlagmann versucht, so viele Läufe wie möglich zu erzielen: Die neun Feldspieler, die ringsherum Stellung bezogen haben, und der Mann mit den Handschuhen, der hinter ihm kauert (der Wickethüter), versuchen, ihn daran zu hindern.

Boundary – Spielfeldgrenze: Wenn der Schlagmann den Ball an die Grenze des Spielfelds schlägt, bekommt er vier Läufe bzw. Punkte zugeschrieben (eine «Boundary», d. h. ein «Vierer»). Wenn er den Ball in die Zuschauermenge schlägt, bekommt er sechs Läufe gutgeschrieben.

Bowling: Der Mann mit dem Ball ist der Bowler. Ganz gleich, ob er den Ball langsam bowlt (ein Spin-Bowler, d. h. einer, der den Ball mit Effet bowlt) oder schnell (ein Fast-Bowler), er zielt darauf ab, dass der Schlagmann ausscheidet, indem er sein Wicket zu Fall bringt, oder umgangssprachlicher, ihn hinauswirft.

Bradman, Donald: Gilt als der größte Cricketspieler aller Zeiten. Vor und nach dem Zweiten Weltkrieg repräsentierte er Australien, das Land, das die eindrucksvollsten Rekorde in praktisch allen Cricketvarianten aufgestellt hat.

Gott: So nennen Millionen von Bewunderern Sachin Tendulkar, ein Cricket-Wunderkind, das in den 1990er-Jahren zu Indiens bestem Schlagmann heranreifte. Tendulkar, der sich aus dem internationalen Cricket zurückgezogen hat, wird auch von Werbemanagern angebetet, die ihn für den Verkauf von einfach allem benutzen: von Soft Drinks über Sportschuhe bis zu wetterfester Acrylfarbe und Autos mit Heckklappe.

Grace, W. G.: Ein Cricketspieler des 19. Jahrhunderts, der einen langen Bart hatte, unermüdlich, vielseitig und wild war – einem Dickens-Roman entsprungen. Er wurde nicht nur zur Verkörperung des viktorianischen Crickets, sondern verkörperte den Viktorianismus geradezu.

Indien: Ein Land, das eigentlich nur zwei Religionen kennt – Kino und Cricket.

Langeweile: Was Außenstehende, besonders Amerikaner, beim Cricket empfinden. Nachdem Groucho Marx in London eine Stunde von einem Test Match gesehen hatte, soll er gesagt haben: «Aber wann fängt es denn endlich an?»

Ranji Trophy: Indiens wichtigste Cricketliga, benannt nach Ranjitsinhji, dem legendären Schlagmann des 20. Jahrhunderts. Mumbai hat in diesem Turnier viele eindrucksvolle Siege errungen, ebenso sein Erzrivale Delhi – auch wenn beide ihre Vorrangstellung in jüngster Zeit an andere Mannschaften verloren haben, genau wie die Jungen aus den indischen Megastädten immer öfter gegen hungrigere Cricketspieler aus der Provinz verlieren.

Skandal: In den 1990er-Jahren wurde entdeckt, dass Cricket-Matches – vor allem, wenn Mannschaften aus dem indischen Subkontinent mitspielen – von globalen Wettnetzwerken manipuliert wurden, die Verbindungen zu Mobstern und Politikern haben. Obwohl die Cricketverwalter Säuberung versprochen haben, kommt es immer wieder zu abgekarteten Spielen.

Test-Cricket: Die traditionelle Spielart, bei der die Spieler Weiß tragen und es eine Lunch- und eine Teepause gibt. Das Spiel dauert fünf Tage, doch wird das übliche Los jeder Sportmannschaft – gewonnen, unentschieden, verloren – um eine vierte Kategorie ergänzt, das sogenannte «Draw», ein Cricket-spezifisches Remis. Es bedeutet, dass selbst nach fünf Spieltagen einfach kein Ergebnis zu ermitteln ist (siehe Groucho Marx' Kommentar weiter oben). Zwei weitere Spielformen verdrängen das Test-Cricket immer mehr: das aufregendere, wenn auch manchmal alberne, One-Day-Match, und das zwei Stunden dauernde Twenty 20-Cricket, das nach Ansicht mancher älterer Fans fast so schlecht wie Baseball ist.

Trash: Baseball

Danksagung

Mein Freund Ramin Bahrani hat über einen Zeitraum von fünf Jahren mehrere Rohfassungen dieses Romans gelesen und redigiert: Im Dschungel meines Lebens ist er der weiße Tiger gewesen – der Einzige, dessen Glaube unerschütterlich war.

Makarand Waingankar, der Doyen derer, die über Bombay-Cricket schreiben, hat mich 2011 und 2012 mehrere Monate an seinem Wissen über dieses Spiel teilhaben lassen. Danke, Mac.

Ramachandra Guha, Jason Zweig, Malcolm Knox und Jeremy Kirk haben erste Fassungen dieses Buches gelesen und mich zum Weiterschreiben ermutigt, ebenso wie meine Lektoren Ravi Mirchandani, V. Karthika und Andrea Canobbio und meine wunderbare Literaturagentin Karolina Sutton. Ihnen allen bin ich sehr dankbar – insbesondere aber Dr. Guha, der immer Zeit fand, mir zurückzuschreiben.

Girish Shahane, Naresh Fernandes und Jehangir Sorabjee (in Mumbai), Vikas Swarup und Sudeep Paul (in Neu-Delhi), sowie Shalini Perera und James Payten (in Sydney) haben mir mehr geholfen, als ich es verdiene.

Über uns trennende Ozeane hinweg sende ich meinem alten Freund Mark Greif meinen Dank, außerdem einer neuen Freundin: der zweijährigen Simone Greif, die bestimmt einmal genauso viel Mitgefühl und Intelligenz haben wird wie ihr Vater. Es gibt noch, so meine Schlussfolgerung, Familien, die funktionieren.

Nach der Fertigstellung von *Golden Boy* wusste ich, für wen ich dieses Buch geschrieben habe: für meine Mutter Usha Mohan Rau, die am 20. Januar 1990 starb.